Anette Hinric

Das Sandmann-

LEDA

Anette Hinrichs
Das Sandmann-Projekt
Malin Brodersens dritter Fall
Kriminalroman
1. Auflage 2015

ISBN 978-3-86412-080-0

Leda-Verlag, Rathausstraße 23, D-26789 Leer
info@leda-verlag.de
www.leda-verlag.de

Lektorat: Maeve Carels
Titelillustration: Carsten Tiemeßen
Druck und Bindung: GGP Media GmbH, Pößneck

Anette Hinrichs

Das Sandmann Projekt

Kriminalroman

LEDA

Prolog

25. Januar 1979

Ein schrilles Geräusch riss Rena aus dem Schlaf.

Hinter dem Fenster war es noch dunkel. Schwaches Mondlicht drang durch die Gardinen und warf geisterhafte Schatten an die Schlafzimmerwand.

Sie tastete benommen mit der Hand zur anderen Bettseite. Als ihre Fingerspitzen das leere Kissen berührten, fiel ihr ein, dass Peter auf Dienstreise war.

Die Türklingel, dachte Rena und knipste das Nachtlicht an. Der Wecker zeigte zehn Minuten vor sechs. Noch über eine halbe Stunde Zeit, ehe sie aufstehen musste. Ihr Blick fiel auf den kleinen Körper, der wie ein zusammengerollter Igel am Fußende ihres Bettes lag. Die langen dunklen Locken verdeckten Romys Gesicht. Ihre Tochter hatte sich offenbar wieder einmal in der Nacht eingeschlichen.

Das Schrillen der Türklingel zerriss erneut die frühmorgendliche Stille.

»Mami?« Romy rieb sich schlaftrunken die Augen.

Rena strich ihrer Tochter kurz über die Locken. »Schlaf weiter.« Energisches Türklopfen drang vom Hausflur bis zum Schlafzimmer. Eine Stimme rief ihren Namen. Renas Füße berührten den kalten Bodenbelag. Sie fröstelte. Im Vorbeigehen griff sie nach ihrem Morgenmantel, den sie am Vorabend achtlos über einen Stuhl geworfen hatte, und zog ihn hastig über. Wer war an der Tür? Um diese Zeit? Vielleicht war im Haus ein Feuer ausgebrochen. Rena zog unwillkürlich Luft ein, um zu prüfen, ob Brandgeruch darin lag. Nichts.

Das Klopfen wurde lauter, ging in eindringliches Hämmern über. Renas Herz pochte ihr bis zum Hals, als sie die Abdeckung des Türspions beiseiteschob und in den hell erleuchteten Hausflur spähte. Sie zuckte zusammen.

»Mami?« Romy war ihr gefolgt und zupfte an ihrem Mor-

genmantel. Ihre Stimme klang ängstlich. Sie hielt Bruno, ihren einarmigen Schlenkerbären, an die Brust gedrückt.

Rena ging in die Hocke, um ihre Tochter fest in den Arm zu nehmen. »Du gehst jetzt in dein Zimmer und bleibst so lange dort, bis ich dich holen komme«, flüsterte sie dem kleinen Mädchen ins Ohr.

Sie wartete, bis ihre Tochter im Kinderzimmer verschwunden war. Dann öffnete sie die Haustür.

1

Dicke Regentropfen trommelten gegen das Fenster, als Kurt Wenninger um halb sieben die Küche betrat, um seinen Kaffee zuzubereiten. Schwarz und ohne Zucker.

Sein Kreislauf machte ihm zu schaffen. Vermutlich lag es an dem plötzlichen Temperatursturz. Menschen in seinem Alter steckten den nicht ohne weiteres weg. Wochenlang hatte drückende Hitze über der Stadt gelegen. Nun war der Himmel grau in grau. Die Pflanzen würden sich freuen, dachte er mit einem Blick auf seine vom Regen benetzte Thujenhecke.

Es war spät geworden am vergangenen Abend. Weit nach Mitternacht. Im Grunde war der Eklat schon seit langem vorprogrammiert gewesen. Alles hatte seinen Preis. Die Erfahrung hatte Kurt in seinen knapp acht Lebensjahrzehnten schon oft gemacht.

Mit der Kaffeetasse in der Hand ging er ins Wohnzimmer. Er setzte sich in seinen Ohrensessel vor dem Fenster. Der Garten lag halb verborgen im Regenschleier. Vielleicht würden sich mit dem Wetter auch die Gemüter abkühlen. Kurt fragte sich, ob er etwas anders machen würde, wenn er noch mal die Chance dazu bekäme.

Er trank einen Schluck Kaffee. Im Garten hatte sich etwas verändert. Sein Blick glitt die frisch gestutzte Hecke entlang, über perfekt kugelförmige Buchsbäume, und blieb schließlich am Rasen hängen. Sekundenlang verharrte er in seiner Position, dann stellte er die Kaffeetasse auf den Beistelltisch und erhob sich aus seinem Sessel.

Kurt öffnete die Terrassentür und trat in den Regen hinaus. Die unerwartete Kälte ließ ihn augenblicklich frösteln. Er starrte auf die Grünfläche. Es dauerte einen Moment, ehe er erkannte, dass etwas in seinen Rasen gemäht worden war. Er begriff es nicht. Trotzdem streifte ihn ein Hauch von Angst, als er in die morgendliche Stille lauschte. Jemand war hier gewesen. Er drehte sich um die eigene Achse und blickte die Hecke entlang. Hatte man ihn beobachtet?

Langsam wandte er sich um und ging zurück ins Haus, ohne auf die Spuren zu achten, die seine nassen Pantoffeln auf dem Parkett hinterließen. In der Diele nahm er die Treppe ins Obergeschoss, steuerte sein Schlafzimmer an und stieß dort das Fenster zum Garten auf.

Von hier oben ließ es sich erkennen. Jemand hatte eine vierstellige Zahl in seinen Rasen gemäht. Es dauerte einen Moment, ehe sein Gehirn die Verbindung hergestellt hatte. Dann wich er zurück, setzte sich schwer atmend auf sein Bett und schloss die Augen.

In seinem Kopf überschlugen sich Gedanken und Bilder, führten ihn weit zurück in die Vergangenheit, an einen anderen Ort, in eine andere Zeit.

Er öffnete die Augen. Noch immer regnete es Bindfäden. Sein Herz raste, als er mit zittrigen Händen das Schlafzimmerfenster schloss, den Blick auf die Ziffern in seinem Rasen gesenkt.

Dann schalt er sich selbst einen Narren. Jemand hatte sich einen Spaß erlaubt. Mehr nicht.

Kurt ging zurück ins Untergeschoss. Seine Tasse stand noch immer auf dem Beistelltisch im Wohnzimmer. Der Kaffee war kalt.

Hinter ihm wurde die Haustür aufgeschlossen. Kurt sah auf seine Armbanduhr. Pünktlich auf die Minute. Sein Puls normalisierte sich. Er lächelte. Die Fantasien eines alten Mannes.

Als er sich umdrehte, sah er direkt in die Augen seines Gegenübers. Urplötzlich kam die Angst zurück.

2

Das Kleid saß perfekt, das Make-up war dezent, sogar an ein Geschenk hatte sie gedacht. Dennoch nagte ein unbehagliches Gefühl an Malin. Thies wollte sie heute seiner Mutter vorstellen. In ihren Augen war es dafür viel zu früh. Sie waren erst seit zwei Monaten ein Paar. Was würde danach kommen? Erwartete er, dass sie ihn mit ihrer Mutter bekanntmachte? Bei der bloßen Vorstellung sträubten sich ihr die Nackenhaare.

Und hinterher? Eine gemeinsame Wohnung? Heirat? Kinder? Das ganze Programm?

Einen Moment spielte Malin mit dem Gedanken, alles abzusagen, dann schüttelte sie über sich selbst den Kopf und schlüpfte in ihre hochhackigen Sandaletten. Sie warf einen letzten prüfenden Blick in den Spiegel und strich sich eine blonde Haarsträhne aus dem Gesicht. Anschließend griff sie nach dem kleinen Päckchen mit den sündhaft teuren Pralinen und ging über die schmale Wendeltreppe ins Untergeschoss.

Malin hatte das hundertfünfzig Jahre alte Bleicherhaus im Stadtteil Winterhude vor einigen Jahren von ihrer Tante geerbt. Die achtzig Quadratmeter Wohnfläche verteilten sich auf vier Zimmer mit niedrigen Decken und einem winzigen Garten. Die Einrichtung war schlicht und schnörkellos. Alter Dielenboden, weiß getünchte Wände, viel helles Holz und Möbel aus Korbgeflecht. Spätestens im Winter war eine neue Heizanlage fällig, über deren Finanzierung sie sich seit Wochen den Kopf zerbrach. Ihr Gehalt als Kriminalkommissarin war nicht gerade üppig.

Handy und Türglocke klingelten gleichzeitig. Malin eilte in den Flur und öffnete.

Thies Conradi sah unverschämt gut aus. Er hatte das blaue Sportsakko ausgesucht, das die Farbe seiner Augen hatte, dazu trug er lässige Jeans. Seine Haut war von der Sonne tief gebräunt und brachte seine blonden, mit grauen Strähnen durchzogenen Haare zum Leuchten. Er lehnte sich an den

Türrahmen und lächelte Malin verschmitzt an. »Was habe ich nur für eine attraktive Frau an meiner Seite.« Er bemerkte das Päckchen mit dem Etikett der exclusiven Confiserie in Malins Hand. »Mutters Lieblingspralinen? Sie wird dich lieben.«

»Das will ich doch schwer hoffen.« Malin erwiderte sein Lächeln. Es ist nur ein Essen, dachte sie. Kein Termin beim Standesamt. Also keine Panik.

Im Hintergrund klingelte noch immer ihr Handy. »Willst du da nicht langsam mal rangehen?«, fragte Thies amüsiert.

Sie zog das Handy aus ihrer Umhängetasche an der Garderobe. Das Display zeigte die Nummer von Kriminalhauptkommissar Hans Fricke, ihrem Vorgesetzten beim LKA 411, der Hamburger Mordkommission.

»Brodersen?«, brummte ihr Frickes Stimme ins Ohr. »Ich weiß, du hast frei – aber wir brauchen dich.«

Malin musste sich zusammenreißen, um keinen Seufzer der Erleichterung auszustoßen. »Eigentlich hatte ich schon etwas vor«, entgegnete sie halbherzig. Thies hob die Augenbrauen.

»Wir haben eine Leiche, Brodersen. Und ein Personalproblem.«

»Ich komme, Chef.« Malin beförderte Stift und Zettel aus ihrer Umhängetasche und notierte die Adresse, die Fricke ihr durchgab.

»Du musst ins Präsidium?«, fragte Thies, kaum, dass sie das Telefonat beendet hatte.

»An einen Tatort. Tut mir leid.«

Er löste sich vom Türrahmen und trat einen Schritt auf Malin zu. Thies überragte sie um mehr als eine Kopflänge. »Warum habe ich nur das Gefühl, dass dir das nicht ganz ungelegen kommt?«

»Wie kommst du darauf?« Malin legte den Kopf in den Nacken, um ihn anzusehen. »Ich mache nur meinen Job. Es hat rein gar nichts mit deiner Mutter zu tun.« Sie war eine schlechte Lügnerin.

Thies beugte sich zu ihr hinunter und küsste sie. »Also gut. Aber wir holen das nach.« Er sah ihr fest in die Augen. »Ich will dich nur meiner Mutter vorstellen, Malin. Damit sie sieht, was für eine wunderbare Freundin ich habe. Ich hatte nicht vor, dich zum Traualtar zu schleppen und hinterher in Ketten zu legen.« Er zwinkert ihr zu und verschwand.

Malin blieb mit rotem Kopf zurück. Dann fiel ihr Blick auf den Zettel in ihrer Hand und sie streifte die hochhackigen Sandaletten ab. Es wurde Zeit, sich umzuziehen.

Eine halbe Stunde später bog Malin in ihrem alten, grünen Mini in den verkehrsberuhigten Teil des Schleusenredders in Wohldorf-Ohlstedt. Die mit Kopfstein gepflasterte Straße grenzte direkt an den Wohldorfer Wald. Vor dem letzten Grundstück parkte ein Streifenwagen, auf dem geschotterten Gehweg daneben standen weitere Dienstfahrzeuge der Polizei. Malin stellte ihren Mini hinter dem silberfarbenen Transporter der Spurensicherung ab, nahm einen Satz Schutzkleidung aus dem Kofferraum und zeigte dem uniformierten Beamten neben dem Einsatzfahrzeug ihren Dienstausweis.

Eine etwa zwei Meter hohe, akkurat gestutzte Thujenhecke schützte die Bewohner des weitläufigen Grundstücks vor neugierigen Blicken. Der Kies knirschte unter Malins Füßen, als sie die lange Auffahrt entlang auf ein schlichtes Spitzgiebelhaus mit moosbesetzten Dachschindeln zuging. Auf der weiß verputzten Fassade prangten zahlreiche Verfärbungen. Sonne blitzte zwischen den dunklen Wolken hervor und die Buchsbäume vor dem Hauseingang warfen spitze Schlagschatten auf den Weg wie eine Armee gesichtsloser Zinnsoldaten.

Vor der Haustür mit dem eingelassenen Gitterfenster stand ein weiterer Uniformierter. Er grüßte Malin knapp, ohne sich von der Stelle zu bewegen. »Herr Glaser hat mich angewiesen, hier niemanden ohne Schutzkleidung reinzulassen.« Seine Augen streiften das Kleiderbündel in Malins Hand.

Frank Glaser war der Leiter der Spurensicherung, ein mürrischer, wortkarger Typ mit verkniffenem Gesichtsausdruck, der sein Territorium eisern gegen sämtliche Fremd-DNA verteidigte. Ein Mann, den man besser nicht verärgerte. Malin schlüpfte in Spurensicherungs-Overall, Latexhandschuhe und blaue Überschuhe.

Ein schwerer, süßlicher Gestank schlug ihr entgegen, als sie die großzügig geschnittene Diele betrat. Sie stülpte sich den Mundschutz über.

Alter Fliesenboden, Landschaftsbilder auf vergilbter Raufasertapete, ein Konsoltisch aus Kirschholz und ein altmodischer Garderobenständer, an dem ein einzelner dunkelblauer Blazermantel hing. Vier Türen gingen vom Flur in weitere Räume ab, eine schön geschwungene Holztreppe mit ausgetretenen Stufen führte ins Obergeschoss. Am Fuß der Treppe kniete ein Kriminaltechniker.

»Manchmal wünsche ich mir einen anderen Job.« Ein großer, schlaksiger Mann erschien in einer der angrenzenden Türen und musterte Malin aus wasserblauen Augen. Ole Tiedemanns restliches Gesicht war inklusive der sandfarbenen Haare unter Mundschutz und Kapuze versteckt. »Ich hoffe, du hast nicht gerade gegessen.«

»Genau so habe ich mir einen freien Tag vorgestellt.« Malin lächelte ihren Teamkollegen schief an. Tiedemann war ein ruhiger und introvertierter Mann. Sie schätzte seine sachliche Arbeitsweise und seine Fähigkeit, während den Ermittlungen stets den Überblick und einen kühlen Kopf zu behalten. Eine Eigenschaft, über die Malin leider nicht verfügte. »Was haben wir?«

»Eine männliche Leiche. Schätzungsweise zwischen siebzig und achtzig. Fortgeschrittene Verwesung. Dr. Steinhofer sieht ihn sich gerade an. Wir gehen davon aus, dass es sich bei dem Toten um den Hauseigentümer Dr. Kurt Wenninger handelt.«

»Weiß man schon, was passiert ist?«

»Er wurde offenbar erschossen.« Tiedemann zupfte an seinem Mundschutz. »Der Postbote hat den Toten entdeckt. Ihm waren der überfüllte Briefkasten und der Geruch aufgefallen. Als niemand auf sein Klingeln geöffnet hat, ist er durch den Garten zur Terrasse gegangen, um ins Haus zu schauen.«

Dr. Steinhofer schob sich mit ihrem Arztkoffer in der Hand an Tiedemann vorbei in die Diele und lüpfte ihren Mundschutz. Die Rechtsmedizinerin war eine kühle Blondine in den Vierzigern, die selbst im Schutz-Overall eine elegante

Erscheinung abgab. Sie nickte Malin kurz zu und wandte sich an Tiedemann. »Der Tote hat Schussverletzungen in Bauch, Brust, Schulter und Oberschenkel.«

»Was denken Sie, wie lange er tot ist?«, fragte Tiedemann.

Dr. Steinhofer runzelte die Stirn. »Das ist schwer zu sagen. Die Verwesung ist bereits fortgeschritten, die Oberhaut an den unverletzten Stellen beginnt sich abzulösen. Vorsichtig geschätzt acht bis vierzehn Tage. Genaueres ergibt hoffentlich die Obduktion oder das entomologische Gutachten. Melden Sie sich, wenn Sie fertig sind. Ich lasse den Toten dann abholen. Und richten Sie Fricke aus, dass er vor morgen Nachmittag nicht mit der Obduktion rechnen kann. Ich habe noch weitere Kunden.« Ein letzter kühler Blick und Dr. Steinhofer verließ das Haus.

»Also gut, dann wollen wir mal.« Tiedemann sah seine Kollegin an. »Am besten, du machst dir erst einmal selbst ein Bild.«

Malin folgte ihm ins Wohnzimmer. Die vertäfelte Holzdecke, das Monstrum von einem Eichenschrank, die durchgesessene Sofagarnitur und die ausgeblichenen Perserteppiche hatten ihre besten Zeiten seit Jahren hinter sich. Die Gardinen waren aufgezogen. Vereinzelte Sonnenstrahlen warfen Lichtreflexe auf den Ohrensessel aus dunkelrotem Samt, der zum Fenster in den Garten hin ausgerichtet war.

Ein Kriminaltechniker beugte sich gerade über den Sessel und Malin erkannte Frank Glaser, dessen kleine, runde Brille zwischen Kapuze und Mundschutz hervorlugte. Er murmelte vor sich hin und beförderte mit einer Pinzette Insekten in ein nummeriertes Gefäß. Erst jetzt bemerkte Malin einen Arm mit marmorierter Grünverfärbung auf der abgewetzten Lehne. Der Tote saß im Ohrensessel.

Sie trat ein paar Schritte näher. Insekten tummelten sich auf dem geschwollenen Leib und in den Körperöffnungen des Toten. Am rechten Oberschenkel, an der linken Schulter und im Rumpf konnte man deutlich Einschusswunden erkennen. Ihr Magen rebellierte und der Gestank drang jetzt auch durch ihren Mundschutz. Verdammt.

»Lass uns einen Moment rausgehen«, schlug Tiedemann vor.

Malin folgte ihm schweigend aus dem Haus, löste ihren Mundschutz und atemete tief durch.

»Wir sind hier bis auf weiteres erst mal zu zweit«, sagte Tiedemann, während sie auf dem Kiesweg das Haus umrundeten. »Sven ist beim Zahnarzt. Wurzelbehandlung. Und der Chef hat irgendeinen wichtigen Termin.«

»Und was ist mit Fred?«

Tiedemann warf ihr einen erstaunten Seitenblick zu. »Er hat dir nicht gesagt, dass er Urlaub hat? Gestern Abend ging sein Flieger in die Türkei.«

»Nein, das wusste ich nicht.« Malin verdrängte die widersprüchlichen Gefühle, die diese Nachricht bei ihr auslöste.

Der hintere Garten erinnerte an eine gut gepflegte Parklandschaft. Die sauber getrimmte Thujenhecke umrahmte symmetrisch angelegte Beete, Kolonien von runden und zylinderförmig geschnittenen Buchsbäumen und eine großzügig angelegte Rasenfläche.

Die beiden Kriminalbeamten blieben vor der Terrasse stehen und sahen durch das Verandafenster. Der Tote im Ohrensessel schien sie direkt anzustarren.

»Hast du die Einschusslöcher gesehen?«, fragte Tiedemann.

»Hab ich.« Malin musterte ihn von der Seite. Wie es schien, machte ihm der unappetitliche Anblick nichts aus.

Tiedemann bemerkte ihren Blick. »Habe ich eines der Viecher mit rausgebracht? Oder warum starrst du mich so an?« Er fegte mit seiner behandschuhten Hand ein imaginäres Insekt aus seinem Gesicht.

Malin ließ seine Frage unbeantwortet. »Weiß man schon etwas Näheres über den Hauseigentümer?«

»Bisher nicht. Aber du könntest mit Stefan Biedermann, dem Postboten, sprechen. Er wartet bei den Nachbarn zwei Häuser weiter. Postboten sind oftmals gute Informationsquellen.« Seine Stirn krauste sich, während er die Leiche betrachtete. »Ein Profi war das nicht. Der Bauchschuss allein hätte ausgereicht, um den Mann in kürzester Zeit verbluten zu lassen. Offenbar hatte da noch jemand eine Rechnung offen.«

3

Das gelbe Postfahrrad stand zwei Einfahrten weiter vor einem klassischen Rotklinkerbau. Im dazugehörigen Garten war alles vorhanden, was Kinderherzen höher schlagen ließ: Sandkasten, Kletterbaum samt Baumhaus, Fußballtore und ein Riesentrampolin. Eine zierliche, rothaarige Frau Mitte dreißig öffnete die Tür. Sie trug ein ebenso rothaariges Kleinkind auf dem Arm.

Malin, die sich ihrer Schutzkleidung mittlerweile entledigt hatte, zeigte ihren Dienstausweis und stellte sich vor.

Die Frau reichte ihr die Hand. »Ich bin Nadine Schröder. Sie wollen bestimmt mit dem armen Herrn Biedermann sprechen. Er sitzt in der Küche.« Sie trat beiseite, um die Kriminalbeamtin hereinzulassen.

Anders als im vorigen Haus war dieser Eingangsbereich hell und freundlich gestaltet. Wände, Treppen und Türen waren weiß, der Fliesenboden hatte ein Schachbrettmuster und bunt gerahmte Kinderzeichnungen setzten Farbakzente. Aus dem oberen Stockwerk tönten die dumpfen Bässe eines Popsongs gemischt mit Kinderstimmen.

Malin schob sich eine Haarsträhne hinters Ohr. »Ich würde vorab gern kurz mit Ihnen sprechen.«

Nadine Schröder flüsterte dem Kind auf ihrem Arm etwas ins Ohr und setzte es dann auf den Boden. Es flitzte umgehend in einen der Nebenräume. »Ich möchte nicht, dass die Kleine etwas mitbekommt. Darf ich Ihnen etwas zu trinken anbieten?«

»Danke, nein. Sie wissen, dass im Nachbarhaus ein Toter gefunden wurde?«

Nadine Schröder nickte.

»Wie gut kennen Sie Ihren Nachbarn Dr. Wenninger?«

»Nicht besonders gut. Wir grüßen uns, wenn wir uns sehen, manchmal wechseln wir auch ein paar Worte.« Eine steile Falte erschien auf ihrer Stirn. »Ist er der Tote?«

»Wir gehen davon aus«, erwiderte Malin. »Wann haben Sie Dr. Wenninger das letzte Mal gesehen?«

»Das ist bestimmt zwei Wochen her.« Nadine Schröder legte nachdenklich den Kopf schief. »Ich glaube, das war Dienstag vor zwei Wochen, der fünfte August. Wir hatten Hochzeitstag. Mein Mann und ich sind erst ziemlich spät nach Hause gekommen. So gegen ein Uhr morgens … und ich weiß noch, dass ich mich über das Taxi gewundert habe, das vor Dr. Wenningers Auffahrt stand.«

Malin zog ihr Notizbuch aus der Umhängetasche. »Wissen Sie, ob Dr. Wenninger Angehörige hat?«

»Er hat irgendwann mal eine Schwester erwähnt.« Nadine Schröder krauste die Nase. »Sie sollten mit den Tiefenbrunners im Nebenhaus sprechen. Frau Tiefenbrunner interessiert sich immer sehr für die Vorgänge in ihrer Nachbarschaft.« Sie lächelte gequält.

»Danke, Frau Schröder.« Malin reichte ihr eine Visitenkarte. »Für den Fall, dass Ihnen noch etwas einfällt. Wenn Sie mir jetzt vielleicht den Weg in die Küche zeigen könnten?«

Der Postbote saß am Tisch und presste seine Hände um ein Wasserglas. Er war groß und sehnig, hatte ein längliches Gesicht mit engstehenden Augen und dunkelblonde Haare, die im Nacken zu einem Zopf gebunden waren. Seine blaugelbe Dienstkleidung wirkte in dem ganz in Weiß gehaltenen Raum wie ein Fremdkörper. Malin schätzte den Mann auf Anfang zwanzig.

»Herr Biedermann?« Sie setzte sich auf den gegenüberstehenden Stuhl. »Ich bin Malin Brodersen vom LKA.«

Stefan Biedermann drehte das Wasserglas in seinen Händen, ohne den Blick zu heben. »Ich wollte auch mal zur Polizei. Jetzt bin ich Postbote und finde trotzdem Leichen.« Seine Finger hielten in der Bewegung inne. »Ist das Dr. Wenninger, da drüben im Sessel?«

»Wir vermuten es. Kannten Sie ihn?«

Der Postbote drehte weiter am Wasserglas. Winzige Schweißperlen standen auf seiner Stirn. »Wir haben uns öfter unterhalten. Meistens über Gartenarbeit. Ich habe so einen kleinen Schrebergarten. In Langenhorn.« Er schaute Malin das erste Mal direkt an und sie bemerkte den bekümmerten Ausdruck in seinen Augen. Im nächsten Moment fixierte er wieder das Glas. »Dr. Wenninger hat mir Tipps gegeben. Für den Rasen. Leider ist meiner nie so schön geworden wie seiner. Englischer Rasen. Aber der nützt ihm nun ja auch nichts mehr.«

»Erzählen Sie mir, wie Sie den Toten gefunden haben. «

»Der Briefkasten wurde nicht geleert. Ich hätte mir gleich denken können, dass Dr. Wenninger nicht in den Urlaub gefahren ist. Das hat er noch nie gemacht. Zumindest nicht in den drei Jahren, in denen der Schleusenredder auf meiner Route liegt.« Er trank einen Schluck Wasser. »Spätestens, als er seinen Rasen nicht wie gewohnt gemäht hat, hätte ich es raffen müssen. Hab ich aber nicht. Wissen Sie, englischer Rasen sollte alle paar Tage gemäht werden. Die optimale Länge ist drei bis vier Zentimeter.«

»Kommen wir auf heute Mittag zurück.«

»Ach so, ja. 'tschuldigung.« Stefan Biedermann rümpfte die Nase. »Der Geruch ist mir aufgefallen. Erst dachte ich mir nicht viel dabei, aber heute Morgen stank es dann so penetrant, dass ich nachgesehen habe.« Der Postbote wurde aschfahl. »Das werde ich wohl mein Lebtag nicht vergessen.«

Malin nickte verständnisvoll. »Ist Ihnen in den letzten Wochen irgendetwas aufgefallen? Hat sich jemand auf dem Grundstück aufgehalten oder hat Dr. Wenninger ungewöhnlichen Besuch bekommen? Haben Sie etwas beobachtet?«

Stefan Biedermann wich ihrem Blick aus und schüttelte den Kopf.

Malin unterdrückte ein Seufzen. »Können Sie mir sonst noch etwas über Dr. Wenninger erzählen?«

Der junge Mann nahm einen weiteren Schluck Wasser. Er hatte einen konzentrierten Gesichtsausdruck und es schien, als müsse er seine Antwort gründlich abwägen. »Er war früher mal so ein Nervenarzt.«

Malin zückte ihr Notizbuch. »Sie meinen Psychiater oder Neurologe?«

»Genau. Er hat mir mal davon erzählt.« Stefan Biedermann grinste schief.

Etwas daran löste bei Malin Unbehagen aus. »Was hat er Ihnen erzählt?«

Der Postbote ruderte augenblicklich zurück. »Nicht viel. Nur dass er mal eine Praxis in Volksdorf hatte. Aber das ist schon ewig her.«

»Wir würden gerne mit den Angehörigen von Dr. Wenninger sprechen. Frau Schröder erwähnte eine Schwester. Wissen Sie vielleicht den Namen?«

Die Antwort kam wie aus der Pistole geschossen. »Sie heißt Ilse. Ilse Wenninger.« Stefan Biedermann errötete leicht. »Ich habe ihren Namen mal auf einem Brief gesehen.«

»Woher wissen Sie, dass es sich dabei um die Schwester handelt?«

Er griff nach dem Wasserglas und trank einige Schlucke, bevor er antwortete. »Mein Fehler. Als Sie mich eben nach Dr. Wenningers Schwester fragten, bin ich automatisch davon ausgegangen, dass es diese Ilse ist. Dabei könnte sie natürlich genauso gut eine Nichte, Tante oder sonstige Verwandte sein.«

»Können Sie sich zufällig an die Absenderadresse erinnern?«

»Es war eine 224er Postleitzahl. Demnach müsste Frau Wenninger irgendwo in Hummelsbüttel, Langenhorn oder Niendorf wohnen. Mehr weiß ich nicht.«

Malin sah ihn erstaunt an. »Alle Achtung, dass Sie sich sogar einen Teil der Postleitzahl gemerkt haben.«

Das Gesicht des Postboten verschloss sich, doch zumindest erwiderte er diesmal ihren Blick. Ein eigentümlicher Ausdruck lag in seinen Augen. »Dr. Wenninger bekam selten Post.« Er schob abrupt das Glas beiseite und erhob sich. »Kann ich jetzt gehen? Ich muss noch die restlichen Briefe verteilen.«

Malin reichte ihm ihre Visitenkarte. »Danke, Herr Biedermann. Möglicherweise kommen wir noch mal auf Sie zu.«

Der Postbote ließ die Karte ungelesen in die Hosentasche gleiten, nuschelte einen kurzen Abschiedsgruß und verließ die Küche. Aus der oberen Etage ertönte Kindergeschrei.

Malin sah nachdenklich zu der Tür, durch die Stefan Biedermann verschwunden war. Der Mann war mehrfach ihrem Blick ausgewichen. Zufall? Oder hatte er etwas zu verbergen?

4

»Wo, verdammt, warst du!?« Wolfgang Herzog rieb sich die graumelierten Schläfen.

Verena schwieg, stand vor ihm und strafte ihn mit hochmütigem Blick. Sie war eine schöne Frau. Hochgewachsen und schlank, mit brünett getöntem Haar, das ihr schimmernd um die Schultern floss. Ihr Gesicht war oval, mit hohen, ausgeprägten Wangenknochen und klaren blauen Augen. Das flaschengrüne, enganliegende Seidenkleid umschmeichelte ihre perfekt geformte Figur. Niemand würde jemals ihr wahres Alter erraten.

»Jetzt sag doch endlich was.« Mit allem kam er zurecht. Mit ihren Vorwürfen. Ihrer Wut. Doch ihr Schweigen zermürbte ihn. »Verena.« Er streckte die Hand nach ihr aus und bemerkte, wie sich ihre rot lackierten Fingernägel in die Lehne des vor ihr stehenden Stuhls krallten.

Er verstand sie kaum, als sie endlich sprach. So leise war ihre Stimme. »Du widerst mich an.« Sie drehte sich um und verließ das Zimmer.

Schwer atmend setzte sich Wolfgang auf den Stuhl hinter seinen Schreibtisch. Er war todmüde und sein Kopf schmerzte. Die halbe Nacht hatte er wach gelegen und auf Verena gewartet. Immer wieder hatte er auf die Leuchtziffern seines Weckers gestarrt. Hatte gebetet, dass sie endlich nach Hause kam. Doch erst in den frühen Morgenstunden war eine Autotür vor dem Mehrfamilienaltbau am Hofweg zugeschlagen worden. Minuten später hatte sie endlich die Wohnung betreten. Erst da hatte er für wenige Stunden in den Schlaf gefunden.

Er wusste, er würde Verena verlieren. Und es gab nichts, was er dagegen tun konnte.

Der Leichenwagen der Rechtsmedizin rollte langsam an Malin vorbei, als sie über den knirschenden Kies ging. Die Sonne hatte die Wolken verdrängt und warf lange, dunkle Schatten über die Thujenhecke.

Malin hatte in den letzten anderthalb Stunden weitere Anwohner des Schleusenredders befragt, jedoch nichts Neues in Erfahrung bringen können. Die wenigsten der Leute, die sie zu Hause antraf, hatten Kurt Wenninger gekannt. Eine Frau berichtete, sie hätte den Doktor einmal auf einen Kaffee eingeladen, doch er hätte abgelehnt. Ebenso war es einem Nachbarn ergangen, der Hilfe bei der Gartenarbeit angeboten hatte. Es schien, als hätte Kurt Wenninger den Kontakt zu anderen Anwohnern absichtlich gemieden. Ob das auch für seine direkten Nachbarn, das Ehepaar Tiefenbrunner, galt, konnte Malin nicht feststellen. Dort hatte ihr niemand geöffnet, und die Rolläden waren heruntergelassen.

Tiedemann stand mit Kriminalhauptkommissar Fricke vor Wenningers Hauseingang. Beim Anblick ihres Vorgesetzten musste Malin unwillkürlich lächeln. Sein Bauch hatte in den letzten Wochen wieder an Umfang zugelegt und zeichnete sich deutlich unter seinem Schutzanzug ab. Ein gutes Zeichen, dachte Malin. Nach der Trennung von seiner Frau vor einigen Monaten hatte Fricke rapide an Gewicht verloren. Jetzt befand er sich zumindest äußerlich wieder im Normalzustand. Gerade lüpfte er die Kapuze seines Overalls und zerzaustes, aschblondes Haar kam zum Vorschein. Malin hätte darauf gewettet, dass er unter dem Schutzanzug eine seiner obligatorischen Cordhosen und ein kariertes Hemd trug.

»Moin«, sagte Fricke. Sein Gesicht war von tiefen Furchen durchzogen und die hellen Augen waren leicht unterlaufen. »Tut mir leid, dass ich dich eher zurückholen musste, Brodersen. Du kannst die restlichen Überstunden bei nächster Gelegenheit abbummeln.«

»Schon gut«, wehrte Malin ab. »Es waren ohnehin nur noch zwei Tage. Hat sich hier in der Zwischenzeit etwas Interessantes getan?«

Tiedemann schüttelte den Kopf. »Aber die Spusi ist auch noch nicht ganz fertig.«

»Zunächst sollten wir sehen, dass wir das Opfer identifizieren«, brummte Fricke. Er wandte sich an Malin. »Haben die Befragungen der Nachbarn etwas ergeben?«

»Von denen, die ich angetroffen habe, hat niemand etwas Ungewöhnliches bemerkt. Bei den Nachbarn zwei Häuser weiter habe ich erfahren, dass es eine Schwester geben soll.« Sie berichtete von ihrem Gespräch mit dem Postboten. »Ein merkwürdiger Zeitgenosse. Der konnte mir kaum in die Augen sehen.«

»Vielleicht stand er noch ein wenig unter Schock. Die Leiche ist nicht gerade der schönste Anblick.« Fricke wies mit dem Kopf zum Nachbarhaus hinter der Hecke. »Was ist mit den Leuten nebenan? Da müsste doch jemand die Schüsse gehört haben.«

»Die Rollläden sind alle heruntergelassen. Vermutlich sind die Bewohner im Urlaub.«

»Dann versuche herauszufinden, wann sie wiederkommen oder wie wir sie kontaktieren können.«

Malin nickte und sah zum angrenzenden Wald. »Vielleicht war es ein Einbrecher, der dachte, es gäbe bei Dr. Wenninger etwas zu holen.«

»Wenn man sich den Zustand des Hauses so anschaut, glaube ich das eher weniger.« Fricke musterte die fleckige Fassade.

»Drinnen ist auch alles stark abgewohnt.« Tiedemann streifte die Latexhandschuhe ab. »Das Einzige, was hier noch einigermaßen in Schuss ist, ist der Garten.«

»Hans!« Frank Glaser kam aus dem Haus und hielt eine braune Spurensicherungstüte in die Höhe. »Wir haben was!«

Fricke hob fragend die Brauen.

Der Kriminaltechniker verzog sein grimmiges Gesicht zu einem Lächeln. »Eine Patronenhülse unter dem Sessel. Die hat der Täter offenbar übersehen.«

»Dann wissen wir, um welches Projektil es sich handelt?«

»Der Stempel am Patronenboden ist kaum zu entziffern. Aber vielleicht können wir bei der KTU noch etwas herausholen. – Ich mache mich dann mal weiter an die Arbeit.« Glaser verschwand wieder im Haus.

Fricke wandte sich an Tiedemann. »Habt ihr ein Adressbuch oder irgendetwas in der Art gefunden?«

Tiedemann nickte. »Die Telefonnummer vom Zahnarzt steht drin, ich hab ihn schon angerufen. Er hat versprochen, gleich nachzusehen, ob er Röntgenaufnahmen von Wenninger hat.«

»Gut. Und die Adresse der Schwester?«

»Fehlanzeige. Auch keine Kontaktdaten von anderen Angehörigen, sofern sie denn Wenninger heißen.«

»Vielleicht gibt es keine weiteren Verwandten.« Fricke sah auf seine Armbanduhr. »Also gut. Die Identifizierung der Leiche steht an erster Stelle. Ole, du kümmerst dich um die Zahnarztunterlagen und fährst gegebenenfalls direkt damit für einen Abgleich in die Rechtsmedizin. Und du, Brodersen, treibst in der Zwischenzeit die Adresse der Schwester auf. Sobald wir sicher sind, dass der Tote im Haus Kurt Wenninger ist, stattet ihr der Dame einen Besuch ab. Alles klar?« Ohne eine Antwort abzuwarten, zog Fricke die Kapuze seines Schutzanzuges wieder über den Kopf und drehte ihnen den Rücken zu.

Am späten Nachmittag wurde das Mordopfer anhand seiner Zahnschema-Karte als der achtundsiebzigjährige Kurt Wenninger identifiziert.

Malin fuhr mit Ole Tiedemann zu Ilse Wenninger, deren Adresse sie im Melderegister gefunden hatte. Im Wagrierweg in Niendorf stellte sie ihren Mini in einer der Parkbuchten ab und wartete, bis der Kollege seine langen Beine umständlich aus dem Auto befreit hatte, ehe sie ebenfalls ausstieg. Sie rechnete es ihm hoch an, dass er sich jeglichen Kommentar bezüglich der Größe ihres fahrbaren Untersatzes verkniff.

An einem hohen, grauen Mehrfamilienhaus mit der Nummer neun ging Malin die zahlreichen Türschilder durch, bis sie auf den Namen Ilse Wenninger stieß. Sie drückte den Klingelknopf. Sekunden später ertönte der Summer. Im Treppenhaus empfing sie Essensgeruch. Malin, die seit dem Joghurt am Morgen nichts mehr gegessen hatte, bekam Hunger. Hinter einer der Türen im Erdgeschoss brüllte ein Baby.

Sie nahmen den Fahrstuhl in den sechsten Stock. Eine

ältere Frau mit kurzen, grauen Haaren und randloser Brille öffnete ihnen. Sie war ein wenig mollig und hatte ein offenes, symphatisches Gesicht.

»Frau Wenninger?« Tiedemann zückte seinen Dienstausweis.

Die Frau schüttelte den Kopf. »Nein, ich bin Natascha Raschke. Ich helfe Frau Wenninger ab und zu im Haushalt, wenn sie gerade einen ihrer Rheumaschübe hat. Sie sind von der Polizei?«

Tiedemann nickte. »Wir würden gerne mit Frau Wenninger sprechen. Ist sie da?«

»Ja, Entschuldigung.« Die Haushaltshilfe ließ sie eintreten. »Frau Wenninger ist im Wohnzimmer. Es ist gleich geradeaus.«

Ilse Wenninger war eine winzige, dünne Person mit weißen Löckchen und einer Haut wie altem Pergament, zerknittert und von unzähligen Falten durchzogen. Die betagte Gestalt thronte in einem bunt geblümten Kleid in einem Lehnstuhl mit einem Kissen im Kreuz. Misstrauisch beäugte sie die Neuankömmlinge. Malin schätzte sie auf Mitte siebzig.

»Frau Wenninger? Malin Brodersen. LKA Hamburg.« Sie reichte ihr die Hand und war erstaunt über den kräftigen Händedruck.

Ole Tiedemann tat es seiner Kollegin nach und stellte sich ebenfalls vor.

Ilse Wenninger zeigte auf ein durchgesessenes Sofa. »Setzen Sie sich. Und dann sagen Sie mir, was Sie von mir wollen.«

»Es geht um Kurt Wenninger«, verkündete Tiedemann.

Ihre Züge verhärteten sich. »Um meinen Bruder? Was ist mit ihm? Ist er tot?«

»Leider ja.« Tiedemann war nicht anzumerken, ob ihn die direkte Art der Frau irritierte. »Er wurde heute Vormittag tot in seinem Haus aufgefunden.«

»Glauben Sie nicht, dass mich das jetzt schockiert.« Ilse Wenninger faltete ihre mit Altersflecken übersäten Hände und legte sie in den Schoß. »Ich konnte meinen Bruder noch nie besonders gut leiden.«

»Frau Wenninger«, sagte Malin, »Ihr Bruder ist keines natürlichen Todes gestorben.«

»Sie meinen, er wurde ermordet?« Ilse Wenninger schnaubte. »Auch das wundert mich nicht. Er war intrigant und raffgierig.«

»Können Sie das vielleicht ein wenig ausführen?« Malin war verblüfft.

Ilse Wenninger reckte angriffslustig ihr Kinn. »Das sind Familiengeschichten. Und die gehen die Polizei überhaupt nichts an.«

Tiedemann ergriff das Wort, ehe Malin reagieren konnte. »Wann haben Sie Ihren Bruder zuletzt gesehen?«

»Bei der Beerdigung unserer Mutter. Vor dreiundzwanzig Jahren.«

»Aber Sie hatten schriftlichen Kontakt?«, hakte er nach.

»Wie kommen Sie denn darauf?«

»Wir haben die Aussage des Postboten, dass er einen Brief von Ihnen an Ihren Bruder zugestellt hat.«

Ilse Wenninger schüttelte rigoros den Kopf. »Der Mann muss sich irren.«

Malin warf Tiedemann verwundert einen Blick zu, doch ihr Kollege ließ sich nicht aus der Ruhe bringen. »Ihr Verhältnis zu Ihrem Bruder war also nicht besonders gut?«

Wieder schnaubte die Alte. »Das ist noch maßlos untertrieben.«

»Gibt es noch weitere Familienmitglieder?«

Ihr Blick wurde wachsam. »Nur noch meine Tochter Ruth und ihre zwei Kinder.«

»War Ihr Bruder verheiratet?«

Ilse Wenninger schüttelte den Kopf. »Genauso wenig wie ich. Eine unserer kümmerlichen Gemeinsamkeiten. Wenn es Ihnen nichts ausmacht, würde ich Sie jetzt bitten, zu gehen und meine Zeit nicht länger zu vergeuden. In meinem Alter hat man schließlich nicht mehr allzu viel davon.« Die alte Frau erhob sich aus ihrem Sessel und verließ erstaunlich flink den Raum.

Malin und Tiedemann tauschten einen kurzen Blick und

folgten ihr in den Flur. Keine Minute später standen die beiden Kriminalbeamten im Treppenhaus.

Tiedemann kratzte sich hinterm Ohr. »Ich sag's ja immer. Im Alter werden sie alle schrullig.«

25. Januar 1979

Sie hatten ihr die Augen verbunden und ihre Hände gefesselt. Jemand packte sie grob am Oberarm und stieß sie über eine Stufe in eine Art Metallverschlag. Ein Riegel wurde vorgeschoben. Rena konnte sich kaum rühren, so eng war es. Dann wurde ein Motor angelassen.

Ich bin in einem Auto, schoss es ihr in den Sinn. Das Gefährt setzte sich in Bewegung.

Die Angst schnürte Rena die Kehle zu. Was hatte man mit ihr vor? Was war mit Romy? Bei dem Gedanken an ihre kleine Tochter schluchzte sie auf. »Wo bringen Sie mich hin?!«

Niemand antwortete. Das Fahrzeug nahm eine scharfe Kurve und Renas Kopf prallte mit voller Wucht gegen die Metallwand. Tränen schossen ihr aus den Augen. Sie rückte ihre Glieder zurecht, um eine bequemere Position zu finden. Das Bild ihrer kleinen Tochter im Nachthemd, den Schlenkerbären an die Brust gepresst, schob sich zurück in ihr Gedächtnis. Was hatten sie mit Romy gemacht?

Erneut prallte ihr Kopf gegen Metall. Die Fahrt zog sich schier endlos. Die Fesseln schmerzten an ihren Handgelenken. Es war stickig in dem Gefährt und Rena hatte Schwierigkeiten zu atmen. Sie durfte nicht in Panik geraten.

Das Tempo hatte sich mittlerweile erhöht. Rena schärfte ihre Sinne. Sie fuhren über eine Straße mit nur wenigen Unebenheiten. Die Autobahn? Jemand in der Fahrerkabine hustete.

»Wo bringen Sie mich hin?!« Wieder keine Antwort. Peter, schoss es ihr durch den Kopf. Peter würde bald nach Hause kommen und sich um alles kümmern. Er würde sofort mer-

ken, dass etwas nicht in Ordnung war. Einen Moment lang war sie erleichtert.

Und wenn Peter aufgehalten wurde? Es wäre nicht das erste Mal, dass sich seine Dienstreise unerwartet verlängerte.

Das Tempo wurde gedrosselt und das Gefährt bog in eine scharfe Kurve. Ihre Knie stießen gegen Metall, doch zumindest gelang es Rena, dieses Mal den Kopf rechtzeitig zurückzureißen. Der Wagen rumpelte wie über Kopfsteinpflaster und hielt schließlich an. Ein Tor wurde geöffnet. Die Fahrt ging im Schritttempo holprig weiter. Kurze Zeit später ein weiteres Tor. Bald darauf kam das Gefährt endgültig zum Stehen.

Rena hörte, wie Autotüren geöffnet wurden. Ein paar gedämpfte Stimmen waren zu vernehmen. Dann wurde die Tür zu ihrem Metallspind aufgesperrt. Jemand zog sie unsanft am Arm und Rena stolperte aus dem Wagen. Es war ein komisches Gefühl, wieder festen Boden unter den Füßen zu haben.

Dann wurde ihr mit einem Ruck die Augenbinde vom Kopf gerissen.

5

Es dämmerte bereits, als Malin die verzinkte Stahlbrücke betrat, die vom Uferweg am Eilbekkanal zu einem modernen, holzverkleideten Hausboot mit Glaskuppeldach führte. Thies Conradi hatte seine Unterkunft mit dem Komfort eines Einfamilienhauses von einem befreundeten Architekten zur Verfügung gestellt bekommen, solange dieser im Ausland weilte.

Thies saß mit einem Buch in der einen und einem Glas Weißwein in der anderen Hand auf einem der Teakstühle auf der großen Holzterrasse.

Wie friedlich es hier ist, dachte Malin mit einem Blick auf das ruhig liegende Gewässer, in dem sich die letzten Sonnenstrahlen des Tages spiegelten. Die vergangenen zwei Wochen hatte sie fast komplett bei Thies auf dem Hausboot verbracht. Malin hatte den Professor für Strafrecht während einer Ermittlung an der Corvinius Law School zweieinhalb Monate zuvor kennengelernt, während sie dort den Mord an einer Studentin untersuchte. Damals hatte sie sich noch mitten in dem Gefühlschaos befunden, das ihr Teampartner Frederick Bartels ausgelöst hatte, in den sie lange Zeit verliebt gewesen war. Fred war verheiratet, einer der Gründe, warum aus ihnen kein Paar wurde. Und dann war Thies auf der Bildfläche erschienen.

»Malin!« Thies ließ sein unwiderstehliches Lächeln aufblitzen. Er legte sein Buch beiseite und umfasste ihre Taille, als sie neben ihn trat. »Möchtest du auch ein Glas Wein?«

Sie schüttelte den Kopf. »Ich würde lieber erst etwas essen.«

»Erst?« Er zwinkerte schelmisch.

»Vor dem Wein, meinte ich.« Sie löste sich lächelnd aus seiner Umarmung und trat durch die geöffnete Schiebetür ins Innere. Lasierte Eichendielen, eine weiße Sitzlandschaft und ein offener Essbereich samt Designer-Küche bildeten den Wohnbereich des Oberdecks.

Gleich zu Beginn ihrer Beziehung hatte Thies sie aufgefordert, sich auf dem Hausboot wie zu Hause zu fühlen. Dennoch kam es Malin immer noch vor, als täte sie etwas Verbotenes, wenn sie sich am Kühlschrank bediente.

Sie entdeckte eine Schüssel Salat, ein Schälchen mit gegrillten Scampi und eins mit selbstgemachtem Dressing. Malin nahm alles heraus, zog Besteck aus einer der Schubladen und mischte die Zutaten zusammen. Sie schenkte sich ein Glas Mineralwasser ein und ging mit ihrem Essen zurück auf die Terrasse.

»Im Brotkorb sind noch zwei Franzbrötchen«, sagte Thies, als sie sich zu ihm an den Tisch setzte. »Meine Mutter hat sich so über deine Pralinen gefreut, dass sie gleich im Anschluss an unser Mittagessen zum Bäcker gelaufen ist, um sie für dich zu besorgen.« Er schmunzelte.

»Oh, Gott. Du hast ihr das mit den Franzbrötchen verraten?« Das süße, mit viel Butter und Zimtzucker hergestellte Hefegebäck gehörte seit Kindheitstagen zu ihren Leibspeisen. Sie fand es peinlich, dass dies eines der ersten Dinge war, die seine Mutter über sie erfuhr. »Das war sehr nett von ihr.« Sie schob sich mit der Gabel einen der gegrillten Scampi in den Mund. Ein Hauch von Knoblauch, Zitronengras und kaltgepresstem Olivenöl breitete sich auf ihrem Gaumen aus.

»Sie *ist* nett«, erklärte Thies. Sein Blick wurde ernst. »Habt ihr einen neuen Fall?«

»Einen Leichenfund in Wohldorf-Ohlstedt«, erwiderte Malin knapp. Sie hatten die Absprache getroffen, Berufliches und Privates weitestgehend zu trennen, da ihre unterschiedlichen Auffassungen zu einigen Themen bereits für Zündstoff in ihrer noch frischen Beziehung gesorgt hatten. Neben seiner Arbeit an der Corvinius Law School arbeitete Thies für eine Streetworker-Station und beriet ehrenamtlich Jugendliche, die mit dem Gesetz in Konflikt geraten waren.

»Also ist dein Freizeitausgleich beendet?«

Malin nickte. Sie dachte an den Toten im Ohrensessel. Sofort verging ihr der Appetit. Von einer Sekunde auf die andere fühlte sie sich erschöpft und ausgelaugt und sehnte sich nach ihren eigenen vier Wänden. Sie schob die noch halbvolle Salatschüssel beiseite. »Ich glaube, ich geh lieber schlafen. Bist du mir böse, wenn ich nach Hause fahre? Ich muss morgen früh raus.«

Thies schüttelte ernst den Kopf. »Ich finde es nur sehr schade.«

Wortlos räumte Malin den Tisch ab. Sie wusste, dass sie ihn mit ihrer spröden Art manches Mal vor den Kopf stieß. Dennoch konnte sie nicht aus ihrer Haut.

Als sie das Hausboot wenige Minuten später verließ, hatten sich dicke Wolken am Abendhimmel gebildet.

Es nieselte leicht, als Malin am nächsten Morgen um kurz vor acht die Stufen zum Eingang des Polizeipräsidiums hinaufging. Der moderne Rundbau mit den zehn angefügten Blocks an der Hindenburgstraße im Stadtteil Alsterdorf erinnerte in seiner Form an einen Polizeistern. Das sechsgeschossige Gebäude beherbergte neben den LKA-Abteilungen diverse Verwaltungsstellen der Polizei, die Funkzentrale und den Führungsstab. Da Hamburg den Status eines Stadtstaates hatte, lag hier die Ermittlungsführung für Verbrechensbekämpfung im Verantwortungsbereich des Landeskriminalamtes.

Die Räume des LKA 41, des Fachkommissariats für Tötungsdelikte, befanden sich im dritten Stock und unterschieden sich kaum von anderen Großraumbüros. Hellgraue Möbel, wuchtige Schreibtische, die sich in Zweierblocks gegenüberstanden, und bis zur Decke reichende Aktenregale. Alles wirkte klar strukturiert und nüchtern.

Die Tür zum Büro der Mordkommission stand offen. Ole Tiedemann befestigte gerade Tatortfotos an einem Whiteboard, Sven Andresen saß an seinem Schreibtisch und blätterte in Unterlagen. Die rechte Wange des rothaarigen Ermittlers war geschwollen und bläulich verfärbt. Er trug eine seiner schwarzen Lederhosen und ein schwarzes Seidenhemd. Sein Handgelenk zierten neben einer protzigen Golduhr zahlreiche Lederarmbänder. Im Gegensatz zu dem schlaksigen Tiedemann, der im akkurat gebügelten Hemd und der Bundfaltenhose eher wie ein Steuerberater wirkte, erinnerte der muskulöse Andresen in seinem Auftreten an eine Kiezgröße.

»Guten Morgen.« Malin setzte sich an ihren Schreibtisch. Der gegenüberliegende Platz ihres Kollegen Bartels war verwaist.

»Moin, Malin«, erwiderte Tiedemann.

»Mahlzeit, Brodersen.« Andresen sah sie missmutig an. »Hattest du nicht noch ein paar Tage frei?«

»Gestrichen.«

»Ausgleichende Gerechtigkeit«, murrte Andresen und rieb sich seine geschwollene Wange. »Schließlich durfte ich hier trotz Wurzelbehandlung antanzen.«

Malin musste sich beherrschen, nicht die Augen zu verdrehen. »Gibt es etwas Neues, Ole?«

Tiedemann drehte sich zu ihr um. »Die Spusi hat einiges an Spuren in Wenningers Haus gefunden. Sie werden gerade ausgewertet.«

»Weiß man schon Genaueres über die Tatwaffe?«

»Bislang nicht, die Waffentechniker sitzen noch an der Hülse. Ist wohl etwas kniffelig, da die Prägung in schlechtem Zustand ist. Aber vielleicht helfen die Projektile weiter, sobald wir sie aus der Rechtsmedizin bekommen.«

»Vielleicht haben wir Glück und es gibt Fingerabdrücke«, überlegte Malin laut.

Andresen erhob sich von seinem Stuhl und platzierte sich auf Tiedemanns Schreibtischkante. Das Leder seiner Hose spannte bedenklich an seinen kräftigen Beinen. »Auf den Projektilen?« Er rieb an seinem Schnauzer. »Schon klar, Brodersen.«

»Ich meine natürlich auf der Hülse«, stellte Malin richtig. »Wenn der Täter unvorsichtig genug war, zu übersehen, dass eine Hülse fehlt, könnte es genauso gut sein, dass er keine Handschuhe getragen hat.«

»Oder die Täterin, Brodersen. Im Allgemeinen verlieren Frauen eher die Nerven und begehen Fehler.« Er warf ihr einen provozierenden Blick zu.

Malin atmete einmal tief durch. »Das ist völlig aus der Luft gegriffen, und das weißt du. Laut Statistik sind im letzten

Jahr rund neunzig Prozent aller Morde von Männern verübt worden.« Ihre Stimme wurde lauter. »Bei Totschlag liegt der Prozentsatz sogar noch höher.«

»Siehst du, genau das habe ich gemeint.« Der rothaarige Ermittler grinste süffisant. »Ihr Frauen seid einfach viel zu schnell aus der Ruhe zu bringen.«

Fricke erschien in der Tür. »Wie ich sehe, ist hier alles beim Alten. Anscheinend habt ihr problemlos an dem Punkt angeknüpft, den ihr vor Brodersens freien Tagen erreicht hattet.« Er wandte sich an seinen Stellvertreter. »Seit wann befinden die beiden sich im selben Raum?«

Tiedemann lächelte schmallippig. »Keine fünf Minuten.«

Fricke setzte eine strenge Miene auf. »Wir sind erst am Anfang dieser Ermittlung, zumal wir, solange Fred im Urlaub ist, mit einem Mann weniger auskommen müssen. Also schont meine Nerven und reißt euch zusammen!« Er ging zum Whiteboard mit den Tatortfotos. »Legen wir los. Was wissen wir bisher über diesen Kurt Wenninger?«

Tiedemann rutschte hinter seinen Schreibtisch und zog ein paar Unterlagen zu sich heran. »Leider sind die Informationen bisher eher dürftig. Laut Melderegister wurde er 1936 in Hamburg geboren. Die Familie war bis Anfang der vierziger Jahre unter einer Adresse in Eimsbüttel gemeldet. Der nächste Eintrag stammt dann«, er sah auf einen Computerausdruck, »aus dem Jahr 1949. Interessanterweise umfasst er nur Margarethe und Ilse Wenninger.«

»Ach, und Kurt Wenninger und sein Vater?«

»Unbekannt verzogen«, erwiderte Tiedemann. »Danach gibt es eine zeitliche Lücke. Aber nach dem Krieg war das nichts Ungwöhnliches, das Melderegister musste erst wieder vollkommen neu aufgebaut werden. 1990 taucht der Name Kurt Wenninger im Hamburger Melderegister wieder auf. Und zwar unter der Adresse am Schleusenredder, die wir bereits kennen. Wo Wenninger sich zwischenzeitlich aufgehalten hat, bleibt noch offen.«

Fricke runzelte die Stirn. »Aber er muss doch bei der Anmeldung seine bisherige Wohnadresse angeben haben.«

»Hat er aber nicht«, erwiderte Tiedemann. »Oder die Meldebehörde hat es nicht erfasst.«

»Was hat die Befragung der Schwester ergeben?«

Tiedemann fasste das Gespräch mit Ilse Wenninger knapp zusammen.

»Die Sache mit dem Brief ist merkwürdig«, kommentierte Fricke.

»Die ganze Situation war merkwürdig. In meinen Augen hatte die Frau einfach nur keine Lust, über den Brief zu sprechen, genauso wenig wie über ihren Bruder. Irgendetwas ist zwischen den beiden extrem schiefgelaufen. «

Fricke nickte. »Wir behalten die Angelegenheit fürs Erste im Hinterkopf und sehen zu, dass wir mehr Informationen über das Mordopfer bekommen.«

»Vielleicht sollten wir Wenningers ehemalige Praxis aufsuchen«, schlug Malin vor. »Laut Stefan Biedermann, das ist der Postbote, war Wenninger Facharzt für Neurologie und Psychiatrie, in Volksdorf.«

»Ein Seelenklempner?« Andresen rümpfte die Nase. »Vielleicht hat ihn irgendein durchgeknallter Patient umgebracht.«

»Wenniger war schon achtundsiebzig«, gab Malin zu bedenken. »Er wird schon länger nicht mehr praktiziert haben. Ich kann überprüfen, ob es die Praxis noch gibt, und gegebenenfalls sofort hinfahren.«

»Gut, mach das«, sagte Fricke. »Vielleicht arbeitet dort noch jemand, der Kontakt mit Wenninger hatte.« Er sah auf seine Armbanduhr. »Ich habe gleich einen Termin mit dem Pressesprecher, danach fahre ich in die Rechtsmedizin. Sven, du begleitest mich, dann kannst du dir ein besseres Bild machen.«

»Soll ich mir in der Zwischenzeit einen Überblick über Wenningers Finanzen verschaffen?«, fragte Tiedemann.

Fricke nickte. »Und gib mir bitte Bescheid, wenn die Spusi mit dem Tatort fertig ist. Wir sollten sehen, was wir in dem Haus noch an Unterlagen finden. Noch Fragen? Keine? Gut, dann an die Arbeit.« Er hob die Hand zum Gruß und verließ den Raum.

Kurt Wenningers ehemalige Praxis für Neurologie und Psychiatrie in Volkdorf erwies sich als Sackgasse. Zwar hatte Malin mit seinem Nachfolger sprechen können, doch der hatte nur im Rahmen der Übernahme sporadisch Kontakt zu ihm gehabt. Die Abwicklung selbst war von Beratern vorgenommen worden. Obwohl der Patientenstamm im Jahr 2000 Bestandteil des Übernahmevertrages gewesen war, waren seitdem viele Patientenakten dem Schredder zum Opfer gefallen, da die gesetzliche Aufbewahrungspflicht überschritten war. Für die Einsicht in die restlichen noch von Wenninger angelegten Akten verlangte der Praxisinhaber einen richterlichen Beschluss.

Auch die Gespräche mit zwei von drei Sprechstundengehilfinnen verliefen im Sand. Keine von ihnen hatte mit Wenninger zusammengearbeitet, ebenso wenig wie die dritte im Bunde, die zur Zeit mit Magen-Darm-Grippe das Bett hütete.

Mittlerweile war es Mittag. Malin saß an der Fensterfront des Asia-Imbisses *Seoul* an der Alsterdorfer Straße und wartete auf ihre Bestellung, S4, Hühnchen mit Cashewnüssen. Das *Seoul* lag nur wenige Gehminuten vom Präsidium entfernt und galt unter den LKA-Beamten schon seit langem als Geheimtipp. Die Einrichtung des kleinen Lokals war schlicht. Weiße Kacheln, ein roter Tresen, auf dem ein dicker Buddha thronte, und halbhohe Spitzengardinen. In der offenen Küche hinter der Bedientheke wirbelte der Koch Schulter an Schulter mit der Inhaberin Frau Hu, die alle Hände damit zu tun hatte, Bestellungen entgegenzunehmen.

»S4!« Frau Hu reichte Malin das dampfende Hühnchengericht und die obligatorische Dose Cola light über die Theke. Malin ging zurück an ihren Fensterplatz und widmete sich ihrem Essen. Ihre Gedanken wanderten zu Thies. Die Enttäuschung über ihren abrupten Aufbruch am vergangenen Abend hatte ihrem Freund im Gesicht gestanden.

Ich darf das nicht vermasseln, dachte Malin. Nicht schon wieder. Sie trank einen Schluck Cola. Vielleicht war sie auch einfach nur beziehungsunfähig. Seit Thies davon angefangen hatte, sie unbedingt seiner Mutter vorstellen zu wollen, war die Leichtigkeit ihrer Beziehung verflogen. Oder lag es daran, dass sie in einem neuen Fall ermittelte?

Malin war erst knapp zwölf Monate bei der Mordkommission, hatte sich seitdem aber schon zweimal in äußerst brenzligen Situationen befunden. Das hatte Spuren hinterlassen. Immer wieder gab es Momente, in denen sie sich fragte, ob es beim nächsten Mal genauso glimpflich für sie ausgehen würde. Seit einigen Wochen quälte sie fast jede Nacht ein Albtraum, in dem ihr jemand minutenlang eine geladene Waffe an den Hinterkopf hielt und schließlich abdrückte.

Ihr Handy klingelte. Es war Fricke. »Konntest du in der Praxis etwas in Erfahrung bringen?«

»Leider nein.« Malin berichtete von dem Gespräch mit Wenningers Nachfolger.

»Gibt es noch Personalunterlagen oder die Adressen ehemaliger Mitarbeiter?«

»Ebenfalls Fehlanzeige. Wenningers letzte Arzthelferin ist 2003 in Rente gegangen. Mehr als den Namen konnte man mir nicht sagen. Es gibt noch einen Restbestand an Patientenakten, aber dafür brauchen wir einen Beschluss.«

»Gut, ich kümmere mich darum«, brummte Fricke. »Wo steckst du jetzt?«

»Beim Koreaner, eine Kleinigkeit essen, danach wollte ich zurück ins Büro.«

Fricke räusperte sich. »Pass auf, Brodersen, ich bin auf dem Weg in die Rechtsmedizin. Es wäre gut, wenn du dich in Wenningers Haus noch mal etwas genauer umsiehst. Vielleicht findest du ein paar aussagekräftige Unterlagen.«

»Alles klar, Chef. Ist die Spurensicherung fertig?«

»Die Kollegen packen gerade ein. Am besten rufst du Glaser an und fragst, wie lange noch jemand vor Ort ist. Wenn ich es schaffe, komme ich später nach. Ansonsten treffen wir uns gegen Abend zur Besprechung im Präsidium. Bis dann, Brodersen.« Er legte auf.

Draußen regnete es noch immer Bindfäden. Ein Taxi fuhr vorbei. Es erinnerte Malin an etwas, das eine von Wenningers Nachbarinnen gesagt hatte. Die mit den vielen Kindern. Malin zog ihr Notizbuch heraus. Nadine Schröder hatte beobachtet, wie Kurt Wenninger vor zwei Wochen spät in der Nacht mit dem Taxi nach Hause gekommen war. Vielleicht wäre es interessant zu erfahren, woher.

Malin machte sich eine kurze Notiz und widmete sich dann ihrem Hühnchengericht.

Eine eigenartige Stille lag über dem Anwesen am Schleusenredder, als Malin vierzig Minuten später ihren Mini vor dem Spitzgiebelhaus abstellte. Endlich hatte es aufgehört zu regnen. Die Thujenhecke und die Pflanzen in den angrenzenden Beeten glitzerten vor Feuchtigkeit. Die Luft roch nach Moos, Tannen und Erde.

Vor dem Eingang blieb sie stehen. Kein Laut war zu hören. Als wüssten selbst die Vögel, dass der Tod an diesem Ort Einzug gehalten hatte. Malin öffnete die Haustür mit dem Schlüssel, den ihr ein Kollege von der Spurensicherung im Präsidium ausgehändigt hatte.

Der Leichengeruch hing noch immer in jedem Winkel des Hauses, hatte sich tief in Wände, Böden und Textilien gefressen. Sie zog ein Döschen mit Mentholsalbe aus ihrer Umhängetasche und strich sich etwas davon unter die Nase. Anschließend streifte sie Latexhandschuhe über.

Im Türrahmen zum Wohnzimmer blieb Malin einen Moment stehen. Die dunkle Holzdecke, der Eichenschrank, die durchgesessene Sofagarnitur und die verblichenen Perserteppiche auf dem Dielenboden, alles sah aus wie beim ersten Mal, als sie diesen Raum betreten hatte. Zumindest fast. Die Kaffeetasse auf dem Beistelltisch fehlte, genauso wie die Leiche.

Malin löste sich aus dem Türrahmen und fuhr mit ihrer behandschuhten Hand die Bücherrücken in einem der Regalfächer des Eichenschranks entlang. Goethe, Brecht, Mann, Molière, Heine, zahlreiche Klassiker. In weiteren Fächern standen etwa zwei Dutzend in Leder gebundene Bände einer Brockhaus-Enzyklopädie und etliche Fachbücher über

Neurologie und Psychiatrie nebst weiteren medizinischen Nachschlagewerken.

Malin öffnete eine der Schranktüren und entdeckte ein halbes Dutzend Aktenordner. Den mit dem Vermerk *Praxis* zog sie als Erstes heraus. Es waren Steuerunterlagen. In einem weiteren fand sie Rechnungen, ausgestellt auf die Praxis, feinsäuberlich mit Überweisungsbetrag und Datum versehen. Sie stellte den Ordner zurück und griff nach einem anderen mit der Bezeichnung *Hausunterlagen*. Beim Durchblättern stellte sie fest, dass die Papiere bis in die dreißiger Jahre zurückreichten. Neben Grundstücksplänen, Versicherungspolicen und zahlreichen Abgabebescheiden fand sie in dem Ordner auch Grundbuchauszüge. Daraus ging hervor, dass im Jahr 1991 ein Eigentümerwechsel von Margarethe Wenninger, geboren im Jahr 1905, zu Kurt Wenninger stattgefunden hatte.

Und der Vater? Malin betrachtete das Datum auf dem Auszug, der Margarethe Wenninger als Eigentümerin auswies. Februar 1949. Unschlüssig, ob die Eigentumsverhältnisse des Hauses in ihrem Fall von Belang waren, notierte sich Malin die Daten und stellte den Ordner zurück.

Hinter den anderen Schranktüren verbargen sich Porzellan, Vasen und Gläser. Malin öffnete eine der beiden Schubladen. Nippes, vom Häkeldeckchen über Servietten mit Weihnachtsmotiven bis zu kitschigen Porzellanfiguren. Sie drehte eine davon um. Meißen.

In der letzten Schublade fand sie neben einem Pfeifenkästchen einen schmalen Aktenordner mit Kontounterlagen. Sie legte ihn beiseite, um ihn später mit ins Präsidium zu nehmen. Anschließend tastete sie die Ritzen und die Kissen der Sofagarnitur ab, drehte Bilder an den Wänden um, sah hinter dem Fernseher nach und kontrollierte die Unterseiten des Couchtisches, in der Hoffnung, auf irgendetwas zu stoßen, das weiteren Aufschluss auf den Bewohner gab. Nichts.

Sie ging zur Fensterfront und sah in den Garten. Sonnenstrahlen hatten sich durch die Wolkendecke gekämpft und ließen den regennassen Rasen glitzern. Wieder fiel ihr auf, wie akkurat die Hecke und die Buchsbäume getrimmt und die Beete angelegt waren. Malin dachte an ihren eigenen, handtuchgroßen Garten, in dem Blumen und Sträucher wild durcheinander wucherten und der Rasen eher einer Wiese glich.

Der weinrote Samt des Ohrensessels, in dem am Vortag der Tote gesessen hatte, hatte großflächige dunkle Verfärbungen. Sie wandte sich ab und ging ins angrenzende Zimmer. Die Einbauküche wirkte alt und abgewohnt, doch in den Schränken herrschte penible Ordnung. Ofen und Herd waren sauber, ebenso wie der aufgeräumte Kühlschrank.

Malin beschloss, ins Obergeschoss zu gehen. Durch das eingelassene Gitterfenster der Eingangstür tauchten vereinzelte Sonnenstrahlen einen Teil des Flurs in milchiges Licht. Am Garderobenständer hing noch immer der dunkelblaue Blazermantel.

Beklommen ging sie die ausgetretenen, knarzenden Stufen der Holztreppe hinauf. Sie stellte sich vor, wie Kurt Wenninger die Treppe das letzte Mal benutzt hatte. Ob er zu dem Zeitpunkt bereits geahnt hatte, dass ihm jemand nach dem Leben trachtete? Unwillkürlich musste sie an ihren Großvater denken, der nur zwei Jahre jünger als der Tote war. Sie nahm sich vor, ihn in den nächsten Tagen zu besuchen.

Die Schlafzimmereinrichtung war trist und die Tapeten vergilbt. Unter der Dachschräge stand ein schmales Mahagoni-Bett, daneben ein passender Nachtschrank mit einer kleinen Messinglampe darauf. An der einzigen geraden Seite befand sich ein Kleiderschrank mit Spiegeleinsatz. Auf der Bettseite zum Fenster hin zeichnete sich ein Abdruck auf der Decke ab, so als hätte dort vor kurzem noch jemand gesessen.

In der Schublade des Nachtschranks lagen ein Gedichtband von Hermann Hesse, eine Ausgabe des *Spiegels*, eine Lesebrille und ein Stapel Stofftaschentücher mit Monogramm.

Sie öffnete den Schrank. Der muffige Geruch getragener Kleidung mischte sich mit dem drückenden Leichengeruch. Malin wurde übel und sie öffnete das Schlafzimmerfenster. Dankbar sog sie die frische Luft in ihre Lungen und betrachtete die benachbarten Gärten und die Bäume im angrenzenden Wald, deren Blätter sich bereits verfärbten. Ihr Blick fiel auf die Rasenfläche. Etwas irritierte sie.

»Brodersen!«

Malin zuckte zusammen. Sie hatte nicht gehört, wie im Untergeschoss die Haustür geöffnet wurde.

»Ach, hier steckst du.« Fricke erschien in der Schlafzimmertür und deutete ein Lächeln an. »Und, hast du schon etwas Interessantes aufgestöbert?« Er strich sich über seine vom Wind zerzausten Haare und kam ins Zimmer.

Malin schüttelte den Kopf. »Ich versteh das nicht. Im ganzen Haus habe ich nichts Persönliches gefunden. Die einzige Ausbeute ist ein Aktenordner mit Kontoauszügen.«

»Zumindest gibt uns das schon mal Einblick in die Vermögensverhältnisse«, erwiderte Fricke trocken. »Wäre nicht der Erste, der wegen Geld umgebracht wird.«

Sie drehte sich wieder zum Fenster um und starrte hinunter in den Garten. »Chef, komm mal.«

Fricke trat neben Malin und folgte ihrem Blick. »Ja, und?«

»Irgendwie ist der Rasen an manchen Stellen merkwürdig gewachsen.«

»Bist du jetzt unter die Botaniker gegangen?«, brummte Fricke. »Rasen wächst nicht überall gleichmäßig, das hat er von Natur aus an sich.«

»Trotzdem, schau mal genau hin.« Malin wies auf eine Stelle hinter der Terrasse. »Es sieht fast so aus, als hätte dort jemand etwas ins Gras gemäht. Sind das Zahlen?«

Fricke kniff die Augen zusammen. »Hm ... Du könntest recht haben.«

»Das war mit Sicherheit nicht Wenninger.« Malin zog ihr Handy aus der Hosentasche und machte ein paar Fotos. Sie erinnerte sich an die Worte von Stefan Biedermann: ›Englischer Rasen sollte alle paar Tage gemäht werden. Die optimale Länge ist drei bis vier Zentimeter.‹

Malin betrachtete das Foto auf dem Display. »Wenninger saß in seinem Sessel, als er ermordet wurde. Und vermutlich hat er gesehen, dass etwas in den Rasen gemäht wurde.« Sie steckte das Handy zurück in ihre Hosentasche. »Jemand wollte, dass es das Letzte ist, was er in seinem Leben sieht.« Sie schloss das Fenster und wandte sich dann wieder zu Fricke um. »Fragt sich nur, warum.«

6

Ilse Wenninger füllte zwei Finger breit Eierlikör in ein Schnapsglas und hielt es eine Armlänge entfernt in die Höhe. »Auf dich, Kurt!« Sie leerte das Glas in einem Zug.

Dann hielt sie inne. Würde es zurückkommen? Das Gefühl für ihren großen Bruder? Wut und Hass hatten sie zu einer verbitterten alten Frau gemacht. Kurt, der Fremdling, der Mensch, der ihr so vertraut und gleichzeitig so fremd war ... Würde sich jetzt, wo sein Herz aufgehört hatte zu schlagen, das tief in ihr vergrabene Gefühl für diesen Mann wieder einstellen? Konnte sie ihm jetzt verzeihen? Doch ließ sich Unrecht mit Unrecht vergelten?

Sie dachte an ihre Kindheit zurück. Kurti hatte ihr das Radfahren und das Schwimmen beigebracht. Er war ihr Beschützer und ihr Held gewesen, ihr großer Bruder.

Dann war sie eingestürzt, ihre Welt. Von einem Tag auf den anderen hatte alles in Trümmern gelegen und sie hatte Kurti verloren.

Ilse griff nach der Flasche und schenkte sich ein weiteres Glas ein.

»Ilse?« Natascha Raschke steckte den Kopf durch die Tür. »Ich habe die Einkäufe ausgepackt. Brauchst du sonst noch was?« Ihr Blick fiel auf die Likörflasche. »Wollen wir noch ein Kaffee trinken und reden?«

Ilse schüttelte den Kopf. Einen Moment wirkte Natascha verunsichert, dann verschwand sie aus der Tür.

Ilse leerte ihr Glas. Jetzt war es vorbei. Kurt hatte bekommen, was er verdient hatte. Nur leider wollte sich bei ihr kein Wohlgefühl einstellen. Sie hatte geglaubt, mit seinem Tod auch ihren inneren Frieden zu finden.

Sie hatte sich getäuscht.

Es war bereits Abend, als das Ermittlungsteam im Konferenzzimmer der Mordkommission zusammentraf. Wie im gesamten Präsidium herrschte auch hier eine nüchterne

Arbeitsatmosphäre. Ein Konferenztisch aus hellem Holz dominierte umsäumt von Metallschwingern mit grünen Sitzflächen den Raum. Jemand hatte ein Whiteboard mit Tatortfotos aufgestellt.

Malin setzte sich mit einem Kaffeebecher auf den freien Stuhl neben Ole Tiedemann.

Fricke stand mit ernster Miene an der Stirnseite des Tisches. »Der vorläufige Obduktionsbericht ist gerade gekommen. Am Körper des Toten wurden insgesamt vier Einschüsse festgestellt. In der linken Schulter, im rechten Oberschenkel, im Brustkorb und im Bauchraum, letztere führten zu schweren inneren Verletzungen.« Er sah in seine Unterlagen. »Neben Gewebe und Organen wurden auch einige große Gefäße in Mitleidenschaft gezogen ... Kurz zusammengefasst: Kurt Wenninger ist verblutet. Man kann nur hoffen, dass der Mann schnell bewusstlos geworden ist.«

Er räusperte sich. »Laut Dr. Steinhofer hat der Täter nicht weiter als anderthalb Meter vom Opfer entfernt gestanden. Zumindest belegen das die Schmauchhöfe und die Pulvereinsprengungen an den Einschussstellen.« Er sah Frank Glaser an, der sich gerade einen Kaugummistreifen in den Mund schob. »Ich habe die Projektile aus der Rechtsmedizin mitgebracht und an deine Kollegen von 36 gegeben, mal sehen, was sie herausfinden.«

»Gibt es schon was Neues bezüglich des Todeszeitpunktes?«, fragte Andresen.

»Nein. Wir müssen den abschließenden Bericht der Rechtsmedizin und das entomologische Gutachten abwarten, aber das kann ein paar Wochen dauern. Bis dahin müssen wir mit dem arbeiten, was wir haben. Kurt Wenninger wurde Dienstag Nacht vor zwei Wochen zuletzt gesehen.« Fricke schaute Malin an. »Hat sich daran etwas geändert?«

Sie schüttelte den Kopf. »Es war das letzte Mal. Ich hänge mich später ans Telefon, um herauszufinden, welches Taxi-Unternehmen ihn gefahren hat.«

»Gut.« Fricke sah in die Runde. »Der fehlende Todeszeitpunkt erschwert uns die Arbeit bei der Alibi-Überprüfung, deshalb würde ich vorschlagen, dass wir uns vorerst auf das Mordmotiv konzentrieren.« Er wandte sich an seinen Stellvertreter. »Wissen wir schon etwas über die Vermögensverhältnisse?«

»Ich habe eine Bafin-Abfrage gemacht«, erwiderte Tiedemann. »Demnach gibt es neben dem Girokonto und einem Sparbuch noch ein Festgeldkonto bei einer anderen Bank. Außerdem hatte der Tote an seinem Schlüsselbund einen Schlüssel zu einem Bankschließfach. Sobald wir den Beschluss haben, statte ich der Bank einen Besuch ab.«

»Ich hab's schon angeleiert«, informiert ihn Fricke. »Außerdem haben wir aus dem Haus des Opfers einen Ordner mit Kontoauszügen mitgebracht. Es wäre gut, wenn du dir die ansiehst. – Frank, was hast du für uns?« Er wandte sich dem hageren Kriminaltechniker zu.

»Die Spurenlage ist ziemlich mau.« Glaser rückte seine Brille zurecht. »Keine Fremdspuren an der Leiche. Überhaupt haben wir im Erdgeschoss des Hauses nicht die geringste DNA gefunden. Deshalb gehen wir davon aus, dass der Täter nach dem Mord gründlich saubergemacht hat. Das Einzige, was er uns netterweise übrig gelassen hat, waren ein paar Fingerabdrücke. Sie stammen vom Opfer, zumindest bis auf einen Abdruck an der Kaffeedose. Ich hab ihn bereits durch die Datenbank laufen lassen.« Er lächelte grimmig. »Keine Übereinstimmung.«

Fricke zerfurchte nachdenklich seine Stirn. »Was ist mit dem Rest des Hauses?«

»Nichts Auffälliges, allerdings sind die Spuren auch noch nicht alle ausgewertet.«

»Dann haben wir also bisher die Hülse und einen Fingerabdruck an einer Kaffeedose. Das ist nicht gerade üppig.« Fricke sah in die Runde. »Unsere Kollegin Brodersen hat im hinteren Garten des Opfers eine interessante Entdeckung gemacht. Wie es aussieht, wurde dort etwas in den Rasen gemäht. Wir vermuten, dass es sich dabei um Zahlen handelt.«

Malin erhob sich und befestigte einen stark vergrößerten Abzug ihres Handyfotos am Whiteboard.

Andresen kniff die Augen zusammen. »Also, ich kann da nichts erkennen. Das ist doch nur wieder eins von Brodersens Hirngespinsten.«

»Das dachte ich anfangs auch, als Hans mich angerufen hat.« Frank Glaser warf Malin einen entschuldigenden Blick zu. »Aber ich habe mir die Sache angesehen und bin zu dem gleichen Ergebnis wie unsere Kollegin gelangt.« Er hielt ein schwarzes Notizbuch in die Höhe. »Das habe ich im Geräteschuppen entdeckt. Kurt Wenninger hat penibel darüber Buch geführt, wann er seinen Rasen gemäht, gedüngt und vertikutiert hat. Gemäht hat er zuletzt am ersten August, also vor drei Wochen, und laut Buch auf eine Schnitthöhe von vier Zentimeter. Mittlerweile ist der Rasen auf sieben bis zehn Zentimeter nachgewachsen, aber an diesen Stellen ...«, er stand auf und tippte mit seinem Kugelschreiber auf verschiedene Punkte des Handyfotos, »ist das Gras nicht nur wesentlich kürzer, sondern die Länge liegt teilweise unter den vier Zentimetern, an die sich Wenninger bei jedem Rasenschnitt pingelig gehalten hat.« Sein Gesichtsausdruck wurde grimmig. »Leider ist durch den unterschiedlichen Wuchs nicht zu erkennen, was dort eingemäht wurde, aber da werde ich mir noch was einfallen lassen.« Glaser setzte sich wieder an seinen Platz.

Andresen rieb sich sein unrasiertes Kinn. »Und was bringt uns das jetzt?«

»Wir müssen herausfinden, was dort eingemäht wurde«, erwiderte Malin trocken. »Und von wem.«

Niemand sagte etwas.

Fricke klatschte in die Hände. »Also gut, verteilen wir die Aufgaben. Ole, du und Sven, ihr nehmt euch den Ordner mit den Kontoauszügen vor, bis wir den Beschluss für die Bank haben. Und bitte fordert beim Telefonanbieter die Verbindungsprotokolle an. Findet außerdem heraus, ob es neben Wenningers Schwester noch weitere Verwandschaft gibt.«

»Ilse Wenninger hat eine Tochter und zwei Enkelkinder«, erwiderte Tiedemann.

»Dann seht zu, was ihr über die in Erfahrung bringen könnt.« Fricke sah Malin an. »Brodersen, du klärst das mit dem Taxi. Ich möchte wissen, wo Wenninger an dem Abend vor zwei Wochen gewesen ist. Wie es aussieht, wurde er danach nicht mehr gesehen. – Sonst noch Fragen?«

»Eine noch«, sagte Malin. »Solange Fred im Urlaub ist, arbeite ich da alleine?«

Fricke musterte sein jüngstes Teammitglied aus zusammengekniffenen Augen. »Bei der momentanen Personallage ist eine Urlaubsvertretung für Bartels nicht drin. Im Zweifelsfall wende dich an Ole.« Er tauschte einen kurzen Blick mit Tiedemann. Dieser nickte.

Fricke klatschte ein weiteres Mal in die Hände. »Also dann, ab an die Arbeit.«

28. Januar 1979

Das einzige Fenster im Raum war mit Glasbausteinen zugemauert. Eine schmale Pritsche diente als Schlafgelegenheit, gegenüber stand ein kleiner Tisch mit einem Hocker. Waschbecken und Toilette befanden sich in der Nähe der Tür. Von der Decke aus tauchte eine grelle Neonröhre den Raum in kaltes Licht.

Rena saß auf dem Hocker und hatte die Ellenbogen auf den Tisch gestützt. Sie starrte zu den Glassteinen. Zumindest waren sie lichtdurchlässig, und an der Dunkelheit dahinter meinte Rena zu erkennen, dass es Nacht war.

Sie hatte völlig das Zeitgefühl verloren. Wie spät war es? Mitternacht? Drei Uhr morgens oder war es gerade mal sieben Uhr am Abend? Wie lange war sie schon an diesem Ort? Stunden, Tage, Wochen? Anfangs hatte sie noch gezählt, erst die Minuten, dann die Stunden, hatte versucht, die Tageszeiten am matten Schimmer hinter den Glassteinen einzuschätzen. Und an den Mahlzeiten, die ihr durch eine in die Tür eingelassene Klappe gereicht wurden. Schweigend. Brot mit ein wenig Belag oder eine dünne Suppe.

Das Licht ging aus. Rena legte sich auf die Holzpritsche, schlüpfte unter die kratzige Decke und meinte jeden einzelnen Knochen zu spüren.

Sie registrierte den Lichteinfall durch den kleinen runden Spion in der Tür. Jemand beobachtete sie. Sie legte die Hände auf die Decke. Es wurde stockdunkel.

Obwohl Rena todmüde war, konnte sie nicht einschlafen. Unaufhörlich drehten sich die Fragen in ihrem Kopf. Warum bin ich hier? Wer steckt dahinter? Wo ist mein Kind?

Sie schluchzte auf. Wie lange muss ich es hier noch aushalten? Ihr Körper begann unkontrolliert zu zittern. Vor Kälte, vor Hunger und vor Angst. Peter, dachte sie, Peter wird mich hier herausholen. Mit dem tröstlichen Gedanken fielen ihr vor Erschöpfung die Augen zu.

Sekunden später ging das Licht der Neonröhre wieder an.

7

Der köstliche Duft von frischgebackenem Brot und Kaffee zog durch die gemütliche Küche des Lotsenhauses in Övelgönne. Erich Brodersen nahm die heiße Milch vom Herd und schäumte sie mit dem Stabmixer auf. Der ehemalige Fährkapitän wirkte trotz seiner sechsundsiebzig Jahre kräftig und energiegeladen. Sein gebräuntes, wettergegerbtes Gesicht war von vielen Falten durchzogen, und sein Blick aus blauen Augen wirkte klar und intelligent.

»Wir haben lange nicht mehr zusammen gefrühstückt.« Erich warf seiner Enkelin einen liebevollen Blick zu und platzierte das Kännchen mit Milchschaum, einen Teller mit frischem Aufschnitt und ein Glas selbstgemachter Erdbeermarmelade neben die Butterdose auf dem Tisch. Er schnitt das noch warme Brot in dicke Scheiben, legte es in einen Korb und schenkte Kaffee ein.

Malin lächelte. »Ich hatte viel um die Ohren in letzter Zeit.«

»Und das hängt nicht zufällig mit einem ganz speziellen Herrn zusammen? Groß, blond, gutaussehend?« Erich setzte sich an den Tisch und zwinkerte schelmisch.

»Woher …?«

Er schmunzelte. »Ich habe euch letzte Woche zusammen bei Emilia gesehen.«

Emilias Bistro war Malins Stamm-Italiener. Ein kleines Lokal mit Stehtischen, köstlichen, stets frisch zubereiteten Speisen und der quirligen Emilia als Wirtin.

»Ich habe dich gar nicht bemerkt. Warum bist du nicht zu uns an den Tisch gekommen?« Malin griff nach einer Scheibe Brot.

»Ein Rendezvous zu dritt?« Erich lachte und rührte etwas Milchschaum in seinen Kaffee. »Ich habe dich lange nicht mehr so gesehen, Malin. Du hast glücklich gewirkt.«

Malin bestrich die Brotscheibe bedächtig mit Butter und verteilte zwei Teelöffel der Marmelade darauf. »Er heißt Thies.« Dann erzählte sie ihrem Großvater von dem Juraprofessor.

»Hast du ihn schon deiner Mutter vorgestellt?«, fragte Erich, als sie fertig war.

Malin verschluckte sich an ihrem Kaffee. »Ich bin doch nicht verrückt!«

»Ach was!«, entgegnete Erich fröhlich. »Deiner Beschreibung nach entspricht dein neuer Freund der Idealbesetzung, die deiner Mutter als Schwiegersohn vorschwebt.«

»Eben«, konterte Malin. »Die anhaltende Harmonie zwischen Mutter und mir ist schon unheimlich genug.«

Constanze Heidenberg war die Hauptgesellschafterin der Heidenberg Bank, ein hanseatisches Privatunternehmen, das sich seit über 150 Jahren im Familienbesitz befand. Lange Zeit hatte Constanze die Entscheidung ihrer Tochter für die Polizei und gegen die Gesellschafterfunktion in der Bank, in deren Erwartung sie aufgezogen worden war, als persönlichen Affront empfunden. Während einer Mordermittlung zwei Monate zuvor waren sich Mutter und Tochter unvorhergesehen näher gekommen. Eine Situation, die für beide Frauen neu und ungewohnt war.

»Mein Gott, war das lecker. Du solltest öfter Brot backen.« Malin schob ihren leeren Teller von sich.

Erich lächelte erfreut. »Ich dachte, wir könnten später zusammen in die Stadt fahren und ein wenig in den Buchhandlungen nach neuen Krimis stöbern. Was hältst du davon?«

»Viel. Nur leider muss ich gleich ins Präsidium«, erwiderte Malin bedauernd. Die Aussicht auf weitere Stunden am Telefon, um herauszufinden, welches Taxiunternehmen Kurt Wenninger chauffiert hatte, war nicht verlockend.

»Ich dachte, du hast frei?«

»Nicht mehr. Wir haben einen neuen Fall.« Malin umriss ihrem Großvater die Ereignisse der beiden letzten Tage und beschränkte sich auf die Dinge, die auch an die Presse gegangen waren. »Leider tappen wir bisher im Dunklen.«

Ein Schatten fiel auf Erichs Gesicht. »Es muss furchtbar sein, so einsam zu sterben. Unvorstellbar, dass einen wochenlang niemand vermisst.«

Malin griff nach seiner Hand und drückte sie kurz. »Lass uns nächsten Samstag gemeinsam in die Stadt fahren.«

Erich runzelte die Stirn. »Da kann ich nicht. Ich habe eine Einladung nach Berlin bekommen.«

»Wieder von dem Freund, bei dem du schon vor ein paar Monaten warst?«

Er nickte.

»Dann finden wir einen anderen Termin.« Malin warf einen Blick auf ihre Uhr. »Also gut, ich muss leider los. Vielen Dank für das tolle Frühstück.« Sie drückte ihrem Großvater einen raschen Kuss auf die Wange.

»Hältst du mich auf dem Laufenden wegen eures Falls? Die Sache interessiert mich.«

Malin seufzte. Seit ihrem Einstieg bei der Mordkommission fühlte sich ihr Großvater als eine Art Ehrenkommissar. Und daran war sie nicht ganz unschuldig, schließlich hatte sie ihn bei ihrem ersten Fall um Hilfe gebeten. Seitdem schien sich die Sache zu verselbstständigen.

»Und bestell Hauptkommissar Fricke einen schönen Gruß von mir. Er soll unbesorgt sein. Ich habe nicht vor, mich in seinen Fall einzumischen.« Erich zwinkerte ihr zu. »Zumindest vorerst nicht.«

Malin folgte ihrem Großvater in den Flur und nahm ihre Wachsjacke von der Garderobe. Daneben hing Erichs dunkelblauer Blazermantel. Sie erinnerte sich, dass sie in Wenningers Haus ein ganz ähnliches Modell gesehen hatte. Ein Gedanke schoss ihr durch den Kopf.

Wolfgang Herzog band bedächtig seine blau-rot gestreifte Krawatte um den gestärkten Hemdkragen und griff nach den Manschettenknöpfen aus Sterlingsilber mit dem dezent eingravierten Hamburg-Wappen. Die Knöpfe waren ein Geschenk von Verena zu seinem siebzigsten Geburtstag gewesen. Seine Frau war gebürtige Hamburgerin und stammte aus einer der alteingesessenen Unternehmerfamilien.

Wolfgang Herzog musterte sich im Spiegel. Die tiefen Falten, den verkniffenen Mund und die dicken Tränensäcke unter seinen Augen. Schon seit Wochen litt er unter Schlafmangel und wälzte sich Nacht für Nacht im Bett herum. Er hatte mehrfach mit der Möglichkeit gespielt, Schlaftabletten zu nehmen, doch der Gedanke daran, was chemische Substanzen in Kombination mit dem alten, teuren Whiskey, den er so liebte, in seinem Körper auslösen konnten, hielt ihn davon ab.

Aus dem Nachbarzimmer drang klassische Violinenmusik. Erst verhalten, dann nahmen die Töne an Lautstärke und Tempo zu. Mendelssohns Violinkonzert. Verena liebte diese Musik.

Wolfgang seufzte, strich mit der Hand durch sein noch immer dichtes, graues Haar und griff nach dem dunkelblauen Zweireiher. Er war spät dran. In einer halben Stunde erwartete ihn der erste Mandant.

Vor mehr als zwanzig Jahren hatte Wolfgang Herzog die Kanzlei *Herzog Rechtsanwälte* mit dem Schwerpunkt Strafrecht gegründet. Mittlerweile beschäftigte seine Kanzlei am Hofweg fünf weitere Anwälte. Trotzdem hielt Wolfgang das Zepter noch immer alleine in der Hand und hatte auch nicht vor, es in absehbarer Zeit abzugeben.

Im Nebenzimmer klingelte ein Handy, und die Musik wurde leiser gedreht. Das Klackern von hohen Absätzen auf dem Parkett war zu hören, und Sekunden später wurde die Tür geöffnet.

»Deins.« Verena hielt ihm sein Handy entgegen und wie immer in letzter Zeit hatte ihre Stimme einen vorwurfsvollen Klang.

Wolfgang setzte zu einer liebevollen Bemerkung an, doch die Tür fiel schon wieder hinter Verena ins Schloss, und die Musik wurde lauter gestellt. Verdammt, sie gab ihm auch nicht die geringste Chance, sich ihr zu erklären!

Wolfgang blickte auf das Display des klingelnden Handys. Unbekannte Nummer. Er räusperte sich kurz, ehe er sich mit ruhiger Stimme meldete. »Wolfgang Herzog.«

»Grabowsky.«

Wolfgang holte tief Luft. »Du sollst mich doch nicht anrufen!«

»Hast du heute schon in die Zeitung geschaut?«

»Nein.«

Es blieb einen Moment still am Telefon, ehe Grabowsky erneut sprach: »Wenninger ist tot.«

»Was sagst du da?« Unvermittelt begann Wolfgang zu schwitzen.

»Ich sagte, Wenninger ist tot. Es stand heute früh im Abendblatt. Ein gewisser Kurt W. aus Wohldorf-Ohlstedt wurde in seinem Haus tot aufgefunden. Ich kenne den Redakteur. Er hat mir bestätigt, dass es sich um Wenninger handelt.« Grabowsky hob die Stimme. »Die Polizei geht von einem Tötungsdelikt aus.«

»Verdammt.« Wolfgang lockerte mit einer Hand seinen Krawattenknoten.

»Wir sollten uns treffen.«

»Ich muss erst darüber nachdenken.« Er legte auf. Sekundenlang verharrte er und starrte auf das Handy in seiner Hand. Dann verließ er das Schlafzimmer, durchquerte das Nebenzimmer und ging in sein Arbeitszimmer, ohne die Stille in der Wohnung zu bemerken. Er setzte sich in seinen Ledersessel hinter dem massiven Schreibtisch, lehnte sich an die Rücklehne und schloss die müden Augenlider. Dann rief er sich das letzte Zusammentreffen mit Kurt Wenninger ins Gedächtnis.

Kurz vor zehn saß Malin mit dem Telefonhörer am Ohr an ihrem Schreibtisch und lauschte dem Song *Dancing Queen*.

Zuvor hatte sie sich in der Kriminaltechnik nach Gegenstandsspuren in Wenningers Blazermantel erkundigt. Neben einer Brieftasche mit üblichem Inhalt hatten die Kollegen in einer der Seitentaschen eine Taxiquittung sichergestellt. Datum und Uhrzeit auf dem Beleg passten zur Aussage der Nachbarin. Start- und Zielort hingegen fehlten.

Malin trommelte ungeduldig mit den Fingern auf dem Schreibtisch. In der Warteschleife von *Alster-Taxi* war noch immer *Dancing Queen* zu hören. Zum siebten Mal in Folge.

»So, ich hab mit dem Fahrer gesprochen«, meldete sich

der Disponent, nachdem das Lied zwei weitere Male vom Band gelaufen war. »Sie haben Glück, der Kollege konnte sich an den Fahrgast erinnern. Der alte Herr soll ziemlich betrunken gewesen sein.«

Malin zückte ihren Stift. »Zu welcher Adresse wurde das Taxi bestellt?«

»Nirgendwohin. Der Fahrgast ist am Langenhorner Markt eingestiegen.«

Malin machte sich eine entsprechende Notiz. »Ich würde gerne mit dem Fahrer persönlich sprechen.«

»Dann geben Sie mir Ihre Nummer.« Der Disponent wirkte genervt. Im Hintergrund klingelte pausenlos das Telefon. »Ich sorge dafür, dass der Kollege Sie in seiner nächsten Pause anruft.«

»Gut.« Malin nannte ihm ihre Handynummer. »Und bitte sagen Sie ihm, dass es dringend ist.« Doch ihr Gesprächspartner hatte bereits aufgelegt.

Langenhorner Markt, grübelte Malin. Wo konnte Wenninger gewesen sein, mitten in der Nacht und betrunken?

Die Tür ging auf und Andresen stapfte, dicht gefolgt von Tiedemann, ins Büro. Ein ungleiches Paar, dachte Malin nicht das erste Mal beim Anblick der beiden Ermittler. Andresen war wieder von oben bis unten in dunkles Leder gehüllt, an den Füßen trug er ausgelatschte Cowboystiefel. Im Gegensatz zu seinem rothaarigen Kollegen wirkte Ole Tiedemann in seiner grauen Bundfaltenhose, dem gebügelten Oberhemd und seinem akkurat gescheitelten Haar wie aus dem Ei gepellt. Unter dem Arm trug er eine schwarze Ledermappe. Seine blassen Wangen waren leicht gerötet, und er lächelte zufrieden.

»Es sieht aus, als hättet ihr Neuigkeiten.«

»Wir kommen gerade von der Haspa-Filiale in Volksdorf.« Tiedemann öffnete die Ledermappe und reichte ihr ein Dokument in einer Klarsichthülle. »Wenninger hatte dort ein Bankschließfach.«

Die Überschrift des Papiers stach Malin sofort ins Auge: *Mein letzter Wille*. Schweigend las sie das Testament, das auf einen Tag im Februar 1991 datiert war. Kurt Wennninger hatte seinen gesamten Besitz einem einzigen Menschen vermacht. Sie hob den Kopf. »Wer zum Teufel ist Michael Baumann?«

Die Durchsage informierte die Passagiere, dass der ICE den Zielbahnhof Hamburg Hauptbahnhof in wenigen Minuten erreichen würde. Michael Baumann wuchtete seine Sporttasche aus dem Gepäckfach.

Höchstens eine Woche würde er in Hamburg bleiben. Das hatte er Ina versprochen. Ohnehin hatte es ihn Überwindung gekostet, sie und die Kleine zurückzulassen. Seit der Geburt seiner Tochter vor knapp zwei Jahren war er nicht einen Tag von seiner Familie getrennt gewesen. Trotzdem musste sie sein, diese Reise, von der er noch nicht wusste, wohin sie ihn führen würde.

Jemand rammte ihm einen Koffer in die Waden und drängelte sich ohne Entschuldigung vorbei. In seiner Hosentasche kündigte ein Fiepen den Eingang einer SMS auf seinem Handy an. Er zog es heraus. Ina wünschte ihm viel Glück.

Michael reihte sich in die Schlange der Wartenden ein. Der ICE passierte die Elbrücken. Dicht an dicht stapelten sich die Container wie Bauklötze auf den Kaianlagen. Michael spürte einen Kloß im Hals. Würde er in Hamburg endlich die Antworten auf die Fragen finden, die ihn so quälten? Er durfte jetzt auf keinen Fall kneifen. Nicht, bevor er Gewissheit hatte.

Der ICE verringerte sein Tempo. Eine riesige Kuppel aus Stahl und Glas kam in Sicht. Wenige Augenblicke später fuhr der Zug in den Bahnhof ein und kam zum Stehen.

Michael wartete geduldig, bis die Reisenden vor ihm ausgestiegen waren, dann trat er auf den Bahnsteig.

»Wer ist Michael Baumann?«, wiederholte Fricke Malins Frage eine halbe Stunde später. Er starrte mit gekrauster Stirn auf das handschriftliche Testament in seiner Hand. »Die Verfügung stammt von 1991. Dem Geburtsdatum nach war Michael Baumann zu dem Zeitpunkt zwölf Jahre alt.« Er hob den Blick und sah zu seinem Stellvertreter. »Ein Kind.«

Tiedemann nickte. »Möglicherweise Wenningers Kind.«

»Wenninger war nie verheiratet«, warf Malin ein.

Andresen grinste anzüglich. »Manche Männer verstreuen ihre Samen in jede Windrichtung.«

Fricke blätterte im Anhang des Testaments. »Als Vermögenswerte wurden das Haus im Schleusenredder und ein Festgeldkonto angegeben.«

»Und damit reden wir über eine halbe Million Euro.« Tiedemann nahm Fricke die Dokumente aus der Hand und ging damit zu seinem Schreibtisch. »Laut Testament wurde Michael Baumann in Berlin geboren.« Er tippte einige Befehle in seine Computertastatur. »Ich habe mit einem Berliner Kollegen gesprochen und der hat mir den EWO-Eintrag für Michael Baumann geschickt.«

»Wenningers Schwester, deren Tochter und die Enkelkinder gehen bis auf den Pflichtanteil also leer aus«, stellte Fricke fest. »Ob die das wissen?«

»Ich rufe die Auskunft an.« Tiedemann griff zum Telefonhörer. »Können Sie mich bitte mit einer Nummer in Berlin verbinden?« Er nannte die beim Einwohnermeldeamt eingetragene Adresse und lauschte einen Moment, ehe er die Sprechmuschel des Telefons mit der Hand umschloss. »Ein Michael Baumann ist unter der Adresse nicht verzeichnet. Dafür Horst und Hertha Baumann.«

»Möglicherweise die Eltern.« Malin tauschte einen Blick mit Fricke.

»Sie verbinden mich.« Tiedemann stellte die Telefonanlage auf Lautsprecherfunktion und alle lauschten gebannt dem Freizeichen.

»Hertha Baumann«, meldete sich eine Frauenstimme.

»Mein Name ist Ole Tiedemann, ich bin Kriminalkommissar beim LKA Hamburg. Kann ich bei Ihnen einen Michael Baumann erreichen?«

Stille.

»Frau Baumann? Kann ich bitte mit Michael Baumann sprechen?«

Der Hörer wurde aufgelegt.

Tiedemann warf Fricke einen irritierten Blick zu und wählte ein weiteres Mal. Niemand hob ab.

»Bleib da dran, Ole.« Fricke sah Andresen an. »Wie weit seit ihr mit der Sichtung von Wenningers Unterlagen?«

Andresen zwirbelte an seinem Schnauzer. »Wir sind so gut wie durch. Alles nur Versicherungskram oder Unterlagen, die sein Haus oder die Praxis betreffen. Nichts Persönliches. Keine Kinderfotos, keine Briefe, keine Zeugnisse, nicht ein einziges Dokument von vor 1990. Als hätte es Kurt Wenninger da noch nicht gegeben.«

»Das ist doch nicht normal.« Frickes Kiefermuskeln malmten.

»Wenninger wollte offenbar nicht, dass jemand etwas findet«, erwiderte Malin. »Der Mann hatte etwas zu verbergen.«

Fricke musterte seine Mitarbeiter grimmig. »Dann fangt an zu graben, und zwar so tief ihr könnt.«

Nach dem sie zwei Stunden lang ergebnislos sämtliche Suchmaschinen im Internet mit Kurt Wenningers Namen gefüttert hatte, beschloss Malin, Stefan Biedermann aufzusuchen. Das merkwürdige Verhalten des Postboten während der ersten Befragung war ihr im Gedächtnis geblieben. Sie rief bei seiner Dienststelle an und erfuhr, dass er bereits Feierabend gemacht hatte und vermutlich in seinem Schrebergarten anzutreffen war.

Das Navi in ihrem Mini führte Malin zu einer weitläufigen Kleingartenkolonie in Langenhorn. Alte Bäume, halbhohe grüne Hecken und prächtige Blütenbüsche säumten die Wege. Auf den Grundstücken standen Häuser in Miniaturformat.

Vor einem dunkelrot gestrichenen Holzhaus hockte ein Mann mit Pferdeschwanz auf einer überschaubaren Rasenfläche und beförderte mit einem Unkrautstecher Löwenzahn aus dem Gras.

Malin öffnete das Gartentor. »Hallo, Herr Biedermann.«

Der Postbote sah kurz auf. »Hallo.« Ungerührt zupfte er das Unkraut von seinem Hilfsgerät umd warf es in den neben ihm stehenden Eimer.

»Ich würde mit Ihnen gerne noch mal über Kurt Wenninger sprechen.« Malin trat näher.

Stefan Biedermann sah zum Himmel, an dem sich dunkle Wolken auftürmten. »Eigentlich wollte ich den Rasen fertig machen. Ich muss noch mähen und hinterher düngen, und zwar bevor der Regen kommt.« Er widmete sich dem nächsten Löwenzahn.

Malin nahm den Faden auf. »Jemand hat etwas in Herrn Wenningers Rasen gemäht.« Sie beobachtete, wie Stefan Biedermann mitten in der Bewegung innehielt. »Zahlen oder Buchstaben, es ist schwer zu erkennen.«

Biedermann erhob sich aus der Hocke. »In Wenningers Rasen? In sein Heiligtum?« Er streifte Malin mit einem eigentümlichen Blick.

»Wissen Sie etwas darüber?«

»Der Doktor hätte das niemals zugelassen«, murmelte Stefan Biedermann, während er den Unkrautstecher von einem verbliebenen Rest Löwenzahn befreite.

»Herr Biedermann? Wissen Sie etwas darüber?«

»Nein.« Er hob den Blick und sah ihr direkt in die Augen.

»Bei unserem letzten Gespräch haben Sie erwähnt, dass Herr Wenninger mit Ihnen über seine Arbeit als Psychiater gesprochen hat. Was genau hat er erzählt?«

Stefan Biedermann runzelte die Stirn. »Streng genommen hat er es nicht von sich aus erzählt. Ich habe ihn gefragt, wofür der Doktortitel auf seinem Briefkasten steht.« Er ließ sein Gartenwerkzeug in den Eimer gleiten und steckte die Hände in die Taschen seiner grünen Arbeitshose. »Dabei hatte ich mit irgendetwas in Richtung Botanik oder Biologie gerechnet. Dass er so ein Nervenarzt war, hat mich aus den Latschen gehauen.«

»Warum?«

»Das passte einfach nicht zu ihm. Sagt man nicht von Psychiatern, dass die selbst alle eine Schraube locker haben?« Er schüttelte den Kopf. »Na ja, vielleicht habe ich auch einfach nur eine falsche Vorstellung von dem Beruf. Ich habe ihn mal gefragt, was man so macht als Psychiater. Da hat er gesagt, er helfe den Menschen dabei, ihre verlorenen Seelen wiederzufinden.«

Ihre verlorenen Seelen? Malin machte sich im Geiste eine Notiz. »Hat er Ihnen sonst noch etwas von seiner Arbeit erzählt?«

»Nie wieder. Als hätte er das eine Mal schon zu viel verraten. Aber das war seine Art. Der Doktor konnte stundenlang über seinen Garten philosophieren, aber sobald es um Persönliches ging ... « Seine Stirn krauste sich. »Vielleicht fragen Sie mal bei diesem Club nach, zu dem er immer gegangen ist.«

»Was für ein Club?«, fragte Malin überrascht.

»Irgend so ein Pfeifenclub. Der Doktor war dort ein- bis zweimal die Woche.« Der Postbote sah sie erstaunt an. »Wussten Sie das denn nicht?«

Malin unterdrückte die Antwort, die ihr auf der Zunge lag. »Wissen Sie möglicherweise auch, wo die Mitglieder dieses Clubs sich treffen?«

»In irgendeiner Gaststätte.« Biedermann schwieg einen Moment, und es schien, als wäge er verschiedene Möglichkeiten ab. »Irgendwo in Langenhorn. Genaueres weiß ich nicht.«

Wenninger war am Langhorner Markt eingestiegen, erinnerte sich Malin. »Möglicherweise hilft uns das schon mal weiter. Vielen Dank, Herr Biedermann.« Sie musterte ihn und konnte nicht verhindern, dass die unterdrückten Worte nun doch den Weg über ihre Lippen fanden: »Ehrlich gesagt würde es mich brennend interessieren, woher Sie davon wissen. Haben Sie mir nicht gerade vor wenigen Augenblicken erzählt, dass Herr Wenninger nicht gerne über Persönliches sprach?«

Wieder erschien dieser eigentümliche Blick in Biedermanns Augen. »Er hat es irgendwann mal erwähnt.«

»Aha. Hat Herr Wenninger vielleicht noch etwas anderes erwähnt, das uns helfen könnte, seinen Mörder zu finden?«

Sie fixierte den Postbeamten noch eingehender. »Irgendwann?«

»Nein, hat er nicht.« Biedermann griff nach dem Eimer und nahm demonstrativ den Unkrautstecher heraus.

»Gut, dann lasse ich Sie jetzt mit Ihrem Rasen allein. Vielen Dank für Ihre Hilfe.« Malin drehte sich um und ging durch das Gartentor. Dabei spürte sie den Blick des Postboten im Rücken.

»Frau Brodersen!«, rief Stefan Biedermann ihr hinterher. »Lassen Sie Doktor Wenningers Rasen mähen!«

Malin sah irritiert über ihre Schulter, doch von dem Mann war nichts mehr zu sehen.

Als Malin zurück ins Präsidium kam, waren die Schreibtische ihrer Kollegen verwaist. Sie schenkte sich einen Becher Kaffee ein und setzte sich an ihren Platz. Nachdenklich starrte sie aus dem Fenster in den bewölkten Himmel. Was machte man in einem Pfeifenclub? Rauchen und philosophieren?

Malin nippte an ihrem Kaffee. Er schmeckte ungewöhnlich bitter. Sie schob den Becher beiseite, öffnete die unterste Schublade ihres Schreibtisches und zog eine Papiertüte mit einem Franzbrötchen vom Vortag heraus. Genüsslich biss sie in das süße Hefegebäck. Sofort breitete sich der vertraute Butter-Zimt-Geschmack auf ihrem Gaumen aus.

Derart gestärkt, gab sie in die Internet-Suchmaschine die Begriffe *Pfeifenclub* und *Hamburg* ein. Zwölftausend Treffer. Anscheinend waren solche Clubs hier nichts Ungewöhnliches. Sie las sich einige der Vereinsbeschreibungen durch. In vielen häuften sich Dinge wie *Förderung der Geselligkeit* und *Erhaltung von Traditionen*, auch von Aktionen wie Zigarillowettrauchen und Kegelturnieren war die Rede. Bei weiteren Clubs wurden Wanderungen und Ausflüge erwähnt, sowie Spendenaktionen und das jährliche Grünkohlessen.

Malin gab als zusätzlichen Begriff *Langenhorn* in die Maske ein. Nur noch einhunderteinundzwanzig Treffer. Sie ging die einzelnen Seiten durch, nur um festzustellen, dass nicht einer davon in unmittelbarem Zusammenhang mit einem Langenhorner Pfeifenclub stand.

Die Tür wurde aufgerissen und Tiedemann erschien. »Du bist zurück? Vorhin war ein Taxifahrer hier und wollte was von dir.«

»Der sollte mich doch anrufen«, entfuhr es Malin.

»Davon hat er nichts gesagt.« Tiedemann setzte sich hinter seinen Schreibtisch. »Dafür konnte er sich umso besser an Kurt Wenninger erinnern. Er sagt, der Alte sei sternhagelvoll gewesen und hätte während der ganzen Fahrt gezetert. Es hörte sich wohl so an, als hätte Wenninger sich an dem Abend heftig mit jemandem gestritten.«

»Sind Namen gefallen?«

»Wenninger hat etwas von einem Admiral gefaselt.« Tiedemann lehnte sich in seinem Schreibtischstuhl zurück. »Möglicherweise meinte er jemanden vom Militär, aber um da einen Zusammenhang herzustellen, fehlen uns zahlreiche Infos. Ich habe sicherheitshalber eine Abfrage bei EWO gemacht, für den Fall, dass es sich um einen Nachnamen handelt. Nichts.« Er rieb sich mit Daumen und Zeigefinger die Nasenwurzel. »Ich komme übrigens gerade vom Chef. Wir sind mit der Suche nach Michael Baumann kein Stück vorangekommen, deshalb hat Fricke die Berliner Kollegen um Unterstützung gebeten.«

»Apropos Suche, wo steckt eigentlich Sven?«

»Beim Zahnarzt.« Tiedemann musterte Malin. »Und? Hast du bei Biedermann etwas erreicht?«

Sie erzählte von dem Gespräch mit dem Postboten. Tiedemann hob die Brauen. »Ein Pfeifenclub? Das sollten wir überprüfen.«

»Bin schon dabei«, entgegnete Malin. »Allerdings gibt es Dutzende in Hamburg. Die meisten Gruppen treffen sich in irgendwelchen Gaststätten oder Vereinsheimen. Biedermann hat in diesem Zusammenhang Langenhorn erwähnt, doch möglicherweise wollte er sich damit auch nur wichtig machen.« Sie knüllte die leere Brötchentüte auf ihrem Tisch zu einer kleinen Kugel zusammen und feuerte sie in den Papierkorb. »Ich habe das Gefühl, wir treten auf der Stelle.«

Tiedemann schlug sich an die Stirn und gab etwas in seine Computertastatur ein. Dann erhellte sich sein Gesicht. »Dass ich da nicht gleich draufgekommen bin! Das *Admiral* ist eine Gaststätte. Ich kenne sie sogar. Wir haben dort vor einigen Jahren in einem Fall recherchiert. Und jetzt rate mal, in welchem Stadtteil sie sich befindet.«

»Wenn du so fragst, nehme ich an, in Langenhorn?«

Tiedemann grinste. »Und zwar in unmittelbarer Nähe zum Langenhorner Markt.« Er griff nach seiner Jacke. »Kommst du?«

8

Die Gaststätte *Admiral* befand sich in einem zitronengelb gestrichenen Haus direkt an der vielbefahrenen Tangstedter Landstraße. Von weitem wirkte das Gebäude mit seinen weißen Sprossenfenstern und dem roten Ziegeldach einladend, doch als sie darauf zugingen, bemerkte Malin die fleckige Fassade und das abgeblätterte Holz an den Fensterrahmen. In einem Schaukasten neben dem Eingang hing eine Speisekarte mit verblasster Schrift.

Die Eingangstür führte die Kriminalbeamten direkt in den Gastraum. Tische und Stühle aus dunklem Holz, eine breite Theke mit Barhockern und eine alte Eistruhe bildeten die Einrichtung. Auf jedem Tisch stand eine kleine Vase mit einer roten Nelke, an den Wänden hingen alte Bierplakate.

Ein hagerer Mann mit Kinnbart hantierte hinter dem Tresen mit der Zapfanlage und sah den Neuankömmlingen missmutig entgegen. »Wir haben noch geschlossen. Steht auch auf dem Schild an der Tür. Kommen Sie in einer halben Stunde wieder, dann gibt's auch Bier.«

»Wir möchten kein Bier, sondern eine Auskunft.« Tiedemann zückte seinen Dienstausweis. »Aber vielleicht verraten Sie uns erst mal Ihren Namen.«

»Gregor Lenz. Das ist mein Schuppen hier.« Der Wirt wischte sich die Hände an einem Handtuch ab. »Also, was kann ich für Sie tun? Ärger kann ich in meiner Gaststätte nicht gebrauchen.«

»Ist Ihnen der Name Kurt Wenninger bekannt?«

Lenz schüttelte den Kopf. »Sagt mir nichts.«

Tiedemann zog ein Foto des Mordopfers aus seiner Jackentasche und schob es dem Wirt über die Theke.

Gregor Lenz betrachtete es. »Das Gesicht kommt mir allerdings bekannt vor. Was ist mit dem Mann?«

Malin ergriff das Wort. »Herr Wenninger ist vor einigen Tagen in seinem Haus tot aufgefunden worden. Ermordet.«

»Das ist schlimm.« Der Blick des Wirts wurde argwöhnisch. »Und was hab ich damit zu tun?«

»Wir gehen davon aus, dass sich Herr Wenninger am Dienstagabend, den fünften August, in Ihrer Gaststätte aufgehalten hat«, antwortete Tiedemann. »Können Sie das bestätigen?«

Nachdenklich krempelte Lenz die Ärmel seines schwarzen Hemdes hoch. »Wäre schon möglich. Ich glaube, dieser Wenninger ist einer unserer *Schmauchfreunde*. Wir vermieten zweimal wöchentlich einen unserer Nebenräume an einen Pfeifenclub. Völlig legal, versteht sich.«

Malin und Tiedemann wechselten einen Blick.

Gregor Lenz schien die Doppeldeutigkeit seiner Worte ebenfalls aufzugehen, denn er schob eilig eine Erklärung hinterher. »Damit meinte ich natürlich, was das Rauchen in Gaststätten anbelangt!«

Tiedemann winkte ab. »Entspannen Sie sich. Wir sind von der Mordkommission, nicht vom Ordnungsamt. Also noch mal zurück zu besagtem Dienstag vor zwei Wochen. Ein Zeuge hat ausgesagt, Herr Wenninger sei an dem Abend auffallend betrunken gewesen.«

»Hier bei uns?« Der Wirt runzelte die Stirn. »Es gab da vor kurzem tatsächlich einen Vorfall. Was genau im Clubraum vorgegangen ist, kann ich Ihnen nicht sagen, nur, dass es dort sehr laut wurde. Möglicherweise war es sogar an dem Tag, von dem Sie sprechen. Ich frag mal meinen Koch.« Er öffnete die satinierte Schiebetür einer Durchreiche. »Friedhelm? Kommste mal?« Keine Antwort. »Ich seh mal nach, wo er steckt. Bin gleich wieder da.« Der Wirt verschwand durch die angrenzende Tür.

Malin lehnte sich an den Tresen. »Endlich tut sich was.«

»Abwarten«, entgegnete Tiedemann trocken. »Selbst wenn Wenninger an dem Abend hier war, muss das noch lange nichts bedeuten.«

»Du bist immer so verdammt sachlich«, entfuhr es Malin.

»Jetzt stell dir mal vor, ich wäre genauso betriebsam wie du«, konterte ihr Kollege.

Betriebsam? Sie verkniff sich eine Antwort und betrachtete

Ole Tiedemann aus den Augenwinkeln. Heute wirkte er besonders blass, unter seinen Augen konnte man sogar das Schimmern der Adern erkennen. Ihr Kollege sah immer ein wenig kränklich aus und einmal mehr fiel Malin auf, dass sie im Grunde nichts von ihm wusste.

»Sag mal, Ole, wohnst du eigentlich mit jemandem zusammen?«, platzte es aus ihr heraus.

»Wie kommst du jetzt darauf?« Er schaute sie überrascht an.

»Na ja, solange Fred im Urlaub ist, sind wir ja mehr oder weniger Teampartner. Sollte man da nicht etwas besser übereinander Bescheid wissen?«

»Ich bin allein.« Tiedemanns Miene war ausdruckslos. Nach einigen Sekunden fügte er leise hinzu: »Es ist lange her, dass mich überhaupt jemand danach gefragt hat.«

Malin fühlte sich unwohl in ihrer Haut. Sie wünschte, sie hätte einen besseren Zeitpunkt für ihre Frage gewählt.

Gregor Lenz hatte einen bulligen jungen Mann mit Kochschürze im Schlepptau, als er zurück in den Gastraum kam. »Das ist Friedhelm, mein Koch. Und das«, er wies auf die beiden Kriminalbeamten, »sind die Herrschaften von der Polizei. Bei unseren *Schmauchfreunden* ist es doch vor einiger Zeit etwas lauter zugegangen. Weißt du noch, ob der hier dabei war?« Der Wirt wies auf Wenningers Foto, das noch immer auf der Theke lag.

Der Koch nickte sofort. »War er. Ich bin ihm im Flur über den Weg gelaufen. Der war ziemlich besoffen.«

»Weißt du auch noch, an welchem Tag?«

Die Antwort kam wie aus der Pistole geschossen. »Dienstag, der fünfte August. Das war der Tag, an dem ich eigentlich frei hatte«, sagte er spitz.

»Haben Sie mitbekommen, worum es ging?«, mischte sich Malin ein, bevor Lenz auf den unüberhörbaren Vorwurf seines Kochs reagieren konnte.

Friedhelm schüttelte den Kopf. »Nein, nur dass der Alte total aufgebracht war. Ich glaube, er wollte gerade gehen.«

»Wissen Sie noch, wie spät es da war?«

»Muss kurz vor zwölf gewesen sein, ich war gerade mit dem

Saubermachen fertig und wollte Feierabend machen. Mehr weiß ich aber auch nicht. Kann ich wieder in die Küche? Meine Sauce brennt sonst an.«

»Gehen Sie nur.« Tiedemann wandte sich wieder dem Wirt zu. »Haben Sie vielleicht ein paar Namen für uns?«

Lenz schüttelte den Kopf. »Ich führe hier keine Anwesenheitsliste, ich habe nur den Raum vermietet.«

»Und wer bezahlt die Miete?« Tiedemann steckte Wenningers Foto wieder ein und zückte sein Notizbuch.

Der Wirt dachte angestrengt nach. »Wie heißt der noch gleich ... König, Kaiser, irgendwie so.«

»Irgendwie so?« Tiedemanns Miene wurde streng. »Für die Miete muss es doch Belege geben.«

»Da müsste ich erst nachsehen.« Gregor Lenz wurde rot. »Zu Hause.«

»In Ihrem eigenen Interesse wäre es besser, wenn Sie diese Belege finden würden.«

Lenz nickte. »Heute Abend findet übrigens auch ein Treffen der *Schmauchfreunde* statt. Um acht.«

»Wir kommen wieder.« Tiedemann warf dem Wirt einen finsteren Blick zu und drehte sich um.

Malin folgte ihm zum Dienstwagen. »Es gibt keine Belege.«

Ihr Kollege deutete ein Nicken an. Er schien etwas sagen zu wollen, doch er zögerte einen Moment. »Wegen deiner Frage vorhin, Malin ... Mach dir keine Gedanken um mich. Ich halte Berufliches und Privates getrennt. Das ist besser so.« Bevor sie etwas erwidern konnte, stieg er in den Dienstwagen und startete den Motor.

Zwei Stunden später stand Malin vor Frickes klobigem Holzschreibtisch, einem Relikt seiner früheren Dienststelle, und sah ihren Vorgesetzten ungläubig an. »Das ist nicht dein Ernst, Chef!«

»Das ist mein völliger Ernst.« Fricke zog ein Salamisandwich aus einer Papiertüte und biss genüsslich hinein. »So gut solltest du mich mittlerweile kennen«, fügte er zwischen zwei Bissen hinzu.

»Aber, Chef.« Malin setzte sich unaufgefordert auf den durchgesessenen Besucherstuhl. »Vielleicht …«

Fricke unterbrach sie mit einer wegwerfenden Handbewegung. »Nichts da. Ole und Sven übernehmen diesen Pfeifenclub. Du brauchst gar nicht erst zu versuchen, mich um den Finger zu wickeln. Dein Undercover-Einsatz an der Corvinius Law School war das letzte Mal, dass dir das gelungen ist. Und wir wissen beide, wie das geendet hat.« Er nahm einen weiteren Bissen von seinem Sandwich und warf ihr einen scharfen Blick zu. »Ich erwarte, dass du dich an meine Anweisungen hältst.«

Malin hätte ihn gern darauf hingewiesen, dass sie mit ihrem verdeckten Einsatz damals den Ermittlungen entscheidend auf die Sprünge geholfen hatte, doch sie bemerkte gerade noch, wie sich Frickes Hals rosa verfärbte. Wenn die Farbe erst einmal bis ins Gesicht wanderte und ins Dunkelrote wechselte, wäre mit ihrem Chef nicht mehr gut Kirschen essen. Es lohnte sich nicht, ihn an diesem Punkt weiter zu reizen. Auch sie hatte dazugelernt.

»Außerdem habe ich für dich eine ganz andere Aufgabe.« Fricke griff nach der Serviette und wischte sich die verbliebenen Brotkrümel vom Mund. »Du hast doch in der Vergangenheit schon öfter dein Händchen für ältere Damen unter Beweis gestellt.«

»Hab ich?«, fragte Malin irritiert.

»Du wirst dich gleich morgen früh um Wenningers Schwester kümmern. Fühl ihr auf den Zahn. Ich will wissen, was es da für Feindseligkeiten zwischen ihr und ihrem Bruder gegeben hat. Frag sie auch nach diesem Michael Baumann. Konfrontiere sie mit dem Testament.«

Malin nickte. »Soll ich jemanden mitnehmen?«

Der Anflug eines Lächelns streifte Frickes Lippen. »Ich denke, das bekommst du genauso gut alleine hin.« Dann wurde sein Blick ernst. »Günther Peters von 412 geht Ende des Jahres in Ruhestand.«

Malin sah ihren Vorgesetzten fragend an. Was hatte sie mit dem Kollegen aus einem der anderen Ermittlungsteams zu tun?

Fricke räusperte sich. »Dein Teampartner hat mir vor seinem Urlaub mitgeteilt, dass er sich für Günthers Stelle beworben hat.« Er musterte Malin aus zusammengekniffenen Augen. »Weißt du etwas über Fredericks Gründe, Brodersen?«

Malin erstarrte. Er hatte es also tatsächlich getan. Sie dachte an den heftigen Streit mit Frederick Bartels während der Ermittlung vor zweieinhalb Monaten. Am Ende ihrer Auseinandersetzung hatte ihr Partner verkündet, das Team nach Abschluss des Falls zu verlassen. Das war vor acht Wochen gewesen.

»Brodersen?«

Malin schluckte. »Ich …« Sie biss sich auf die Lippe.

»Er hat dir nichts davon gesagt, oder?« Fricke strich sich mit beiden Händen übers Gesicht. »Eine schöne Bescherung. Du solltest mit ihm reden, Brodersen. Ich hatte immer das Gefühl, ihr hättet einen besonderen Draht zueinander. Vielleicht lässt er sich von dir umstimmen.« Er sah auf seine Armbanduhr. »Am besten machst du jetzt Feierabend. Sortier deine Gedanken, triff dich mit deinem Freund. Du hast doch einen neuen Freund, oder?«

»Der Flurfunk funktioniert offenbar.« Malin erhob sich von ihrem Stuhl.

»Bis morgen, Brodersen«, brummte Fricke. Seine Augen blickten besorgt.

01. Februar 1979

Kein Baum, kein Strauch, kein Himmel. Andauernd nur triste Wände und das stetige Summen der Neonröhre, deren grelles Licht sie langsam genauso in den Wahnsinn trieb wie das ewige Warten, dass endlich etwas geschah.

Sekunden wurden zu Minuten, Minuten zu Stunden, Stunden zu Tagen. Zumindest vermutete Rena, dass mehrere Tage vergangen waren, seit man sie im Morgengrauen in ihrer Wohnung aus dem Schlaf gerissen hatte. Wissen konnte sie es nicht.

Die Stille und die Einsamkeit waren das Schlimmste. Manchmal hörte sie Schritte vor der Tür oder das schmatzende Geräusch von Gummirädern, bevor ihr das Essen durch die Klappe gereicht wurde.

Rena erhob sich von ihrem Hocker und begann, den schmalen Raum abzulaufen. Sieben Schritte bis zur Tür, sieben Schritte zurück. Ihre Gedanken wanderten zu dem Augenblick, als man ihr die Augenbinde vom Kopf gerissen hatte. Scheinwerferlicht hatte sich wie Tausend kleine Nadelstiche in ihre Netzhaut gebrannt und sie hatte sich ohne Protest durch einen langen Flur zu einem hell erleuchteten Raum führen lassen.

Krampfhaft versuchte Rena die Erinnerung, was darin geschehen war, aus ihrem Gedächtnis zu drängen. Umdrehen. Ausziehen. Bücken. Jede Körperöffnung war genauestens untersucht worden.

Rena beschleunigte ihren Schritt. Sieben Schritte hin, sieben Schritte zurück. Was passierte hier? Warum half ihr keiner? Wo blieb Peter? Ihr wurde schwindelig und sie sank zurück auf den Hocker unter den Glasbausteinen. Stille umfing sie.

Ihr Puls raste. Ich drehe durch, dachte Rena. Sie atmete mehrfach tief durch und spürte, wie sich ihr Puls langsam wieder normalisierte. Ich muss mich zusammenreißen. Für Romy. Für meinen Mann.

Sie hatte Peter im Jugendclub kennengelernt. Damals war sie gerade sechzehn geworden. Noch am gleichen Abend hatte er sie geküsst und ihr gesagt, dass er sie eines Tages heiraten würde. Rena war regelrecht dahingeschmolzen und hatte sich wie in einem dieser Kitschromane gefühlt, die sie so gerne in der Badewanne las. Sie war felsenfest davon überzeugt gewesen, dass sie und Peter füreinander bestimmt waren. Das war sie bis heute.

Rena hörte Schritte im Flur. Vor ihrer Tür hielten sie an. Sie wartete darauf, dass sie sich wieder entfernten, doch stattdessen wurde ein Schlüssel zweimal im Schloss gedreht. Dann wurde die Tür geöffnet.

9

Michael Baumann glitt aus einem unruhigen Schlaf. Er hatte einen Albtraum gehabt, an den er sich nur noch schemenhaft erinnern konnte. Da war diese Frau gewesen …

Er öffnete die Augen. Sein Blick erfasste die bunt gemusterte Tapete und erst jetzt fiel ihm wieder ein, dass er in einem Hamburger Hotelzimmer war. Und warum.

Er schob die Bettdecke beiseite und stand auf. Im hellblau gefliesten Badezimmer starrte ihm sein Spiegelbild entgegen. Etliche rote Stressflecken überzogen sein Gesicht. Verdammt.

Schon als er gestern aus dem Zug gestiegen war, hatte er geahnt, dass ihm ein schwieriger Weg bevorstand. Deshalb hatte er sich zunächst ein Hotel gesucht. Um zur Ruhe zu kommen. Doch statt zu schlafen, hatte er sich die halbe Nacht in dem fremden Bett hin- und hergewälzt. Und nun das! Es geschah immer in den unpassendsten Momenten.

Michael schloss die Augen und konzentrierte sich auf seinen Atem. Tief einatmen. Ausatmen. Einatmen und ausatmen. Manchmal half es. Dieses Mal nicht. Die Flecken blieben.

Plötzlich sehnte er sich nach Ina und seiner kleinen Tochter. Wäre er bei ihnen zu Hause geblieben, würde es ihm jetzt vermutlich besser gehen. Dann schalt er sich selbst einen Narren. Die Unruhe würde ihn einholen, wie sie es immer tat. Sie begleitete ihn bereits sein ganzes Leben. Nein, er musste da jetzt durch, musste sich endlich Gewissheit verschaffen.

Er wandte seinem Spiegelbild den Rücken zu und zwängte sich in die kleine Duschkabine hinter der Badezimmertür. Dann duschte er lang und ausgiebig, putzte sich anschließend die Zähne und rasierte sich sorgfältig. Als er damit fertig war, bemerkte er zufrieden, dass die Flecken fast aus seinem Gesicht verschwunden waren. Sein Magen knurrte. Er hatte sein Zimmer ohne das überteuerte Frühstück gebucht und überlegte nun, ob er sich in der Nähe ein Café suchen sollte.

Michael schlüpfte in seine Kleidung und kontrollierte seine Brieftasche, ob er genügend Bargeld hatte. Dabei stach ihm der gelbe Notizzettel mit der Adresse ins Auge. Er kannte sie mittlerweile auswendig. Sein Puls beschleunigte sich. Ohne in den Spiegel zu schauen wusste er, dass sich die Flecken in seinem Gesicht wieder ausbreiteten.

»Ich kenne keinen Michael Baumann.« Ilse Wenninger verschränkte ihre Arme demonstrativ vor der Brust. In ihren alterstrüben Augen blitzte es. »Wer soll das denn sein?«

Malin unterdrückte ein Seufzen. Seit einer geschlagenen Viertelstunde versuchte sie, brauchbare Informationen aus dieser widerspenstigen Person herauszuholen. Ohne Erfolg. Ilse Wenninger war ein harter Brocken. »Das ist der Mann, der von ihrem Bruder als Alleinerbe ins Testament eingesetzt wurde.«

»Als …« Ilse Wenninger blieb das Wort buchstäblich im Hals stecken. Sie wirkte sichtlich geschockt.

»Was ist zwischen Ihnen und Ihrem Bruder vorgefallen?«, schob Malin nach.

Ilse Wenningers Züge wirkten wie versteinert.

»Frau Wenninger?«

»Das geht niemanden etwas an.« Ihre Stimme war kalt und schneidend.

»Frau Wenninger, wir müssen den Mord an Ihrem Bruder aufklären«, entgegnete Malin scharf. »Uns geht alles etwas an, das mit ihm in Zusammenhang steht. Wenn Sie meine Fragen nicht beantworten, bleibt mir nichts anderes übrig, als Sie mit ins Polizeipräsidium zu nehmen. Möchten Sie das?«

Ilse Wenningers Lippen waren zu einer dünnen Linie zusammengekniffen, als sie schließlich den Kopf schüttelte.

»Was hatte Ihr Bruder für eine Verbindung nach Berlin?«

Malins Frage schien die Frau zu irritieren. Sie öffnete ihre Haltung. »Na, Kurt hat doch in Berlin gelebt. In Ost-Berlin. Er ist erst nach der Wende zurück nach Hamburg gekommen.«

»Ach«, sagte Malin überrascht und zückte ihr Notizbuch. »Erzählen Sie mehr darüber. Was hat Ihren Bruder nach Berlin verschlagen? Noch dazu in den Osten der Stadt?«

Die alte Frau musterte sie abschätzig. »Sie sind noch zu jung, um das zu verstehen.« Ehe Malin protestieren konnte, sprach Ilse Wenninger weiter: »Ich war noch ein Kind, damals, während des Krieges.« Sie senkte den Blick auf ihre gefalteten Hände. »Unser Vater war Berliner. Und ein elender Kommunist! Doch das erfuhr ich erst, als ich bereits erwachsen war. Meine Mutter lernte meinen Vater Anfang der dreißiger Jahre hier in Hamburg kennen, als er zu Besuch bei Bekannten war. Es war wohl Liebe auf den ersten Blick. Meine Großeltern waren damals angesehene Leute in Hamburg. Als meine Mutter mit Kurt schwanger wurde, war es beschlossene Sache, dass ihr Enkelkind im Kreis der Familie aufwachsen würde. Zwei Jahre später bin ich dann auf die Welt gekommen.« Ilse Wenninger hob den Blick. »Mein Vater hat sich in Hamburg nie richtig wohlgefühlt. Immer wieder sprach er davon, zurück nach Berlin zu gehen. Zwischen meinen Eltern ist es deswegen ständig zum Streit gekommen.« Ein milder Ausdruck schlich sich in ihr Gesicht. »Kurti und ich haben uns gemeinsam unter der Bettdecke verkrochen, wenn sie sich stritten. Wir hatten schon damals Angst, dass unsere Eltern sich trennen würden. Dann kam der Krieg. Mein Vater wurde eingezogen, Kurti und ich wurden mit der Kinderlandverschickung aufs Land gebracht. Unsere Familie wurde regelrecht auseinandergerissen.«

Sie biss sich auf die Unterlippe. »Als wir zurückkamen, lag alles in Trümmern. Die Straße, in der unser Haus gestanden hatte, gab es nicht mehr. Meine Großeltern waren tot und mein Vater war zu einem völlig anderen Menschen geworden. Er verlangte von meiner Mutter, mit ihm nach Berlin zu gehen, doch sie weigerte sich. Nach dem Verlust ihrer Eltern wollte sie nicht auch noch ihre Heimat verlieren. Wir sind dann in das Haus am Schleusenredder gezogen. Es gehörte meinen Großeltern.« Eine Träne löste sich aus Ilse Wenningers linkem Auge und rann ihre faltige Wange hinunter. »Eines Tages war mein Vater verschwunden. Auf dem Küchentisch lag ein Zettel, auf dem er meiner Mutter mitteilte, dass er zurück nach Berlin geht. Kurti hat er mitgenommen.« Sie wischte sich mit einer resoluten Geste die Träne von der Wange. »Jetzt wissen Sie, wie mein Bruder damals nach Berlin gekommen ist.« Ihre Gesichtszüge verhärteten sich wieder.

»Und danach?«, fragte Malin, die den Schilderungen der alten Frau gespannt gelauscht hatte. »Hatten Sie mit Ihrem Bruder Kontakt?«

Ilse Wenninger schnaubte. »Sie wissen wohl nicht besonders viel über die DDR. Für die waren wir der Klassenfeind. In den ersten Jahren gab es noch einen Briefwechsel zwischen meinem Bruder und mir, doch der wurde mit der Zeit immer weniger, bis ich irgendwann gar nichts mehr hörte.« Ihre Stimme wurde hart. »Mehr möchte ich nicht dazu sagen. Und wenn Sie mich deswegen mit aufs Präsidium schleppen wollen, dann tun Sie das meinetwegen. Dort werden Sie von mir auch nicht mehr erfahren.«

Malin zweifelte keinen Moment an den Worten der alten Frau, die nun stocksteif in ihrem Sessel thronte. »Dann beantworten Sie mir bitte noch eine letzte Frage. Wann haben Sie Ihren Bruder zuletzt gesehen?«

»Sie haben mir die Frage schon einmal gestellt, an der Antwort hat sich seitdem nichts geändert.« Ilse Wenniger sah ihr direkt in die Augen. »Bei der Beerdigung meiner Mutter. Vor dreiundzwanzig Jahren.«

Auf dem Weg von Niendorf zum Polizeipräsidium legte Malin einen Zwischenstopp im Cafe *Elbgold* ein, ihrem Stammcafé für Samstagvormittage. An der Theke orderte sie das obligatorische Franzbrötchen, dazu einen Milchkaffee, und ergatterte anschließend einen der begehrten Fensterplätze mit Blick auf den Mühlenkamp. Gedankenversunken beobachtete sie die Passanten, während sie genüsslich ihr Frühstück verzehrte.

Es war Malins erste Mahlzeit nach einer viel zu kurzen Nacht. Thies hatte für sie am vergangenen Abend ein Drei-Gänge-Menü auf seinem Hausboot gezaubert. Die romantische Stimmung hatte dafür gesorgt, dass Malin weder an

Frederick noch an den Einsatz ihrer Kollegen einen Gedanken verschwendet hatte. Jetzt hätte sie allerdings nur allzu gerne gewusst, wie es für Tiedemann und Andresen im *Admiral* gelaufen war und was es mit dem Pfeifenclub auf sich hatte.

Malin stippte ihr Franzbrötchen in den Milchkaffee. Ilse Wenninger war ihr ein Rätsel. Die Geschichte der Frau hatte sie berührt und sie fragte sich, was zwischen den Geschwistern Wenninger in den vergangenen Jahren schiefgelaufen war. Was hatte Ilse Wenninger zu dieser verbitterten alten Frau gemacht? Und warum hasste sie ihren Bruder so sehr?

Ihre Reaktion auf das Testament gab Malin ebenfalls zu denken. Offenbar hatte Ilse Wenninger mit etwas anderem gerechnet.

Während Malin den letzten Zipfel ihres Franzbrötchens verschlang, dachte sie über die neugewonnene Erkenntnis nach. Kurt Wenninger hatte einen Großteil seines Lebens in Ost-Berlin verbracht. Spielte das für ihren Fall eine Rolle? Ihr fiel ein, dass dieser ominöse Erbe, Michael Baumann, ebenfalls aus Berlin stammte.

Sie warf einen Blick auf ihre Armbanduhr. In einer knappen halben Stunde würde die Besprechung im Präsidium beginnen. Sie leerte ihre Kaffeetasse und ging zum Tresen, um sich ein weiteres Franzbrötchen zum Mitnehmen einpacken zu lassen.

Die Luft im Konferenzzimmer war stickig, als Malin mit zehn Minuten Verspätung eintraf. Ihre Teamkollegen waren bereits anwesend, ebenso wie Frank Glaser von der Kriminaltechnik und Fricke, der neben dem Whiteboard stand.

»Guten Morgen zusammen!« Malin öffnete zunächst eines der Fenster, ehe sie sich einen Kaffee einschenkte.

»Mahlzeit, Brodersen.« Andresen warf einen provozierenden Blick auf seine goldfarbene Armbanduhr. »Ausgeschlafen? Wir sind schon seit einer Stunde im Dienst. Trotz Wochenendes.«

Malin ignorierte den Spruch und rutschte auf den Platz neben Tiedemann.

»Gut, wo wir jetzt endlich vollständig sind, können wir anfangen«, brummte Fricke mit einem Blick auf sein jüngstes Teammitglied.

»Sorry für die Verspätung, Chef.« Malin zog ihr Notizbuch aus der Umhängetasche. »Ich komme gerade von Ilse Wenninger.«

»Ach. Lass hören.«

Sie fasste ihr Gespräch mit der Schwester des Opfers zusammen.

Fricke sah sie interessiert an. »Wie ist deine Einschätzung, Brodersen? Hältst du es für möglich, dass Ilse Wenninger mit dem Mord an ihrem Bruders etwas zu tun hat?«

»Es könnte durchaus sein«, entgegnete Malin. »Zumindest scheint sie mit irgendetwas hinter dem Berg zu halten. Vielleicht erfahren wir von ihrer Tochter mehr.«

»Wir werden noch heute mit ihr sprechen.« Fricke wandte sich an seinen Stellvertreter. »Wie ist euer Besuch bei diesem Pfeifenclub gestern Abend gelaufen?«

»Relativ unaufgeregt.« Tiedemann zog sein Notizbuch zu sich heran. »Wir waren gegen einundzwanzig Uhr im *Admiral*. Siebzehn Mitglieder des Pfeifenclubs waren anwesend, übrigens allesamt Männer zwischen fünfzig und achtzig. Sie nennen sich *Schmauchfreunde*.«

»*Schmauchfreunde*?« Fricke schmunzelte. »Wie haben sie auf den Mord an Wenninger reagiert?«

»Die meisten wirkten betroffen, einige waren regelrecht schockiert.«

»Hat sich jemand dazu geäußert, was an besagtem Dienstag vor zwei Wochen vorgefallen ist?«

Tiedemann kratzte sich hinter dem Ohr. »Angeblich hat es nie einen Vorfall gegeben. Wenninger soll an dem Abend bereits angetrunken in der Gaststätte aufgetaucht sein. Mit jedem Pils sei er dann streitlustiger geworden.«

»Ist das schon häufiger vorgekommen?«

»Es war wohl das erste Mal«, entgegnete Tiedemann. »Wenninger soll das Clubtreffen vorzeitig verlassen haben. Kurz vor Mitternacht. Das deckt sich mit der Aussage des

Kochs. Die restliche Gruppe ist noch bis halb eins geblieben.«

»Habt ihr irgendetwas Interessantes über Wenninger erfahren? Etwas Persönliches?«

Tiedemann schüttelte den Kopf. »Ich denke, wir sollten mit den Mitgliedern einzeln sprechen. Vor einer Gruppe redet es sich nicht so leicht. Wir haben die Personalien der Anwesenden aufgenommen. Allerdings gibt es noch weitere Mitglieder.«

Andresen schnalzte. »Also, wenn ihr mich fragt – das war ein ganz merkwürdiger Haufen.«

»Merkwürdig inwiefern?«, hakte Fricke nach.

»Möglicherweise habe ich eine falsche Vorstellung von einem Pfeifenclub, aber ich hatte immer ein Bild von einer Gruppe gemütlich rauchender Rentner vor mir.« Andresen zwirbelte an seinem roten Schnauzer. »Unter den Pfeifenheinis waren einige äußerst schmierige Typen. Kann nicht schaden, bei denen ein wenig auf den Busch zu klopfen.«

Fricke nickte. »Haben die auch eine Art Gruppenleiter?«

Tiedemann sah in sein Notizbuch. »Ein gewisser Wolfgang Herzog. Allerdings war er bei dem gestrigen Treffen nicht dabei.«

»Also gut. Dann würde ich sagen, ihr klappert schon mal die Mitglieder ab, von denen ihr die Personendaten bereits habt. Ich sehe zu, dass ich ein bis zwei weitere Leute kriege, die uns unterstützen, sobald wir die komplette Mitgliederliste haben. Hast du die Adresse von diesem Herzog, Ole? Um den Herrn möchte ich mich persönlich kümmern.«

»Ich habe seinen Namen bereits durch den Computer gejagt.« Tiedemann reichte seinem Vorgesetzten ein Blatt Papier mit Notizen.

Fricke runzelte die Stirn. »Der Mann ist Anwalt? Hatten wir davon nicht schon im Fall Althoff mehr als genug?« Er warf einen Blick auf seine Uhr. »Brodersen, du begleitest mich zu Herzog. In zwei Stunden geht es los. Hat sonst noch jemand was? Frank, gibt es was Neues aus der Kriminaltechnik?«

Glaser nickte. »Sämtliche DNA-Spuren, die wir in Wenningers Haus sichergestellt haben, stammen vom Opfer.«

Er nahm seine Brille ab und polierte die Gläser mit einem Zipfel seines Hemds. »Aus der Waffenabteilung gibt es ebenfalls Neuigkeiten. Die Kollegen haben sich die Projektile vorgenommen. Demnach haben wir es mit Neun-Millimeter-Patronen zu tun.«

Fricke seufzte. »Eines der gängigsten Kaliber. Das macht die Sache nicht unbedingt leichter.«

»Vielleicht doch.« Glaser setzte seine Brille wieder auf. »Die Untersuchungen und Tests sind noch nicht abgeschlossen, aber fest steht, dass es sich nicht um eine der standardisierten Patronen handelt, die Anfang der Achtziger auf den Markt gekommen sind.«

»Wann wissen wir mehr?«, hakte Fricke nach.

»Nicht vor Montag.«

»Seid ihr schon mit der Rasensache weiter?«

»Wir sind dran«, erwiderte Glaser kurz.

Malin fiel ein, was ihr der Postbote am Vortag hinterhergerufen hatte. »Stefan Biedermann hat da so eine Bemerkung gemacht. Er meinte, wir sollen den Rasen mähen.«

Andresen gluckste. »Der hat ja wohl einen Schuss.«

Malin wollte gerade zustimmen, als sie eine Wandlung im Gesicht des Kriminaltechnikers bemerkte. Frank Glasers Miene erhellte sich. Er murmelte einen Abschiedsgruß, erhob sich und verschwand ohne ein erklärendes Wort aus dem Besprechungszimmer.

»Was war das jetzt?« Malin starrte erstaunt auf die Tür, die sich hinter ihm geschlossen hatte.

Wolfgang Herzog wohnte in einem der aufwändig restaurierten Jugendstilhäuser am Hofweg in unmittelbarer Nähe zum Uhlenhorster Kanal. Am Eingang des Mehrfamilienaltbaus wies ein goldfarbenes Schild auf seine Anwaltskanzlei im Erdgeschoss hin.

»Praktisch.« Malin drückte die Klingel zu Herzogs Privatwohnung im fünften Stock. »Wohnen und arbeiten im gleichen Haus.«

»Wer's sich leisten kann«, brummte Fricke und folgte

seiner Mitarbeiterin in ein repräsentatives Treppenhaus mit Stuckverzierungen und marmorierten Wänden zu einem Jugendstilaufzug. Skeptisch beäugte er die schmiedeeisernen Gitter. »Der sieht so alt aus wie das Gebäude. Vielleicht sollten wir lieber die Treppe nehmen.«

Malin stieg in den Lift. »Mensch, Chef, du bist jetzt wie lange bei der Polizei? Seit dreißig Jahren?«

»Zweiunddreißig«, knurrte Fricke.

»Und da lässt du dich von einem alten Fahrstuhl aus der Ruhe bringen?«

Das saß. Mit grimmigem Blick trat Fricke neben Malin und drückte den Knopf in den fünften Stock.

Herzogs Wohnung erstreckte sich über die gesamte Fläche der obersten Etage. Eine gertenschlanke, hochgewachsene Frau öffnete ihnen die Tür. Sie war eine dieser alterslosen Schönheiten, die als Ende vierzig durchgingen, in Wirklichkeit aber bereits über sechzig waren.

Fricke zückte seinen Dienstausweis. »Fricke, LKA.« Er wies auf Malin. »Meine Kollegin Brodersen.«

»Verena Herzog. Was kann ich für Sie tun?« Ihre Stimme klang kraftvoll und selbstbewusst. Malin spürte sofort, dass sie es mit einer Frau zu tun hatten, die es gewohnt war, herumzukommandieren.

»Wir möchten mit Wolfgang Herzog sprechen«, erwiderte Fricke. »Ist er da?«

Für einen Moment erschien ein spöttischer Ausdruck in Verena Herzogs Augen. Dann trat sie beiseite, um die beiden Kriminalbeamten eintreten zu lassen. »Mein Mann ist in seinem Arbeitszimmer.«

Die lichtdurchflutete Wohnung besaß alle Elemente eines klassischen Jugendstil-Altbaus: hohe Decken mit prächtigem Stuck, alte, aufgearbeitete Kassettentüren und glänzendes Fischgrätparkett.

»Hier entlang.« Verena Herzog führte sie durch ein großzügig geschnittenes Wohnzimmer, mit hellen Möbeln und einem offenen Kamin, zu einer geöffneten Flügeltür. »Wolfgang, du hast Besuch. Polizei.«

Malin bemerkte überrascht die Kälte, die sich in Verena Herzogs Stimme geschlichen hatte.

Der Anwalt war um die siebzig, hatte silbergraues Haar und trug eine klassisch elegante Kombination aus weißem Hemd und dunkelblauer Anzughose. Er wirkte äußerst gepflegt, doch im Gegensatz zu seiner Frau war ihm das Alter deutlich anzusehen. Der Ansatz eines Doppelkinns, Tränensäcke und tiefe Falten hatten sich in sein Gesicht gegraben. Beim Anblick der beiden Kriminalbeamten erhob er sich hinter seinem Schreibtisch. »Polizei?«

Fricke nickte und stellte sich und Malin kurz vor.

Wolfgang Herzog wies auf eine kleine Sitzgruppe neben der Flügeltür und wartete, bis die Beamten Platz genommen hatten, ehe er sich dazusetzte. Eine steile Falte erschien auf seiner Stirn. »Ich nehme an, Sie kommen wegen Kurt Wenninger.«

»Ach«, sagte Fricke überrascht. »Man hat Sie bereits informiert? Seit wann wissen Sie Bescheid?«

»Ein Bekannter aus dem Pfeifenclub hat mich angerufen.« Herzog schlug die Beine übereinander. »Eine schreckliche Sache. Weiß man schon, wer es war?«

»Ich kann Ihnen leider keine Auskunft zu einer laufenden Ermittlung geben«, entgegnete Fricke. »Aber als Anwalt wissen Sie das vermutlich. Seit wann kannten Sie Herrn Wenninger?«

Herzog dachte nach. »Das kann ich Ihnen gar nicht so genau sagen, bestimmt schon über zwanzig Jahre. Wir frönen der gleichen Leidenschaft.« Er wies auf eine hölzerne Pfeifenkassette auf seinem Schreibtisch.

Fricke nahm den Faden auf. »Seit wann gibt es die *Schmauchfreunde*?«

»Der Club wurde in den Achtzigern gegründet. Von Ernst Westphal, doch der ist bereits seit etlichen Jahren tot. Wenninger war schon Mitglied, bevor ich dazugestoßen bin.«

Malin ließ ihren Blick durch das exklusiv ausgestattete Arbeitszimmer des Anwalts schweifen, bevor sie aussprach, was ihr seit Betreten der Wohnung auf der Zunge lag. »Sagen Sie,

Herr Herzog, wie kommt es, dass sich die *Schmauchfreunde* ausgerechnet in einer Gaststätte wie dem *Admiral* treffen?«

Wolfgang Herzog lachte amüsiert auf. »Das haben Sie aber höflich formuliert, Frau Brodersen. Im Grunde interessiert es Sie doch eher, warum ein offenbar wohlhabender Mann wie ich es nötig hat, sich in einer solchen Kaschemme aufzuhalten?«

Malin spürte, wie sie errötete. »Genau das würde ich gerne von Ihnen wissen.«

Herzog lehnte sich zurück. »Ich lege keinen Wert auf eine exklusive Umgebung oder irgendwelche Statussymbole. Ich bin kein Snob, Frau Brodersen, auch wenn Ihnen das vermutlich schwerfällt zu glauben. Was Sie hier sehen …« Er machte eine weit ausholende Handbewegung durch den Raum. »Das alles gehört meiner Frau. Nicht nur diese Wohnung und die Kanzleiräume, sondern das gesamte Haus, auch der Stuhl, auf dem Sie gerade sitzen.« Er hielt einen Moment inne, bevor er weitersprach. »Bei den *Schmauchfreunden* spielen Herkunft und gesellschaftliches Ansehen keinerlei Rolle, und genau das gefällt mir. Wir reden, diskutieren, spielen Karten, trinken unser Bier oder unseren Wein und hin und wieder rauchen wir gemeinsam eine Pfeife.« Ein Lächeln huschte über seine Lippen. »Und was das *Admiral* als Treffpunkt betrifft, so hat das rein praktische Gründe. Einige unsere Mitglieder wohnen im Hamburger Umland, und Langenhorn hat eine gute Anbindung zur Autobahn. So einfach ist das.«

Fricke beugte sich vor. »Und bei einem dieser Treffen, die Sie uns hier gerade als gemütliches Pfeifenkränzchen verkaufen, kracht es dann so gewaltig, dass eines Ihrer Mitglieder sturzbetrunken nach Hause fährt und anschließend dort ermordet wird.«

Herzog wurde stocksteif. »Ich weiß nicht, worauf Sie anspielen, Herr Fricke.«

»Bei einem Ihrer Treffen, um genau zu sein am Dienstag, dem fünften August, ist es zu einem Streit gekommen. Dabei soll es mehr als laut zugegangen sein. Dafür gibt es Zeugen.« Frickes Stimme war eine Spur schärfer geworden. »Also?«

»Das muss ein Missverständnis sein.« Herzog hob abwehrend beide Hände. »Ich war an dem Abend selbst dabei. Möglicherweise haben wir etwas lauter diskutiert und Kurt hat ein Glas zu viel getrunken. Aber mehr war da nicht. Wenn Kurt zu einem späteren Zeitpunkt aufgebracht war, muss es dafür andere Gründe geben.«

»Und worüber haben Sie diskutiert?«, hakte Fricke nach.

»Das kann ich Ihnen gar nicht mehr so genau sagen. Vermutlich ging es um Politik. Kurt konnte sich furchtbar über die Regierung und deren Änderungspläne in Bezug auf die Rentenbeiträge aufregen.«

»Wer könnte Ihrer Meinung nach einen Grund gehabt haben, Kurt Wenninger zu ermorden?«

»Das kann ich Ihnen nicht sagen.« Herzog entfernte von seinem linken Hosenbein einen imaginären Fussel. »Das Ganze ist für mich absolut unbegreiflich.«

Fricke lehnte sich mit ausdrucksloser Miene wieder zurück. Malin ergriff das Wort. »Was können Sie uns sonst noch über Herrn Wenninger erzählen?«

»Er war ein anständiger Kerl.« Herzog legte bedächtig seine Fingerspitzen aneinander. »Mit einer besonderen Vorliebe fürs Botanische.«

»Waren Sie mal bei ihm zu Hause?«

»Nein. Die *Schmauchfreunde* treffen sich ausschließlich an den Clubabenden. Darüber hinaus gibt es keinen privaten Kontakt. Deshalb kann ich Ihnen leider auch gar nicht allzu viel über Kurt erzählen. Bis auf die politischen Diskussionen, die ihn manches Mal in Rage brachten, war er eher der verhaltene Typ.«

Fricke räusperte sich. »Wussten Sie, dass Kurt Wenninger lange Zeit in Ost-Berlin gelebt hat?«

»Nein, das wusste ich nicht.« Herzog lächelte. »Aber wie gesagt, Herkunft spielt bei uns keine große Rolle.«

»Wie finden eigentlich neue Mitglieder zu Ihnen?«, fragte Malin. »Ich habe im Internet keine Homepage oder einen anderen Hinweis auf die *Schmauchfreunde* gefunden.«

»Wir sind eine geschlossene Gruppe.«

»Und die Miete für den Clubraum?«, hakte Malin nach. »Wer bezahlt die?«

»Jedes Mitglied zahlt einen Jahresbeitrag, von diesem Geld wird die Raummiete beglichen.«

Malin dachte an die Aussage des Wirts. »Und die bezahlen Sie in bar, ohne Belege?«

Wolfgang Herzog wirkte irritiert. »Ich weiß nicht, was Sie mit Ihrer Frage bezwecken, doch wenn das ein Versuch werden soll, mir irgendwelche steuerlichen Mauscheleien zu unterstellen, muss ich Sie leider enttäuschen. Die *Schmauchfreunde* sind kein eingetragener Verein. Wir sind weder auf einen wirtschaftlichen Geschäftsbetrieb gerichtet, noch streben wir sonstige steuerbegünstigte Zwecke an. Somit ist eine geordnete Aufzeichnung nicht nötig. Der Pfeifenclub dient unserem reinen Privatvergnügen.« Er ging zu seinem Schreibtisch und öffnete eine Schublade, aus der er einen Ordner in DIN-A5-Format herauszog, den er Malin reichte. »Herr Lenz hat auf Barzahlung bestanden. Und natürlich habe ich eine Quittung verlangt. Nicht nur als Anwalt bin ich lieber auf der sicheren Seite, sondern ich möchte gegenüber den anderen Mitglieder auch Rechenschaft ablegen können, für den Fall, dass es notwendig sein sollte.«

Malin öffnete den Ordner und stellte beim Durchblättern fest, dass die Belege über mehrere Jahre zurückreichten. Sie gab ihn an ihren Chef weiter.

Fricke warf einen Blick hinein und legte ihn auf den Tisch. »Wir brauchen eine Liste mit den Namen und Adressen sämtlicher Mitglieder der *Schmauchfreunde*.«

»Dafür benötigen Sie einen Beschluss.« Wolfgang Herzog verschränkte die Arme vor der Brust.

»Kann ich aus Ihrer Reaktion schließen, dass Sie etwas zu verbergen haben?« Frickes Blick ruhte auf dem Anwalt.

Herzogs Gesichtszüge verhärteten sich. »Ich stelle Ihnen die Liste zusammen und lasse Sie Ihnen zukommen.«

»Vielen Dank.«

Verena Herzog erschien in der Tür. »Kann ich Ihnen etwas anbieten? Vielleicht einen Kaffee oder ein Wasser?«

Ihr Mann erhob sich aus seinem Sessel. »Die Herrschaften wollten gerade gehen.«

Malin und Fricke tauschten einen Blick und standen auf.

»Ich bringe Sie zur Tür.« Verena Herzog drehte sich um. Im letzten Augenblick sah Malin das selbstgefällige Lächeln, das die Lippen der Anwaltsgattin umspielte.

10

»Ich hasse Anwälte«, brummte Fricke, sobald sie das Jugendstilhaus verlassen hatten. »Die produzieren nichts als heiße Luft und Berge von Papier. Ist dir aufgefallen, Brodersen, dass dieser Herzog quasi gar nichts über Wenninger erzählt hat?«

Malin nickte. »Allerdings hat das niemand getan, mit dem wir bisher gesprochen haben.«

»Pah! Die beiden kennen sich seit zwanzig Jahren und da wollen die sich nie über etwas Persönliches ausgetauscht haben?« Fricke schüttelte den Kopf. »Da will uns doch jemand für dumm verkaufen.«

»Du meinst also, Herzog hat was mit dem Mord an Wenninger zu tun?«

»Das hab ich nicht gesagt, Brodersen. Aber sobald wir diese Mitgliederliste haben, werden wir uns jeden Einzelnen von denen vorknöpfen. Und dann will ich wissen, was an diesem besagten Dienstag wirklich vorgefallen ist.« Er warf einen Blick auf die Uhr. »Wir statten jetzt noch Ilse Wenningers Tochter einen kurzen Besuch ab, und dann heißt es auch für uns beide Wochenende. Oder zumindest das, was noch davon übrig ist.« Er öffnete die Tür des Dienstwagens und setzte sich hinters Lenkrad.

»Hast du morgen schon etwas vor?« Malin rutschte auf den Beifahrersitz.

Fricke sah sie argwöhnisch an. »Wieso, willst du mich wieder mit zum Sonntagsessen bei deiner Mutter schleppen?«

»Möchtest du etwa?«, fragte Malin irritiert. Der Gedanke, dass sich jemand freiwillig den steifen Gepflogenheiten ihrer Familie aussetzen könnte, befremdete sie.

»Keine Sorge, Brodersen. Ich habe morgen schon eine andere Verabredung.« Fricke startete den Motor. Dabei grinste er übers ganze Gesicht.

Ruth Wenninger war eine hagere Frau mit verhärmtem Gesichtsausdruck und nachlässig blond gefärbten Haaren. »Sie können Ihren Wisch gleich wieder wegstecken«, sagte sie zu Fricke, der mit gezücktem Ausweis vor ihr stand. »Meine Mutter hat mir schon gesagt, dass Sie hier bald aufkreuzen.«

»Können wir dann vielleicht reinkommen?« Malin spähte an der Frau vorbei ins Innere der Erdgeschosswohnung. Im Flur türmten sich Berge von Zeitungen.

»Wir können auf die Terrasse gehen«, erwiderte Ruth Wenninger. »Gehen Sie einfach durch das Gartentor neben dem Hauseingang. Ich komme gleich hinten raus.« Sie schlug die Tür zu.

»Genauso charmant wie die Mutter.« Kopfschüttelnd folgte Malin ihrem Chef aus dem Haus zu einer Terrasse aus Betonplatten, auf der sich zwei einsame Plastikstühle um einen runden Gartentisch gruppierten. Die Jalousien zum Wohnzimmer waren heruntergelassen. Auf dem Fenstersims stand ein von Kippen überquellender Aschenbecher.

Ruth Wenninger kam aus der Verandatür, schnappte sich den Aschenbecher und setzte sich auf einen der Stühle, ohne den beiden Kriminalbeamten einen Platz anzubieten. Zwischen den Fingern ihrer rechten Hand hielt sie eine Zigarette. »Und was wollen Sie jetzt von mir?«

»Mit Ihnen über den Mord an Ihrem Onkel sprechen«, erwiderte Fricke.

»Den Weg hätten Sie sich sparen können. Ich hatte keinen Kontakt zum – Doktor.« Das letzte Wort stieß sie mit unverhohlener Abneigung hervor.

»Und wie kommt das?«, fragte Malin.

Ruth Wenninger nahm einen tiefen Zug von ihrer Zigarette, ehe sie antwortete. »Der Alte hat alles eingesackt, was ging, und uns andere hat er im Regen stehen lassen.« Ihre Stimme war voller Bitterkeit. »Meine Mutter war es, die sich jahrelang um meine kranke Oma gekümmert hat. Sogar den Arsch hat sie ihr abgewischt. Und was war der Dank? Meine Oma hat alles ihrem Kurti hinterlassen. Das Haus, das Geld, einfach alles.« Sie biss sich auf die Unterlippe.

»Gab es dafür einen bestimmten Grund?«, hakte Malin nach.

»Er war der verlorene Sohn, der Goldjunge. Meine Oma wollte auf einen Schlag die vielen Jahre wiedergutmachen, die sie in seiner Kindheit nicht für ihn da war.«

»Aber den Pflichteil haben Sie bekommen?«

»Das hat knapp ausgereicht, um die Schulden meines Ex-Mannes zu bezahlen. Meine Söhne und ich kommen gerade so über die Runden.«

»Was ist mit dem Vater Ihrer Kinder?«

Ruth Wenninger schnaubte verächtlich. »Der hat sich kurz nach der Geburt meines zweiten Sohnes verpisst.«

Fricke zog sich einen der Stühle heran und setzte sich. »Ich kann verstehen, dass Sie wütend sind, Frau Wenninger, aber Ihr Onkel wurde ermordet. Und diesen Mord müssen wir aufklären. Wann haben Sie Ihren Onkel zuletzt gesehen?«

»Bei der Beerdigung meiner Oma.«

»Dann erzählen Sie uns etwas über ihn«, forderte Fricke sie auf.

»Kann ich nicht. Der Name Kurt Wenninger war bei uns zu Hause immer tabu.«

»Was ist mit dem Vater Ihrer Mutter, Ihrem Großvater? Lebt er noch?«

Ruth Wenninger schüttelte den Kopf. »Soweit ich weiß, ist mein Opa schon Mitte der sechziger Jahre gestorben. Ich habe ihn nie kennengelernt.«

»Gibt es noch weitere Verwandte oder Freunde, die uns über Ihren Onkel Auskunft geben können?«

»Ich kann Ihnen da nicht helfen.«

Fricke beugte sich vor. »Sie können oder Sie wollen nicht?«

Ruth Wenninger schwieg.

»Was ist mit Ihren Kindern? Hatten die Kontakt zu Ihrem Onkel?«

Ruth Wenninger nahm einen weiteren Zug von ihrer Zigarette. »Halten Sie meine Kinder da raus. Sie haben den Mann nie kennengelernt.«

Fricke musterte sie. »Wie alt sind Ihre Kinder?«

»Beide volljährig. Aber mein Jüngerer ist sehr krank. Es wäre also schön, wenn Sie ihn in Ruhe ließen.«

»Was fehlt ihm?«

»Das geht Sie nichts an.« Ruth Wenningers Augen wurden schmal. »Ich gebe Ihnen die Adresse von meinem älteren Sohn, auch wenn ich Ihnen jetzt schon sagen kann, dass Sie Ihre Zeit vergeuden. Haben Sie etwas zu schreiben?«

Malin zückte ihr Notizbuch, riss eine leere Seite heraus und reichte sie zusammen mit einem Kugelschreiber an die Frau.

»Sagt Ihnen der Name Michael Baumann etwas?«, fragte Malin, nachdem sie den Zettel mit der Adresse verstaut hatte.

»Wer soll das sein?«

»Das ist der Mann, dem Ihr Onkel sein gesamtes Vermögen hinterlassen hat.«

Ruth Wenninger starrte Malin mit offenem Mund an. »Das glaube ich jetzt nicht!« Dann fiel ihr Blick auf die heruntergeglommene Zigarette in ihrer Hand. Schnell drückte sie den Stummel in den Aschenbecher. Ein Schatten legte sich auf ihr Gesicht. »Also hat er uns zum zweiten Mal beschissen.«

Urplötzlich bekam Malin Mitleid mit der Nichte des Mordopfers. Was wusste sie schon von den Nöten dieser Frau?

Ruth Wennigers zornige Stimme unterbrach sie in ihren Gedanken. »Was ist das für ein Mann, der meinem Onkel wichtiger war als die eigene Familie?«

11

»Wir müssen diesen Michael Baumann finden«, murmelte Malin und köpfte ihr Frühstücksei.

»Wer immer das auch ist, in seiner Haut möchte ich nicht stecken«, entgegnete Thies mit einem Blick auf das zerteilte Ei.

»Entschuldige, ich habe nur laut gedacht. Aber damit ist jetzt Schluss. Heute hab ich frei.« Malin griff nach ihrem Kaffeebecher. »Hast du schon Pläne?«

Thies sah aus dem Fenster. Vor dem Hausboot präsentierte sich der schimmernde Eilbekkanal unter knallblauem Himmel. »Rudern wäre schön. Hast du nicht Lust, mitzukommen?«

»Ich hab noch nie gerudert«, gab Malin zu bedenken. »Außerdem kann ich erst am Nachmittag. Vorher muss ich noch zum Familienessen.«

Er schwieg.

»Aber danach könnte ich es mal ausprobieren«, schlug Malin vor.

»Das Wetter soll am späten Nachmittag kippen.« Thies begann den Tisch abzuräumen. Er wirkte verstimmt.

Malin schob ihren Teller mit dem halben Franzbrötchen beiseite. »Du bist sauer.«

Er knallte die Kühlschranktür zu und drehte sich zu ihr um. »Ja, ich bin sauer. Verdammt, Malin, was ist dein Problem mit mir?«

»Du bist nicht das Problem, sondern meine Mutter. Du kennst sie nicht. Sie ist einfach …« Malin rang um das richtige Wort. »Sie ist arrogant. Herrschsüchtig. Und elitär. Und seit neuestem ist sie zudem auch noch nett. Das verwirrt mich.«

»Das verwirrt dich?« Seine Stimme klang nun nicht mehr wütend, sondern irritiert. »Ist es nicht das Normalste der Welt, dass eine Mutter nett zu ihrem Kind ist?«

»Ich sag ja, du kennst sie nicht«, entgegnete sie trocken. »Und ehrlich gesagt finde ich das auch besser so. Für dich. Für uns.«

»Und was ist mit deinem Vater? Über ihn hast du noch kein einziges Wort verloren, seit wir zusammen sind.«

»Jedes Wort über ihn wäre zu viel.« Malin pickte einen Franzbrötchenkrümel mit den Fingern auf und versuchte jeglichen Gedanken an ihren Vater zu unterdrücken. Johannes Brodersen hatte seine Familie verlassen, als sie gerade mal sechs Jahre alt gewesen war. Seitdem hatte sie ihn nicht wiedergesehen.

Thies schüttelte den Kopf. »Manchmal werde ich aus dir nicht schlau, Malin.«

»Ich werde das Essen einfach absagen.« Sie griff nach ihrem Handy, doch ihr Freund nahm es ihr aus der Hand und legte es zurück auf den Tisch.

»Das ist keine Lösung.« Er trat dicht hinter sie und drehte den Barhocker, auf dem sie saß, zu sich herum. »Ich geh jetzt rudern. Und zwar alleine. Heute Abend treffen wir uns genau hier. Und du kochst.«

»Bist du sicher?«, scherzte Malin, erleichtert, dass er sich versöhnlich zeigte. »Ich meine, das mit dem Kochen?« Sie verfügte über einige Begabungen. Kochen gehörte definitiv nicht dazu.

Statt einer Antwort zwinkerte er ihr zu und ging dann zur Stahltreppe, die ins untere Deck des Hausbootes führte.

Malin beschloss, ihren Großvater um eines seiner Rezepte zu bitten. Sie würde am Abend das beste Essen kochen, das sie jemals zustandegebracht hatte.

Der Kies knirschte unter Ilses Füßen, als sie mit langsamen Schritten auf das weiße Spitzgiebelhaus zuging. Die Thujenhecke, deren junge Einzelpflanzen ihr als Kind gerade bis zum Bauchnabel gereicht hatten, ragte wie eine Mauer düster und bedrohlich neben ihr empor. Trotz der milden Temperaturen fröstelte Ilse.

Sie registrierte die kleinen kugelförmigen Buchsbäume, die in Reih und Glied den Eingang und die gepflegten Beete flankierten. Ein Zipfel übrig gebliebenes Absperrband leuchtete rot und weiß im dunklen Rindenmulch.

Ein paar Meter vor der Haustür mit dem kleinen Gitterfenster blieb Ilse schwer atmend stehen. Die Erinnerung hatte sich wie eine Last auf ihre Schultern gelegt. Schmerz und Hass drohten, sie aufzufressen. Ihr Bruder hatte es verstanden, anderen Menschen Leid zuzufügen, dachte sie verbittert. Selbst nach seinem Tod.

Ilse drehte sich um und sah über das Kopfsteinpflaster der Straße hinweg zum angrenzenden Wald. Dort hatten sie und Kurt als Kinder gespielt. »Ene, mene, muh, und raus bist du«, murmelte Ilse und ging die wenigen Schritte bis zur Haustür. Jetzt, jetzt bist du raus, Kurt.

Auf dem dunklen Holz der Eingangstür prangte ein Polizeisiegel. Sie zog einen Schlüssel aus ihrer Handtasche und durchtrennte es mit den Zacken, bevor sie aufschloss.

Ein schwerer, fauliger Gestank schlug ihr entgegen. Ilse zögerte, dann trat sie über die Schwelle und schloss die Tür hinter sich. Im Flur blieb sie stehen und ließ ihren Blick schweifen, bis er an den ausgetretenen Stufen der Holztreppe hängenblieb. Sie wusste noch immer, an welchen Stellen sie knarzten.

Nur wenige Schritte trennten Ilse vom Wohnzimmer. Dort vor dem Fenster stand der Ohrensessel. Sie schluckte, drehte dem Wohnzimmer den Rücken zu und ging zur Kellertür.

Die Treppe war steil und ohne Geländer, und jede Stufe bereitete Ilses rheumageplagten Beinen Schmerzen. Sie atmete erleichtert auf, als sie wieder festen Boden unter den Füßen hatte, und ging den schmalen Gang entlang, ohne den muffigen Geruch des alten, feuchten Mauerwerks zu beachten. Die Vorratskammer war mit deckenhohen, offenen Holzregalen bestückt, deren Bretter sich unter der Last von Konserven, Marmeladen- und Weckgläsern krümmten. Alle Glasgefäße waren mit einem Etikett versehen und Ilse erkannte die scharf gestochene Handschrift ihrer Mutter. Das Haltbarkeitsdatum musste um Jahrzehnte überschritten sein.

Zwischen den Regallücken blitzte die unverputzte Backsteinwand hervor. Sie wusste von dem Versteck hinter einem lockeren Stein, das bereits von ihrer Großmutter genutzt worden war. Seit Tagen ließ sie der Gedanke nicht los, dass möglicherweise auch ihr Bruder es gekannt hatte.

Ilse nahm ein paar der eingestaubten Gläser mit eingelegten Kürbissen aus dem Regal und stellte sie vorsichtig auf den Boden. Dann zog sie eine Taschenlampe aus ihrer Handtasche, leuchtete das freigelegte Stück der Wand ab und tastete mit der anderen Hand die Backsteine ab. Nichts. Sie versuchte es hinter Gläsern mit Apfelmus, Kirschen und eingelegten Gurken, doch auch hier war kein Stein locker. Mittlerweile stand eine ganze Kolonie von Weckgläsern auf dem Fußboden. Sie ließ den Strahl ihrer Taschenlampe durch die Regalreihen gleiten und bemerkte den fehlenden Staub auf einigen Marmeladengläsern. Sie nahm sie heraus und tastete die dahinterliegende Wand ab. Einer der Backsteine stand ein Stück hervor, und sie ahnte, dass es der richtige war. Doch er hatte sich verkeilt und Ilse brauchte beide Hände, um ihn aus dem Mauerwerk zu befreien.

Ihr Puls beschleunigte sich, als ihre Finger in dem Hohlraum auf etwas Hartes stießen. Es schien eine Art Kiste zu sein, doch so sehr sie sich auch bemühte, der Fund passte nicht durch die Öffnung. Sie musste erst einen weiteren lockeren Stein aus der Wand lösen, ehe sie schließlich eine schwere Metallkassette aus dem Versteck hervorzog. Schweißperlen standen auf ihrer Stirn und ihre Finger zitterten, als sie den Deckel zu öffnen versuchte. Die Kassette war verschlossen.

»Herrgott noch mal!«, schimpfte Ilse laut. Selbst nach seinem Tod bereitete ihr Kurt nichts als Ärger. Einen Moment spielte sie mit dem Gedanken, nach dem passenden Schlüssel oder einem Werkzeug zum Aufbrechen der Kassette zu suchen. Stattdessen stellte sie die Weckgläser feinsäuberlich zurück an ihren Platz und zwängte die Kassette in ihre Tasche. Anschließend nahm sie zum zweiten Mal an diesem Tag die steile Kellertreppe in Angriff.

Ilse hatte gerade die letzte Stufe erklommen, als ein Geräusch von außen zu ihr ins Haus drang. Das Knirschen von Kies.

Wolfgang Herzog hatte gerade den letzten Namen auf das Papier gesetzt, als die Wohnungstür laut krachend ins Schloss fiel. Er erhob sich hinter seinem Schreibtisch und ging zum Fenster, um zum Hofweg hinunterzublicken. Ein Taxi mit angeschalteter Warnblinkanlage stand vor der Auffahrt.

Wenige Augenblicke später trat Verena aus dem Haus und Wolfgang meinte das klackernde Geräusch ihrer Pumps bis in die fünfte Etage zu hören. Seine Frau hatte sich in Schale geworfen. Sie trug den schwarzen Seidenoverall mit dem tiefen Rückenausschnitt, und in ihrer Hand wippte das paillettenbesetzte Jäckchen, das er ihr im letzten Sommerurlaub in St. Tropez gekauft hatte. Sie stieg in das Taxi.

Wolfgang runzelte die Stirn. Wo wollte sie hin? Doch sicher nicht zu einem Geschäftstermin, in diesem Aufzug. Er verspürte den Drang, sie auf dem Handy anzurufen und zu fragen, doch vermutlich würde sie seinen Anruf ignorieren. Ob sie einen Liebhaber hatte?

Verena benahm sich seltsam in letzter Zeit, wirkte oft fahrig und nervös. Vielleicht hatte sie Probleme im Unternehmen. Oder hing ihr Verhalten am Ende mit Kurt zusammen?

Wolfgang drehte dem Fenster den Rücken zu. Mein Leben entgleitet mir, dachte er und strich sich mit beiden Händen erschöpft übers Gesicht. Er fühlte sich alt. Alt und verbraucht. Und das alles nur, weil er eine Fantasie ausgelebt hatte, unter die er von Anfang an einen Schlussstrich hätte ziehen müssen. Verena hatte recht. Er war widerlich.

Sein Blick fiel auf seinen Schreibtisch. Darauf lag ein Briefbogen mit achtundsiebzig Namen und Anschriften. Die Mitgliederliste der *Schmauchfreunde*. Wenn er diese Daten an die Polizei weitergab, brachte er möglicherweise eine Lawine ins Rollen. Doch was hatte er sonst für Optionen? Als Anwalt kannte er seine Rechte und es wäre ein Leichtes für ihn, sämtliche Verzögerungstaktiken gegenüber der Polizei auszuschöpfen. Doch er wusste auch, dass er damit ins Visier der Ermittler geriet.

Kurt hätte gewusst, was zu tun war, kam es ihm in den Sinn. Dann lachte er über die Absurdität seines Gedankens.

Mit Kurt hatte schließlich alles angefangen. Er war der sogenannte Keim des Übels.

Wolfgang setzte sich wieder hinter seinen Schreibtisch und starrte auf die Namensliste. Dieser Fricke würde sich nicht abschütteln lassen, das hatte er vom ersten Moment an gespürt. Er trommelte mit den Fingern auf die Tischplatte. Irgendetwas musste er sich einfallen lassen.

»Und was brauche ich noch?« Malin hatte sich den Telefonhörer zwischen Ohr und Schulter geklemmt, während Erich Brodersen ihr am anderen Ende der Leitung die Zutaten für Zitronenhähnchen mit sommerlichem Couscous-Salat diktierte. Nie und nimmer hat Thies die ganzen Lebensmittel in seinem Kühlschrank, dachte sie. Und ihr eigener war bis auf ein paar Eier und eine halbe Tüte Milch komplett leer. Ihr würde nichts anderes übrig bleiben, als zu dem rund um die Uhr geöffneten Supermarkt im Hauptbahnhof zu fahren. Was für ein Aufwand für ein Essen, das sie mit ihren bescheidenen Kochkünsten ohnehin ruinieren würde. Außerdem war sie noch immer pappsatt. Anlässlich der Rückkehr ihres Cousins Maximilian und seiner Frau Marie aus dem Ausland hatte ihre Mutter sich nicht lumpen lassen und anstatt des gewohnten Drei-Gang-Mittagsmenüs fünf Gänge auffahren lassen.

»Malin? Hast du die Pinienkerne aufgeschrieben?«

Sie nickte, dann wurde ihr bewusst, dass ihr Großvater das nicht sehen konnte. »Hab ich.« Malin seufzte.

»Ist dir das Rezept zu kompliziert? Wenn du möchtest, kann ich dir bei der Zubereitung helfen«, bot ihr Großvater an.

»Danke, Opa, aber ich krieg das schon hin.«

»Prima«, entgegnete Erich. »Was gibt es Neues?«

Sie berichtete vom Familienessen und der hitzigen Debatte zwischen ihrem Cousin und ihrer Mutter über die Geschäftsbeziehung zu einer Reederei, die Constanze aufkündigen wollte. Maximilian, der in seiner Gesellschafterfunktion auch für die Rechtsabteilung des Bankhauses zuständig war, hatte Constanze Heidenberg mit den katastrophalen wirtschaftlichen und rechtlichen Konsequenzen konfrontiert, die mit einer Vertragsauflösung auf die Heidenberg Bank zukommen würden.

Erich Brodersen wartete geduldig, bis seine Enkelin ihren Bericht beendet hatte. »Und sonst?«

Malin war einen Moment irritiert, dann begriff sie. »Ach, du meinst unseren Fall?« Sie grinste. »Wir ermitteln noch.«

»Also kein konkreter Verdacht?« Erich klang unzufrieden.

»Ohne genauen Todeszeitpunkt können wir keine Alibis überprüfen, zudem fehlt das Mordmotiv«, erklärte Malin. »Aber wir führen in den nächsten Tagen zahlreiche Befragungen durch. Das Opfer war Mitglied in einem Pfeifenclub.«

»Ein Pfeifenclub? Ach.«

»Sie nennen sich *Schmauchfreunde* und treffen sich im *Admiral*, das ist eine Gaststätte in Langenhorn.«

Einen Moment herrschte Stille in der Leitung, ehe Erich Brodersen das Gespräch wieder aufnahm. »Wusstest du eigentlich, dass ich früher auch Pfeife geraucht habe?«

»Nein«, erwiderte sie überrascht. »Das hast du mir nie erzählt.«

»Ist auch lange her. Das war, bevor ich deine Großmutter kennengelernt habe. Ihr zuliebe habe ich damit Schluss gemacht.« Malin konnte hören, wie er lächelte. »Weißt du, ich bekomme gerade so richtig Lust, mal wieder Pfeife zu rauchen. Vielleicht finde ich das gute Stück noch irgendwo.«

»Dann mach das.«

»Mein Angebot mit dem Kochen gilt aber nach wie vor, falls du es dir später noch anders überlegen solltest«, bot Erich Brodersen an, bevor er auflegte.

Ihr Blick fiel auf die Liste mit den Zutaten. Mit einem Ruck zerriss sie den Zettel in zwei Hälften. Auf dem Weg zum Hausboot würde sie einen Zwischenstopp bei Emilia einlegen. Thies liebte Pasta.

12

»Wolfgang Herzog hat uns die Mitgliederliste der *Schmauchfreunde* zukommen lassen.« Fricke sah aus dem Fenster hinunter auf die Bürostadt City Nord, die langsam zum Leben erwachte.

»Wie viele sind es?« Malin unterdrückte ein Gähnen. Es war spät geworden am vergangenen Abend.

Fricke drehte sich um. »Achtundsiebzig. Und das bedeutet für uns achtundsiebzig Befragungen.«

»Keine Verstärkung?«

Er rieb sich den Nasenrücken. »Im Präsidium grassiert ein Magen-Darm-Virus. Wir können von Glück reden, dass bei uns noch alle an Bord sind. Abgesehen von unserem Urlauber, versteht sich.« Er ging zu seinem Schreibtisch, zog ein DIN-A4-Blatt aus einer Mappe und reichte es Malin. »Ole und Sven haben ebenfalls so eine Liste. Einige der Namen sind markiert. Das sind die Mitglieder, die am besagten Dienstag beim Treffen der *Schmauchfreunde* waren.«

»Mit denen spreche ich als Erstes.«

»Gut. Wir treffen uns um achtzehn Uhr wieder im Präsidium zur Besprechung. Und, Brodersen ...« Frickes Handy klingelte. Er meldete sich knapp und seine Stirn legte sich in Falten, während er dem Anrufer lauschte. Dann brummte er ein: »Jetzt?« in den Hörer und legte wenige Sekunden später auf. »Kleine Planänderung, Brodersen. Das war Glaser. Er möchte uns etwas zeigen.«

»Und was?«

»Das wollte er mir nicht verraten«, erwiderte Fricke missmutig und griff nach seiner Jacke.

Er war noch keinen Schritt vorangekommen. Michael Baumann saß in einem kleinen Café in der *Langen Reihe* und frühstückte Rühreier mit gebratenem Speck. Dabei dachte er über die sonderbare Begegnung an Kurt Wenningers Haus nach.

Es hatte ihn einige Überwindung gekostet, die Adresse auf dem Zettel, den er seit Monaten mit sich herumtrug, tatsächlich aufzusuchen. Umso größer war die Enttäuschung gewesen, als er dort niemanden antraf.

Erst auf dem Rückweg zur Bushaltestelle war ihm die Idee gekommen, eine Nachricht mit seiner Handynummer und der Bitte um Rückruf an Kurt Wenningers Briefkasten zu hinterlassen. Also war er umgekehrt. In der Auffahrt hatte er dann die alte Frau getroffen. Obwohl er sie angesprochen hatte, war sie mit versteinerter Miene an ihm vorbeigezogen.

Michael schüttelte den Kopf und pickte mit der Gabel in seinem Rührei herum. Das war alles verdammt merkwürdig gewesen. Die alte Frau, das verlassen wirkende Haus, die monströse Hecke, die das Grundstück wie ein Schutzwall umgab … Alles an diesem Ort hatte auf ihn düster und beklemmend gewirkt. Und dann das aufgebrochene Polizeisiegel an der Tür. Was war in dem Haus passiert? Das rot-weiße Band in einem der Beete kam ihm in den Sinn. Nutzte die Polizei so etwas nicht zum Absperren von Tatorten?

Michael legte die Gabel beiseite. Ob Kurt Wenninger etwas passiert war? Vielleicht sollte er bei der Polizei anrufen, um sich zu erkundigen. Doch das konnte unter Umständen kompliziert werden. Besser er versuchte erst einmal, selbst etwas herauszufinden. Er hatte ein ungutes Gefühl in der Magengegend. Kurt Wenningers Adresse war sein einziger Anhaltspunkt. Wenn er mit diesem Mann nicht sprechen konnte, wer konnte ihm dann bei seiner Suche helfen?

Er verfluchte sich, dass er so lange damit gezögert hatte, die Sache in Angriff zu nehmen. Was, wenn es nun zu spät war?

Michael schob den halbvollen Teller mit dem restlichen Rührei beiseite und zog sein Smartphone aus der Tasche. In die Suchmaschine des Internets gab er die Begriffe *Hamburg* und *Polizeimeldungen* ein. Wenige Minuten später wusste Michael, dass der Rückruf von Kurt Wenninger nicht kommen würde.

Malin und Fricke starrten aus dem Schlafzimmerfenster auf die in den Rasen eingemähte Ziffer. 208/1.

Fricke drehte sich zu Frank Glaser um. »Wie hast du das gemacht?«

»Das ist nicht mein Verdienst, Hans«, entgegnete der Kriminaltechniker. »Es war der Tipp von diesem Postboten.«

Malin sah ihn erstaunt an. »Du meinst, du musstest nur den Rasen mähen?«

Frank Glaser nickte. »Da hätte ich eigentlich auch von selbst draufkommen können.« Er rückte seine kleine, runde Brille zurecht. »Wenningers Rasen war in der Regel nie viel länger als vier Zentimeter, also schon relativ kurz. Damit sich die Zahlen deutlich von der restlichen Fläche abheben, musste der Täter die niedrigste Einstellung des Rasenmähers wählen, in dem Fall waren es knapp zwei Zentimeter. Allerdings stirbt Gras, das zu kurz geschnitten wird, meistens ab. Oder es kommt zu einem Wachstumsstop, zumindest aber vertrocknet es schneller und verfärbt sich gelb-braun. Das ist auch hier passiert.« Glaser ging zum Fenster und wies auf die Grünfläche. »Der restliche Rasen ist in den letzten Wochen kräftig nachgewachsen, deshalb wurden die geschädigten Stellen erst jetzt nach dem Mähen sichtbar. Stefan Biedermann hat das geahnt.«

»Auf so etwas muss man erst mal kommen«, brummte Fricke. »Welche Schnitthöhe war am Rasenmäher eingestellt, als ihr ihn untersucht habt?«

»Vier Zentimeter.« Glaser drehte dem Fenster den Rücken zu. »Ich habe es persönlich getestet.«

»Also hat der Täter das Gerät, nachdem er die Nummern eingemäht hat, wieder auf die ursprüngliche Einstellung zurückgestellt. Habt ihr Spuren am Rasenmäher gefunden?«

Der Kriminaltechniker verzog das Gesicht. »Wenn es welche gäbe, hätte ich dich längst informiert, Hans. Selbstverständlich haben wir das sofort überprüft.«

»Gute Arbeit, Frank.«

Malin zog ihr Handy aus der Hosentasche und machte Fotos der eingemähten Nummer. »Zwei. Null. Acht. Eins. Was meint ihr, was es damit auf sich hat?«

»Ich frage mich eher, wer so etwas macht«, brummte Fricke kopfschüttelnd. »Das ist ja total bekloppt.«

»Ein Code oder ein Datum?«, überlegte sie laut. »Aber was soll der Schrägstrich vor der letzten Zahl? Was meinst du, Frank?«

»Das herauszufinden, überlasse ich euch«, entgegnete Glaser achselzuckend. »Ich bin nur für die Spuren zuständig.«

Fricke wandte sich zum Gehen. »Ich würde sagen, wir machen uns jetzt an die Befragungen dieser Pfeifenheinis, Brodersen. Vielleicht kommen wir dadurch einen Schritt weiter. Für Zahlenrätsel ist später noch Zeit.«

Sie warf einen letzten Blick hinunter auf den Rasen, als ihr ein Gedanke in den Sinn schoss: eine Botschaft. Es war eine Botschaft an Kurt Wenninger.

Drei Stunden später hatte Malin die ersten sechs Adressen ihrer Liste abgeklappert. Die Ergebnisse waren allerdings dürftig. Niemand hatte den Streit beim Clubtreffen am fünften August bestätigt oder konnte nützliche Informationen über Kurt Wenninger bieten.

Nun befand sie sich in Barmbek, im vierten Stock eines der typischen Backstein-Etagenhäusern, die dicht an dicht ganze Straßenzüge des Stadtteils prägten.

Bruno Siekmann, ein Hüne mit militärischem Kurzhaarschnitt, hatte seine muskelbepackten Arme vor der Brust verschränkt und starrte misstrauisch auf Malins Dienstausweis. »LKA?«

Eine leichte Alkoholfahne schlug ihr entgegen. »Wir führen eine Routinebefragung durch. Darf ich vielleicht reinkommen?«

Siekmann rührte sich keinen Millimeter von der Türschwelle. »Was denn für 'ne Befragung?«

»Wir ermitteln im Mordfall Kurt Wenninger«, erklärte sie. »Natürlich können wir das auch im Hausflur besprechen, wenn Ihnen das lieber ist.«

Widerwillig trat Siekmann beiseite, um Malin hereinzulassen, und wies ihr den Weg zum Wohnzimmer. Der Raum war komplett schwarz möbliert. Die Schränke, das abgewetzte Ledersofa, sogar die Rahmen der billigen Drucke an den Wänden waren schwarz. Auf dem Couchtisch lag eine angebrochene Chipstüte neben einem Aschenbecher mit zahlreichen Kippen und zwei Bierdosen. Im Hintergrund flimmerte der Fernseher.

»Ich hatte Nachtschicht.« Bruno Siekmann stellte den Fernseher ab.

»Was arbeiten Sie?«

»Ich bin bei einer Sicherheitsfirma beschäftigt. *Hiltinger Security*.« Er ließ sich auf das Ledersofa fallen und zeigte mit der Hand auf einen Sessel.

Malin nahm Platz. »Wann haben Sie von Kurt Wenningers Tod erfahren?«

»Wolfgang hat mich gestern angerufen. Wolfgang Herzog.« Ein verächtliches Lächeln glitt über seine Lippen. »Der ungekrönte König unserer Truppe.«

»Sie mögen ihn nicht«, stellte sie fest.

Bruno Siekmann griff nach einer Bierdose. »Man muss nicht jeden mögen.«

»Wie gut kannten Sie Herrn Wenninger?«

»Nicht besonders gut.« Siekmann strich sich über sein raspelkurzes Haar und trank einen Schluck. »Zwischen Kurt und mir lagen nicht nur zwanzig Jahre Altersunterschied, sondern völlig unterschiedliche Lebensweisen. Wir hatten uns nicht viel zu sagen.«

»Und mit welchem der *Schmauchfreunde* hatte Herr Wenninger sich etwas zu sagen?«

Siekmann zuckte die Achseln.

Malins Blick fiel auf die Zigarettenstummel im Aschenbecher. »Sie sind im Pfeifenclub und rauchen Zigarette?«

»Warum nicht?«, gab Siekmann schroff zurück. »Oder essen Sie nur eine Sorte Obst?«

Malin ignorierte die Frage. »Weshalb sind Sie Mitglied bei den *Schmauchfreunden*?«

»Was hat das jetzt mit dem Mord an Kurt zu tun?«

»Es interessiert mich. Also?«

»Ein Freund hat mich vor einigen Jahren dort mit hingeschleppt. Uwe Grabowsky. Damals war ich noch mit meiner

Ex zusammen. Eine gute Gelegenheit, zweimal in der Woche in Ruhe ein paar Bier zu zischen.«

»Sie meinen, ein Pfeifenclub klingt zivilisierter als ein Männerabend in der Kneipe?«

Siekmann grinste und zeigte dabei seine gelb verfärbten Zähne. »Sie haben es erfasst.«

»Am Dienstagabend, dem fünften August, soll es beim Treffen der *Schmauchfreunde* zu einem Streit gekommen sein. Worum ging es dabei?«

Das Grinsen verschwand. »Ich weiß nichts von einem Streit, nur dass Kurt an dem Abend völlig neben der Spur war. Und ich kann Ihnen noch etwas verraten.« Er tippte sich mit dem Zeigefinger gegen die Stirn. »Der hatte sie nicht mehr alle. Wenn Sie mich fragen, hätte er sich anstatt bei anderen lieber um sein eigenes krankes Hirn kümmern sollen.«

»Wie kommen Sie darauf?«

Wieder dieses verächtliche Lächeln. »Nennen wir es mal Intuition.«

»Sagen Sie, Herr Siekmann, haben Sie eine Waffe?«

»Kurt wurde erschossen?« Der Hüne bekam einen entschlossenen Zug um den Mund. »Ich arbeite im Objektschutz und nicht als Begleiter für Geldtransporte.«

»Das beantwortet meine Frage nicht.«

Seine Kiefermuskeln malmten. »Nein, ich habe keine Waffe und auch keinen Waffenschein. War das jetzt deutlich genug?«

Malin spürte, wie sich ihre Nackenhärchen aufstellten. Sie bemühte sich um einen neutralen Ton. »Wann haben Sie an dem Abend das Treffen verlassen?«

Bruno Siekmanns Augen wurden schmal. »Um kurz nach halb eins. Und bevor Sie fragen: Zu der Zeit war Kurt längst verschwunden.« Er leerte die Bierdose und zerdrückte sie mit der Hand. »Kleiner Tipp. Suchen Sie Ihren Mörder woanders. Bei uns sind Sie an der falschen Adresse.« Der Hüne wies mit einer auffordernden Geste zur Tür.

Es war bereits nach einundzwanzig Uhr, als Malin gähnend ihren Computer ausstellte. Während ihre Kollegen bereits nach Hause gegangen waren, hatte sie während der letzten Stunden die vorausgegangenen Befragungen dokumentiert.

Mittlerweile drehten sich die Wörter in ihrem Kopf. Trotzdem griff sie nach den Unterlagen in ihrem Eingangskorb, unter denen sich auch ein Bericht der Berliner Kollegen befand. Er fasste die beruflichen Stationen ihres Mordopfers zusammen.

Kurt Wenninger hatte nach seinem Wehrdienst bei der Nationalen Volksarmee für drei Jahre als Unteroffizier beim Sanitätsdienst gearbeitet und anschließend in Leipzig Medizin studiert, bevor er Mitte der Siebziger seine Facharztausbildung an der Berliner Charité absolvierte, wo er bis 1990 geblieben war. Kein Hinweis auf politische oder polizeiliche Auffälligkeiten. Alles nüchterne Fakten. Malin feuerte den Bericht frustriert auf den Tisch. Noch immer hatten sie kein vollständiges Bild von dem Toten. Was hatte Kurt Wenninger als Mensch ausgemacht? Welcher Zusammenhang bestand zwischen ihm und seinem Mörder? Worin lag das verdammte Motiv?

Ich sollte mit jemandem sprechen, der mit Wenninger gemeinsam an der Charité gearbeitet hatte, dachte Malin. Ihr Blick fiel auf die Liste der *Schmauchfreunde*, die neben der Fallakte lag. Achtundsiebzig Namen. Noch immer waren viele der Leute nicht befragt worden, zudem mussten alle Angaben überprüft und die Lebensläufe nach weiteren Querverbindungen zu Kurt Wenninger untersucht werden. Hinzu kamen die Aussagen der Familienmitglieder und der ehemaligen Praxisangestellten, sowie die Durchsicht der alten Patientenakten. Je länger sie ermittelten, desto größer wurden die Dimensionen ihres Falles.

Malin rieb sich die Augen. Es wurde Zeit, Feierabend zu machen.

13

Am nächsten Morgen goss es in Strömen. Malin saß schon seit sieben mit einem Kaffeebecher in der Hand an ihrem Schreibtisch und beobachtete, wie der Regen in dicken Rinnsalen die Fensterscheiben hinunterlief. Wie so oft war sie die Erste im Büro und nutzte die morgendliche Ruhe zum Nachdenken. Gerade ließ sie die Begegnung mit dem Anwalt Wolfgang Herzog und seiner Frau in ihren Gedanken Revue passieren. Irgendetwas hatte zwischen den beiden Eheleuten in der Luft gelegen. Hing es mit dem Mord an Kurt Wenninger zusammen? Oder handelte es sich um ganz banale Ehestreitigkeiten? Malin konnte es nicht einschätzen. Ganz anders als bei Bruno Siekmann. Die Feindseligkeit, die bei ihm mitgeschwungen hatte, als er über Herzog und Wenninger sprach, war schwer zu überhören gewesen.

Malin loggte sich bei POLAS ein, dem von der Polizei genutzten Auskunftssystem, und jagte Bruno Siekmanns Namen durch die Datenbank. Sofort öffnete sich ein Fenster. Wie es aussah, war der Security-Mann wegen schwerer Körperverletzung bereits aktenkundig. Sie verfasste einen Zweizeiler an die betreffende Dienststelle und bat um die Zusendung der Papierakte. Im Anschluss überprüfte sie, ob der Mann einen Waffenschein besaß. Fehlanzeige. In diesem Punkt hatte Bruno Siekmann die Wahrheit gesagt. Ob er nicht trotzdem irgendwo ein Arsenal an unregistrierten Waffen hortete, stand auf einem anderen Blatt.

Ihr Blick fiel auf die Zahl, die mit roten Edding dick auf ihrer Schreibtischunterlage stand: 208/1.

Sie zog die Fallakte aus einem Stapel Unterlagen heraus und glich die Zahl mit den Daten aus Wenningers Lebenslauf ab. Keine Übereinstimmung. Ein Versuch war es wert, dachte Malin und gab die vierstellige Zahl samt Schrägstrich in die Internet-Suchmaschine ein. Knapp eine Million Treffer.

Malin seufzte, scrollte hinunter und las einige Einträge durch. Am häufigsten stand die Zahlenkombination für irgendwelche

Artikelnummern, von elektronischen Bauteilen bis hin zu medizinischen Geräten. Weiter fielen ein Violinkonzert, Paragraphen aus verschiedenen Gesetzestexten und die Folge einer amerikanischen Dailysoap unter die gleiche Nummerierung. Wie wahrscheinlich war es, dass der Mörder mit der eingemähten Zahl einen Hinweis auf eine Fernsehserie geben wollte?

Malin schloss das Internet-Fenster. So würde sie nicht weiterkommen. Einen Augenblick spielte sie mit dem Gedanken, ihren Großvater um Hilfe zu bitten. Schließlich hatte sich Erich Brodersens Vorliebe für Sudoku und Kreuzworträtsel schon einmal als nützlich erwiesen. Allerdings war ihr auch Frickes Standpauke, die sie danach kassiert hatte, nur allzu gut im Gedächtnis geblieben.

Als hätte er Malins Gedanken gehört, stand ihr Vorgesetzter in der Tür. »Moin, Brodersen. Schon so früh hier?« Er sah auf seine Uhr. »Es ist gerade mal halb acht.«

»Ich konnte nicht mehr schlafen.« Malin konnte nicht verhindern, dass es wie eine Entschuldigung klang.

Der besorgte Ausdruck, mit dem Fricke sie in letzter Zeit schon häufiger angesehen hatte, erschien auf seinem Gesicht. »Du solltest dir deine Kräfte besser einteilen, Brodersen.«

Malin war irritiert. »Warum sagst du das?«

Fricke setzte sich auf den freien Stuhl am gegenüberliegenden Schreibtisch. »Es ist keine zwei Monate her, da hattest du eine geladene Waffe am Kopf.« Er musterte sie. »Unsere Polizeipsychologin hat mich angerufen. Du hast nicht einen einzigen deiner Termine eingehalten! Mensch, Mädchen, so etwas geht doch an niemandem spurlos vorbei.«

Sie schluckte. Natürlich hatte Fricke recht. Malin wusste noch genau, wie es sich angefühlt hatte. Der fremde Atem in ihrem Nacken. Der Druck der Waffe an ihrem Hinterkopf. Und die unsägliche Angst. Sie erlebte es in ihren Träumen fast jede Nacht neu.

»Ich möchte, dass du dir noch heute einen neuen Termin geben lässt.«

»Ich komm klar, Chef«, beteuerte sie.

Fricke reagierte ungehalten. »Das war keine Bitte, Brodersen.« Er strich sich mit einer müden Geste übers Haar. »Du rufst da an, ansonsten bist du ab morgen für die Hintergrundrecherche in unserem Fall zuständig. Und zwar am Schreibtisch.«

Malin versteifte sich. »Du setzt mich auf die Strafbank?«

»Wenn du mir keine andere Wahl lässt.« Fricke erhob sich von seinem Stuhl, schien es sich dann aber anders zu überlegen und setzte sich wieder. »Ich bin der Leiter dieser Abteilung, Malin. Und in dieser Funktion muss ich sicher sein, dass du die Sache verarbeitet hast. Damit ich mich im Ernstfall auf dich verlassen kann.« Er schaute sie eindringlich an. »Es kann jederzeit wieder passieren. Das weißt du genauso gut wie ich.«

Sie dachte einen Augenblick nach. »Also gut, Chef. Ich mache den Termin.«

»Gut.« Er lehnte sich ein Stück vor. »Warum ich eigentlich hier bin: Wir haben endlich die Adresse und Telefonnummer von diesem Michael Baumann. Erinnerst du dich an die Frau in Berlin, die bei Oles Anruf einfach aufgelegt hat?«

Malin nickte.

»Das war tatsächlich Baumanns Mutter. Unsere Berliner Kollegen waren so nett und haben eine Streife bei ihr vorbeigeschickt. Da wurde sie dann ein wenig redseliger.«

»Und, was sagt Michael Baumann zu seinem Erbe?«

»Tja, das interessiert mich auch.« Fricke schlug beide Hände auf die Tischplatte. »Bisher konnte ich nur mit seiner Frau sprechen. Er selbst ist seit ein paar Tagen verreist. Und jetzt rate mal, wo er sich gerade aufhält.« Seine Augen funkelten.

»Ach«, sagte Malin. »Etwa in Hamburg?«

»Genau. Leider konnte mir Frau Baumann nicht sagen, in welchem Hotel ihr Mann abgestiegen ist, aber dafür habe ich seine Handynummer. Ich hab ihm eine Nachricht auf die Mailbox gesprochen.«

»Wenn Michael Baumann in Hamburg ist, dann weiß er vielleicht schon von dem Erbe.«

»Möglich. Oder auch nicht. Seine Frau kennt keinen Kurt Wenninger.«

»Glaubst du ihr?«

Er zuckte die Achseln. »Zumindest hat sie mir am Telefon keinen Anlass gegeben, das nicht zu tun.«

Malin überlegte einen Moment. »Wenn Michael Baumann noch gar nichts von seinem Erbe weiß, was macht er dann hier in Hamburg?«

Fricke erhob sich. »Genau das, Brodersen, wüsste ich nur allzu gerne.«

Das Schild des Schlüsseldienstes prangte leuchtend gelb an der Backsteinfassade und versprach einen 24-Stunden Notdienst an 365 Tagen im Jahr.

Ilse presste die Tasche mit der Metallkassette unter ihrem Arm fester an ihren Körper. Zwei Tage lang hatte sie mehrfach versucht, das verdammte Ding zu öffnen. Zunächst hatte sie es mit einer Nagelfeile probiert, dann mit dem Schraubenzieher und zuletzt mit einer ihrer Haarnadeln. Sie hatte sogar in Erwägung gezogen, einen dieser zwielichtig aussehenden Jugendlichen, die ständig im Hof herumlungerten, zu bitten, das Schloss zu knacken. Doch dann war ihr eingefallen, dass es sich in der Wohnsiedlung vermutlich längst rumgesprochen hatte, dass der Tote in Wohldorf-Ohlstedt ihr Bruder war. Wenn also jemand etwas über die Kassette ausplauderte, würde das möglicherweise der Polizei zu Ohren kommen. Und die würden sie umgehend des Diebstahls und Einbruchs beschuldigen, auch wenn das im Grunde völlig absurd war. Schließlich war es ihr Elternhaus. Die Polizei würde das natürlich anders sehen. Außerdem gab es einen Zeugen. Oder zumindest fast. Der junge Mann, der in Kurts Auffahrt aufgetaucht war, gerade als sie sich aus dem Staub machen wollte.

Um die Sache mit der Kassette möglichst unauffällig zu regeln, war ihre Wahl auf einen Schlüsseldienst in Lokstedt gefallen und nicht in unmittelbarer Nachbarschaft. Nur ein paar Stationen mit der U-Bahn, aber weit genug von ihrem gewöhnlichen Umfeld entfernt. Hier würde sie wahrscheinlich keinem Bekannten über den Weg laufen.

Ilse öffnete die Ladentür und ein Klingeln kündigte ihr Eintreffen an. Hinter dem Verkaufstresen waren Hunderte von Schlüsselrohlingen in verschiedenen Größen und Formen an kleinen Haken untergebracht. An den Seitenwänden hingen Beschläge in unterschiedlichsten Ausführungen, daneben stand ein Stahlregal mit Wandtresoren. Weder Kundschaft noch Verkaufspersonal waren zu sehen.

Sie zog die Metallkassette aus ihrer Tasche und legte sie auf den Tresen. Ein kleiner, drahtiger Mann mit schütterem Haar und Nickelbrille kam aus dem Hinterraum und lächelte freundlich. »Na, was haben wir denn da?« Er musterte die Kassette. »Schlüssel verloren?«

Ilse nickte. »Und nun bekomme ich sie nicht mehr auf. Können Sie mir helfen?«

»Kein Problem.« Er schenkte ihr einen aufmerksamen Blick über den Rand seiner Nickelbrille. »Sofern es sich nicht um Diebesgut handelt.«

Ilse erstarrte und wollte bereits die Empörte geben, als sie das schelmische Zwinkern in seinen Augen bemerkte. Sie gluckste und legte einen Finger an die Lippen. »Psst. Verraten Sie mich nicht.«

»Natürlich nicht«, erwiderte ihr Gegenüber verschwörerisch und verschwand im angrenzenden Raum. Kurz darauf kam er mit einem Werkzeug in der Hand zurück, das Ilse entfernt an einen Akkuschrauber erinnerte, schnappte sich die Kassette und hantierte weniger als eine halbe Minute daran herum. »So, das war's.« Er stellte die Metallkassette zurück auf den Tresen.

Ilse hob den Deckel leicht an und schloss ihn wieder. »Wunderbar. Was bekommen Sie von mir?« Hinter ihr ging die Türglocke und eine junge Frau mit zwei Kleinkindern kam ins Geschäft.

»Das geht aufs Haus«, erwiderte der Mann. »Aber nur, wenn Sie mich nicht wegen Beihilfe verpfeifen.«

»Bestimmt nicht. Vielen Dank.« Ilse stopfte die Kassette zurück in ihre Tasche und eilte aus dem Geschäft. Ihre Kehle war wie zugeschnürt. Der Deckel war nur wenige Millimeter geöffnet gewesen, doch der Spalt hatte ausgereicht, um einen kurzen Blick auf den Inhalt zu erhaschen.

Um Punkt einundzwanzig Uhr hakte Malin den letzten Namen auf ihrer Liste ab. Uwe Grabowsky. Dem Journalisten eilte der Ruf voraus, für eine gute Geschichte über Leichen zu gehen, wie sie zuvor vom Polizei-Pressesprecher erfahren hatte. Nach ihrem Treffen mit Grabowsky konnte Malin diese Einschätzung nur bestätigen. Und das lag weder an seinem Schmerbauch noch an seinen quer über die Halbglatze gekämmten Haaren. Es war sein süffisantes, schmieriges Lächeln.

Leider war Grabowskys Befragung nicht besonders ergiebig gewesen. Er habe von jeher nur sporadisch an den Clubtreffen teilgenommen und schon vor längerem beschlossen, künftig gar nicht mehr hinzugehen. Angeblich läge man nicht auf der gleichen Wellenlänge.

Ein ganzer Tag Arbeit, dachte Malin frustriert. Arbeit, die sie keinen Schritt vorangebracht hatte. Sie legte das Notizbuch mit der Liste auf den Beifahrersitz ihres Minis und schlug den Weg von Norderstedt Richtung Winterhude ein. In etwa zwanzig Minuten würde sie zu Hause sein.

Unruhig trommelte sie mit den Fingerspitzen aufs Lenkrad. Dieser Pfeifenclub ließ sie nicht los. Es war nicht mehr als ein Bauchgefühl, und natürlich reichte das nicht für einen begründeten Verdacht. Aber da waren immer noch die Aussagen vom Taxifahrer und dem Wirt des *Admirals*, die beide von einem Streit zwischen Kurt Wenninger und den *Schmauchfreunden* berichtet hatten.

Da sie in unmittelbarer Nähe der Gaststätte war, beschloss Malin, dort zu Abend zu essen und sich bei der Gelegenheit noch etwas umzuhören. Sie bog in den Krohnstieg Richtung Langenhorn und an der nächsten Kreuzung in die Tangstedter Landstraße. Keine fünf Minuten später parkte sie ihren Mini auf dem Parkplatz vor dem *Admiral*. Die Fenster der Gaststätte waren hell erleuchtet. Malin wühlte in den Untiefen ihrer Handtasche nach ihrem Handy und wählte

Frickes Nummer, um ihn über den Stand ihrer Ermittlungen zu informieren. Nur die Mailbox. Sie hinterließ eine kurze Nachricht.

Malin wollte gerade aus dem Mini steigen, als ein alter Ford Fiesta auf den Parkplatz bog. Ein Mann von massiger Statur schob sich schwerfällig hinter dem Lenkrad hervor und zündete sich, kaum im Freien, eine Zigarette an. Die Flamme des Feuerzeugs flackerte kurz auf und Malin erkannte verdutzt die Halbglatze mit den darübergekämmten Haaren.

Hatte ihr dieser Mann nicht vor weniger als einer halben Stunde in ausschweifenden Worten erklärt, dass er sich nicht mehr mit den *Schmauchfreunden* traf? Oder war Grabowsky ihr etwa gefolgt?

Ein weiterer Wagen fuhr auf den Parkplatz. Die dunkle Mercedes-Limousine hielt im Schein der Straßenlaterne. Malin rutschte tiefer in ihren Sitz, als sie den Fahrer beim Aussteigen erkannte. Wolfgang Herzog.

Grabowsky schnippte seine Zigarette weg und begrüßte den Anwalt mit Handschlag. Die beiden Männer unterhielten sich einen Moment, dann gingen sie gemeinsam in die Gaststätte.

Malin stieg aus dem Mini. Durch das Fenster konnte sie sehen, wie Grabowsky und Herzog den gut besuchten Gastraum durchquerten und durch eine Hintertür verschwanden.

Was die wohl zu bereden haben, dachte sie. Nur allzu gerne hätte Malin jetzt Mäuschen gespielt. Sie wollte sich gerade vom Fenster abwenden, als sich an einem der vollbesetzten Tische ein älterer Herr erhob und mit einem Pfeifenkästchen unter dem Arm die Hintertür ansteuerte. Malin schnappte entgeistert nach Luft. Es war Erich Brodersen, ihr Großvater.

Gregor Lenz hob missmutig die Brauen, als Malin wenige Minuten später den Schankraum betrat. »Guten Abend, Herr Lenz.« Sie setzte sich auf einen der Barhocker am Tresen.

»Die Herren sind im Clubraum.« Er wies mit dem Kopf zur Hintertür und fuhr fort, ein Bier zu zapfen.

»Ich wollte eigentlich nur etwas essen.« Wortlos schob er Malin eine zerfledderte Speisekarte zu, die sie überflog. »Ich nehme das Bauernfrühstück und dazu ein Alster.«

Der Wirt öffnete das Schiebefenster zur Küche. »Friedhelm! Ein Bauernfrühstück!« Dann zapfte er ein weiteres Bier.

»Und, ist Ihnen zu besagtem Dienstag noch etwas eingefallen?«, erkundigte sich Malin.

»Ich dachte, Sie wollten nur etwas essen?«

»Aber solange ich das noch nicht tue, können wir uns ja ein wenig unterhalten.« Sie lächelte ihn an. »Das mit den Quittungen hat sich übrigens geklärt.«

»Das freut mich für Sie.« Gregor Lenz griff nach einer Flasche Zitronenlimonade und füllte das halbvolle Bierglas damit auf. »Und was das Unterhalten betrifft: Wie Sie sehen, ist die Bude gerammelt voll. Also verschonen Sie mich. Ich kann Ihnen nicht mehr erzählen als beim letzten Mal.«

»Sie bleiben dabei, dass es im Clubraum Streit gegeben hat?«

»Ich sage immer nur das, was ich auch meine.« Lenz griff nach einem Bierdeckel, legte ihn vor Malin auf den Tresen und knallte das Alsterwasser darauf. Wie es schien, war das Gespräch beendet.

Ihr Blick glitt zu der Tür, hinter der Erich Brodersen verschwunden war. Ob ihr Großvater noch immer im Clubraum bei den *Schmauchfreunden* war? Und wenn ja, was trieb er dort so lange?

Ein neuer Gast betrat das Lokal, ein Hüne mit militärischem Kurzhaarschnitt. Malin schnappte sich die Speisekarte und gab vor, sich damit zu beschäftigen, doch Bruno Siekmann schenkte den Gästen ohnehin keine Beachtung. Er steuerte schnurstracks die Hinterräume an.

»Hat Gregor Sie mit seinem sagenhaften Charme bezirzt?«, sprach sie jemand von der Seite an. »Sie sehen aus, als wollten Sie jeden Moment die Flucht ergreifen.« Eine junge Frau mit blondem Pixie-Cut und Bestellblock in der Hand grinste Malin an. »Nehmen Sie es ihm nicht übel, er kann nicht anders.« Sie riss einen Zettel vom Block und schob ihn dem Wirt über den Tresen zu.

»Ich bin Malin Brodersen vom LKA.«

»Beatrice. Aber Sie können Trixi zu mir sagen.« Die Bedienung musterte sie neugierig. »Gregor hat mir schon erzählt, was passiert ist. Dass der Wenninger tot ist, tut mir leid.«

»Sie kannten ihn?«

»Nicht wirklich. Aber er war zumindest nett, im Gegensatz zu einigen der anderen.«

»Trixi!«, mahnte Lenz.

»Ist doch wahr«, raunzte die Bedienung zurück. »Einige von denen führen sich manchmal auf, als gehörte ihnen der Laden.«

Der Wirt blickte finster. »Hören Sie nicht auf Trixis Geschwätz.«

»Lassen Sie nur, mich interessiert das.« Malin wandte sich dem Mädchen zu. »Haben Sie zufällig auch Dienstag vor drei Wochen hier gearbeitet?«

»Ich arbeite dienstags immer.«

»Ist Ihnen an dem Abend irgendetwas besonders aufgefallen?«

»Sie meinen im Zusammenhang mit den *Schmauchfreunden*?« Trixi gluckste bei dem letzten Wort und rückte ein Stück näher an Malin heran, als diese nickte. »Herr Wenninger war an dem Abend sternhagelvoll. Ich hatte gerade draußen den Müll rausgebracht, als ...«

Gregor Lenz stellte ein Tablett mit Getränken auf den Tresen. »Trixi, die Gäste warten.«

»Einen Moment, Herr Lenz«, bat Malin. »Erzählen Sie weiter, Trixi. Sie haben den Müll rausgebracht und dann?«

»Herr Wenninger ist rausgekommen und hat geschimpft wie ein Rohrspatz. Leider hat er dabei so gelallt, dass ich nicht jedes Wort verstehen konnte. Faselte irgendetwas von beschissenem System. Dabei hat er sich furchtbar aufgeregt. Ich hatte wirklich Angst, dass der mir gleich umkippt, betrunken wie er war. Also habe ich ihm angeboten, ein Taxi zu rufen, aber er wollte unbedingt noch ein wenig frische Luft schnappen.«

»Trixi ...!« Gregor Lenz zeigte mit dem Finger auf die Getränke.

»Ist ja gut«, erwidert die junge Frau und raunte Malin zu: »Er sagte, er wolle keine Sekunde länger da drin bleiben, und dass ich ihn hier nie wieder zu Gesicht bekommen würde. Und damit hat er letztendlich recht behalten.« Sie schnappte sich das Tablett.

»Ihr Essen.« Lenz stellte einen Teller mit dampfendem Bauernfrühstück vor Malin ab und reichte ihr das in die Serviette eingewickelte Besteck.

»Danke.« Sie beobachtete nachdenklich, wie Trixi den Gästen ihre Getränke servierte. Erst jetzt bemerkte sie ihren Großvater. Erich Brodersen saß wieder an seinen Platz im Schrankraum und schrieb eifrig in sein Notizbuch.

14

Malin wartete im Schatten der Parkplatzlaterne. Sie hatte die Hälfte ihres Bauernfrühstücks hastig hinuntergeschlungen und sich beeilt, aus der Gaststätte herauszukommen. Niemand sollte auf den Gedanken kommen, dass der alte Herr mit dem Notizbuch und die Kriminalbeamtin sich kannten, schließlich wusste Malin nicht, was ihr Großvater den *Schmauchfreunden* für eine Geschichte aufgetischt hatte. Doch das würde sie vermutlich in Kürze erfahren, denn soeben trat Erich Brodersen mit seinem Pfeifenkästchen unter dem Arm aus der Tür.

»Opa!«, zischte Malin und sah, wie er zusammenzuckte und sich dann irritiert umblickte. Sie trat in den Lichtkegel der Laterne und deutete auf ihren Mini.

Wenige Augenblicke später saß er neben seiner Enkelin auf dem Beifahrersitz. »Was tust du hier?«

Sie hob die Brauen. »Das sollte ich wohl lieber dich fragen.«

»Ich hatte doch am Telefon gesagt, dass ich mal wieder Lust auf eine Pfeife habe«, erwiderte Erich ohne jegliches Schuldbewusstsein. »Und als du mir von diesem Club erzählt hast, dachte ich mir, etwas Gesellschaft dabei wäre nicht verkehrt.« Er klopfte auf sein Pfeifenkästchen. »Ich hab's wiedergefunden.«

Malin betrachtete kurz die aufwendig eingearbeiteten Intarsien in dem dunklen Zedernholz, dann setzte sie eine strenge Miene auf. »Du wolltest dich dieses Mal zurückhalten.«

»Dieser tote Mann, Malin, der in seinem Haus wochenlang unentdeckt geblieben ist ...« Erich machte eine bedeutungsschwangere Pause. »Das hätte auch ich sein können.«

»Das ist Quatsch, Opa. Und das weißt du auch. Du hast Freunde. Nachbarn. Du hast mich.« Sie beobachtete den Eingang der Gaststätte. »Davon abgesehen würde dich niemand erschießen.«

»Also gut, ich war neugierig«, gab er zu. »Schließlich habe ich an deinen beiden letzten großen Fällen auch mitgearbeitet.«

Ihr entfuhr ein Seufzen. Sie hatte es gewusst.

»Ich hatte gehofft, dass ich euch auch dieses Mal etwas unter die Arme greifen könnte.« Ein vorwurfsvoller Unterton schwang mit.

»Opa«, mahnte Malin. »Fricke hält nichts davon, wenn ...«

»... wenn sich Zivilisten in die Ermittlungsarbeit der Polizei einmischen«, vervollständigte Erich. »Ich weiß. Und genau deshalb habe ich dir auch nichts gesagt. Hätte ja sein können, dass ich überhaupt nichts herausfinde. Warum also schlafende Hunde wecken.«

Nun hatte er ihre Aufmerksamkeit. »Du hast etwas herausgefunden?«

»Dazu ist es gar nicht erst gekommen. Doch genau diese Tatsache finde ich bemerkenswert.« Erich lächelte zufrieden.

»Könntest du bitte aufhören, in Rätseln zu sprechen.«

»Als ich in den Clubraum gekommen bin, herrschte dort richtig dicke Luft.«

»Kein Wunder, wenn die da drinnen Pfeife rauchen«, murmelte Malin.

»Ich meinte das im übertragenen Sinn«, erklärte Erich. »Sie haben gerade über Kurt Wenninger gesprochen, als ich die Tür geöffnet habe. Als ich dann dort stand, wurden die mucksmäuschenstill und haben mich angestarrt.«

»Wie viele waren es?«

»An die dreißig Männer. Einer von ihnen hat mich gefragt, was ich will. Ich glaube, der hätte mich am liebsten auf der Stelle achtkantig hinausbefördert.«

»Weißt du, wie der hieß?«

Er schüttelte den Kopf. »Nein, er hat sich nicht vorgestellt. Er war etwa in meinem Alter, vielleicht auch ein paar Jahre jünger, hatte auffallend dicke Tränensäcke und war um einiges besser gekleidet als die anderen.«

»Wolfgang Herzog«, sagte Malin. »Er ist der Clubleiter.«

Erich nickte. »So etwas habe ich mir schon gedacht. Ich habe ihm gesagt, dass ich gerne Mitglied bei den *Schmauchfreunden* werden würde.«

»Und wie hat er reagiert?«

»Das war seltsam. Er ist gar nicht auf mein Anliegen eingegangen, sondern wollte wissen, wie ich von den *Schmauchfreunden* erfahren habe.«

»Und was hast du darauf geantwortet?«

»Das Naheliegendste. Dass ich öfters Gast im *Admiral* bin, gerne Pfeife rauche und mich über etwas Gesellschaft freuen würde.«

»Gut. Und dann?«

»Dann hat er mir erklärt, dass die *Schmauchfreunde* eine geschlossene Gruppe sind und man nur über eine entsprechende Empfehlung Mitglied werden kann. Natürlich habe ich nachgefragt, was für eine Empfehlung damit gemeint ist, doch die Frage schien ihm auch nicht besonders zu gefallen. Zumindest hat mich danach so ein Hüne sehr schnell hinauskomplimentiert.«

Bruno Siekmann, dachte Malin.

»Weißt du, was ich glaube? Die wollen gar keine neuen Mitglieder. Vielleicht mögen sie Pfeife rauchen, besonders gemütlich sind die aber deswegen noch lange nicht. Natürlich kann die schlechte Stimmung auch mit dem Mord an ihrem Clubkameraden zusammenhängen. Aber das glaube ich nicht.«

»Warum nicht?«

»Ich habe doch gesagt, dass sie gerade über Wenninger gesprochen haben, als ich reingekommen bin.«

»Und was wurde gesagt?«

»Dass sie alle froh sein könnten, dass er tot wäre. Das kam von so einem Dicken. Er ist gemeinsam mit Herzog gekommen.«

Grabowsky, dachte Malin. »Hat er dabei Wenningers Namen genannt?«

Erich Brodersen schüttelte den Kopf. »Aber wen sollte er sonst gemeint haben?«

Als Malin am nächsten Morgen im dritten Stock des Polizeipräsidiums den Fahrstuhl verließ, traf sie im Flur auf Andresen.

»Du sollst zum Chef kommen, Brodersen«, informierte sie der rothaarige Ermittler. »Sofort.«

Ihr fiel siedenheiß ein, dass sie vergessen hatte, einen Termin mit der Polizei-Psychologin zu machen. Mist. »Danke, Sven.«

Der hatte ihr bereits den Rücken zugekehrt und steuerte die Toiletten an. Schnell zog sie ihr Handy aus der Jackentasche, scrollte ihre Kontaktliste im Adressbuch hinunter und wählte die Nummer der Psychologin. Besetzt.

In der Erwartung einer gehörigen Standpauke klopfte Malin an Frickes Bürotür und trat ein.

»Ach, Brodersen! Gut, dass du da bist.« Er wies auf einen dunkelhaarig gelockten Mann auf dem Besucherstuhl. »Das ist Michael Baumann. Und das, Herr Baumann, ist meine Kollegin, Kommissarin Brodersen.«

Michael Baumann reichte ihr die Hand. Er war ein jungenhafter Typ mit einem offenen Gesicht und freundlichen dunklen Augen. Auf seinem Hals prangten vereinzelte rote Flecken.

»Setz dich, Brodersen«, forderte Fricke sie auf. »Ich habe Herrn Baumann gerade nach dem Grund seines Hamburgaufenthalts gefragt.«

Sie zog einen Stuhl heran und platzierte ihn an der Querseite von Frickes Schreibtisch, bevor sie sich setzte.

»Ich wollte mir Hamburg ansehen«, antwortete Michael Baumann. »Ich arbeite in der Transport- und Logistik-Branche und möchte mich beruflich verändern. Hamburg hat nach Rotterdam und Antwerpen den drittgrößten Containerhafen Europas, dadurch liegt ein Wohnortwechsel für mich nahe. Aber ich habe eine Familie, an die ich denken muss, deshalb wollte ich mich vorher ein wenig mit der Stadt vertraut machen.«

»Aha.« Fricke sah Baumann aufmerksam an. »Und mit Kurt Wenninger hat Ihr Besuch nicht zufälligerweise auch etwas zu tun?«

»Ich habe Ihnen bereits erklärt, dass ich den Namen das erste Mal gehört habe, als mir meine Frau von Ihrem

Anruf erzählt hat.« Baumann verschränkte die Arme vor der Brust.

Fricke schaute in seine Unterlagen. »Wo haben Sie sich am Dienstag, den fünften August, aufgehalten?«

Baumann überlegte einen Moment. »Zu Hause in Berlin. Tagsüber war ich natürlich bei der Arbeit, und abends bei meiner Tochter und meiner Frau in unserer Wohnung. Sie wird Ihnen das bestätigen.«

»Und an den Tagen danach?«

»Da war ich ebenfalls in Berlin.«

Fricke räusperte sich. »Möchten Sie gar nicht wissen, warum ich Sie das alles frage? Warum ich Sie hier zu uns aufs Präsidium bestellt habe?«

Die Flecken an Michael Baumanns Hals wanderten bis in sein Gesicht. »Und warum?«

»Weil Kurt Wenninger, ein achtundsiebzigjähriger Rentner, in seinem Haus kaltblütig ermordet wurde. Deswegen!« Beim letzten Wort hatte Fricke die Stimme erhoben.

»Darüber weiß ich nichts«, versicherte Michael Baumann.

»Dann fasse ich mal zusammen.« Fricke hob seine Hand und fuchtelte im Takt seiner Worte mit dem Zeigefinger herum. »Sie kennen keinen Kurt Wenninger, haben niemals von ihm gehört und sind auch noch niemals mit ihm in Kontakt gekommen. Ist das so richtig?«

Baumann nickte.

Fricke zog ein Dokument aus einem Stapel Unterlagen. »Und warum hat Kurt Wenninger Sie dann als Alleinerben in seinem Testament bedacht?« Er schob das Schriftstück über den Schreibtisch.

Baumann warf einen irritierten Blick darauf. Seine Augen weiteten sich wie Untertassen. »Mich?«

»Und nur, dass wir uns richtig verstehen«, setzte Fricke nach. »Es geht hier nicht um etwas Tafelsilber, sondern um einen Nachlass von mehr als einer halben Million Euro.«

Michael Baumann starrte ihn mit offenem Mund an.

»Was meinst du, Chef«, fragte Malin, nachdem Michael Baumann eine halbe Stunde später das Präsidium verlassen hatte. Wie erwartet, hatte Ina Baumann das Alibi ihres Mannes bestätigt. »Hat er mit dem Mord an Wenninger etwas zu tun?«

»Ich meine gar nichts.« Fricke zog missmutig aus seiner untersten Schreibtischschublade ein in Folie gewickeltes Salamibrötchen. »Allerdings halte ich eine halbe Million Euro für ein gutes Mordmotiv. Und diese Jobgeschichte, die Baumann uns hier aufgetischt hat, kauf ich ihm im Leben nicht ab. Hast du die Flecken in seinem Gesicht bemerkt? Der Mann stand völlig unter Stress.«

»Das schien mir auch so, doch was das Testament betrifft, wirkte er ehrlich überrascht. Da müsste er schon ein sehr guter Schauspieler sein, um das vorzutäuschen.«

»Möglich, Brodersen.« Fricke löste die Verpackung vom Brötchen und biss hinein.

»Aber wenn seine Geschichte nicht stimmt«, überlegte Malin laut, »warum ist er dann in Hamburg, und vor allem: Warum hält er mit dem Grund hinterm Berg? Seine Frau hat ihm ein Alibi für den Mordzeitraum gegeben.«

Fricke wischte sich mit einer Serviette Krümel vom Mund. »Und wir wissen beide, wie viel das wert ist. Ich schicke jemanden aus dem Team nach Berlin, um seine Angaben zu überprüfen.«

»Lass mich fahren«, schlug Malin vor. »Bei der Gelegenheit könnte ich mich auch an der Charité umhören. Vielleicht arbeitet dort noch jemand, der Wenninger von damals kennt.«

»Das könnte in der Tat nichts schaden«, pflichtete Fricke ihr bei. »Was hast du noch an unerledigten Dingen auf deinem Schreibtisch?«

Malin überlegte kurz. »Mit den Befragungen der *Schmauchfreunde* auf meinem Teil der Liste bin ich so weit durch. Allerdings habe ich noch nicht alle Berichte geschrieben, und die Überprüfungen der Angaben stehen auch noch aus. Da fällt mir gerade ein, dass einer der Befragten bereits polizeilich auffällig war.« Sie zog ihr Notizbuch aus der Umhängetasche und blätterte darin. »Bruno Siekmann.

Mitarbeiter bei *Hiltinger Security*. Aktenkundig wegen Körperverletzung.«

»Und damit hat er einen Job beim Sicherheitsdienst bekommen?« Fricke schüttelte den Kopf.

»Ich habe die Akte bereits bei der zuständigen Dienststelle angefordert.«

»Ist Siekmann in Besitz einer Waffe?«

»Zumindest nicht auf legalem Weg. Ich habe bereits eine Abfrage gemacht. Er besitzt auch keinen Waffenschein.« Sie dachte an den vergangenen Abend im *Admiral*. »Irgendetwas ist bei den *Schmauchfreunden* im Gange. Neben diesem Siekmann gibt es da noch so einen komischen Vogel, Uwe Grabowsky. Er ist Journalist. Mir gegenüber hat er behauptet, kein Interesse mehr am Pfeifenclub zu haben, und dann taucht er am gleichen Abend dort auf.«

Fricke hob fragend die Brauen.

»Grabowsky wohnt in der Nähe vom *Admiral*. Nach der Befragung war ich da schnell noch was essen«, klärte sie ihren Chef auf. »Bei der Gelegenheit habe ich außerdem rausgefunden, dass man bei den *Schmauchfreunden* nur auf Empfehlung Mitglied werden kann. Welcher Art die sein sollte, darüber wollte mir niemand Auskunft geben.«

»Wir werden die *Schmauchfreunde* im Auge behalten.« Fricke sah auf seine Armbanduhr. »Also gut, Brodersen, am besten machst du dich jetzt auf die Socken. Soweit ich weiß, gehen die Züge nach Berlin im Stundentakt.«

Malin griff nach ihrer Jacke und ihrer Umhängetasche. »Alles klar, Chef.«

»Ich informiere die Berliner Kollegen.« Er griff zum Telefon. »Damit es vor Ort nicht zu Kompetenzrangeleien kommt.«

Malin hatte bereits die Türklinke in der Hand. »Weil ich ein paar Leute befrage?«

»Weil du möglicherweise Staub aufwirbelst, Brodersen.« Sein Blick war ernst. »Halt mich auf dem Laufenden.«

Sie erwischte mit Ach und Krach den Zehn-Uhr-ICE, der

laut Fahrplan für die Hochgeschwindigkeitsstrecke zwischen Hamburg und der Hauptstadt weniger als zwei Stunden benötigte.

Die Landschaft hinter dem Zugfenster flog vorbei. Grüne Wiesen, Wälder, kleine Dörfer und Städte, Kornfelder und kleine Seen. Am ehemaligen Grenzbahnhof Schwanheide erinnerte ein altes Grenzgebäude aus grauem Beton an die deutsch-deutsche Vergangenheit.

Malin hatte keine eigene Erinnerung an die Zeit des geteilten Deutschlands. Was sie darüber wusste, hatte sie im Schulunterricht und durch Gespräche mit ihrem Großvater erfahren. Zum Zeitpunkt des Mauerfalls war sie gerade mal vier gewesen. Damals hatte ihr Vater noch bei ihnen gelebt.

Die altbekannte Traurigkeit kroch empor, und sie griff nach ihrem Handy, um sich abzulenken. Malin tippte die Adresse von Michael Baumann in ihre Karten-App und machte sich mit dem Berliner S- und U-Bahnnetz vertraut. Das letzte und einzige Mal, dass sie die Hauptstadt besucht hatte, war während ihrer Schulzeit in der Oberstufe gewesen, doch seitdem schienen etliche Nahverkehrsverbindungen hinzugekommen zu sein.

Als sie eine halbe Stunde später mitten im Gewimmel des Berliner Hauptbahnhofs vor einer Informationstafel stand, dämmerte es ihr, dass es zwar nur zwei Stunden dauerte, um von Hamburg nach Berlin zu reisen, die gleiche Zeit aber möglicherweise nicht ausreichte, um vom westlichsten Außenbezirk der Stadt in den östlichsten Teil zu gelangen.

Allein schon der in fünf Ebenen unterteilte Bahnhofskomplex war riesig und Malin benötigte eine Weile, ehe sie auf dem Gebäudeplan die kleinen runden S-Bahn-Schilder gefunden hatte. Sie fuhr die Rolltreppe hinauf ins Erdgeschoss und bewunderte das imposante Glasdach, das sich weit über ihr wölbte.

Wenige Minuten später nahm Malin die S-Bahn zur Friedrichstraße, stieg zweimal um und erreichte nach zehn Minuten Fußmarsch die Adresse in Wedding. Im dritten Stock des etwas schäbig wirkenden Mehrfamilienaltbaus wurde sie von einer zierlichen Frau mit dunkelblondem Pagenschnitt empfangen, die in ihrem Alter war. Ein etwa zweijähriges Mädchen umklammerte das rechte Bein der Frau und starrte die Besucherin aus großen, dunklen Augen an. Es waren die Augen ihres Vaters.

Malin lächelte. »Frau Baumann?«

Die Frau nickte.

»Mein Name ist Malin Brodersen. Ich arbeite für das LKA Hamburg.« Sie zückte ihren Dienstausweis. »Sie haben heute früh mit meinem Chef, Hauptkommissar Fricke, telefoniert.«

»Mein Mann ist noch in Hamburg«, entgegnete Ina Baumann irritiert.

»Ich wollte zu Ihnen. Darf ich hereinkommen?«

Stirnrunzelnd hielt ihr Ina Baumann die Tür auf. Sie setzte das kleine Mädchen im Wohnzimmer in einen Laufstall mit Spielzeug und führte Malin in eine Wohnküche. Das zusammengewürfelte Mobiliar wirkte abgewohnt, doch zahlreiche Fotos und farbenfrohe Bilder mit ersten Kinderkritzeleien an den Wänden und am Kühlschrank schafften Behaglichkeit.

»Setzen Sie sich.« Ina Baumann wies auf die vier Stühle um den runden Holztisch, von denen jeder eine andere Form und Farbe hatte. Malin entschied sich für einen roten. Er wackelte. Ina Baumann grinste und entblößte dabei eine charmante Lücke zwischen den Vorderzähnen. »Ich weiß nicht, woran es liegt. Aber die meisten unserer Gäste entscheiden sich für den roten Stuhl.«

Malin erwiderte ihr Lächeln. Dann wurde sie ernst. »Frau Baumann, wir untersuchen in Hamburg den Mord an Kurt Wenninger.«

»Ich weiß Bescheid«, entgegnete Ina Baumann. »Mein Mann hat mich angerufen, nachdem er bei Ihnen im Präsidium war.«

»Dann wissen Sie ja sicher auch, wie wichtig Ihre Aussage für uns ist.«

»Natürlich. Das ist mir bewusst. Trotzdem ändert sich nichts an dem, was ich Ihrem Chef schon gesagt habe. Michael war am fünften August nach der Arbeit hier bei uns.«

Sie strich sich eine Haarsträhne hinter das Ohr. »Und zwar die ganze Nacht.«

»Und an den Tagen davor und danach?«

Ina Baumann runzelte die Stirn. »Da genauso. Warum fragen Sie?«

Malin entschied sich, mit offenen Karten zu spielen. »Die rechtsmedizinischen Untersuchungen sind noch nicht abgeschlossen und der genaue Todeszeitpunkt von Herrn Wenninger steht nicht abschließend fest.« Sie musterte die Frau. »Haben Sie vielleicht eine Erklärung dafür, warum ein völlig Unbekannter Ihrem Mann sein ganzes Vermögen hinterlässt?«

Ina Baumann errötete leicht. »Nein, das weiß ich nicht.«

»Warum ist Ihr Mann in Hamburg, Frau Baumann?«

»Das hat er Ihnen doch bereits erklärt.« Die Gesichtsfarbe der Frau wechselte nun ins Dunkelrote. »Michael möchte sich einen Job in Hamburg suchen und sieht sich deshalb die Stadt an.«

»Das Problem ist nur, dass ich die Geschichte nicht glaube«, sagte Malin. »Und Ihnen noch viel weniger als Ihrem Mann.«

Ina Baumann erhob sich. »Warum sollte ich Sie anlügen?« Sie kehrte Malin den Rücken zu und hantierte mit der Kaffeemaschine herum.

»Das können nur Sie mir sagen.«

Ina Baumann füllte den Wasserbehälter. »Möchten Sie auch einen Kaffee?«

»Danke, nein. Ich habe nicht allzu viel Zeit. Bevor ich zurück nach Hamburg fahre, muss ich mir noch Ihre Angaben vom Arbeitgeber Ihres Mannes bestätigen lassen.«

Die junge Frau drehte sich um. »Sie erzählen denen doch nicht, dass er sich beruflich verändern will?«

Malin schüttelte den Kopf. »Wir überprüfen nur die zeitlichen Angaben, die Ihr Mann und Sie gemacht haben. Mehr nicht.«

»Ach so«. Sie klang erleichtert und holte aus einem der Küchenschränke ein Paket Kaffeepulver.

Malin stand auf, um sich zu verabschieden, als ihr noch

etwas einfiel. »Sagen Sie, Frau Baumann, als wir Ihren Mann ausfindig machen wollten, haben wir versucht, ihn telefonisch über seine Mutter zu erreichen, doch sie hat sofort aufgelegt. Haben Sie vielleicht eine Erklärung für das Verhalten Ihrer Schwiegermutter?«

Das offene Paket Kaffee klatschte auf den Fliesenboden und das Pulver verteilte sich in einer braunen Wolke durch die halbe Küche. Dann brach Ina Baumann in Tränen aus.

21. Februar 1979

Sie war zu müde, um aufzustehen, rollte sich auf ihrem schmalen Nachtlager zusammen, schloss fest die Augenlider und versuchte, das grelle Licht und das regelmäßige Surren der Neonröhren zu ignorieren.

Etwas stimmt nicht mit ihr, das spürte Rena bereits seit einigen Tagen. Und es lag nicht daran, dass sie so unsäglich fror in diesem kalten und feuchten Raum. Nein, es waren Unterleibsschmerzen und eine permanente Mattigkeit, die sie quälten.

Vermutlich liegt es an dem schauderhaften Essen, dachte Rena. Oder waren es erste Symptome ihrer angeschlagenen Psyche? Seit Wochen hatte sie kein Tageslicht mehr gesehen, keinen Vogel zwitschern hören oder mit jemandem gesprochen. Außer mit ihm.

Rena wusste, sie musste gesund bleiben, um die Situation durchzustehen. Schon lange ging es nicht mehr darum, warum man ihr das antat oder wer die Schuld an allem trug. Es ging nur noch darum, zu überleben. Und dafür musste sie aufstehen.

Sie öffnete die Augen. Das gleißende Licht der Neonröhren brannte wie tausend Nadelstiche in ihren Pupillen. Ihre Lider flatterten. Wie eine alte Frau setzte sie sich langsam auf, stellte erst den einen Fuß auf den kalten Boden, dann den anderen. Sie erhob sich vorsichtig und wurde sofort von einem starken

Schwindelgefühl erfasst, das sie taumeln ließ. Zwischen ihrer Pritsche und dem kleinen Tisch lag nicht mehr als ein Meter, trotzdem war Rena schweißüberströmt, als sie sich auf den Hocker setzte. Sie strich sich mit dem Unterarm den Schweiß aus der Stirn und sah zu der Tür mit dem kleinen Loch. Ob dahinter jemand lauerte? Wollte man sie auf diesem Weg mürbe machen? Indem man sie rund um die Uhr beobachtete und ihr immer die gleichen Fragen stellte? Fragen, deren Antwort sie nicht kannte.

Rena schluchzte auf. Schwindel und Krämpfe ignorierend, stieß sie sich hoch, schleppte sich zur Tür und trommelte mit beiden Fäusten dagegen. »Lasst mich raus! Lasst mich endlich hier raus!«

Schritte näherten sich und Rena presste ihr rechtes Auge auf den Türspion. Dunkelheit.

Sekunden später wurde die Abdeckung des Spions auf der anderen Türseite beiseitegeschoben und ein Auge schob sich vor die Linse.

Rena zuckte zurück. »Lassen Sie mich hier raus. Bitte!«

Die Schritte entfernten sich wieder.

Rena sank an der Tür in die Hocke. »Lasst mich hier raus«, flüsterte sie.

15

Mit einem beklommenen Gefühl in der Magengegend verabschiedete sich Malin von Ina Baumann. Die Frau tat ihr leid. Sie hatte Malin erzählt, dass es zwischen ihrem Mann und seinen Eltern schon vor etlichen Jahren zum Bruch gekommen war und ihre Tochter Maja nun komplett ohne Großeltern aufwuchs. Ina Baumanns eigene Eltern waren vor Jahren bei einem Autounfall ums Leben gekommen. Nachdem bei der jungen Mutter einmal der Knoten geplatzt war, hatte sie Malin von ihren Sorgen berichtet, einen freien und vor allem bezahlbaren Kita-Platz für ihre Tochter zu finden. Wie auf Kommando hatte die Zweijährige im Nachbarzimmer angefangen zu brüllen und sich erst nach langem Zureden der Mutter und mit einer Reiswaffel in der Hand wieder beruhigt. Ina Baumann schien nervlich völlig am Ende zu sein, und Malin war froh, die Wohnung wieder verlassen zu können.

Nach vier Stationen mit der U-Bahn und fünfzehn Minuten Fußweg stand sie nun im Eingangsbereich des Bettenhochhauses der Charité und blickte sich etwas ratlos um. Eine resolute Mitarbeiterin der *Stationären Aufnahme* hatte ihr einen Plan des Krankenhausgeländes in die Hand gedrückt, mit dem Finger auf einen grün eingezeichneten Kreis mit einer *3* getippt und sie anschließend ihrem Schicksal überlassen.

Malin entdeckte den Wegweiser zum Charité-Gelände und folgte ihm aus dem Gebäude ins Freie. Prächtige Backsteinbauten, in denen die verschiedenen Kliniken und Institute untergebracht waren, säumten die breit angelegten Straßen. Als sie zehn Minuten später ihr Ziel im Bonhoefferweg erreichte, stellte Malin erleichtert fest, dass es sich bei dem Rotklinkerbau mit den beiden Zwiebeltürmen tatsächlich um die Klinik für Neurologie und Psychiatrie handelte. Über dem Portal prangte in großen Buchstaben die ursprüngliche Bezeichnung *Psychiatrische u. Nervenklinik*.

Sie drückte die schwere Eingangstür auf. Über ihrem Kopf erhob sich eine gotisch anmutende Gewölbedecke über geschwungenen Flügeltüren und einem farbenprächtigen Mosaikboden. Alles wirkte ein wenig angestaubt und in die Jahre gekommen. Abgeplatzte Fliesen, fleckige Wände und abblätternde Farbe an den Holztüren.

Da niemand zu sehen war, blieb sie vor der Informationstafel im Flur stehen und stellte fest, dass das Gebäude aus einem Vorder- und einem Hinterhaus mit jeweils vier Ebenen bestand. Malin beschloss, zunächst die *Stationäre Aufnahme Psychiatrie* im ersten Stock aufzusuchen.

Kurz darauf stand sie einer zierlichen Krankenschwester mit südländischem Aussehen gegenüber. Die junge Frau hatte ihre rabenschwarzen, taillenlangen Haare zu einem Zopf geflochten und ihre dunklen Augen dick mit schwarzem Kajal umrahmt. Malin zückte ihren Dienstausweis. »Ich würde gerne mit dem leitenden Stationsarzt sprechen.«

»Dr. Weingarten hat gerade Visite.«

»Es ist dringend«, erwiderte Malin. »Ich ermittle in einem Mordfall.«

Die Krankenschwester, deren Namensschild sie als *Elif Yilmaz* auswies, zeigte sich unbeeindruckt. »Ich sehe zu, was ich für Sie tun kann, aber machen Sie sich nicht allzu viel Hoffnung.«

Elif Yilmaz verschwand aus dem Raum und tauchte erst eine geschlagene Viertelstunde später mit einer gestresst wirkenden Mittvierzigerin im Schlepptau wieder auf. Die Frau war komplett in Weiß gekleidet, trug einen brünetten Bubikopf und musterte Malin aufmerksam durch eine randlose Brille. »Ich bin Dr. Weingarten, die leitende Stationsärztin. Bitte fassen Sie sich kurz, meine Zeit ist begrenzt.«

»Brodersen, LKA Hamburg. Wir ermitteln im Mordfall Dr. Kurt Wenninger. Er war bis Ende der achtziger Jahre Facharzt für Pyschiatrie und Neurologie hier an der Charité.«

»Kurt Wenninger?« Die Ärztin krauste die Stirn. »Der Name sagt mir nichts.«

»Ist vielleicht einer Ihrer Mitarbeiter oder Kollegen schon so lange hier beschäftigt, dass er Herrn Wenninger gekannt haben könnte?«

Dr. Weingarten schüttelte den Kopf. »Da müssen Sie sich an unsere Verwaltung wenden. Die psychiatrischen und neurologischen Fachbereiche sind komplex. Allein hier im Haus gibt es zahlreiche unterschiedliche Stationen, und wir haben auch noch andere Standorte innerhalb der Charité.«

Malin stöhnte innerlich. Verwaltung klang nach langer Wartezeit und jeder Menge Papierkram. »Und es gibt keinen Weg, wie ich möglichst unbürokratisch an die Information gelangen kann?«

»Unbürokratisch?« Dr. Weingarten kniff die Augen zusammen. »Sie werden in diesem Krankenhaus niemanden finden, der alles stehen und liegen lässt, um unter unseren dreizehntausendzweihundert Mitarbeitern jemanden zu finden, der möglicherweise mit Ihrem Toten vor einer halben Ewigkeit zusammengearbeitet hat.« Demonstrativ sah sie auf ihre Armbanduhr. »Und jetzt entschuldigen Sie mich bitte, meine Patienten warten. Im Gegensatz zu Ihren leben meine noch.« Die Ärztin machte auf dem Absatz kehrt.

»Nehmen Sie es ihr nicht übel.« Elif Yilmaz hatte während des Gespräches mit verschränkten Armen an der Fensterbank gelehnt. »Dr. Weingarten ist chronisch überbelastet, so wie wir alle hier, aber sie ist eine hervorragende Ärztin.« Sie löste sich von ihrem Fensterplatz und die beiden Frauen traten in den Flur. »Wenn Sie möchten, höre ich mich für Sie ein wenig um.«

»Danke, das wäre prima.« Malin kramte eine Visitenkarte hervor, schrieb Wenningers Namen und Geburtsdatum auf die Rückseite, und reichte sie der Krankenschwester.

»Es wird vermutlich etwas dauern.« Elif Yilmaz grinste. »Aber ich wette, dass ich immer noch um einiges schneller bin als unsere Verwaltung. Sobald es um die Zeit vor der Wende geht, wird erst mal alles doppelt und dreifach abgeklopft, bevor auch nur ein Schriftstück das Haus verlässt. Es gab hier schon das eine oder andere heiße Eisen, wenn Sie verstehen, was ich meine.« Sie zwinkerte Malin zu und verschwand in einem der angrenzenden Räume.

Malin starrte ihr einen Moment nachdenklich hinterher

und nahm dann die Treppe zurück ins Erdgeschoss. Sie entschied sich, dieses Mal den Ausgang am Vorderhaus zu nehmen, und gelangte in einen langen, weißen Gang, in dem keine Menschenseele zu sehen war. Hinter den weißen Sprossenfenstern zur Linken lag ein idyllischer Innenhof mit hohen Bäumen, zur Rechten hingen Ausstellungstafeln mit alten Schwarz-Weiß-Fotos zur Geschichte des Gebäudes: *Vom Irrenasyl zur Nervenklinik*. Eine der Abbildungen zeigte an Betten festgebundene Patienten, eine weitere einen Saal voller Badewannen, in denen Menschen zu Beginn des 20. Jahrhunderts tagelang zum »Dauerbad« gezwungen worden waren.

Malin durchlief ein Frösteln.

Mit einem Ruck riss Ilse die Gardinen auf. »So geht das nicht weiter, Ruth.« Sie drehte sich zu ihrer Tochter um. »Du musst dich endlich zusammenreißen. Hör mit dem Gesaufe und Gejammer auf und kümmere dich lieber um einen neuen Job und deine Jungs.«

»Ich kann das nicht.« Ruth langte nach der Zigarettenpackung auf dem Tisch. »Die ganze Sache bringt mich noch um.«

»Dich bringt es um?« Kopfschüttelnd ging Ilse in den Flur und betrachtete missmutig die Zeitungsstapel an der Wand. »Wann bringst du endlich mal dieses ganze Zeugs aus dem Haus?«

»Wenn ich Zeit dazu hab«, kam es aus dem Wohnzimmer.

»Wenn sie Zeit dazu hat«, murmelte Ilse und ging ins gegenüberliegende Zimmer. Sie öffnete das Fenster, um frische Luft in den stickigen Raum zu lassen, und strich die Bettwäsche auf dem Krankenbett glatt. Zurück im Wohnzimmer, nahm sie ihrer Tochter die Zigarette aus der Hand und drückte sie in den Aschenbecher. »Geh nach draußen rauchen, wenn du dich unbedingt weiter vergiften willst.«

»Das ist immer noch meine Wohnung«, motzte Ruth und stand von der Couch auf.

»Ach, ja? Und wer hat die Miete für den letzten Monat bezahlt?«

»Das wirst du mir wohl bis in alle Ewigkeit unter die Nase reiben. Ich hab dich schließlich nie um deine Hilfe gebeten.«

Ilse stemmte die Arme in die Hüften. »Jetzt reicht es, Ruth. Ich weiß, was du gerade durchmachst, aber das gibt dir noch lange kein Recht, so mit mir umzuspringen. Ich musste mir das Geld für die Miete regelrecht vom Mund absparen. Was glaubst du denn, was ich für eine Rente habe? Und überhaupt – wozu brauchst du eigentlich den ganzen Platz?«

»Wenn Felix erst mal …«

»Er wird möglicherweise nie wieder nach Hause kommen.«

Schweigen.

Ilse sah die Tränen in den Augen ihrer Tochter. Es zog ihr das Herz zusammen. »Du musst der Realität endlich ins Auge sehen, Ruth.«

»Aber vielleicht finden sie noch eine Lösung. Vielleicht …« Ruth stockte.

»Sie haben alles getan, was sie konnten«, sagte Ilse leise.

»Ich geh duschen.« Ruth sah ihre Mutter an. »Und dann fahre ich zu Felix.«

Ilse drückte ihrer Tochter die Hand, als sie an ihr vorbeiging. Einen Moment tauschen sie stumme Blicke.

Es war bereits einundzwanzig Uhr, als Malin völlig erledigt am Hamburger Hauptbahnhof aus dem Zug stieg.

Nach der Charité hatte sie noch Michael Baumanns Arbeitsstelle aufgesucht. Sein Vorgesetzter hatte die Angaben seines Mitarbeiters bestätigt und ihr ein Protokoll der Arbeitszeiterfassung für die betreffenden Tage ausgehändigt. Malin ging durch die Wandelhalle Richtung U-Bahn, zog ihr Handy aus der Hosentasche und wählte die Nummer von Thies. Nur die Mailbox. Sie hinterließ eine Nachricht.

Eine halbe Stunde später hängte sie Jacke und Tasche an die Garderobe ihres kleinen Stadthauses, ging über die schmale Wendeltreppe ins Obergeschoss und ließ sich Badewasser ein. Während sich die Wanne langsam füllte, suchte sie im Schlafzimmer aus ihrem stetig wachsenden Bücherstapel einen Krimi heraus, der schon lange darauf wartete, von ihr gelesen zu werden.

Malin hatte gerade ihren Fuß ins Wasser getaucht, als ihr Handy im Erdgeschoss klingelte. Das würde Thies sein. Schnell warf sie sich den Bademantel über und eilte die Stufen hinunter. Doch der Anrufer hatte bereits aufgelegt. Das Display zeigte eine Berliner Nummer an. Malin rief zurück. Eine Mailbox mit automatischer Bandansage informierte sie, dass der angerufene Teilnehmer vorübergehend nicht erreichbar war. Seufzend legte Malin wieder auf.

Zurück im Badezimmer glitt sie ins warme Wasser. Regen peitschte gegen das Fenster. Malin legte ihren Kopf auf das Nackenkissen, schloss die Augen und versuchte, sich zu entspannen, obwohl sie bereits wusste, dass es nicht klappen würde. Der Anruf auf ihrem Handy ließ ihr keine Ruhe. Wer hatte versucht, sie zu erreichen?

Sie dachte an ihren Besuch an der Charité, an die Schwarz-Weiß-Fotos auf den Ausstellungtafeln des ehemaligen Irrenasyls, und sie erinnerte sich an die letzten Worte von Elif Yilmaz. Trotz der Wärme des Badewassers fröstelte Malin. Erstmals beschlich sie eine Ahnung, was Fricke damit gemeint haben könnte, als er von »Staub aufwirbeln« sprach.

16

Pünktlich um neun Uhr traf die Ermittlungsgruppe im Konferenzzimmer der Mordkommission zusammen. Nachdem sich alle mit Kaffee und einem von Fricke gesponserten Gebäckstück versorgt hatten, wandte sich der Teamchef an Malin. »Erzähl, hast du in Berlin etwas herausgefunden?«

»Leider nichts Konkretes.« Sie fasste in knappen Worten den gestrigen Tag zusammen.

»In meinen Augen ist Michael Baumann damit noch längst nicht aus dem Schneider«, warf Andresen ein. »Er könnte sich genauso gut erst nach Dienstschluss in den Zug nach Hamburg gesetzt haben. Die Zeit hätte völlig ausgereicht, um Wenninger zu erschießen und pünktlich am nächsten Morgen zurück in Berlin zu sein. «

»Seine Frau hat seine Angaben bestätigt«, erinnerte Malin ihren Kollegen.

»Und wir wissen alle, dass ein Alibi vom Ehepartner im Grunde nichts taugt«, konterte Andresen prompt.

Fricke runzelte die Stirn. »Was für einen Eindruck hattest du von der Frau, Brodersen?«

»Sie schien aufrichtig.« Malin dachte an den Moment, als Ina Baumann in Tränen ausgebrochen war. »Aber mit hundertprozentiger Sicherheit kann ich das natürlich nicht sagen.« Dann fiel ihr etwas ein. »Ich habe mir die Protokolle von Michael Baumanns Arbeitszeiterfassung angesehen, demnach hat er im Mordzeitraum nie früher als neunzehn Uhr Feierabend gemacht. Wenn er also nach Dienstschluss noch nach Hamburg gefahren ist, wäre er auf jeden Fall zu spät dran gewesen, um bei Tageslicht die Nummer in den Rasen zu mähen.«

»Zumindest wenn wir davon ausgehen, dass sie vor Wenningers Tod eingemäht wurde«, gab Tiedemann zu bedenken.

Andresen schnalzte. »Und es gibt die Möglichkeit, dass diese Rasensache rein gar nichts mit dem Mord zu tun hat. Oder sind wir in dieser Hinsicht einen Schritt weiter?«

Alle schwiegen.

»Sven hat recht«, sagte Fricke. »Wir lassen das mit dem Rasen erst einmal außen vor. Was deinen Kontakt bei der Charité betrifft, Brodersen, können wir nur hoffen, dass wir dadurch weiterkommen. Ich habe von deren Verwaltung heute früh eine Antwort per E-Mail wegen der Herausgabe von Wenningers Personalakte bekommen. Sie informieren uns, dass die Aufbewahrungsfrist schon vor Jahren abgelaufen ist und man davon ausgeht, dass die Akte vernichtet wurde. Es läuft zwar noch eine Archivanfrage, doch auch hier macht man uns wenig Hoffnung auf Erfolg.«

»Das ist doch komisch, oder?« Malin drehte ihren Kugelschreiber in den Händen. »Immer wieder taucht während unserer Ermittlung eine Verbindung nach Berlin auf und trotzdem erfahren wir rein gar nichts.«

»Was soll daran komisch sein?«, konterte Andresen. »Wenninger hat lange Zeit in Berlin gelebt, da wird er mit etlichen Menschen in Berührung gekommen sein. Ich frag mich schon die ganze Zeit, ob wir nicht an den falschen Stellen nach Zusammenhängen suchen. Wir ermitteln seit über einer Woche und was haben wir?« Er hob beide Hände. »Nehmt nur diesen sonderbaren Postboten. Oder die verreisten Nachbarn. Die könnten Wenninger genauso gut getötet haben. Vielleicht gab es im Haus ein Geldversteck, von dem sie wussten. Sie töten Wenninger, fahren in den Urlaub und bringen sich damit erst mal aus der Schusslinie. Es gibt tausend verdammte Möglichkeiten.« Er ließ seine Handflächen auf den Konferenztisch niedersausen. »Fakt ist, wir wissen gar nichts.«

Einen Moment blieb es still.

»Hat eigentlich schon jemand Kontakt zu den Kindern von Wenningers Nichte aufgenommen?«, fragte Malin schließlich.

»Mit dem Älteren habe ich gestern gesprochen.« Fricke blätterte in seinen Unterlagen. »Jens Wenninger. Achtundzwanzig Jahre alt, arbeitet in einer kleinen Kfz-Werkstatt in Norderstedt, hat bei uns ein ellenlanges Register. Vom Ladendiebstahl über Einbruchsdelikte bis hin zur Körperverletzung. Er ist zur Zeit auf Bewährung. Aber Mord ist natürlich eine ganz andere Liga.«

»Vielleicht ist er bei seinem Onkel eingestiegen«, warf Andresen ein. »Und der hat ihn dann auf frischer Tat ertappt. Haben wir Fingerabdrücke von dem Kerl in unserer Datenbank?«

»Haben wir«, erwiderte Fricke. »Es gibt keine Übereinstimmung mit dem Abdruck auf der Kaffeedose. Der Typ ist vielleicht ein Ganove und dreht hin und wieder das eine oder andere Ding, aber das macht ihn noch längst nicht zum Mörder. Er wusste noch nicht mal, dass sein Onkel tot ist. Im betreffenden Zeitraum war er mit ein paar Kumpels auf Mallorca. Ich habe das bereits überprüft. Anscheinend hat Jens Wenninger seit Ewigkeiten nicht mehr mit seiner Mutter gesprochen. In der Familie dreht sich wohl alles um seinen jüngeren Bruder. Felix.« Fricke nippte kurz am Kaffeebecher und zerfurchte die Stirn. »Tja, und das ist eine verdammt traurige Geschichte. Felix Wenninger leidet an *ALL*.« Er sah in seine Unterlagen. »Einer akuten lymphatischen Leukämie. Er hat vor kurzem einen Rückfall erlitten. Den Ärzten nach bleibt ihm wohl nur noch wenig Zeit.«

»Das ist schrecklich«, sagte Malin. »Wie alt ist er?«

»Neunzehn.«

»Sollten wir nicht einen Fingerdruckabgleich beim Erkennungsdienst mit den restlichen Familienangehörigen anordnen?«, meldete sich Andresen zu Wort.

»Was soll das bringen, Sven? Der Abdruck war weder auf der Leiche noch auf der Tatwaffe. Im besten Fall erfahren wir, ob uns die Schwester oder die Nichte belogen haben, was ihr letztes Zusammentreffen mit Kurt Wenninger betrifft. Aber das allein bringt uns nicht voran. Es gibt keine forensischen Spuren, die Ilse oder Ruth Wenninger mit dem Mord in Verbindung bringen.«

»Und nun?«, erkundigte sich Andresen. »Wie willst du weiter vorgehen, Hans? «

»Wir ermitteln weiter in alle Richtungen«, entgegnete Fricke. »Ich weiß, ihr seid frustriert, weil es im Moment so aussieht, als wären wir keinen Schritt vorangekommen, aber am Ende wird sich unsere Arbeit auszahlen.« Er sah in die Runde. »Also, wie weit seid ihr mit den Befragungen der *Schmauchfreunde*?«

»Ich bin fast durch mit meiner Liste«, antwortete Andresen mürrisch. »Bis auf zwei Personen habe ich mit allen gesprochen. Allerdings hätte ich mir das auch schenken können. Angeblich hat es diesen besagten ›Vorfall‹«, er hob beide Hände und malte mit Zeige- und Mittelfinger Anführungszeichen in die Luft, »niemals gegeben. Nicht eine einzige nützliche Info hab ich von diesen Pfeifenheinis gekriegt.«

Tiedemann rieb sich den Nasenrücken. »Bei mir war es ganz ähnlich. Alle haben Wenninger als kontaktscheu und wortkarg beschrieben.«

»Fragt sich nur, warum Wenninger überhaupt Mitglied war«, gab Andresen zu bedenken. »Wenn er keinen Wert auf seine Mitmenschen legte, hätte er seine Pfeife doch auch zu Hause rauchen können.«

Fricke räusperte sich. »Mit Spekulationen allein kommen wir nicht weiter. Ich würde sagen, sobald ihr eure Berichte geschrieben habt, gleichen wir alle Aussagen noch einmal miteinander ab. Möglicherweise ergibt sich eine Auffälligkeit. Ole, könntest du das übernehmen?«

»Kein Problem.« Tiedemanns Handy auf dem Tisch vibrierte. Fricke nickte seinem Stellvertreter kurz zu, und Tiedemann verließ den Raum, um zu telefonieren.

»Gut«, fuhr Fricke fort. »Brodersen, sobald du mit deinen Berichten fertig bist, kümmerst du dich um die verreisten Nachbarn. Anschließend knöpfst du dir Herzog vor. Grab so tief wie möglich, ich will alles über diesen Mann wissen. Herzog ist der Chef der Gruppe. Wenn die *Schmauchfreunde* irgendetwas zu verbergen haben, dann ist das unser Mann.«

Die Tür ging auf und Tiedemann kam zurück ins Konferenzzimmer. Er hielt sein Handy in die Höhe. »Das war die Sprechstundengehilfin aus Wenningers ehemaliger Praxis, die letzte Woche mit Magen-Darm-Virus flach lag. Ihr ist etwas eingefallen.«

Fricke sah ihn erwartungsvoll an. »Ach, und das wäre?«

Tiedemann setzte sich auf die Tischkante. »Vor einigen Monaten ist eine Frau in die Praxis gekommen und hat sich nach Kurt Wenninger erkundigt. Das Interessante daran ist, dass es nicht um etwas Medizinisches ging, sondern um eine Privatangelegenheit. Sie wollte Wenningers Adresse. Die steht nicht im Telefonbuch.«

»Und hat sie die bekommen?«

Tiedemann schüttelte den Kopf. »Nein, aber die Sprechstundengehilfin hat der Frau einen Tipp gegeben, wo sie Wenninger treffen kann. Anscheinend hatte er in Volksdorf ein Stammcafé.«

»Hast du den Namen der Frau?«

»An den konnte sich die Sprechstundengehilfin genauso wenig erinnern wie an das Aussehen der Frau.«

Fricke rieb sich das Kinn. »Es wäre gut, wenn jemand mit einem Foto von Wenninger zu dem Café fahren würde. Möglicherweise erinnert man sich dort an ihn.«

»Das kann ich übernehmen«, bot Malin an. »Ich schaue ohnehin bei Wenningers Nachbarn vorbei, von dort ist es nur ein Katzensprung nach Volksdorf.«

»Gut. Aber erst nachdem du deine Berichte an Ole weitergegeben hast.« Fricke klatschte in die Hände. »Also gut, Leute, dann legt mal los.«

Ina hatte ihn am Telefon gebeten, zurück nach Berlin zu kommen. Obwohl sie sich nicht beklagte, wusste Michael, wie überfordert seine Frau sich fühlte. Maja war als Frühchen auf die Welt gekommen und hatte in ihren ersten Lebensmonaten die meiste Zeit geschrien. Ina war oft am Ende ihrer Kräfte gewesen und ihre daraus resultierende Nervosität hatte sich aufs Kind übertragen, wie ihnen die Ärzte später erklärten. Ein Teufelskreis.

Jetzt war Maja fast zwei, ein lebhaftes kleines Mädchen, das wie viele Kinder in diesem Alter zu Trotzattacken neigte, sobald etwas gegen ihren Willen geschah. Michael wusste, er sollte seine Frau mehr unterstützen, doch nach einem

Arbeitstag in der Spedition, der oftmals Überstunden beinhaltete, war er abends geschafft. Geld für einen Babysitter hatten sie nur selten. Die Tage in Hamburg bedeuteten nicht nur eine zusätzliche mentale Belastung für Ina, sondern auch für ihre Haushaltskasse.

Es war schon verrückt, dass ausgerechnet ein Mord dazu beitragen sollte, dass es ihnen künftig finanziell besser gehen würde, schließlich wurde mit dem Tod von Kurt Wenninger gleichzeitig das Band zu seiner Vergangenheit gekappt.

Es war früher Mittag. Michael stand mit seiner Reisetasche vor Kurt Wenningers Haus am Schleusenredder und starrte auf die Fassade, als könne sie ihm die dringend benötigten Antworten verraten. In der Hoffnung, wieder auf die alte Frau zu treffen, die für ihn wie der sprichwörtlich letzte Strohhalm war, hatte er den Mordschauplatz erneut aufgesucht.

Mittlerweile musste er sich eingestehen, dass es eine Schnapsidee gewesen war. Wer wusste schon, ob die Frau wieder auftauchte und wenn doch, ob sie ihm überhaupt die Auskunft geben konnte, die er so dringend benötigte? Es wäre besser, er fände sich damit ab, dass er möglicherweise niemals die Wahrheit erfuhr. Vielleicht kämen dann auch endlich seine inneren Dämonen zur Ruhe.

Michael traf eine Entscheidung. Er würde zurück nach Berlin fahren. Sofort. Zu Ina. Und zu Maja. Bei dem Gedanken an seine kleine Tochter wurde ihm warm ums Herz. Er zog sein Handy aus der Gesäßtasche seiner Jeans und schickte eine SMS an seine Frau. Dann schulterte er seine Reisetasche.

Als er sich umdrehte, bemerkte er, dass ihn am Ende des Kieswegs jemand beobachtete. Für den Bruchteil einer Sekunde meinte er einen Hauch von Bedrohung zu spüren. Dann bemerkte Michael die blau-gelbe Kleidung des Mannes und das gelbe Fahrrad. Der Postbote.

Mit einem Lächeln trat Michael den Rückweg an.

Das *Wiener Kaffeehaus* lag in den Wiesenhöfen im Stadtteil Volksdorf in unmittelbarer Fußnähe zu Wenningers ehemaliger Praxis.

Es herrschten milde Temperaturen und Malin wählte einen Tisch unter einem der weinroten Sonnenschirme auf der Terrasse. Das Schreiben der Berichte hatte sich in die Länge gezogen, mittlerweile war es Nachmittag und ihr Magen knurrte. Sie bestellte einen Kaiserschmarrn, der laut Karte die Spezialität des Hauses war, und ein Mineralwasser.

Sie zog ihr Handy aus der Jackentasche und wählte zum dritten Mal an diesem Tag die Berliner Nummer. Wieder ertönte die gleiche Ansage wie am Vortag. Sie seufzte. Zu gerne würde sie wissen, wer sie gestern Abend zu erreichen versucht hatte. Vielleicht die Krankenschwester? Dabei hatte Elif Yilmaz eigentlich gesagt, dass es dauern würde, bis sie sich meldete.

Malins Gedanken wanderten zu Michael Baumann. Er hatte im Hinblick auf seinen Hamburg-Aufenthalt nicht die Wahrheit gesagt, das war offensichtlich. Dabei musste ihm doch klar sein, dass er als Wenningers Erbe automatisch ins Visier der Polizei geriet. Warum also log er?

Viel brennender interessierte es sie allerdings, warum Wenninger ausgerechnet Michael Baumann als Erben eingesetzt hatte? Warum niemanden aus seiner Familie?

Und wenn er genau das getan hat?, dachte Malin. Möglicherweise gab es ja eine verwandtschaftliche Beziehung zwischen den beiden Männern. Ina Baumann hatte erzählt, dass sich ihr Mann schon vor Jahren mit seinen Eltern überworfen hatte. Hatte das möglicherweise mit Wenninger zu tun?

Nur allzu gerne hätte sie ihre Theorie mit ihrem Teampartner besprochen, doch Frederick war noch immer im Urlaub. Sie fragte sich, wann er ihr von seinem geplanten Dienststellenwechsel erzählen würde. Etwas zog sich in ihr zusammen. Sollte sie versuchen, ihn davon abzubringen? Doch wie sollte ihre weitere Zusammenarbeit aussehen, wenn es ihnen nicht gelang, ihre Spannungen beizulegen?

»Ihr Kaiserschmarrn.« Eine rothaarige Kellnerin stellte eine riesige Portion der Süßspeise, deren betörender Duft Malin sofort in die Nase stieg, und ein Glas Wasser auf den Tisch. »Guten Appetit.«

»Danke. Einen Moment bitte noch.« Malin zog das Foto

von Kurt Wenniger aus ihrer Umhängetasche. »Kennen Sie vielleicht diesen Mann? Er soll hier Stammgast sein.«

Die Rothaarige musterte das Foto. »Den hab ich noch nie gesehen, aber ich arbeite auch erst seit zwei Wochen im Kaffeehaus. Soll ich Ihnen meine Kollegin schicken? Die bedient hier schon seit einer halben Ewigkeit.«

»Das wäre nett.«

Die Kellnerin entfernte sich und Malin widmete sich ihrem Kaiserschmarrn. Er schmeckte so köstlich, wie er duftete.

Wenige Minuten später trat eine dralle Mittfünfzigerin an ihren Tisch. »Ich bin die Heidrun Scheu. Scheu wie das Reh. Meine Kollegin sagt, Sie bräuchten eine Auskunft?«

Malin legte ihr Besteck am Tellerrand ab und reichte der Frau Wenningers Foto. »Haben Sie diesen Mann schon mal gesehen?«

»Das ist der Doktor Wenninger.« Heidrun Scheu legte ihren Kopf schief und sah Malin neugierig an. »Sind Sie von der Polizei?«

»Brodersen, LKA.« Malin zog ihren Dienstausweis aus der Tasche. »Wir untersuchen den Mord an Herrn Wenninger.«

»Der Doktor wurde ermordet?« Heidrun Scheu riss entsetzt die Augen auf, zog einen freien Stuhl heran und ließ sich daraufplumpsen. »Mein Gott, das ist ja schrecklich. Was ist denn passiert?«

»Herr Wenninger wurde in seinem Haus in Wohldorf-Ohlstedt erschossen.«

»Dann ist er der Tote, von dem in der Zeitung in den letzten Tagen berichtet wurde? Jesus Maria.« Entsetzt schlug sie eine Hand vor den Mund.

Malin wartete mit ihrer nächsten Frage, bis sich die Frau von ihrem Schock erholt hatte. »War Herr Wenninger schon lange Gast bei Ihnen?«

Heidrun Scheu beugte sich vor. »Seit das Kaffeehaus eröffnet hat. 1990. Am Anfang war der Doktor fast täglich da, aber seit er in den Ruhestand gegangen ist, höchstens einmal die Woche. Bei gutem Wetter, so wie heute, hat er immer an dem Tisch gesessen, an dem wir jetzt sitzen.«

Malin verdrängte das aufkommende Unbehagen. »Haben Sie sich ab und an mit Herrn Wenninger unterhalten?«

»Öfter. Aber immer nur über Alltägliches. Das Wetter und so. Sie wissen schon. Er war ein feiner alter Herr. Immer höflich.«

»Ist Herr Wenninger auch mal in Begleitung gekommen?«

Die Bedienung schüttelte den Kopf. »Der Herr Doktor war immer allein. Er hat seine Zeitung gelesen, einen Kaffee getrunken und manchmal hat er sich ein Stück Torte dazu bestellt. Warum fragen Sie?«

»Vor einigen Monaten hat sich eine Frau in Doktor Wenningers ehemaliger Praxis nach ihm erkundigt. Da man ihr seine Adresse nicht aushändigen wollte, hat man sie ans Kaffeehaus verwiesen. Deshalb vermuten wir, dass sie hier aufgetaucht ist.«

Heidrun Scheu riss erneut die Augen auf. »Und Sie glauben, dass ...«

»Die Frau wird von uns als Zeugin gesucht«, kam Malin ihr zuvor.

»Vor ein paar Monaten, sagten Sie?« Die Bedienung krauste die Stirn. »Da war tatsächlich mal eine Frau beim Doktor am Tisch. Irgendwann Anfang des Jahres. Aber sie ist nicht mit ihm gemeinsam gekommen, ich bin mir nicht mal sicher, ob die beiden sich überhaupt kannten.«

»Wie hat die Frau ausgesehen?«

Die Bedienung überlegte. »Sie war nicht besonders groß. Etwas schlanker als ich. Vom Alter her um die sechzig, aber das ist schwer zu schätzen.«

»Haarfarbe?«

»Ich glaube, sie trug eine Mütze.«

»Hatte die Frau irgendwelche Auffälligkeiten?«, hakte Malin nach. »Eine Brille, ein Muttermal, eine ungewöhnliche Art zu sprechen, irgendetwas?«

»Ich weiß es nicht mehr.«

Malin unterdrückte ein Seufzen. »Und trotzdem erinnern Sie sich an die Frau?«

Heidrun Scheu nickte heftig. »Sie hat mit Herrn Wenninger

gesprochen. Nur ganz kurz. Und dann hat sie sich umgedreht und ist weggerannt, dabei hat sie mich angerempelt. Der ganze schöne Kuchen ist mir aus den Händen geflogen. Schwarzwälder Kirsch.« Bedauern lag in ihrer Stimme. »Der Doktor hat der Frau noch hinterhergerufen. Doch die war weg.«

»Können Sie sich noch erinnern, was er ihr hinterhergerufen hat?«

»Er hat ihr seine Hilfe angeboten.« Heidrun Scheu nickte, wie zur Bestätigung. »›Kann ich Ihnen helfen?‹ Genau das hat er gesagt.«

Sie fühlte sich schwer an in ihrer Hand.

Ilse ließ ihre Finger langsam über den Lauf der Pistole bis zur Mündung gleiten. Das Magazin hatte Platz für acht Patronen, doch jetzt war es leer. Ilse griff nach dem bereitgelegten weichen Tuch und schlug die Pistole feinsäuberlich darin ein. Sie wollte diese Waffe niemals wiedersehen. Kurt war tot und mit ihm die Vergangenheit. Jetzt hieß es nach vorne schauen.

Den Vormittag hatte sie bei Felix im Krankenhaus verbracht. Neben seinem Bett stand ein Tropf, der ihrem Enkel über eine Kanüle in seiner Hand Flüssigkeit und Medikament zuführte. Ilse hat Felix dabei zugesehen, wie er mit halbgeschlossenen Augen blass und still unter der sterilen Bettdecke lag, und hatte seine Hand gehalten, bis ihr der Rücken von der gebückten Haltung schmerzte.

Ruth hatte sich nicht blicken lassen. Nach der Sache mit Kurts Testament hatte ihre Tochter wieder mit dem Trinken begonnen und verbrachte ganze Tage im Bett, um ihren Rausch auszuschlafen. Auch Ilses zweiter Enkel, Jens, hatte seinen Bruder schon einige Tage nicht mehr im Krankenhaus besucht, doch der hatte auch seine eigenen Probleme.

»Schmor in der Hölle, Kurt«, flüsterte Ilse. Schwerfällig erhob sie sich vom Küchentisch. In den letzten Wochen war sie merklich gealtert, noch dazu kündigte sich ein nächster Rheumaschub an. Ihre Gelenke schmerzten und an ihrer linken Hand hatte sich eine der bekannten Schwellungen gebildet. Wie es aussah, musste sie Natascha um Hilfe bei den Einkäufen bitten. Wieder einmal. Im Geiste machte sie sich eine Notiz, dass sie für das Stadtteil-Café in den nächsten Tagen einen ihrer berühmten Napfkuchen backen sollte. Das war ihr Beitrag zur Nachbarschaftshilfe.

Sie holte Kurts Metallkassette aus der Küchenschublade. Ein schmerzhaftes Ziehen in ihrer linken Hand war die Folge. Ilse ignorierte den Schmerz, zog eine der beiden Akten aus der Kassette und ging zum x-ten Mal den Inhalt durch.

Das Gesicht ihres Enkels schob sich vor ihr inneres Auge, und sie fragte sich, ob sie die Lösung für eines ihrer Probleme womöglich gerade in den Händen hielt.

Das durchdringende Geräusch der Türklingel riss sie aus ihren Gedanken. Ihr Blick flog von der Akte in ihrer Hand zu der Metallkassette und blieb schließlich an der eingewickelten Pistole auf dem Küchentisch hängen.

An der Tür klingelte es erneut.

In Emilias Bistro herrschte lautes Stimmengewirr. Das kleine Lokal in der Gertigstraße im Stadtteil Winterhude war wie jeden Abend gut besucht. Rot-weiß karierte Deckchen auf den Stehtischen, ein Hauch von Knoblauch und Rotwein in der Luft, dazwischen wuselte eine kleine, dralle Frau mit Schürze über dem roten Kleid gut gelaunt mit einem Tablett herum.

Malin entdeckte Thies' hoch aufgeschossene Gestalt sofort zwischen den anderen Gästen. Er stand an einem der hinteren Tische und drehte nachdenklich ein Weinglas in der Hand. Als er seine Freundin bemerkte, lächelte er breit. »Malin!« Er küsste sie zur Begrüßung und Malin schlang ihren Arm um seinen Hals. Dafür musste sie sich auf die Zehenspitzen stellen.

Sie lächelte ihn an. »Und wie war dein Tag?«

»Eigentlich ganz gut. Ich habe mit den Vorbereitungen fürs Herbsttrimester begonnen.«

»Eigentlich?«, hakte Malin nach.

Ein Schatten legte sich auf Thies' Gesicht. »Ich hatte heute einen Termin mit dem Präsidenten. Dabei habe ich ihm mitgeteilt, dass ich von meiner Aufgabe als Vertrauensdozent zurücktrete.«

Malin sah ihn mitfühlend an. »Wegen Theresa?« Theresa Althoff war die ermordete Studentin, wegen der Malin an der Hochschule ermittelt und Thies kennengelernt hatte.

»Auch.« Thies griff nach seinem Weinglas und trank einen Schluck.

»Aber …«, setzte Malin an.

Er winkte ab. »Ich weiß, was du sagen willst. Es ist nicht meine Schuld. Aber ich kann einfach nicht dort weitermachen, wo ich aufgehört habe. An der Corvinius hat sich etwas verändert. Ich habe mich verändert.« Er lächelte gequält. »Lass uns das Thema abhaken. Wie läuft es bei eurer Ermittlung?«

»Tausend offene Fragen, etliche Ungereimtheiten, keine einzige konkrete Spur«, fasste Malin zusammen. »Und die ganze Zeit habe ich ein so verdammt ungutes Gefühl. Als ob etwas brodelt. So richtig kann ich das gar nicht erklären.«

»Es klingt fast so, als hättest du Angst.«

»Jetzt fang du bitte nicht auch noch an!«

Thies hob die Brauen. »Was meinst du mit ›auch noch‹?«

Sie erzählte ihm von ihrem Gespräch mit Fricke.

»Und, hast du den Termin bei der Psychologin gemacht?«

»Ich hab's versucht.«

»Versucht?«

»Ah, da kommt Emilia«, sagte Malin erfreut, als die kleine Italienerin mit einem vollen Tablett ihren Tisch ansteuerte.

»Commissaria, come stai? Wie geht es dir?« Emilia platzierte zwei dampfende Pastagerichte, einen Krug mit Wasser, ein weiteres Glas Weißwein und einen Brotkorb auf dem Tisch, wie gewöhnlich ohne vorher nach ihrem Wunsch gefragt zu haben. »Hausgemachte Ravioli gefüllt mit Steinpilzen in Salbeibutter.« Sie musterte Malin aus ihren dunklen Knopfaugen. »Du siehst gut aus.« Dann wanderte ihr Blick zu Thies und sie lächelte wissend. »Buon Appetito!«

Während des Essens erzählte Thies von einer geplanten

Veranstaltungsreihe an der Corvinius Law School, in der unter anderem auf die Streetworker-Station, für die er in seiner Freizeit ehrenamtlich arbeitete, aufmerksam gemacht werden sollte. Seine stahlblauen Augen leuchteten und Malin hörte die Begeisterung in seiner Stimme, als er ihr erzählte, dass es ihm gelungen war, die Hamburger Justizsenatorin für einen Vortrag zu gewinnen.

»Das klingt super«, sagte Malin. »Gib mir den Termin, wenn es so weit ist. Ich würde gerne kommen.«

»Mach ich«, erwiderte Thies erfreut und schenkte ihnen beiden Wasser nach.

»Du kennst doch viele Anwälte, ist dir dabei schon mal der Name Wolfgang Herzog untergekommen? Er hat eine Kanzlei für Strafrecht am Hofweg.«

»Wolfgang Herzog?« Thies dachte nach. »Also, der Name sagt mir nichts. Warum fragst du? Geht es um eure Ermittlungen?«

Malin nickte.

»Wenn du möchtest, höre ich mich ein wenig um«, bot er an. »Diskret, versteht sich.«

»Das ist toll, danke.«

Thies sah auf die leeren Teller. »Möchtest du noch einen Nachtisch?«

Sie schüttelte den Kopf. »Den hatte ich schon heute Nachmittag.«

Thies wirkte einen Moment irritiert, dann zog er sein Portemonnaie aus der Hosentasche. »Ich geh schnell an den Tresen zum Bezahlen. Emilia scheint viel zu tun zu haben. Du bist übrigens eingeladen.«

»Danke, aber dann bin ich das nächste Mal dran.« Malin holte ihr auf stumm geschaltetes Handy aus der Jackentasche. Sie hatte zwei Nachrichten auf ihrer Mailbox. Die erste stammte von ihrem Großvater, der sie um Rückruf bat. In der zweiten teilte ihr Tiedemann mit, dass er beim Abgleich der Befragungsprotokolle von den *Schmauchfreunden* eine Auffälligkeit entdeckt hatte.

Malin rief ihren Kollegen umgehend zurück. Nach dem

fünften Klingeln landete sie auf der Mailbox. Sie versuchte es im Büro, doch auch dort hob niemand ab. Ole hatte offenbar Feierabend gemacht.

Thies kam zurück an den Tisch. »Und was machen wir beiden mit dem angebrochenen Abend?« Er bemerkte das Handy in ihrer Hand. »Sag nicht, du musst ins Präsidium?«

Sie schüttelte den Kopf. »Tiedemann hat mir eine Nachricht auf meiner Mailbox hinterlassen. Er hat etwas herausgefunden.« Malin starrte auf das Handy. »Es sieht ihm gar nicht ähnlich, Andeutungen zu machen. Normalerweise redet er in Fakten.«

Thies seufzte. »Und jetzt stirbst du fast vor Neugier, weil du deinen Kollegen nicht erreichst?«

»So in etwa«, gab Malin zu. Wieder einmal war sie erstaunt, wie gut ihr Freund sie nach den wenigen gemeinsamen Wochen bereits kannte.

»Dann würde ich mal sagen, du klärst das und wir setzen unser Date morgen fort. Ich muss mich ohnehin noch für den Termin mit der Justizsenatorin vorbereiten.«

»Und du bist nicht sauer?«

Thies' kleine Lachfältchen blitzten auf. »Ich wusste, worauf mich einlasse, Malin. Also, geh du nur deinen Verbrecher fangen. Das macht dich sogar noch ein bisschen aufregender.« Sein Grinsen wurde noch eine Spur breiter.

Malin küsste ihn.

Ole Tiedemann trug Jeans und Poloshirt, als er ihr eine halbe Stunde später die Haustür öffnete. Obwohl die Hose messerscharfe Bügelfalten aufwies und das Oberteil bis zum letzten Knopf geschlossen war, hatte Malin ihren Kollegen bisher noch nicht annähernd so leger gekleidet gesehen. Er wirkte um Jahre jünger, schien allerdings nicht besonders erfreut, sie auf seiner Türschwelle vorzufinden.

»Malin!« Er krauste die Stirn.

»Ich habe deine Nachricht abgehört.« Sie strahlte ihn an. »Und da ich gerade in der Nähe war, dachte ich, ich schaue mal schnell vorbei. Hoffentlich störe ich nicht. Ich habe dir eine Flasche Wein mitgebracht.« Sie streckte ihm den Weißwein entgegen, den sie bei Emilia noch schnell zum Freundschaftspreis erstanden hatte.

Das mit der Nähe war natürlich gelogen. Für den Weg von Winterhude bis zu dem tristen Mehrfamilienmietshaus in Altona hatte sie über zwanzig Minuten gebraucht. Plus weitere zehn für die Parkplatzsuche. Damit ihr Kollege sie nicht über die Gegensprechanlage abwimmeln konnte, hatte sie gewartet, bis einer der anderen Bewohner aus dem Haus kam, und war hineingeschlüpft.

»Ich trinke keinen Alkohol.« Stirnrunzelnd hielt Ole Tiedemann die Tür auf. »Komm rein, aber bitte zieh deine Schuhe aus.«

Frischer Zitrusduft strömte ihr im Flur entgegen. Malin stellte ihre Schuhe ordentlich neben die Haustür. Tiedemann führte sie ins Wohnzimmer, einem großen Raum mit viel Chrom, Glas und einer schnörkellosen schwarzen Ledercouch. Es gab weder Bilder an den reinweißen Wänden noch jegliche Art von Nippes. Auf dem Glastisch befand sich nicht ein einziges Staubkorn.

Malin stellte die Flasche Wein auf den Tisch. »Nett hast du es hier.«

»Setz dich doch.« Tiedemann lächelte etwas steif und wies auf die Couch. »Ich hole nur schnell die Unterlagen.«

»Du hast sie mit nach Hause genommen?« Sie folgte ihm in einen schmalen Nebenraum, in dem er sich ein Büro eingerichtet hatte. Zwei Regale, eines mit Büchern, das andere mit Aktenordnern gefüllt, flankierten die Seitenwände. Vor dem Fenster stand ein überdimensionaler Schreibtisch mit drei Bildschirmen, den dazugehörigen Rechnern und Tastaturen nebst einem Sammelsurium weiterer hochtechnischer Geräte, deren Verwendungszwecke Malin schleierhaft waren. Zusammen mit dem davor stehenden ultramodernen Computerstuhl wirkte das Ganze wie ein Update der Kommandozentrale des Raumschiffs Enterprise.

Malin pfiff durch die Zähne. »Meine Güte, du bist besser ausgestattet als unsere IT. Was treibst du hier?«

Eine leichte Röte schlich sich auf Tiedemanns Gesicht, während er aus seiner Aktentasche eine Mappe mit Unterlagen zog. »Lass uns wieder ins Wohnzimmer gehen. Da haben wir mehr Platz.«

»Okay«, erwiderte sie gedehnt und entdeckte ein gerahmtes Foto in einem der Regale. Zu ihrer Überraschung zeigte es Tiedemann Seite an Seite mit einem jüngeren, strahlenden Frederick Bartels in Uniform. Sie nahm es in die Hand. »Das ist ja Fred. Ich wusste gar nicht, dass ihr zusammen auf der Polizeihochschule wart.«

»Das waren wir auch nicht.« Tiedemann nahm ihr das Bild aus der Hand und stellte es zurück an seinen Platz. »Möchtest du etwas trinken?«

»Ein Glas Wasser wäre prima.« Malin folgte ihm aus dem Raum. Während Ole die Küche ansteuerte, setzte sie sich im Wohnzimmer auf die Ledercouch. Ihr Kollege war ein komischer Vogel. Mit seiner steifen Körpersprache und der stetigen Korrektheit wirkte er in zwischenmenschlichen Dingen immer ein wenig unbeholfen. Trotzdem mochte Malin ihn.

Tiedemann kam mit den Unterlagen unter dem Arm und zwei Wassergläsern zurück in den Raum. Eines davon drückte er Malin in die Hand. Anschließend holte er zwei Untersetzer aus einem Schrank und legte sie auf den Tisch. »Warst du in dem Kaffeehaus?«

Malin erzählte ihm von dem Gespräch mit der Bedienung.

»Das klingt interessant«, sagte Tiedemann. »Zumindest wenn man davon ausgeht, dass es sich dabei um dieselbe Frau handelt, die voher in Wenningers alter Praxis nach ihm gefragt hat.« Er griff nach der Mappe mit den Unterlagen, als ihm noch etwas einfiel. »Hast du mit Wenningers Nachbarn sprechen können?«

Malin schüttelte den Kopf. »Da waren noch immer die Rollläden unten. Ein paar Häuser weiter sagte man mir, die Tiefenbrunners wären irgendwo in Bayern zum Wandern. Nächste Woche kommen sie zurück.«

»Klingt nicht, als wären sie durchgebrannt.« Tiedemann

zog einen Stapel Unterlagen aus der Mappe. »Nun aber zum Eigentlichen. Das sind dreiundsiebzig Befragungsprotokolle der *Schmauchfreunde*. Die restlichen fünf Personen haben wir bisher nicht erreicht.« Er zog drei weitere Blätter aus der Mappe und reichte sie an Malin. »Und das ist eine Tabelle mit den aufgenommenen Personalien, die ich zur besseren Übersicht angelegt habe. Fällt dir etwas auf?«

Malin ging die Spalten durch. »Ehrlich gesagt, nein.«

»Ich hab's auch erst beim zweiten Durchsehen entdeckt.« Tiedemann sah sie auffordernd an.

»Alle Personen haben die deutsche Staatsangehörigkeit«, stellte Malin nach einem weiteren Blick auf die Liste fest.

»Schon wärmer.« Tiedemann grinste. »Also gut. Noch einen letzten Tipp. Sieh dir die Geburtsorte an.«

»Dresden, Halle, Bad Doberan, Berlin, Gera, Wittenburg … Wo um Himmels willen liegt Wittenburg?«

»Im Bezirk Schwerin.«

Malin hob den Blick. »Alle Geburtsorte liegen im Osten Deutschlands.«

»In der ehemaligen DDR«, ergänzte Tiedemann. »Bei exakt achtundsechzig von dreiundsiebzig Mitgliedern. Ehrlich gesagt ärgere ich mich, dass wir nicht schon eher darauf gestoßen sind. Schließlich ist mir schon während den Befragungen der eine oder andere Dialekt aufgefallen.« Er nahm ihr die Liste aus der Hand.

Malin winkte ab. »Ja, und? Das muss noch lange nichts bedeuten. Außerdem haben wir die Liste aufgeteilt, und keiner kann von uns verlangen, jedes kleine Kaff gleich geografisch zuzuordnen. Die Frage ist doch eher, ob dieses neue Wissen für unsere Ermittlungen relevant ist.«

»Zumindest wäre es interessant, zu erfahren, ob es sich bei den *Schmauchfreunden* wirklich um einen Pfeifenclub handelt. Ich hatte da von Anfang an so meine Zweifel.«

»Du meinst, das ist eher ein versprengter Haufen von DDR-Nostalgikern?«

»So etwas in der Art«, entgegnete Tiedemann. »Und wenn das so ist, wirft das auf Kurt Wenningers Ermordung ein ganz anderes Licht. Es könnte bedeuten, dass das Motiv in Wennigers Vergangenheit zu suchen ist.« Er senkte die Stimme. »Und zwar in seiner ostdeutschen Vergangenheit. Der Chef denkt übrigens ähnlich.«

»Du hast schon mit Fricke darüber gesprochen?«

Tiedemann nickte. »Vor ein paar Tagen. Und ich habe bei der BStU einen Antrag auf Einsicht in Wenningers Stasi-Akte gestellt, sofern es denn eine gibt.«

»Ihr habt keinen Ton davon gesagt«, erwiderte Malin verschnupft.

»Anfangs schien es zu uns weit hergeholt.« Tiedemann nippte an seinem Wasserglas. »Außerdem wissen wir doch, wie sehr du solche Geheimdienst-Theorien liebst. Es ist wichtig, dass wir weiterhin in alle Richtungen ermitteln.«

»Und warum hat Fricke mich nach Berlin geschickt?«

»Möglicherweise wollte er einen unvoreingenommenen Blick auf die Sache.«

Malin erhob sich und ging zum Fenster. Die Großstadtlichter leuchteten in der Dunkelheit. »Ihr hättet es mir sagen sollen, dann wäre ich bei den Befragungen anders vorgegangen.«

»Mensch, Malin, genau das wollten wir eben nicht. Und wenn es dich beruhigt, wir haben Sven ebenfalls nicht in unsere Überlegungen einbezogen. DDR, Stasi, Überwachung, das sind Dinge, die wollte schon vor fünfundzwanzig Jahren niemand bei uns hören.«

Sie drehte dem Fenster den Rücken zu. »Dabei ist das Thema Überwachung durch Geheimdienste gerade brandaktuell.«

»Es ist schon spät.« Tiedemann stand auf. »Lass uns morgen im Präsidium weiterreden.«

Malin verkniff sich jeden weiteren Kommentar und folgte ihrem Kollegen zur Haustür, wo sie wieder in ihre Schuhe stieg. Zurück in ihrem Mini blieb sie noch einen Moment hinter dem Lenkrad sitzen und dachte über den merkwürdigen Abend nach.

17

Das Klingeln ihres Handys riss Malin aus dem Schlaf. Ihre Augen suchten den Wecker. Kurz nach neun. Verdammt, sie hatte verschlafen. Dann fiel ihr der Abend bei Tiedemann wieder ein und die Recherche, mit der sie daraufhin die halbe Nacht am Computer verbracht hatte. Sie hatte sich im Internet durch etliche Online-Artikel, Forenbeiträge bis hin zu Berichten von Stasi-Opfern gearbeitet. Aufgewühlt über das Ausmaß der systematischen Überwachung und Bespitzelung der Bevölkerung durch den eigenen Staat war sie spät in der Nacht zu der Überzeugung gelangt, dass das Motiv für den Mord an Kurt Wenninger tatsächlich in seiner DDR-Vergangenheit zu finden sein musste.

Sonnenstrahlen blinzelten durch die Jalousien ihres Dachfensters und wärmten ihr Gesicht. Jetzt, nur ein paar Stunden später und bei Tageslicht, erschienen ihr die nächtlichen Gedankengänge auf einmal surreal. Tiedemann hatte recht. Sie liebte solche Geheimdienst-Theorien und war nach ihrer Recherche im Netz sofort Feuer und Flamme gewesen.

Das Handy im Erdgeschoss war längst verstummt, trotzdem rappelte sie sich auf und stieg aus dem Bett. Sie hätte schon längst im Präsidium sein müssen.

Malin hatte gerade die Dusche abgestellt, als das Handy erneut klingelte. Schnell schnappte sie sich ein Handtuch, schlang es um ihren Körper und tappte auf nassen Füßen vorsichtig die Wendeltreppe hinunter. Im Flur trat sie auf etwas Spitzes. »Verflixt.« Es war einer der Kieselsteine, die sie unter ihren Schuhsohlen von Wenningers Grundstück in ihre Wohnung geschleppt hatte, und die ihr bereits an einer Stelle das Parkett zerkratzt hatten. Als sie nach dem Handy auf der Kommode greifen wollte, hatte der Anrufer schon aufgelegt.

»Scheiße, Scheiße, Scheiße!«, fluchte Malin, als sie die Berliner Nummer auf dem Display sah. Zumindest hatte der Anrufer dieses Mal eine Nachricht hinterlassen. Elif Yilmaz, die Krankenschwester von der Charité, teilte ihr auf der Mailbox enthusiastisch mit, dass sie eine Kollegin aufgetan hatte, die sich nicht nur an Kurt Wenninger erinnerte, sondern auch mit ihm zusammengearbeitet hatte. Allerdings weigerte sich die Frau bisher, mit der Polizei zu sprechen, doch Elif versprach, ihre Kollegin weichzukochen. Dann hatte sie aufgelegt.

Malin rief die Nummer zurück, doch es ertönte die automatische Ansage, dass der Teilnehmer vorübergehend nicht erreichbar war. Sie wählte die Nummer der Telefonauskunft und ließ sich zur Charité nach Berlin verbinden. Nach zwei weiteren Gesprächen und einigen Minuten in der Warteschleife wurde sie endlich zu der Station durchgestellt, auf der Elif Yilmaz arbeitete, nur um dort zu erfahren, dass die junge Krankenschwester heute dienstfrei hatte.

»Das ist ja wie verhext.« Malin kickte den Kieselstein beiseite und ging zurück ins Obergeschoss. Sie hätte der jungen Frau nur zu gerne erklärt, dass es Mittel und Wege gab, die Aussagen ihrer Kollegin vertraulich zu behandeln.

Im Badezimmer putzte sich Malin die Zähne, zog sich in Windeseile an und verließ wenige Minuten später mit feuchten Haaren das Haus.

Im Präsidium waren die Schreibtische ihrer Kollegen unbesetzt. In ihrem Eingangskorb lag die angeforderte Akte des Kommissariats, das in Zusammenhang mit Körperverletzung gegen Bruno Siekmann ermittelt hatte. Malin überflog die Polizeiberichte und Zeugenaussagen und sah die beiliegenden Fotos und Dokumente durch. Vor einem Nachtklub am Kiez hatte Bruno Siekmann einem jungen Albaner während einer Schlägerei das Nasen- und Jochbein zertrümmert. Auf einem der Schriftstücke stieß sie auf den Namen von Siekmanns Anwalt.

Malin klemmte sich die Akte unter den Arm und steuerte Frickes Büro an. Die Tür war geschlossen. Sie klopfte kurz an und betrat, ohne eine Antwort abzuwarten, den Raum. Drei Augenpaare wandten sich ihr zu.

»Mahlzeit, Brodersen«, tönte Andresen.

»Sorry, ich hab verschlafen.« Da alle verfügbaren Stühle besetzt waren, lehnte sich Malin gegen die Fensterbank.

Fricke nickte. »Jetzt bist du ja da. Wir haben uns gerade über die *Schmauchfreunde* unterhalten und überlegen, welche Auswirkungen die neuen Erkenntnisse auf unsere weiteren Ermittlungen haben.«

»Möglicherweise hab ich noch was.« Malin hielt die Akte hoch. »Bruno Siekmann, einer der *Schmauchfreunde*, wurde 2011 wegen schwerer Körperverletzung zu zwei Jahren und drei Monaten Haft verurteilt. Die Strafe wurde auf Bewährung ausgesetzt. Und das hat er vermutlich einzig und allein seinem Anwalt zu verdanken. Wolfgang Herzog. «

»Ach, sieh einer an.« Fricke rieb sich das Kinn. »Ist dieser Siekmann nicht derjenige, der für eine Sicherheitsfirma arbeitet?«

Malin nickte. »*Hiltinger Security*. Ich frage mich nur, warum die ihn trotz der Verurteilung behalten haben.«

Tiedemann griff nach ein paar Unterlagen, die er auf Frickes klobigem Holzschreibtisch deponiert hatte. »Ich glaube, die Frage kann ich beantworten.« Er ließ seine Finger über die Seiten gleiten. »Ah, da steht's. Es ist mir gestern schon beim Zusammentragen der Befragungsprotokolle aufgefallen.« Er hob den Kopf. »Jürgen Hiltinger, der Eigentümer von der Sicherheitsfirma, ist ebenfalls Mitglied bei den *Schmauchfreunden*.«

»Also ein Freundschaftsdienst.« Fricke sah Malin an. »Hat uns Wolfgang Herzog bei der Befragung nicht erklärt, dass es bei den *Schmauchfreunden* keinen Kontakt außerhalb der Clubtreffen gibt?«

»Hat er.«

Fricke wandte sich an seinen Stellvertreter. »Gibt es weitere Überschneidungen?«

»Zumindest keine offensichtlichen«, entgegnete Tiedemann. »Dafür müssten wir jeden Lebenslauf einzeln durchleuchten, damit haben wir ein paar Wochen zu tun.«

Andresens misstrauischer Blick glitt von Fricke zu Tiedemann und wieder zurück. »Ihr habt euch jetzt tatsächlich auf diese DDR-Sache eingeschossen, oder?«

»Wir dürfen die Tatsache, dass fast alle Mitglieder in Ostdeutschland geboren wurden, zumindest nicht ganz außer Acht lassen«, erwiderte Fricke. »Kurt Wenninger hat schließlich viele Jahre in der DDR gelebt.«

Andresen rollte mit den Augen. »Meiner Meinung nach bewertet ihr das Ganze völlig über. Was glaubt ihr denn, wie sich die Leute aus der DDR im Westen gefühlt haben, nachdem sich die erste Euphorie nach dem Mauerfall gelegt hat? Ständig als ›Ossi‹ abgestempelt zu werden, fast so, als wäre man ein Mensch zweiter Klasse ...!«

Malin hob erstaunt die Brauen, als ihr rothaariger Kollege sich in Rage redete.

»Die hatten doch von null auf hundert eine komplett andere Lebenssituation. Also, mich wundert's nicht, wenn die sich wieder zusammentun, schließlich teilen sie Erfahrungen, bei denen wir überhaupt nicht mitreden können. Wenn ihr mich fragt, seid ihr mit dem DDR-Scheiß völlig auf dem Holzweg. Das ist fünfundzwanzig Jahre her. Wie soll das zusammenhängen?«

Fricke räusperte sich. »Möglich, dass du recht hast, Sven. Trotzdem gehören die *Schmauchfreunde* zu den wenigen Menschen, mit denen Kurt Wenninger zu tun hatte. Das ist eine Tatsache.«

Andresen verschränkte demonstrativ seine Arme vor der Brust, sagte aber nichts weiter.

»Mein Kontakt von der Charité hat sich heute Morgen gemeldet.« Malin erzählte von der Nachricht auf ihrer Mailbox.

»Bleib da unbedingt dran.«Fricke zog ein Blatt Papier aus einem Stapel Unterlagen. »Der rechtsmedizinische Bericht liegt vor. Dr. Steinhofer geht davon aus, dass der Todeszeitpunkt zwischen dem fünften und dem zwölften August liegt. Die weiteren medizinischen Details erspare ich euch.« Er ließ das Blatt wieder sinken. »Das Ergebnis des entomologischen Gutachtens steht noch aus, so dass sich der Todeszeitraum momentan nicht weiter eingrenzen lässt. Das macht uns die Arbeit natürlich nicht gerade leichter.«

»Zumindest müssen wir nicht alle Befragungen wiederholen«, entgegnete Andresen trocken.

Fricke nickte. »Die Rechtsmedizin hat Wenningers Leiche zur Bestattung freigegeben.«

»Ich habe mir noch mal Gedanken um Michael Baumann gemacht«, sagte Malin. »Es beschäftigt mich, dass wir immer noch nicht wissen, warum Kurt Wenninger ausgerechnet ihn als Erben eingesetzt hat. Erinnert ihr euch an die merkwürdige Reaktion von Baumanns Mutter, als wir sie angerufen und nach ihrem Sohn gefragt haben? Sie hat einfach aufgelegt. Und von seiner Frau habe ich erfahren, dass er schon seit Jahren keinen Kontakt mehr zu seinen Eltern hat.« Sie hielt einen Moment inne. »Es ist nur eine Idee, aber könnte es nicht sein, dass Michael Baumann und Kurt Wenninger in irgendeiner Form verwandt sind?«

»Du meinst, ohne dass Baumann etwas davon weiß?«, fragte Tiedemann.

Malin nickte.

»Das wäre zumindest eine Erklärung«, sagte Fricke. »Allerdings haben wir keine rechtliche Handhabe für die Entnahme einer Speichelprobe von Herrn Baumann.«

»Aber wir können ihn zumindest fragen«, schlug Malin vor. »Wenn er nichts zu verbergen hat, wird er nichts dagegen einzuwenden haben. Möglicherweise ist das Ergebnis für ihn genauso interessant wie für uns.«

»Einen Versuch ist es wert.« Frickes Blick heftete sich auf Andresen. »Du hast da eben etwas Interessantes gesagt, Sven. Dass es kein Wunder ist, wenn sich Menschen zusammenschließen, die gleiche Erfahrungen teilen.« Er rieb sich die Nasenwurzel. »Jetzt, wo wir wissen, worin die Gemeinsamkeit der *Schmauchfreunde* mal abgesehen vom Pfeife rauchen besteht … Theoretisch könnte es doch sein, dass die sich alle schon viel länger kennen.«

Ähnliche Gedanken waren Malin bei ihrer nächtlichen Recherche ebenfalls gekommen, doch für Fricke waren solche Überlegungen ungewöhnlich. »Du meinst, zu DDR-Zeiten?« Malin überlegte. »Vielleicht ist damals irgendetwas Schwerwiegendes vorgefallen. Wenninger wusste davon und musste deshalb sterben.«

»Fünfundzwanzig Jahre nach dem Mauerfall?« Andresen schüttelte energisch den Kopf. Dabei löste sich eine rote Strähne aus seinem zurückgegelten Haar. »Dass du eine krude Fantasie besitzt, Brodersen, wissen wir ja mittlerweile alle.« Sein Blick glitt zu Fricke. »Aber du?«

»Chef, Andresen hat recht. Du verhältst dich sonderbar.« Malin war im Anschluss an die Besprechung in Frickes Büro geblieben und ließ sich nun auf einem der Besucherstühle nieder, der wie gewohnt quietschte, sobald ihr Hinterteil die Sitzfläche berührte. Neben dem klobigen Schreibtisch und dem abgewetzten Ledersessel, auf dem ihr Vorgesetzter für gewöhnlich saß, waren auch die beiden Stühle Relikte seiner früheren Dienststelle.

Fricke hatte ihr den Rücken zugewandt und starrte aus dem Fenster. Eine Angewohnheit, die darauf schließen ließ, dass er über etwas nachdachte.

»Seit wann beschäftigst du dich mit Spekulationen statt mit Fakten?«, versuchte Malin ihren Chef zum Sprechen zu bringen. »Oder sagt dir dein Polizisteninstinkt, dass wir in Wenningers DDR-Vergangenheit noch ein wenig tiefer buddeln sollten?«

»Es ist nicht nur mein Instinkt, Brodersen.« Fricke drehte sich vom Fenster weg und bereitete sich an seiner neuen roten Kapselmaschine einen Espresso zu. »Möchtest du auch einen?«

Sie nickte. Keine halbe Minute später stellte Fricke ihr eine Espressotasse auf den Tisch, in der sich kaum mehr als eine Pfütze befand.

»Zucker hab ich keinen. Ich möchte schließlich fit bleiben.« Er strich sich über seinen wohlgenährten Bauch, setzte sich in seinen Ledersessel und trank seinen Espresso. Dann lehnte er sich zurück. »Die Tante meiner Frau hat mit ihrer Familie in der DDR gelebt. In der Nähe von Leipzig. Es gab ein jahrelanges Kontaktverbot, und der Grund dafür war ich, wie wir mittlerweile wissen. Ein Polizist im kapitalistischen Ausland.« Fricke schob die Espressotasse weiter von sich weg. »Meine Frau hat unter der Situation damals sehr gelitten. Als Kind war sie mit ihrer Cousine Andrea sehr verbunden.« Er stützte die Ellenbogen auf seinen Schreibtisch und fuhr sich mit beiden Händen übers Gesicht. »Andrea hatte einen Sohn. Ralf. Er hat Mitte der Achtziger, während einer Klassenfahrt nach Berlin, gemeinsam mit einem Schulfreund einen Fluchtversuch in den Westen untenommen. An der Sektorengrenze in Treptow.«

Malin schauderte. »Einen Versuch? Das heißt, sie haben es nicht geschafft?«

»Sie wurden erschossen. Alle beide. Die Jungs waren gerade mal fünfzehn Jahre alt.« Fricke drehte bedächtig den Ehering an seiner rechten Hand. »Es ist eine Sache, keine Kinder zu haben, aber das einzige zu verlieren …«

»Das ist schrecklich.«

Fricke nickte. »Mehr als schrecklich. Vor allem da man den Eltern erzählte, ihre Söhne seien bei einem Verkehrsunfall ums Leben gekommen. Andrea und ihr Mann durften Ralf nicht mal mehr sehen. Als sie daraufhin Zweifel an der Todesursache äußerten, wurden ihnen strafrechtliche Konsequenzen angedroht für den Fall, dass sie irgendwelche Gerüchte in Umlauf bringen. Bis zum Mauerfall wurde die Familie von der Stasi überwacht.«

»Und wie haben die Eltern von den wahren Todesumständen erfahren?«

»Aus den DDR-Archiven, die in den Neunzigern geöffnet wurden.«

Malin lehnte sich im Stuhl zurück. »Das muss ich erst mal sacken lassen.«

Fricke nickte. »Anfangs habe ich auch nur die Hälfte von dem geglaubt, was Andrea uns erzählt hat. Für mich klang das alles paranoid. Aber als in den Medien nach der Wende immer mehr Berichte über Stasimethoden aufgetaucht sind, habe ich angefangen, mich mit dem Thema zu beschäftigen. Es hat mich bis heute nicht losgelassen. Möglicherweise sehe ich in unserem Fall deshalb schon Gespenster.«

Sie schwiegen einen Moment.

»Hatte deine Frau nach dem Mauerfall wieder Kontakt zu ihrer Cousine?«, fragte Malin leise.

»Anfangs ja. Aber Andrea hat den Verlust ihres Kindes nie verwinden können. Wie auch. Meine Frau hat sich alle Mühe gegeben, doch letzten Endes hat das gegenseitige Verständnis gefehlt. Die Freundschaft ist dann irgendwann im Sand verlaufen.« Fricke richtete seinen Blick gedankenversunken auf die Schreibtischplatte. Schließlich klatschte er in die Hände. »Jetzt wird es Zeit, dass wir uns wieder mit der Gegenwart beschäftigen. Wir müssen uns ein paar *Schmauchfreunde* genauer ansehen. Hast du dich schon um Herzog gekümmert?«

»Nein, aber das wollte ich als Nächstes in Angriff nehmen.«

»Gut. Und rufe bitte Michael Baumann an. Deinen Ansatz mit einer möglichen Verwandtschaft ist vielleicht gar nicht so verkehrt. Frag ihn, ob er bereit ist, eine Speichelprobe und bei der Gelegenheit auch seine Fingerabdrücke abzugeben. Und gib mir kurz Bescheid, was er dazu gesagt hat, dann kläre ich das mit den Berliner Kollegen.«

»In Ordnung. Ich bleib auch an Elif Yilmaz dran. Sie hat morgen wieder Dienst.«

Er hob die Brauen. »Morgen ist Samstag, Brodersen. Ich möchte, dass ihr euch das Wochenende freinehmt.«

Malin wollte gerade ihre Verwunderung äußern, doch Fricke kam seiner Mitarbeiterin zuvor. »Es ist neun Tage her, seit wir die Leiche gefunden haben, Brodersen. Die Spur ist längst kalt, da kommt es auf ein bis zwei Tage auch nicht mehr an.« Er strich sich über seine Haare. »Ich befürchte, dass dieser Fall zu einem der zähesten meiner Laufbahn wird.«

Die Schreibtische ihrer Kollegen waren immer noch verwaist, als Malin im Büro ihren Computer anstellte. Während die Programme hochfuhren, ging sie zum Sideboard und schenkte sich einen Kaffee ein. Mit Zucker. Bei dem Gedanken an den winzigen Espresso, den Fricke an seiner Kapselmaschine zubereitet hatte, musste sie grinsen. Sie hatte das vertrauliche Gespräch mit ihrem Chef genossen, es war das erste seit längerem. Genauer gesagt, seit sie vor einigen Monaten nur haarscharf einer Suspendierung entgangen war. Inhaltlich hatte Malin allerdings daran zu knabbern. Ihr war wieder einmal bewusst geworden, wie wenig sie über die jüngste deutsch-deutsche Geschichte informiert war, und sie nahm sich vor, nach Dienstschluss etwas Fachliteratur zu besorgen.

Malin setzte sich an ihren Schreibtisch und gab Wolfgang Herzogs Namen in die Suchmaschine des Internets ein. Über drei Millionen Treffer. Sie fügte *Hamburg* und *Rechtsanwalt* hinzu. Jetzt waren es noch einhundertsiebzigtausend Treffer.

Es klopfte an der Tür und ein Uniformierter schob einen Rollwagen ins Büro, auf dem sich zahlreiche Aktenberge türmten. »Ich soll die Unterlagen hier abgeben.«

»Was um Himmels willen ist das?«

Er sah auf einen Zettel. »Akten aus einer Arztpraxis in Volkdorf. Die habt ihr doch angefordert.«

Wenningers Patientenakten! Malin nickte. »Vielen Dank fürs Bringen.«

»Da nicht für.« Der Uniformierte grinste schief und verschwand.

Na super, dachte Malin mit einem Blick auf den Rollwagen und die leeren Schreibtische ihrer Kollegen. Sie beschloss, die Akten vorerst zu ignorieren, und widmete sich wieder ihrer Internetrecherche. Sie gab einige andere Suchbegriffe in Kombination mit Herzogs Namen ein, und versuchte es auch in den sozialen Netzwerken, doch sie fand nur Artikel über seine Kanzlei oder Links zu deren Homepage.

Ihr Handy klingelte. Das Display zeigte die Nummer ihres Großvaters. Verdammt, sie hatte vergessen, ihn zurückzurufen. »Hallo, Opa, entschuldige, dass ich mich noch nicht gemeldet habe!«

»Kein Problem. Ich wollte eigentlich auch nur wissen, ob es in unserem Fall etwas Neues gibt«, fragte Erich gut gelaunt.

›Unser Fall‹? Malin wusste nicht so recht, ob sie sich ärgern oder lieber schmunzelnd sollte. »Ehrlich gesagt gibt es keine Neuigkeiten.«

»Oh!« Ihr Großvater hatte offensichtlich etwas anderes erwartet. »Tja, da kann man dann wohl nichts machen. Aber ihr seid weiter an dem Pfeifenclub dran, oder? Mich würde wirklich interessieren, warum die alle froh sein sollen, dass Wenninger tot ist. Hast du mit Fricke darüber gesprochen?«

»Glaubst du, ich habe Lust, mich einen Kopf kürzer machen zu lassen? Genau das macht Fricke mit mir, wenn er erfährt, dass ich dir von den *Schmauchfreunden* erzählt habe. Außerdem wissen wir überhaupt nicht, was hinter dem Spruch steckt, den du da aufgeschnappt hast. Vielleicht konnten die Wenninger einfach nicht leiden.«

»Wenn du meinst«, erwiderte er skeptisch.

Sie seufzte. »Also gut, falls es dich beruhigt: Ich nehme gerade Wolfgang Herzog etwas genauer unter die Lupe. Allerdings habe ich im Internet bisher kaum etwas über ihn gefunden.«

Sofort war Erich wieder in seinem Element. »Das ist doch der Chef der *Schmauchfreunde*, oder?«

Malin bereute bereits, überhaupt etwas gesagt zu haben. »Yep.«

Einen Moment war es still in der Leitung. »Hat Herzog Familie? Kinder oder eine Ehefrau? Möglicherweise findest du über die etwas im Netz und kommst auf dem Weg an neue Informationen.«

Augenblicklich hatte Malin das Bild von Verena Herzog vor Augen und ärgerte sich, dass sie nicht von selbst darauf gekommen war. »Danke für den Tipp«. Sie wechselte das Thema. »Ich hab morgen frei. Wie sieht es aus, wollen wir die Buchhandlungen plündern?«

»Hast du vergessen, dass ich morgen nach Berlin fahre? Ich nehme den Neun-Uhr-Zug.«

»Ach ja, die Einladung von deinem Schulfreund«, fiel es Malin wieder ein. »Dann holen wir das Büchershoppen nach. Wie lange bleibst du in Berlin?«

»Ein paar Tage. Solltest du mich vorher brauchen, kannst du mich jederzeit übers Handy erreichen.«

»Alles klar, Opa.« Malin verabschiedete sich.

Beim Stichwort Berlin war ihr Michael Baumann eingefallen. Sie wählte seine Handynummer. Nur die Mailbox. Sie legte wieder auf und versuchte es mit dem Festnetz.

»Baumann. Ja, bitte?« Ina Baumann wirkte ein wenig atemlos. Im Hintergrund brachte ihre kleine Tochter gerade ihren Unmut über etwas lautstark zum Ausdruck.

»Malin Brodersen vom LKA Hamburg. Kann ich Ihren Mann sprechen?«

Ina Baumann seufzte. »Michael ist nicht da. Kann ich etwas ausrichten?«

Malin sah auf die Uhr. Es war kurz nach elf. Vermutlich war er an seinem Arbeitsplatz. »Danke, aber dann versuche ich ihn in der Spedition zu erreichen.«

»Da werden Sie kein Glück haben.« Ina Baumanns Stimme klang ein wenig gepresst.

»Ist bei Ihnen alles in Ordnung, Frau Baumann?«

»Ja, ja, zumindest hoffe ich das.« Ein ohrenbetäubendes Gebrüll drang aus dem Hörer, und Malin hielt ihn ein paar Zentimeter weg. »Können Sie kurz warten?«

Malin hörte, wie die Frau mit dem Kind sprach. Das Gebrüll verstummte. Kurz darauf war Ina Baumann wieder am Telefon. »Entschuldigen Sie, Maja ist ihr Teddy aus dem Hochstuhl gefallen.«

»Was ist mit Ihrem Mann, Frau Baumann?«

»Michael hat mir gestern Morgen eine SMS geschickt, dass er den nächsten Zug nach Berlin nimmt. Ich bin mit Maja zum Bahnhof gefahren, um ihn abzuholen. Doch er ist nicht gekommen.« Sie seufzte. »Zwischenzeitlich hat er zu Hause auf den Anrufbeantworter gesprochen, dass ihm etwas dazwischengekommen ist. Seitdem habe ich nichts mehr gehört.«

»Hat er das schon öfter gemacht?«

»Nein, normalerweise ist er immer sehr zuverlässig. Seit Maja auf der Welt ist, waren wir nicht einen Tag voneinander getrennt.«

Malin konnte hören, wie die Frau weinte. »Vielleicht ist es an der Zeit, dass Sie mir verraten, warum Ihr Mann wirklich in Hamburg ist.«

»Ich weiß es nicht.«

Malin konnte nicht einschätzen, ob Ina Baumann log oder die Wahrheit sagte. Dafür musste sie der Frau gegenüberstehen. »Würden Sie Ihrem Mann bitte ausrichten, dass ich mit ihm sprechen möchte, sobald er sich bei Ihnen meldet?«

»In Ordnung.« Ina Baumann schniefte ein letztes Mal, dann legte sie auf.

Malin starrte nachdenklich auf den Telefonhörer in ihrer Hand. Was war Michael Baumann dazwischengekommen?

Es war kurz vor sieben, als Malin nach einem langen Tag am Schreibtisch Feierabend hatte und die U-Bahn-Station am Jungfernstieg verließ. Noch immer flimmerte die Sonne vom Himmel und hüllte die Stadt in helles Licht. Unter den tribünenförmigen Treppen des Anlegers lagen mehrere weiß-rote Alsterdampfer im Wasser. Die Außenterrasse des *Alex*, des Restaurants im Alsterpavillon, war rappelvoll, und Malin spielte einen Moment mit dem Gedanken, sich einen freien Platz zu suchen, um eine Kleinigkeit zu essen und die Aussicht zu genießen.

Doch zunächst musste sie noch in die Buchhandlung, um die Bücher abzuholen, die sie vom Präsidium aus bestellt hatte. Ein freies Wochenende bedeutete viel Zeit zum Lesen. Vorausgesetzt, die innere Unruhe, die sie seit dem Telefonat mit Ina Baumann erfasst hatte, würde sie loslassen. Sie hatte in dem Hotel angerufen, in dem Michael Baumann gewohnt hatte, doch er hatte bereits ausgecheckt.

Zehn Tage waren vergangen, seit sie Wenningers Leiche gefunden hatten, und noch immer kein Mordmotiv.

Malin erreichte die Europapassage, die den Jungfernstieg mit der Mönckebergstraße verband, und steuerte die große Buchhandlung an. Am Servicetresen nannte sie ihre Bestellnummer und bekam ein Dutzend Bücher gereicht. Sie ging mit dem Stapel zu einer der Sitzecken und blätterte die einzelnen Lektüren durch. Sie konnte unmöglich alle lesen, noch dazu an einem Wochenende, also musste sie sich entscheiden. Ihre Wahl fiel auf ein Buch, das sich mit der Geschichte und den Strukturen der DDR befasste, ein weiteres, das zahlreiche Biografien beinhaltete, und zuletzt auf einen vierhundertseitigen Band, der sich mit Methoden und Technik der DDR-Spionage beschäftigte. Andresen würde jauchzen, wenn er das sehen könnte, dachte Malin, als sie die Bücher zur Kasse trug. Kurz war sie versucht, sich noch mit ein paar neuen Krimis einzudecken. Dann dachte sie an die vielen ungelesenen Bücher, die sich bereits in ihrem Schlafzimmer stapelten, und ließ es schweren Herzens bleiben.

Sie schlenderte am Alsteranleger entlang zum *Alex*. Malin hatte gerade auf der Außenterrasse direkt am Wasser einen freien Tisch entdeckt, als ihr Handy klingelte.

Es war Ina Baumann. Sie klang aufgeregt. »Michael hat sich immer noch nicht gemeldet. Und bei seinem Handy springt jedes Mal die Mailbox an.«

»Möglicherweise ist nur der Akku leer«, sagte Malin beruhigend. Die Frau reagierte nicht. »Frau Baumann?«

»Ich war beim letzten Telefonat Ihnen gegenüber nicht ganz ehrlich«, stieß sie hervor.

»Inwiefern?«

»Es geht um Michaels Besuch in Hamburg. Er hat mir zwar gesagt, dass es wegen seines Jobs ist, aber ich glaube, das stimmt nicht. Hoffentlich mache ich meinem Mann keinen Ärger, indem ich mit Ihnen darüber rede.« Ina Baumann zögerte. Offenbar haderte sie mit sich. »Ich glaube, das Ganze hat etwas mit seinen Eltern zu tun.«

»Wie kommen Sie darauf?«

»Vor ein paar Monaten hat Michael die beiden besucht. Nachdem er über fünfzehn Jahre keinen Kontakt mehr zu ihnen hatte. Seitdem war er verändert. Ruhelos, nervös, teilweise sogar aggressiv, dabei ist Michael eigentlich der besonnenste Mensch, den ich kenne. Irgendetwas hat ihn gequält, auch wenn er mir gegenüber behauptet, es wäre nichts.« Wieder zögerte Ina Baumann. »Und dann ist da noch die Sache mit dem Zettel.«

»Was für ein Zettel?«

»Michael hatte ihn in seinem Portemonnaie. Manchmal, wenn er dachte, ich merke es nicht, hat er den Zettel rausgezogen und eine halbe Ewigkeit angestarrt. Dabei stand da nur eine Adresse drauf.« Ina Baumann senkte ihre Stimme. »Ich habe nachgesehen. Es war eine Hamburger Adresse.«

»Wissen Sie sie noch?«

»Ja, die Straße hieß Schleusenredder.«

Malin sog scharf die Luft ein.

»Sagt Ihnen das was? Ich hoffe, ich habe meinen Mann jetzt nicht in Schwierigkeiten gebracht.«

»Nein, Frau Baumann«, wiegelte Malin ab. »Ich muss jetzt leider auflegen. Ihr Mann wird sich sicher bald bei Ihnen melden und dann klärt sich alles. Tun Sie mir den Gefallen und rufen mich an, sobald Sie etwas von ihm hören?«

»Das mache ich.« Ina Baumann legte auf.

Malin kehrte dem *Alex* den Rücken zu. Ihr Hunger war verflogen.

18

Das schrille Signal der Trillerpfeife ertönte genau in dem Moment, als Malin im Laufschritt den ICE erreichte. Es gelang ihr gerade noch, in den Zug zu springen, bevor sich die Türen schlossen.

Sie schlängelte sich durch die Gänge mehrerer Großraumwagen, ehe sie das richtige Sechserabteil entdeckte. Malin öffnete die Schiebetür und ließ sich auf den gegenüberliegenden Sitz des einzigen Fahrgastes plumpsen, der in ein Buch vertieft war. »Moin, Opa!« Vergnügt beobachtete sie, wie ihr Großvater runde Augen machte.

»Malin!« Er nahm seine Lesebrille ab, als müsste er sich davon überzeugen, dass es sich leibhaftig um seine Enkelin handelte. »Mit dir habe ich ja überhaupt nicht gerechnet.«

»Dann ist der Überraschungseffekt dieses Mal auf meiner Seite«, erwiderte sie zufrieden.

Er legte sein Buch beiseite. »Willst du mich etwa nach Berlin begleiten?« Eine steile Falte erschien auf seiner Stirn.

»Würde dich das denn nicht freuen?«

»Doch.« Das Wort kam gedehnt. Es schien ihm aufzufallen und er fügte schnell hinzu: »Wenn du mir vorher Bescheid gegeben hättest, hätte ich meinen Freund darauf vorbereiten können.«

Mit Verwunderung bemerkte Malin sein Unbehagen. Sie winkte ab. »Keine Sorgen, ihr Männer könnt in Ruhe über eure Schulzeit plaudern. Ich fahre beruflich nach Berlin.«

Erich schien aufzuatmen. Dann beugte er sich vor. »Erzähl!«

»So viel gibt es da nicht zu erzählen. Ich muss nur ein paar Befragungen durchführen. Reine Routine.«

»Reine Routine? Und dafür fährst du an deinem freien Wochenende nach Berlin?«

»Warum nicht? Das Ganze dauert nicht mehr als zwei bis drei Stunden und danach kann ich mir noch etwas von der Stadt ansehen.« Sie zog eine Papiertüte vom Bäcker und anschließend eines ihrer neuerworbenen Bücher aus der Tasche. *Methoden und Technik der DDR-Spionage*. »Und lesen kann ich hier auch.« Zufrieden fischte sie eines der beiden Franzbrötchen aus der Papiertüte und biss hinein.

Erichs Blick blieb skeptisch.

Zweieinhalb Stunden später stand Malin in der Küche der Baumanns. Noch im Zug hatte sie eine SMS erreicht, in der Ina Baumann sie informierte, dass ihr Mann wieder zu Hause war.

Jetzt saß die Frau mit verweinten Augen auf einem Hocker, während er an der Küchenzeile lehnte und seine Hände so stark knetete, dass die Gelenke knackten. Michael Baumann war sichtlich aufgebracht. Zahlreiche rote Stressflecken prangten in seinem Gesicht.

»Ich frage mich, was Sie eigentlich von mir wollen«, fuhr er Malin an. »Mein Chef und meine Frau haben beide mein Alibi bestätigt, trotzdem sind Sie schon wieder hier. Wann begreifen Sie endlich, dass Sie damit nicht nur meine, sondern auch Ihre Zeit verschwenden?«

»Michael«, mahnte Ina Baumann leise.

Malin ließ sich nicht aus der Ruhe bringen. »Warum haben Sie sich in Hamburg aufgehalten, Herr Baumann?«

Er verschränkte die Arme vor der Brust. »Das geht Sie gar nichts an.«

»Das denke ich aber doch«, widersprach Malin. »Mit Ihrem Verhalten machen Sie sich verdächtig, ist Ihnen das überhaupt klar? Genau genommen hätten Sie auch nach Ihrer Schicht in der Spedition nach Hamburg fahren können. Die Züge gehen bis halb eins. Es wäre Ihnen genügend Zeit geblieben, Kurt Wenninger zu ermorden, und am nächsten Morgen mit dem Sechs-Uhr-Zug rechtzeitig zurück in Berlin zu sein. Und jetzt fragen Sie mich nicht, warum Sie das hätten tun sollen. Eine halbe Million Euro sind ja wohl Antwort genug.«

Sein Blick wurde unsicher. »Ich habe nichts mit dem Mord zu tun. Was kann ich machen, um Sie von meiner Unschuld zu überzeugen?«

»Es wäre ein Anfang, wenn Sie meine vorige Frage beantworten.«

»Also gut. Ich war am Haus von Kurt Wenninger«, gab Michael Baumann zu.

»Was wollten Sie da?«

»Ich habe nach Antworten gesucht. Für Sie mag das komisch klingen, aber ich hatte gehofft, herauszufinden, warum der Mann ausgerechnet mir sein Geld vererbt hat.«

»Woher hatten Sie die Adresse?«

»Die stand in dem Testament, das Ihr Chef mir gezeigt hat. Sie waren doch dabei.«

»Dann wissen Sie also erst seit ein paar Tagen, wo Herr Wenninger wohnte? Interessanterweise habe ich da eine andere Information.« Malin sah zu seiner Frau, die prompt knallrot wurde.

»Ich habe da etwas durcheinandergebracht«, stotterte Ina Baumann, während ihr Blick zu ihrem Mann huschte. Dann gewann ihre Stimme an Festigkeit. »Auf dem Zettel, von dem ich Ihnen erzählt habe, stand nicht Schleusenredder, sondern Mellingburger Redder. Es ist die Adresse vom Hotel *Mellingburger Schleuse.* Ich habe die Begriffe verwechselt. Tut mir leid, aber momentan bin ich ein wenig durch den Wind.«

»Ich wollte ursprünglich in dem Hotel übernachten«, setzte nun auch Michael Baumann zu einer Erklärung an. »Aber dann war es mir doch zu teuer und zu weit außerhalb.«

Malin kannte das Hotel, trotzdem glaubte sie dem Ehepaar kein Wort. »Ich hoffe, Ihnen ist klar, dass ich unser Gespräch schriftlich festhalten werde.« Sie musterte Michael Baumann eingehend, doch er verzog keine Miene. »Haben Sie eigentlich die Antworten bekommen, nach denen Sie gesucht haben?«

»Natürlich nicht. Es war eine Schnapsidee.«

»Sind Sie bereit, Ihre Fingerabdrücke und eine Speichelprobe abzugeben?«

Michael Baumann schien sich augenblicklich zu entspannen. »Ja, natürlich. Wenn es dabei hilft, den Verdacht gegen mich loszuwerden …«

Sie zog ihr Notizbuch aus der Umhängetasche und blätterte zu der Seite, auf der sie sich die Adresse der zuständigen Berliner Kollegen aufgeschrieben hatte. Anschließend notierte sie die Anschrift auf die Rückseite ihrer Visitenkarte und reichte sie Michael Baumann. »Dort melden Sie sich am Montag.«

Er nickte. »Das war es?«

»Ja. Zumindest vorerst.« Malin packte ihr Notizbuch zurück in ihre Tasche und musterte das Paar ein letztes Mal. Dann verließ sie die Wohnung in Wedding.

Mit der S-Bahn fuhr Malin zum Hackeschen Markt. Sie wollte sich eine kleine Auszeit gönnen, ehe sie sich auf den Weg zur Charité machte. In ihrem neu erworbenen Reiseführer hatte sie gelesen, dass man rund um die Hackeschen Höfe, einem Gebäudekomplex aus alten Lagerhäusern mit acht verbundenen Innenhöfen, neben individuellen Läden zahlreiche Restaurants und Cafés finden konnte.

Sie entdeckte das *Barcomi's Deli* in den Sophien-Höfen und ergatterte im idyllischen Innenhof einen freien Tisch. Da sie von den im Zug vertilgten Franzbrötchen noch immer satt war, bestellte sie lediglich einen Milchkaffee und ein Mineralwasser.

Mit der Tasse in der Hand hielt sie ihr Gesicht mit geschlossenen Augen der Sonne entgegen und genoss einen Moment die wohlige Wärme. Ihre Gedanken wanderten zu Thies. Sie hatten verabredet, den Sonntagnachmittag gemeinsam auf dem Hausboot zu verbringen.

Ihr Handy klingelte. Malin stellte die Kaffeetasse zurück auf den Tisch und nahm das Gespräch an.

»Ich bin's«, meldete sich ihr Großvater. »Wollte nur mal hören, was du so treibst.«

»Opa!« Sie hatte nicht damit gerechnet, so schnell wieder von ihm zu hören. »Ich sitze gerade in einem Café in den Sophien-Höfen. Aber ich will bald wieder los, erst in die Charité und hinterher würde ich mir gerne eines der DDR-Museen ansehen. Warum fragst du?«

»Ich dachte, vielleicht hättest du Lust, später mit mir und meinem Freund essen zu gehen.« Erich zögerte einen Moment. »Es gibt da ein tolles Lokal in Charlottenburg. Also, was sagst du?«

»An welche Uhrzeit hattest du gedacht?«

»Vielleicht so gegen sechs? Passt dir das?«

Malin sah auf die Uhr. Es war kurz vor zwei. »Perfekt.«

»Gut, dann reserviere ich uns dort einen Tisch. Hast du etwas zu schreiben?«

Malin notierte die Adresse, die ihr Großvater durchgab.

»Ich bin gespannt«, sagte Erich Brodersen. »Ich meine, ich freu mich. Bis später.« Er legte auf.

Irritiert legte Malin das Handy beiseite. Ihr Großvater verhielt sich irgendwie merkwürdig, und das schon seit ihrer gemeinsamen Zugfahrt. Vielleicht liegt das an der Berliner Luft, dachte Malin und grinste. Sie schlug eine neue Seite in ihrem Notizbuch auf und fasste knapp das vorausgegangene Gespräch mit Michael Baumann zusammen. Hinter den Bericht setzte sie ein großes Fragezeichen. Noch immer konnte sie seine Rolle in dem Fall nicht einschätzen. Trotz seiner Bereitwilligkeit, seine Fingerabdrücke und eine Speichelprobe abzugeben, kaufte sie ihm seine Geschichte nicht ab.

Gedankenverloren blätterte sie durch ihr Notizbuch und stieß auf die Seite, auf der sie die Adresse von Michael Baumanns Eltern notiert hatte. Was hatte Ina Baumann am Telefon gesagt? *Ich glaube, dass Michaels Hamburgaufenthalt etwas mit seinen Eltern zu tun hat.* Es konnte sich möglicherweise lohnen, mit denen zu sprechen. Malin gab die Adresse der Baumanns in ihre Karten-App ein und runzelte die Stirn, als die Route angezeigt wurde. Damit würde ihr bisheriger Plan ins Wasser fallen. Sie überlegte einen Moment, dann hob sie den Arm, um der Kellnerin zu signalisieren, dass sie bezahlen wollte.

Eine Dreiviertelstunde später erreichte sie die mit Kopfstein gepflasterte Oberseestraße, in der Michael Baumanns Eltern wohnten. Zur Rechten reihten sich Mehrfamilienhäuser und Plattenbauten aneinander, zur Linken lagen alte Villen neben modernen Neubauten direkt am Ufer des Obersees.

Vor einem verwahrlost wirkenden Grundstück blieb Malin

stehen und vergewisserte sich mit einem Blick in ihr Notizbuch, dass sie richtig war.

Der Garten war völlig zugewuchert. Sträucher und Büsche hingen über den Zaun hinweg auf den Gehweg, der Rasen glich einer mit Löwenzahn übersäten Wiese. Hinter zwei hohen Tannen lag eine alte, zweistöckige Villa. Der graubraune Putz bröckelte an einigen Stellen ab und wirkte genauso marode wie die graue Farbe an den Fensterrahmen. Unschlüssig stand Malin vor dem geschlossenen Gartentor. Sie hatte sich bis zu diesem Zeitpunkt noch keinen Gedanken über ihre Vorgehensweise gemacht.

In einen der Steinpfeiler neben dem Gartentor war eine Klingel eingelassen. Sie drückte auf den Knopf. Hinter einem der Fenster im Erdgeschoss bewegte sich eine Gardine. Als nichts weiter geschah, klingelte Malin erneut.

Eine hagere ältere Frau in einem blau gemusterten Kittelkleid öffnete die Haustür. Ihre grauen Haare hatte sie am Hinterkopf zu einem Dutt zusammengebunden. Die hab ich mir aber wesentlich jünger vorgestellt, dachte Malin.

»Wer sind Sie?« Die Stimme klang harsch.

»Mein Name ist Malin Brodersen. Ich arbeite für das LKA in Hamburg. Sind Sie Hertha Baumann?«

»Das bin ich. Was wollen Sie von uns?«

Malin drückte die Klinke des Gartentors. Abgeschlossen. »Es geht um Ihren Sohn Michael.« Und um den Mord an Kurt Wenninger, doch sie hatte nicht vor, die gesamte Nachbarschaft darüber zu informieren.

Ihre Antwort hatte Hertha Baumann offenbar ausgereicht, zumindest ertönte der Summer und das Tor ließ sich öffnen. Die Frau blickte ihr aus kalten blauen Augen entgegen. »Was ist mit Michael? Steckt er in Schwierigkeiten?«

Malin zeigte ihren Dienstausweis. »Können wir das vielleicht drinnen besprechen?«

»Meinetwegen. Wir gehen in die Stube.«

Im Haus roch es nach Kohl. Malin folgte der Älteren durch einen tristen Flur in ein großzügig geschnittenes Wohnzimmer, dessen Einrichtungsstil man bestenfalls als

›Wohnen mit nostalgischem Charme‹ bezeichnen konnte. Eine Schrankwand im Biedermeier-Stil, drei ausladende Sofaelemente mit dunkelgrünen Cordbezügen und Lampen mit Fransenschirmen. An den Wänden hingen düstere Landschaftsgemälde und gerahmte Schwarz-Weiß-Fotografien. Die Spitzengardinen vor den Fenstern waren ergraut und wirkten ein wenig angestaubt, so wie fast alles im Raum.

Hertha Baumann setzte sich auf eines der Sofas. »Also, was ist mit Michael?«

Unaufgefordert nahm Malin auf dem gegenüberliegenden Sofa Platz. »Wissen Sie, dass sich Ihr Sohn in den letzten Tagen in Hamburg aufgehalten hat?«

Hertha Baumann schüttelte den Kopf.

»Dann haben Sie vermutlich auch keine Ahnung, welchen Grund er dafür gehabt haben könnte?«

»Michael ist erwachsen. Er kann tun und lassen, was er will.«

»Das ist aber nicht die Antwort auf meine Frage.«

»Die Antwort lautet nein.« Hertha Baumanns blaue Augen glitzerten kalt.

»Kennen Sie Kurt Wenninger?«

»Wer soll das sein?«

»Herr Wenninger ist das Mordopfer, dessen Todesumstände wir gerade untersuchen.«

»Und was hat das mit Michael zu tun?«, fragte Hertha Baumann argwöhnisch.

»Kurt Wenninger hat Ihren Sohn als Alleinerben eingesetzt. Haben Sie dafür eine Erklärung?«

Hertha Baumann wurde stocksteif. »Das geht uns nichts an.« Sie presste ihre Lippen zu einer dünnen Linie zusammen.

»Das war schon wieder keine Antwort auf meine Frage«, entgegnete Malin scharf.

Ein lautes Klopfen ertönte über ihren Köpfen. »Hertha?!«, erklang die herrische Stimme eines alten Mannes.

Hertha Baumann erhob sich augenblicklich. »Einen Moment.« Sie verschwand aus dem Raum und den dumpfen Geräuschen nach zu urteilen stieg sie eine Treppe hoch.

Malin nutzte die Gelegenheit, um sich etwas umzusehen. In der eingebauten Glasvitrine des Biedermeierschranks standen Kristallgläser in verschiedenen Größen und Farben, eine Sammlung Porzellanfiguren und ein Tafel-Service mit weißblauem Zwiebelmuster. Sie widerstand der Versuchung, die Schranktüren zu öffnen, und beäugte stattdessen die Schwarz-Weiß-Fotos an den Wänden. Eins zeigte eine jüngere Hertha Baumann neben einem streng wirkenden Mann und einem Jungen im FDJ-Hemd mit dem Emblem der aufgehenden Sonne auf dem linken Ärmel. Der Junge mit dem dunklen Lockenschopf war Michael Baumann. Neben dem Bild hing ein leicht vergilbtes Foto, auf dem junge Uniformierte in Reih und Glied vor ihrem Befehlshaber salutierten.

Doch es war eine andere Aufnahme, die Malins Aufmerksamkeit auf sich zog. Etwa zwei Dutzend Männer in prächtiger Uniform und strenger Haltung standen in einem Saal in gebührendem Abstand einem unscheinbar wirkenden Mann mit Hornbrille gegenüber, der hinter sich eine kleine Delegation Anzug- und Ordensträger versammelt hatte. Malin beugte sich vor, um die Gesichtszüge des Brillenträgers besser erkennen zu können.

»Das ist der Genosse Honecker«, sagte eine kräftige Stimme hinter ihr.

Malin drehte sich um. Ein großer, kerzengerader Mann mit schmalem, fast schon hagerem Gesicht und einem Hörgerät hinter dem linken Ohr musterte sie mit wässrigem Blick. Sie schätzte ihn auf weit über achtzig. Er hatte einen Gehstock in seiner von Altersflecken übersäten Hand, mit dem er jetzt auf das Foto deutete. »Der dritte von links, das bin ich. An dem Tag wurde ich zum Generalmajor ernannt. Das war am 05.10.1984.« Er ließ seinen Arm mit dem Gehstock wieder sinken. Sein Ton wurde scharf. »Wir haben keinen Kontakt zu Michael. Wenn Sie also Fragen haben, die ihn betreffen, können wir Ihnen nicht weiterhelfen.«

Malin blieb gelassen. »Wissen Sie, Herr Baumann, das irritiert mich. Ich habe die Auskunft erhalten, dass Ihr Sohn Sie vor einiger Zeit aufgesucht hat.«

»Dann haben Sie eine falsche Auskunft bekommen«, erklärte Horst Baumann mit einer Stimme, die keinen Widerspruch duldete.

Doch so leicht ließ Malin sich nicht einschüchtern. »Sagt Ihnen der Name Kurt Wenninger etwas?«

Hertha Baumann kam zurück ins Zimmer und stellte sich neben ihren Mann. »Ich habe ihr schon gesagt, dass ...«

»Ich habe Ihren Mann gefragt, Frau Baumann.«

Der Alte ließ sich in einen Sessel sinken. Seinen Gehstock hielt er seitlich auf den Boden gestemmt. »Sie haben es doch gehört. Wir kennen keinen Kurt Wenninger.«

»Wie kommt es, dass Sie keinen Kontakt mehr zu Ihrem Sohn haben?«

Horst Baumann klopfte mit seinem Gehstock aufs Parkett. »Ich möchte, dass Sie jetzt mein Haus verlassen.«

Malin zog eine Visitenkarte aus ihrer Tasche und legte sie auf den Wohnzimmertisch. »Falls Sie es sich anders überlegen sollten.« Dann ging sie.

Das abweisende Verhalten der alten Baumanns beschäftigte Malin noch, als sie wenige Minuten später das Ufer des Obersees erreichte. In Gedanken versunken war sie dem weiteren Straßenverlauf gefolgt und hatte so die Abzweigung zur Tramhaltestelle verpasst.

Am Südufer des kleinen, künstlich angelegten Gewässers lud eine Parklandschaft mit prächtigen alten Bäumen zum Spazierengehen ein. Malin schlenderte an Parkbänken vorbei zu einer knorrigen Weide direkt am Wasser und setzte sich auf einen der dicken Äste, die bis zum Boden reichten. Das Wasser schimmerte trüb und düster. Sie sah zu der schmalen, urwüchsigen Insel inmitten des Sees und weiter zum Nordufer. Dort hinter den Bäumen lag die alte Villa der Baumanns. Malin fröstelte trotz der Wärme und bückte sich gedankenverloren nach einem kleinen Stock, den sie im hohen Bogen ins Wasser warf. Ein Kläffen ertönte und ein rotbrauner Cockerspaniel flitzte an Malin vorbei und stürzte dem Stock hinterher ins Wasser.

»Emmi!« Eine blonde Joggerin trat neben Malin ans Ufer. »Emmi, hierher!«

Der klatschnasse Hund trug den Stock wie eine Trophäe aus dem See, legte ihn seinem Frauchen zu Füßen und schüttelte sich so ausgiebig, dass die Wassertropfen bis zu Malin spritzten.

»Mensch, Emmi«, tadelte die Blondine ihren Hund. Dann wandte sich die gut trainierte Mittfünfzigerin an Malin. »Bitte entschuldigen Sie. Sobald Emmi einen geworfenen Stock sieht, geht es mit ihr durch.«

Malin lachte. »Ist ja nichts passiert.«

Die Frau sah sie interessiert an. »Sie halten mich jetzt sicher für total neugierig, aber ich habe Sie bei den Baumanns im Garten gesehen. Ich wohne im Nachbarhaus.« Sie wischte sich mit dem Ellenbogen den Schweiß von der Stirn. »Ich bin Anne. Anne Brinkmann. Ich würde Ihnen ja gerne die Hand geben, aber ich befürchte, dass könnte für Sie eine feuchte Angelegenheit werden.« Anne Brinkmann lachte. Es war ein offenes, sympathisches Lachen.

Malin mochte die Frau auf Anhieb. »Ich heiße Malin. Malin Brodersen.«

Anne Brinkmann beäugte sie neugierig. »Sie sind aber nicht von hier.«

»Ich bin aus Hamburg, hab nur beruflich hier zu tun.« Malin bemerkte, dass der Frau eine Frage auf den Lippen brannte, und fügte hinzu: »Ich arbeite für die Polizei.«

»Ach.« Anne Brinkmann ging in die Hocke und kraulte ihren Hund hinter dem Ohr. »Ich habe mich schon immer gefragt, ob der alte Baumann vielleicht doch noch zur Verantwortung gezogen wird, aber dass das jetzt in Form einer Hamburger Polizistin geschieht, verwundert mich ehrlich gesagt doch.«

»Zur Verantwortung gezogen?«

Anne Brinkmann wurde feuerrot. »Sie sind gar nicht wegen der alten Geschichte da?«

»Alte Geschichte? Jetzt schulden Sie mir aber eine Erklärung«, forderte Malin sie auf.

Anne Brinkmann nickte. »Ist ja kein Geheimnis. Vor der

Wende war der General, so wird Herr Baumann in der Nachbarschaft genannt, ein hohes Parteimitglied, angeblich saß er sogar im Zentralkomitee. Es wird gemunkelt, dass er für einige üble Dinge verantwortlich war, zumindest gab es ein Ermittlungsverfahren gegen ihn. Aber wie bei fast allen Funktionsträgern ist es nie zu einem Verfahren gekommen.« Sie strich ihrem Hund über das nasse Fell. »Verraten Sie mir, warum Sie bei den Baumanns waren, oder dürfen Sie das nicht? «

»Es war eine reine Routinebefragung.«

Anne Brinkmann lachte. »Das sagen sie im Sonntagskrimi auch immer.«

Malin musste ebenfalls schmunzeln. »Kennen Sie Michael Baumann?«

»Den Sohn? Ja. Als wir damals hergezogen sind, war er dreizehn oder vierzehn. Ein netter Junge.« Sie überlegte einen Moment. »Soweit ich weiß, ist er mit achtzehn von zu Hause ausgezogen. Seitdem habe ich ihn hier nicht mehr gesehen.«

»Sie wissen nicht zufällig, warum es keinen Kontakt mehr gibt?«

Anne Brinkmann schüttelte den Kopf. »Tut mit leid, da muss ich passen. So gut kenne ich die Familie nun auch wieder nicht.« Sie erhob sich aus der Hocke und dehnte ihr linkes Bein. Der Cockerspaniel sprang auf und tänzelte schwanzwedelnd um sein Frauchen herum. »Warum wollen Sie das eigentlich alles wissen? Auch reine Routine?«

Malin nickte lächelnd und zog eine Visitenkarte heraus, die sie der Joggerin reichte. »Für den Fall, dass Ihnen über die Baumanns noch etwas zu Ohren kommt.«

Anne Brinkmann verstaute die Karte in ihrer Bauchtasche. »Emmi und ich drehen dann mal weiter unsere Runde. War schön, mit Ihnen zu plaudern.«

»Fand ich auch. Viel Spaß beim Laufen.« Malin sah der Joggerin und ihrem Hund nachdenklich hinterher. Die Frau hatte ihre Vermutungen bestätigt. Horst Baumann gehört zu den alten Parteibonzen. Ein unangenehmer Zeitgenosse. War es da ein Wunder, dass sich sein Sohn von ihm abwandte?

Sie erhob sich. Es wurde Zeit, zu Elif Yilmaz in die Charité zu fahren.

Wolfgang Herzog hatte nun die Gewissheit, dass Verena etwas vor ihm verbarg. Um ihr nicht selbst hinterherspionieren zu müssen und womöglich dabei entdeckt zu werden, hatte er einen Privatdetektiv engagiert. Und der hatte ihm heute einige Fotos geschickt, die seine Frau mit einem ihm unbekannten Mann in einem Café zeigten. Sie wirkten vertraut, zumindest kam es Wolfgang so vor, und er konnte seine Augen nicht länger vor der Möglichkeit verschließen, dass seine Frau ihn betrog. Das schmerzte ihn. Verena war seine große Liebe – nach wie vor. Dazu kam, dass der Mann nicht nur attraktiver war als er selbst, sondern auch noch etliche Jahre jünger. Er überlegte, ob er Verena mit seinem Verdacht konfrontieren sollte. Doch hatte er überhaupt das Recht dazu?

Er schob die Fotos in den Umschlag zurück und ging damit zum Tresor, der sich hinter einem Wandkalender mit Hamburg-Motiven verbarg. Er gab die Kombination ein, öffnete die Tür und legte den Umschlag hinein. Die dicke, schwarze Ledermappe, in der er die Dokumente verwahrte, die Klienten bei ihm zur Aufbewahrung deponiert hatten, nahm er heraus. Das Testament lag zuoberst. Oder besser gesagt das Duplikat, das mit Hilfe von Kohlepapier erstellt worden war. Kurt hatte es ihm zur Aufbewahrung gegeben, falls aus irgendeinem Grund das Original in falsche Hände geriet. Kurt hatte ihm vertraut.

Wolfgang starrte lange auf den Namen, der im Testament als Begünstigter angegeben war. Noch immer konnte er nicht glauben, dass Kurt das wirklich getan hatte. Einen Moment überlegte er, dass Schriftstück zu zerreißen, dann legte er es zurück in die Mappe. Kurt, du verdammter Idiot!

Malins Laune sank von Minute zu Minute. In der Charité hatte sie erfahren, das Elif Yilmaz' Frühschicht längst beendet war und die junge Frau das Krankenhaus schon vor Stunden verlassen hatte. Immerhin hatte man ihr die Privatadresse der Krankenschwester in Moabit ausgehändigt, doch auch dort hatte Malin kein Glück gehabt. Zwar hatte sie Elif Yilmaz' Mutter, zwei Tanten und vier Schwestern kennengelernt und im Wohnzimmer der Familie literweise türkischen Tee getrunken, doch Elif war nicht aufgetaucht. Malin ärgerte sich, dass sie es versäumt hatte, nach ihren Dienstzeiten zu fragen.

Mittlerweile war es kurz nach sechs. Sie war schon zu spät dran und verspürte auch keinerlei Lust auf höflichen Small-Talk mit ihrem Großvater und dessen Schulfreund. Malin hastete die Treppenstufen des S-Bahnhofes Savignyplatz hinunter und eilte nach einem Blick auf ihre Karten-App die Schlüterstraße entlang, ohne den angrenzenden Jugendstilbauten auch nur einen Blick zu gönnen.

Die königsblauen Markisen des Restaurants *Adnan* leuchteten ihr schon von weitem entgegen. Einige Gäste saßen an den weiß eingedeckten Tischen im Außenbereich. Ihr Großvater war nicht darunter. Sie strich sich eine lose Haarsträhne hinters Ohr und betrat das Lokal.

Dunkle Edelhölzer, cremefarbene Wände, kunstvoll gefaltete Servietten und jede Menge Anzugträger. Es herrschte lautes Stimmengewirr.

Erich Brodersen erhob sich hinter einem Vierertisch und winkte ihr zu. Im Gegensatz zu den meisten Gästen des Restaurants war er mit seinem blau-weiß gestreiften Hemd und seiner hellen Bundfaltenhose eher leger gekleidet. Sein Begleiter, von dem Malin bisher nur den Rücken sah, trug einen dunklen Anzug und sie bedauerte ein weiteres Mal, dass sie dem Essen zugestimmt hatte. Trotzdem setzte sie ein Lächeln auf und begrüßte ihren Großvater mit einem Kuss auf die Wange. Dabei bemerkte sie verwundert seinen angespannten Gesichtsausdruck und wandte sich seinem Freund zu, um ihn zu begrüßen. Dann blieb die Zeit stehen.

Sein Gesicht hatte sich in den vergangenen dreiundzwanzig Jahren tief in ihr Gedächtnis gebrannt. Er wollte nach ihrer Hand greifen, doch Malin trat augenblicklich einen Schritt zurück.

Sie sah ihren Großvater an. Eine unausgesprochene Bitte lag in Erich Brodersens Blick.

»Das hättest du nicht tun dürfen«, sagte Malin. Dann drehte sie sich um und verließ das Restaurant.

19

Im Nachhinein konnte sie nicht mehr sagen, wie sie es zum Bahnhof geschafft hatte. Sie fühlte sich wie in einem Vakuum. So oft hatte sie von der Begegnung geträumt, darauf gehofft und sie herbeigesehnt, doch jetzt fühlte es sich an wie ein bitterer Beigeschmack nach einem schlechten Film.

Malin hatte ihn sofort an seinen Augen erkannt. Es waren die Augen des Mannes, der sie vor dreiundzwanzig Jahren, zwei Monaten und acht Tagen allein gelassen hatte. Johannes Brodersen. Ihr Vater.

»Hey, passen Sie doch auf«, raunzte ein Jugendlicher, den sie offenbar angerempelt hatte.

Sie murmelte eine Entschuldigung und blieb vor der Tafel mit den Abfahrtszeiten stehen. Der nächste ICE nach Hamburg fuhr in einer halben Stunde. Unschlüssig, was sie bis dahin tun sollte, blieb sie mit einem dicken Kloß im Hals stehen, während die Reisenden mit ihren Koffern und Taschen um sie herumschwirrten.

Jetzt wurde ihr vieles klar. Die zahlreichen Berlinbesuche ihres Großvaters und die Geschichte mit seinem angeblichen Schulfreund. Alles erfunden und vorgeschoben, damit sie nicht erfuhr, dass er sich mit Johannes traf. Es war nicht der Kontakt zwischen ihrem Großvater und seinem Sohn, der sie verletzte, dafür hatte sie Verständnis. Ihr ging es darum, dass sie in keinster Weise darauf vorbereitet gewesen war, welche Begegnung ihr im Restaurant bevorstand. Es hatte sich angefühlt wie ein Schlag ins Gesicht.

Ihr Handy klingelte. Malin hatte nicht die Absicht, ranzugehen, doch zumindest befreite die Ablenkung sie aus ihrem Gedankenkarussell. Sie steuerte den naheliegenden Asia-Imbiss an und bestellte Sushi und Mineralwasser. Sie hatte gerade bezahlt, als ihr Handy erneut klingelte. Malin befürchtete, dass ihr Großvater der hartnäckige Anrufer war, doch das Display zeigte die Nummer von Elif Yilmaz. Sie nahm das Gespräch an.

»Frau Brodersen? Ich bin's, Elif«, sprudelte die Krankenschwester heraus. »Ich hab's geschafft! Meine Kollegin ist bereit, mit Ihnen zu reden. Das war vielleicht Schwerstarbeit, sage ich Ihnen. Aber wie heißt es doch so schön: Klappe zu, Affe tot. Na, wie finden Sie das?«

»Super«, erwiderte Malin trocken.

»Na, etwas mehr Begeisterung hätte ich schon erwartet.«

»Ich bin begeistert, ich kann's nur gerade nicht zeigen«, erklärte Malin. »Wie heißt Ihre Kollegin und wann kann ich sie treffen?«

»Sie möchte ihren Namen nicht preisgeben.« Elif Yilmaz kicherte. »Das ist fast wie in einem Agentenfilm, finden Sie nicht?« Als Malin nicht antwortete, wurde die Krankenschwester ernst. »Meine Kollegin möchte keinen Ärger mit dem Krankenhaus. Aber sie ist bereit, sich mit Ihnen zu treffen. Allerdings erst morgen früh, sie hat heute Spätschicht.«

Malin runzelte die Stirn. Das bedeutete, dass sie in Berlin übernachten musste. »Gut. Und wo?« Sie zog einen Stift aus ihrer Umhängetasche.

Elif Yilmaz nannte ihr eine Adresse, die Malin auf eine Serviette kritzelte. »Morgen früh um neun. Meine Kollegin trägt eine pinkfarbene Brille.«

»Pinkfarbene Brille«, murmelte Malin und notierte sich aufgrund ihrer schlechten Gemütsverfassung auch dieses Detail. »Vielen Dank, Frau Yilmaz.«

»Nicht zu danken. Ich finde es spannend, bei einer Polizeiermittlung zu helfen, im Fernsehen schaue ich fast jeden Krimi. Ach, und noch ein Tipp: Wenn Sie morgen in dem Café sind, probieren Sie die Buchteln.«

Malin bedankte sich ein weiteres Mal und legte auf. Dann griff sie nach den Holzstäbchen und machte sich über das Sushi her. Zum ersten Mal, seit sie in diesem Fall ermittelten, spürte sie einen Hauch von Zuversicht.

Der nächste Morgen war kalt und regnerisch. Eine dicke Wolkendecke tauchte die Hauptstadt in trübes Licht. Nieselregen benetzte Malins Gesicht, als sie das kleine Hotel in der Nähe des Berliner Hauptbahnhofs verließ. Sie fröstelte und setzte sich die Kapuze ihres Parkas auf.

In der vergangenen Nacht hatte sie kaum ein Auge zugemacht, unentwegt waren ihre Gedanken um ihren Vater gekreist. Jetzt fühlte sich wie gerädert. Trotzdem musste sie es schaffen, ihre privaten Probleme auszublenden und sich auf die bevorstehende Verabredung zu konzentrieren. Vielleicht erwartete sie zu viel von dem Gespräch, doch allein die Tatsache, dass die Informantin ihren Namen nicht preisgeben wollte, ließ auf den lang ersehnten Durchbruch hoffen. Um ihre Gehirnzellen auf Trab zu bringen, holte sie sich am Bahnhof einen Coffee to go, ehe sie in die S-Bahn stieg.

Das *L21* lag abseits vom üblichen Touristentrubel in einer kleiner Seitenstraßen im Stadtteil Prenzlauer Berg. Die Einrichtung des Cafés war modern und schnörkellos. Anstatt vieler einzelner stand ein langer Tisch vor einer Fototapete, die überdimensionale grüne Blätter abbildete, hinzu kamen einige Stehplätze mit Anlehnhockern vor den Fenstern.

Die Auswahl hinter dem Glastresen war um die frühe Uhrzeit noch übersichtlich: belegte Laugenstangen und Brote, und ein mit Puderzucker überstäubter Hefekuchen, der augenscheinlich aus mehreren Einzelstücken zusammengefügt worden war. Grüne Kreidetafeln informierten die Gäste über die Tagesgerichte.

Malin orderte einen Kaffee und stellte sich damit an einen Fensterplatz. Die Uhr hinter dem Tresen zeigte acht Uhr fünfzig. Sie legte Notizbuch, Stift und Dienstausweis bereit und ging ein letztes Mal die Fragen durch, die sie Wenningers ehemaliger Kollegin stellen wollte.

Punkt neun betrat eine etwa sechzigjährige Frau im Leopardenmantel das Café. Zu dem extravaganten Kleidungsstück trug sie eine quietschgrüne Handtasche, goldene Glitzerboots und einen Irokesenschnitt in Kirschrot. Die pinkfarbene Brille auf ihrer Nase war das unauffälligste Detail ihrer Erscheinung.

Sie begrüßte den Cafébetreiber mit Wangenküsschen und

hielt erst ein kurzes Schwätzchen, ehe sie sich umdrehte und auf Malin zusteuerte. »Sind Sie die Frau aus Hamburg?«

Malin nickte und schob ihren Dienstausweis über den Tresen. Die Frau warf einen kurzen Blick darauf, dann zog sie ihren Leopardenmantel aus und hängte ihn über einen der Anlehnhocker. Ihr enges Wickelkleid hatte das gleiche Muster. »Sie können mich Rosa nennen.« Sie wies mit dem Kopf zur Theke. »Und bitte fragen Sie Gero später nicht nach meinem richtigen Namen, er wird Ihnen ohnehin nichts verraten. Können Sie damit leben?«

Malin nickte. »Sie werden Ihre Gründe haben.«

»Oh, die habe ich, Schätzchen, das kann ich Ihnen versichern.«

Malin war irritiert, dass jemand sie Schätzchen nannte, sagte aber nichts.

»Danke, Gero, Schätzchen«, sagte Rosa zu dem Cafébetreiber, der neben ihnen auftauchte und zwei Teller mit Hefegebäck vor ihnen platzierte. »Es wird Zeit, dass mein Blutzuckerspiegel etwas an Fahrt gewinnt.« Und an Malin gewandt: »Probieren Sie das, Schätzchen. Gero backt die Buchteln jeden Morgen frisch.«

»Danke, später vielleicht.« Malin schob ihren Teller beiseite und wartete, bis ihre Informantin die ersten Bissen vertilgt hatte. Ob sie ihre Patienten auch alle Schätzchen nannte?

Rosa tupfte sich mit einer Serviette den Puderzucker von den Lippen. »Die entzückende Elif hat mir gesagt, dass Sie jemanden suchen, der mit Kurt Wenninger zusammengearbeitet hat. Darf ich fragen, warum?«

»Sie dürfen. Herr Wenninger wurde vor drei Wochen in seinem Haus ermordet. Erschossen. Meine Kollegen und ich ermitteln in dem Fall.«

Rosa krauste die Stirn. »Das ist tragisch.«

»Wann haben Sie mit Herrn Wenninger zusammengearbeitet?«

»Ende der Siebziger, genauer gesagt im Jahr 1979. Ich war Stationsschwester in der Geschlossenen und Dr. Wenninger war Stationsarzt.«

»Wie war er denn so als Arzt und Kollege?«

Rosa legte den Kopf schief. »Ich habe ihn als unnahbaren und reservierten Menschen in Erinnerung. Er war sehr introvertiert, aber ich denke, das hing in erster Linie mit seiner Arbeit zusammen. Als Arzt war Dr. Wenninger außerordentlich engagiert. Bei ihm stand stets die psychische Rehabilitation seiner Patienten im Vordergrund, zumindest mehr als die Wiederherstellung ihrer Arbeitsfähigkeit.«

»Wiederherstellung der Arbeitsfähigkeit?«, hakte Malin nach.

Rosa biss ein weiteres Mal in ihre Buchtel. Eine pflaumenfarbene Füllung tropfte auf ihren Teller. »Dabei ging es um den sogenannten Normalisierungsgrad. Die Patienten sollten so weit wiederhergestellt werden, dass sie ins normale Arbeitsleben eingegliedert werden konnten.«

»Und wie hat man das erreicht? Mit Medikamenten?«

Rosa nickte. »Auch. Und mit einer Arbeitstherapie.« Sie tupfte sich mit der Serviette den Mund ab. »Da hat sich in der DDR in den Siebzigern viel getan. Wo früher Depressionen mit Opiumkuren, Elektro- oder Insulinschocks behandelt wurden, gab es nun einen viel humaneren Umgang mit den Patienten, und die Arbeitstherapie wurde eingeführt. Die Patienten mussten zum Beispiel Tupfer drehen, kleine Bauteile für Firmen zusammenstecken, die Frauen bekamen häufig Strick- oder Häkelarbeiten, die später auf Basaren verkauft wurden. Es war ein erster Schritt, um sie in die Arbeitswelt zurückzuführen. Dafür müssen Sie wissen, dass die Verfassung der DDR nicht nur ein Recht auf Arbeit gewährte, sondern auch die Pflicht dazu. Und das galt auch für die Kranken. Nur so hat das System funktioniert. Natürlich gab es auch die hoffnungslosen Fälle, aber die wurden über kurz oder lang in anderen Einrichtungen untergebracht.«

»Und Dr. Wenninger? Sie sprachen davon, dass es ihm hauptsächlich um die psychische Rehabilitation seiner Patienten ging. Wie hat sich das geäußert?«

Rosa lächelte. »Dr. Wenninger war sehr feinfühlig im Umgang mit seinen Patienten und hatte ruckzuck ein Vertrauensverhältnis zu ihnen aufgebaut. Einige Schwestern nannten ihn den ›Seelenforscher‹. Er hat Anteil am Schicksal seiner Patienten genommen, und sich nicht nur mit der Behandlung der Symptome, sondern vor allem mit den Ursachen der jeweiligen Erkrankung auseinandergesetzt. Heutzutage ist eine ausführliche Krankheitsanalyse das wichtigste Kriterium einer erfolgreichen Therapie, doch in der DDR griff man als Erstes zu Psychopharmaka. Oftmals gegen den Willen der Patienten.«

»Kurt Wenninger war also einer der Guten im sozialistischen Machtapparat?«

Rosa lachte. »Schätzchen, in der DDR gab es nicht nur Schwarz oder Weiß, sondern sämtliche Grauvarianten. Natürlich gab es auch an der Charité Ärzte, die mit der Stasi oder der Partei kooperiert haben und sowohl Patienten als auch Kollegen bespitzelten, aber das waren Einzelfälle. Die meisten hatten mit diesen Dingen nichts am Hut.«

»Und Dr. Wenninger, wurde der in irgendeiner Weise gelenkt?«

»Das kann ich Ihnen nicht sagen. Die Charité hat ihre Beschäftigten nach der Wende mehrfach kontrolliert, um festzustellen, ob wir politisch waren oder nicht. Jedem inoffiziellen Mitarbeiter ist damals gekündigt worden. Allerdings waren die Überprüfungen eher standadisiert und oberflächlich, da bis Mitte der Neunziger gerade mal ein Drittel der Stasi-Akten ausgewertet waren. Da hat natürlich keiner freiwillig den Finger gehoben und gesagt, er war dabei. Über Dr. Wenninger ist mir in dem Zusammenhang nie etwas zu Ohren gekommen.« Rosa rückte ihre pinkfarbene Brille zurecht. »Allerdings habe ich mich schon damals gewundert, dass seine Karriere an der Charité so glatt gelaufen ist. Ich vermute, er hatte einen Fürsprecher. Das würde auch erklären, warum er damals das Forschungsprojekt bekommen hat.«

Malin horchte auf. »Über was für ein Vorhaben reden wir?«

»Dr. Wenninger hat mir keine Einzelheiten verraten, aber nach seiner Zeit in der Geschlossenen hat man ihn in die Abteilung für forensische Psychiatrie berufen. Das war von jeher sein Steckenpferd, und ich denke, damit hing auch das

Forschungsprojekt zusammen. Dr. Wenninger hat sich brennend für die Behandlung und Begutachtung von psychisch kranken Straftätern interessiert, für ihn war es die Krone der angewandten Psychiatrie.«

»Gab es dafür einen bestimmten Grund?«

»Das weiß ich nicht. Dr. Wenninger gehörte nie zu den besonders redseligen Menschen.«

Malin trank einen Schluck Kaffee. Er war mittlerweile kalt geworden. »Warum möchten Sie mir eigentlich Ihren Namen nicht verraten? Was Sie mir bisher erzählt haben, ist zwar interessant, allerdings auch relativ unspektakulär.«

»Weil das längst noch nicht alles war, Schätzchen.« Rosa lächelte bitter. »In Dr. Wenningers Arbeitsgebiet in der Forensischen fiel vereinzelt auch die Erstellung von Gutachten für Strafprozesse. Das heißt, er musste die Schuldfähigkeit von Straftätern beurteilen und in dem Zusammenhang auch eine prognostische Aussage zum weiteren Verlauf geben.«

»Ich bin Kriminalbeamtin. Das ist mir alles bekannt.« Malin wurde langsam ungehalten.

Die Augen der Krankenschwester blitzten hinter der pinkfarbenen Brille. »Aber sicherlich nur in Ihrer Welt. In einem normalen Rechtsstaat mit richtigen Straftätern. Bei den Gutachten von Dr. Wenninger ging es unter anderem um die Insassen der Untersuchungshaftanstalt Hohenschönhausen, dem ehemaligen Stasi-Gefängnis. Dort wurden die politischen Häftlinge untergebracht. Republikflüchtlinge, Ausreisewillige, Regime-Kritiker, alles Menschen, die in den Augen der Staatssicherheit schädliches Gedankengut in ihren Köpfen hatten. Menschen, deren einziges Vergehen darin bestand, dass sie sich Freiheit wünschten. Und damit meine ich nicht unbedingt in erster Linie Reisefreiheit, sondern ich spreche von Meinungsfreiheit und der Bevormundung von Seiten des Staates.« Sie schwieg einen Moment bedächtig, ehe sie weitersprach. »Nach der Wende wurde das Gefängnis geschlossen. Heute ist es eine Gedenkstätte. Es gibt Führungen, die von ehemaligen Häftlingen durchgeführt werden. Sie sollten sich das ansehen.«

Malin dachte kurz nach. »Sie meinen, wo viel Unrecht geschieht, gibt es auch ein Motiv?«

»Das haben jetzt Sie gesagt. Wissen Sie, Schätzchen, ich habe nur noch fünf Jahre bis zu meiner Pensionierung, und die möchte ich gerne in Ruhe verbringen. Aufregung hatte ich in meinem Leben bereits genug.« Rosa steckte sich das letzte Stück Buchtel in den Mund. Kauend wies sie auf Malins vollen Teller. »Nun probieren Sie schon.«

Malin biss zögernd in das Hefegebäck. Es schmeckte köstlich.

Ilse öffnete die Eingangstür des Wohnhauses im Wagrierweg und trat ins Treppenhaus. Sie hatte die vergangenen zwölf Stunden bei ihrem Enkel am Krankenbett gewacht. Felix hatte sich eine Infektion eingefangen und es war nicht sicher gewesen, ob er die Nacht überstehen würde. Ilse hatte es nicht übers Herz gebracht, ihn in diesem Zustand alleine zu lassen. Ihre Tochter hatte in der Zwischenzeit betrunken auf ihrer Couch gelegen. Erst in den frühen Morgenstunden war sie ebenfalls im Krankenhaus erschienen. Zu dem Zeitpunkt war Felix über den Berg gewesen. Zumindest vorerst.

Ilse schloss ihren Briefkasten auf und nahm die Post vom Vortag heraus. Unter lauter Werbung befand sich ein Brief vom Ordnungsamt. Sie krauste die Stirn. Was konnten die von ihr wollen? Sie riss den Umschlag auf. Ungläubig las sie die nüchterne Nachricht und ließ den Brief wieder sinken. »Das schlägt doch dem Fass den Boden aus.«

Jemand kam die Treppe herunter.

»Hallo, Ilse!« Natascha Raschke lächelte. »Ich war gerade bei dir oben und wollte fragen, ob du etwas brauchst.« Sie wies auf den Brief in Ilses Hand. »Schlechte Nachrichten?«

Ilse lachte bitter. »Das Ordnungsamt informiert mich, dass ich dazu verpflichtet bin, die Bestattung meines Bruders in die Wege zu leiten, natürlich gespickt mit entsprechenden Paragraphen.«

»Wurde er denn schon, ich meine, hat die Polizei …«

»Du meinst, ob die Leiche schon freigegeben wurde? Die

Polizei hat mich schon vor zwei Tagen infomiert. Denen habe ich gleich gesagt, dass ich keinen Finger für Kurt krumm machen werde. Ordnungsamt hin oder her, die können mich mal kreuzweise.« Ilse riss das Schreiben in zwei Stücke.

»Kann ich irgendetwas tun?«

Ilse lachte wieder bitter auf. »Was denn? Tot ist er ja schon.« Natascha Raschke erblasste und Ilse wurde sich ihrer Worte bewusst. »Vergiss, was ich gerade gesagt habe, mir fehlt einfach eine Mütze Schlaf. Ich leg mich gleich ein wenig aufs Ohr.« Sie zwang sich zu einem Lächeln.

Triste Plattenbauten lösten die Prachtgebäude im Zentrum ab, je weiter die Tram in den östlichen Teil der Stadt fuhr.

In der Sitzreihe vor Malin unterhielten sich zwei alte Männer über die Nachkriegzeit und ihr fiel auf, dass die beiden stark berlinerten. Sie hörte ihnen ein wenig zu, während draußen schöne Altbauten und große Parkanlagen die Platte wieder verdrängten.

An der Haltestelle Freienwalder Straße stieg Malin gemeinsam mit einer Gruppe Touristen aus. Der Himmel war noch immer grau in grau, und es tröpfelte leicht. Sie beschleunigte ihren Schritt, zog an den fröhlich schnatternden Touristen vorbei und folgte dem Wegweiser zur Gedenkstätte.

Nach wenigen Minuten änderte sich das Straßenbild. Hinter einem Supermarkt säumten nun statt der Wohnhäuser alte, fabrikähnliche Gebäude die Straßenseiten. Eine Informationstafel klärte die Besucher darüber auf, dass sie sich im ehemaligen militärischen Sperrbezirk aufhielten, der zu DDR-Zeiten nur ein weißer Fleck auf den Stadtplänen gewesen war.

Am Ende der Straße erhob sich hinter einer hohen Mauer ein längliches Gebäude, dessen Fassade im oberen Bereich hellbraun verputzt war und darunter in roten Backstein überging. Aus der Ferne wirkte es wie eine alte Fabrik, erst beim Näherkommen bemerkte Malin den Stacheldraht, das schwere Eisentor und die Wachtürme, die zunächst durch andere Bauten verdeckt gewesen waren.

Sie blieb einen Moment stehen, um den Anblick des ehemaligen Stasi-Gefängnisses Hohenschönhausen in sich aufzunehmen. Dabei spürte sie einen leichten Druck in ihrem Hals.

Schließlich gab sie sich einen Ruck und ging durch das offene Rolltor. Zahlreiche Touristen und Schulklassen tummelten sich auf dem Gelände der Gedenkstätte und Malin stellte fest, dass es noch weitere Gebäude gab. Sie kaufte ein Ticket für eine Führung und überbrückte die Wartezeit im Museumsshop, der mit reichlich Literatur zur Geschichte der ehemaligen Haftanstalt und der DDR bestückt war. Malin griff nach einem Buch, in dem Stasi-Häftlinge von ihrer Gefangenschaft berichteten, und spürte bereits nach kurzem Reinlesen die Ohnmacht und Verzweiflung der Inhaftierten. Sie kaufte es.

Die Führung startete nach einer zwanzigminütigen Dokumentation mit der Besichtigung der ehemaligen sowjetischen Untersuchungshaftanstalt, dem sogenannten »U-Boot«. Ihr Führer, ein ehemaliger Insasse des Stasi-Gefängnisses, zeigte der Gruppe die fensterlosen, bunkerartigen Zellen und berichtete von den Drohungen und den körperlichen Misshandlungen, mit denen die Gefangenen der Nachkriegszeit zu Geständnissen gezwungen worden waren. In den Kellerräumen war es kalt und feucht, und in den Gesichtern der anderen Besucher spiegelte sich Malins eigene Beklommenheit wider. Sie war froh, als sie den bedrückenden Ort wieder verließen. Nach der Besichtigung eines *Barkas*, einem Kleinbus, der mit fünf winzigen Gitterkäfigen zu einem Gefangenentransporter umgebaut worden war, stand nun das ehemalige Stasi-Gefängnis auf dem Programm.

Der Zeitzeuge führte Malins Gruppe durch ein vergittertes Treppenhaus, zeigte ihnen die Vernehmungsräume und schilderte dabei mit leichtem Sarkasmus das Vorgehen, die Tarnung und die Methoden der Stasi, indem er belegte Tatsachen und eigene Erlebnisse verflocht.

Anschließend führte er die Gruppe in ein anderes Stockwerk, in dem sich Zelle an Zelle einen Flur entlang aneinanderreihte. Sämtliche Gespräche verstummten.

»Eine der Anstaltsregeln besagte, dass die Häftlinge statt mit ihrem Namen nur mit ihrer Zellen- und ihrer Belegungsnummer angesprochen wurden.« Der Zeitzeuge blieb vor einer geöffneten Zellentür stehen. »In diesem Fall wurde der Gefangene zur Nummer 201/1. Die 201 stand für die Zelle und die 1 für die belegte Pritsche. In einer Einzelzelle war man automatisch die 1, bei einer Zweierbelegung gab es außerdem noch die 2.« Sachlich und dadurch umso eindringlicher berichtete er nun von der Isolierung der Häftlinge, den endlosen Vernehmungen, den Ängsten und dem Gefühl des Ausgeliefertseins.

Malin lauschte seinen Worten, während ihre Augen das Innere der Zelle inspizierten. Der Raum war schmal geschnitten. An der linken Seite befand sich neben der Toilette und dem Handwaschbecken ein kleiner Tisch samt Hocker, auf der gegenüberliegenden Seite eine Pritsche. Das einzige Fenster war mit dicken Glasbausteinen zugemauert und zusätzlich vergittert. Schales Tageslicht drang in den tristen Raum. An der Decke hing eine Neonröhre.

Die Gruppe ging weiter den Flur entlang, vorbei an den grauen, geschlossenen Zellentüren mit den schwarzen Zahlen.

202. 203. 204. In Gedanken wiederholte Malin die auf den Türen stehenden Zellennummern. 205. 206. 207. 208. 209. 210.

Sie blieb stehen. Dann ging sie ein paar Schritte zurück und starrte gebannt auf die Nummer der Zellentür. 208.

Die eingemähte Ziffer.

20

Es hatte ihn Überwindung gekostet, das Haus seiner Kindheit zu betreten, doch nun saß Michael Baumann auf der Wohnzimmercouch seiner Eltern und mied den Blick zur Wand mit den Fotos. Der mächtigste Politiker der DDR gemeinsam mit seinem Vater, dem General, auf einem Bild. Allein der Gedanke daran reichte aus, Michael einen Schauer über den Rücken zu jagen.

»Ich hab dir einen Malzkaffee gemacht, Michi.« Hertha Baumann kam mit einer Tasse des aufgebrühten Instant-Getränks zurück ins Wohnzimmer und stellte sie vor ihn auf den Tisch. Ihre Wangen waren vor Aufregung gerötet. »Das hat dir doch früher so gut geschmeckt.«

Michael schob die Tasse beiseite. »Damals gab es ja auch nichts anderes. Ich muss mit dir reden, Mutti.«

Hertha Baumanns Blick glitt zur Tür.

»Hast du etwa immer noch Angst vor Vater?« Michael schüttelte ungläubig den Kopf. »Er ist alt und dement. Warum gibst du ihn nicht endlich in eine Pflegeeinrichtung?«

Sie sah ihren Sohn entsetzt an. »Wir sind immer noch eine Familie. Da steht man zueinander.«

Michael entfuhr ein nervöses Lachen. »Entschuldige, Mutti. Aber das aus deinem Mund zu hören, ist so was von absurd.« Er riss sich zusammen. »Wenn du es ernst meinst, dann hilf mir. Hilf mir, sie zu finden.«

»Du weißt, dass ich das nicht kann.« Hertha Baumann fuhr sich unruhig über den locker zusammengebundenen Dutt.

»Du kannst nicht, oder du willst es nicht?«

Der Blick seiner Mutter wurde hart. »Die Polizei war hier. Wir hatten eine Vereinbarung, Michael.«

»Aber das ist doch nicht meine Schuld. Ich versteh überhaupt nicht, wovor du solche Angst hast. Die Zeiten haben sich doch längst geändert.« Verzweifelt sah er in ihre unerbittliche Miene. Was hatte er erwartet? So war sie schon immer gewesen. Zumindest bis auf das eine Mal, als sie ihm Wenningers Adresse geschickt hatte. Doch Kurt Wenninger war tot, und wenn seine Mutter ihm nicht half, würde er niemals die Wahrheit erfahren. Er stand auf. »Wenn du mir nicht hilfst, wirst du mich nie wiedersehen.«

Ihr Kiefer malmte und Michael spürte, wie seine Mutter mit sich rang.

Er spielte seinen letzten Trumpf aus. »Und du wirst niemals dein Enkelkind kennenlernen.«

Seine Mutter riss die Augen auf. »Du wirst Vater?«

»Das bin ich bereits«, erwiderte Michael leise. Er sah, wie die Härte aus ihren Augen wich und Ungläubigkeit den Platz einnahm.

»Du hast eine Familie? Und du hast uns nichts gesagt?« Hertha Baumann wirkte mehr irritiert als verletzt. »Einen Jungen oder ein Mädchen?«

»Ein Mädchen. Sie heißt Maja.«

»Maja«, murmelte seine Mutter und trat einen Schritt auf ihn zu.

Über ihren Köpfen ertönte ein lautes Klopfen. »Hertha!«

Ihr Blick flog gehetzt zur Tür.

»Mutti«, bat Michael sie inständig.

Doch Hertha Baumann schüttelte den Kopf und eilte aus dem Raum.

Es hatte Malin sämtliche Überredungskünste gekostet, ihren Führer nach Abschluss der Gruppenbesichtigung davon zu überzeugen, mit ihr nicht nur nochmals den Zellentrakt aufzusuchen, sondern sie zudem in den Raum mit der Nummer 208 zu lassen.

»So etwas hatten wir noch nie«, murmelte er und öffnete die Tür. Es war eine Einzelzelle.

»Würde es Ihnen etwas ausmachen, hinter mir die Tür zu schließen?«, fragte Malin, als sie sah, dass am Ende des Flurs eine Besuchergruppe im Anmarsch war.

»Solange Sie da bald wieder rauskommen. In einer halben Stunde habe ich die nächste Führung.«

»Danke.« Malin trat in die Zelle und mit einem lauten Rumms fiel die Tür hinter ihr ins Schloss.

Es sah alles genauso aus wie in der anderen Zelle, die sie bereits gesehen hatte. Die gleichen Möbelstücke, das mit Glassteinen zugemauerte Fenster, das Beige an den Wänden und der zerkratzte Linoleumboden. Vor der Zellentür ertönte lautes Fußgetrappel. Dann war es still.

Malin legte sich auf die Pritsche, starrte zur Neonröhre an der Decke und dachte an die Erläuterungen des Zeitzeugen. Das grelle Licht hatte in einigen Zellen Tag und Nacht gebrannt. Das führte zum Verlust des Raum- und Zeitgefühls und diente ebenso wie das ständige Ein- und Ausschalten der Lichtquelle als Hilfsmittel, die Häftlinge mürbe und gefügsam zu machen.

Ihr wurde ein wenig mulmig, alleine in der Zelle, hinter einer verschlossenen Tür. Was hatte der Zeitzeuge gesagt? Völlige Isolation von der Außenwelt? Ein schrecklicher Gedanke.

Malin setzte sich auf und sah zum Türspion. Eine bedrohend starrende, anonyme Pupille, durch die man jederzeit beobachtet und kontrolliert werden konnte. Hinzu kamen die strikten Regeln, die jeder Häftling einzuhalten hatte. Das Liegen auf der Pritsche war nur in der Nacht gestattet, dabei hatten die Hände vorschriftsmäßig auf der Bettdecke zu liegen. Keine Selbstgespräche. Kein Pfeifen. Und kein Sport. Was für ein Horror, dachte Malin und stand auf. Es waren sieben Schritte von der Wand mit den Glasbausteinen bis zur Zellentür. Sieben Schritte, die ausreichen mussten, um sich körperlich fit zu halten. Sie setzte sich auf den kleinen Hocker, stützte ihre Ellenbogen auf und starrte zur Pritsche.

Einer der Häftlinge, der auf dieser Pritsche gelegen hatte, stand in Zusammenhang mit dem Mord an Kurt Wenninger. Doch was war das Motiv? Was hatte sich in diesem Raum abgespielt? Was für ein Schicksal stand hinter dem Menschen mit der Zellennummer 208?

21. April 1979

Sie war schwanger! Zumindest war das die einzige logische Erklärung für ihr permanentes Unwohlsein. Die ständige Übelkeit, dazu die Schwindel-Attacken, das Ziehen in den Brüsten und seit ein paar Tagen meinte Rena eine leichte Wölbung an ihrem Bauch zu erkennen. Sie überschlug in Gedanken die Zeit seit ihrer letzten Regelblutung, doch das war schwierig – noch immer wusste sie nicht, wie lange man sie schon an diesem Ort festhielt. Zwischen der zwölften und sechzehnten Woche, schätzte Rena und spürte seit langer Zeit erstmals wieder ein Glücksgefühl.

»Du bekommst endlich ein Geschwisterchen, Romy«, flüsterte Rena und legte ihre rechte Hand auf den Bauch. Im nächsten Moment zog sie ihre Hand wieder zurück und mit der abrupten Bewegung kam die Angst. Was würde man mit ihr machen, wenn bekannt wurde, dass sie schwanger war?

Ich muss es für mich behalten, dachte Rena. So lange wie nur irgendwie möglich.

Sie hörte Schritte im Flur, die näher kamen und schließlich vor ihrer Zellentür Halt machten. Rena starrte zum Türspion. Sie konnte regelrecht fühlen, dass man sie begutachtete. Wie ein Stück Vieh, dachte sie verbittert. Doch ab jetzt musste sie sich zusammenreißen. Nicht nur für Romy, sondern auch für das kleine Wesen, das sie unter ihrem Herzen trug.

Schlüssel rasselten in der Zellentür. Rena erhob sich vom Hocker, stellte sich mit dem Gesicht zur Wand, die Hände offen auf dem Rücken, und meldete sich mit ihrer Zellennummer.

»Zwohundertachteins. Komm'se!« Der Läufer war ein großer, hagerer Mann mit ausdruckslosem Gesicht.

Rena verließ den Raum, stellte sich, wieder nach Vorschrift, neben die Zellentür und wartete, bis sie verschlossen war. Dann folgte sie mit drei Schritten Abstand dem Läufer. Auch dabei hielt sie ihre Hände auf dem Rücken.

Die Ampelanlagen in den Gängen leuchteten grün. Gang

entlang, zwei Stockwerke hoch, durch eine Stahltür, im nächsten Gang lagen die Vernehmerzimmer. Vor einer der Türen blieb der Läufer stehen und Rena musste erneut die vorschriftsmäßige Position einnehmen.

Schließlich durfte sie in den Raum treten und auf einem Hocker in einer Zimmerecke Platz nehmen.

Hinter dem Schreibtisch saß ein junger Mann, der Rena freundlich anlächelte. Blond, Sommersprossen, Lausbubengesicht. »Schön, dass wir uns so bald wiedersehen«, sagte er spöttisch und schenkte sich aus einer großen Kanne eine Tasse Kaffee ein. Der Duft stieg Rena in die Nase. Der Vernehmer startete das Aufnahmegerät auf seinem Tisch. »Haben Sie sich endlich zur Mitarbeit entschlossen?«

Rena schwieg.

»Sie sollten an Ihr Kind denken. Es liegt ganz an Ihnen, was mit Ihrer Tochter geschieht.«

»Wie meinen Sie das? Wo ist Romy?«

Der Vernehmer schüttelte den Kopf. »Sie verlangen von uns Informationen? Sie, die Sie sich nicht dazu in der Lage sehen, uns Antworten auf ein paar einfache Fragen zu geben?«

»Ich habe Ihre Fragen beantwortet«, entgegnete Rena mit so fester Stimme, wie es ihr möglich war.

»Müssen wir denn wirklich noch mal von ganz vorne beginnen?« Der Vernehmer zog einen Teller mit einem Stück Schokoladenkuchen zu sich heran. Renas Lieblingskuchen. »Wissen Sie, wir haben Zeit. Uns ist es egal, ob es Monate oder Jahre dauert, bis Sie klüger werden. Aber Sie, wie lange wollen Sie das noch durchhalten?«

»Ich möchte einen Anwalt sprechen.«

»Das ist Ihr gutes Recht, wir haben Ihren Antrag auch bereits weitergeleitet. Wir sind schließlich keine Unmenschen.« Er schob sich mit der Kuchengabel ein Stück Kuchen in den Mund und kaute genüsslich. »Sie könnten Ihre Situation erheblich verbessern, indem Sie endlich Stellung beziehen.«

»Stellung wozu?«

»Beihilfe zur Republikflucht ist ein ernsthaftes Vergehen.« Der Vernehmer legte die Kuchengabel beiseite. »Sie haben von

den Fluchtabsichten Ihres Mannes gewusst. Wann haben Sie das erste Mal mit ihm darüber gesprochen?«

»Gar nicht«, erklärte Rena müde. »Mein Mann hatte keine Fluchtabsichten, und er hat auch niemals davon gesprochen. Er hätte uns doch niemals alleine gelassen. Das Ganze muss ein Irrtum sein.« Sie schluchzte verzweifelt auf.

»Und dass Ihr Mann ein Verhältnis zu einer anderen Frau unterhält, davon wollen Sie also auch nichts wissen, oder wie soll ich Ihre Antwort verstehen?«

»Ich habe Ihnen schon gesagt, dass ich Ihnen das nicht glaube.«

»Das sollten Sie aber. Schließlich haben Sie Ihre Lage Ihrem Mann zu verdanken.«

»Das ist eine Lüge«, erwiderte Rena leise.

Das Lausbubengesicht schüttelte den Kopf. »Ausgerechnet Sie bezichtigen mich einer Lüge? Soll ich das so ins Protokoll aufnehmen?«

Rena schwieg.

»Wie gesagt, wir haben Zeit. Viel Zeit.« Der Vernehmer trank einen Schluck Kaffee. »Eigentlich müsste ich Ihnen das jetzt nicht sagen, aber vielleicht interessiert es Sie, dass Ihr Vater aufgrund der Vorkommnisse um Sie und Ihre Enkeltochter einen Herzinfarkt erlitten hat.« Er griff zum Telefonhörer. »Abholen!«

Kalte Angst ergriff Rena. »Was ist mit meinem Vater?« Es wurde an die Tür geklopft und der Läufer erschien. »Bitte, wie geht es meinem Vater?«, flehte Rena.

Der Vernehmer langte nach der Gabel und aß seelenruhig seinen Schokoladenkuchen.

Rena wurde abgeführt.

21

Es war bereits später Nachmittag, als Malin den Taxi-Fahrer am Harvestehuder Weg bezahlte. Obwohl das Familienessen bereits seit Stunden vorbei war, hatte es sie nach ihrer Rückkehr aus Berlin zum Haus ihrer Mutter getrieben. Sie blieb einen Moment in der Auffahrt stehen, um die Aussicht zu genießen. Hinter gepflegten Parkanlagen und der langen Uferpromenade schimmerte die Außenalster.

Nur zögernd wandte Malin sich um und sah zu der weißen Jugendstilvilla, die sich bereits seit mehreren Generationen im Familienbesitz befand. Das Haus ihrer Kindheit.

Sie und ihr Vater hatten beim Sonntagsfrühstück ein geheimes Ritual gehabt. Es begann, sobald ihr Vater Malin verschwörerisch zuzwinkerte und fragte: »Sollen wir später die Enten füttern gehen, Malin?«

Immer wenn Malin dachte, ihre Mutter würde es nicht bemerken, schmuggelte sie kleine Brötchenstücke unter die Tischdecke, um sie dort in eine Papiertüte zu stecken. Natürlich hätte sie auch die Köchin um etwas Brot für die Enten bitten können, doch auf diese Art war es viel lustiger. Sobald ihre Mutter nach dem Frühstück in ihrem Arbeitszimmer verschwand, war Malin an der Hand ihres Vaters an die Alster gelaufen. Sie hatten die Enten gefüttert und anschließend dicht aneinandergekuschelt auf ›ihrer‹ Bank direkt am Ufer gesessen, und Malin hatte den Geschichten ihres Vaters gelauscht.

Ihr Hals schnürte sich zu und sie versuchte, die Erinnerung abzuschütteln. All die Jahre hatte sie die Bilder in einem geheimen Winkel ihres Gehirns in Schach gehalten, jetzt drängten sie mit aller Wucht hervor.

War ihr Vater die ganze Zeit in Berlin gewesen? Doch warum hatte er niemals Kontakt zu ihr aufgenommen? Warum hatte er sie nie besucht, angerufen oder ihr zumindest geschrieben?

Und warum konnte sie noch immer diesen verdammten

Schmerz fühlen, von dem sie gedacht hatte, er wäre längst vorbei?

»Malin!«

Sie drehte sich um. Constanze Heidenberg stand im Eingangsportal der Villa und blickte stirnrunzelnd zu ihrer Tochter. Wie immer war sie erstklassig gekleidet. Dunkelblauer Hosenanzug, weiße Bluse, dazu die obligatorische einreihige Perlenkette. Das honigblonde Haar trug sie zu einem perfekt sitzenden Pagenkopf frisiert. »Warum stehst du hier draußen im Regen rum?«

Erst jetzt bemerkte Malin, dass es nieselte. »Ich war abgelenkt«, erklärte sie, als sie ihrer Mutter etwas steif gegenüberstand. Sie hatte sich noch immer nicht an die veränderte Situation zwischen ihnen gewöhnt. »Tut mir leid, dass ich nicht beim Essen war. Ich hatte noch einen Termin – in Berlin.« Sie beobachtete die Miene ihrer Mutter, doch die Erwähnung der Hauptstadt schien bei ihr keine Reaktion auszulösen.

»Du hättest anrufen können«, entgegnete Constanze Heidenberg leicht ungehalten. Dann wurde ihre Stimme versöhnlicher. »Komm rein, dann können wir zumindest noch gemeinsam einen Kaffee trinken.«

Malin sah an ihrer Mutter vorbei ins Haus. Etwas zog sich in ihrem Bauch zusammen. Sie würde es nicht schaffen, hineinzugehen. Nicht heute. Schnell fingerte sie in ihrer Jackentasche nach dem Handy und hielt es hoch. »Tut mir leid, ich habe gerade einen Anruf bekommen. Fricke braucht mich.«

Constanze Heidenbergs linke Augenbraue schnellte in die Höhe. »Das ist bedauerlich. Dann hoffe ich, dass ich dich nächsten Sonntag zu Gesicht bekomme.«

»Ich komme«, versicherte Malin und verabschiedete sich.

Am Harvestehuder Weg hielt sie das nächste Taxi an und nannte dem Fahrer ihre Adresse. Während der Fahrt rief sie Thies an, um ihre Verabredung abzusagen. Sie wollte niemanden mehr sehen oder sprechen. Sie wollte alleine sein.

22

Es war kurz vor acht, als Malin die Tür zum Büro der Mordkommission aufstieß und ihr ein dunkles Augenpaar unter einem braunen Haarschopf entgegenblickte.

»Fred! Du bist zurück.« Sie ließ sich auf ihren Schreibtischstuhl sinken und sah ihren Teampartner an. Seine Haut war braungebrannt und in den vier Wochen, seit sie sich zuletzt gesehen hatten, war auch sein kurz geschnittenes Haar wieder nachgewachsen. Eine dunkle Locke fiel ihm in die Augen. Malin merkte, dass sie ihn anstarrte.

Frederick Bartels war es offenbar auch aufgefallen. »Du hast mich vermisst?« Er grinste.

»Ja. Nein, ich meine, wir hätten dich hier gut brauchen können.«

Bartels hielt eine Akte hoch. »Ich hab mir den Fall Wenninger schon angesehen. Eine unschöne Sache. Und wie es scheint, gibt es auch noch keine konkrete Spur.«

Malin stellte ihren Computer an. »Das hat sich mittlerweile geändert.«

»Davon steht hier drinnen aber nichts.« Bartels klopfte auf die Akte.

Durch die offene Bürotür ertönten Stimmen im Flur und nacheinander erschienen Tiedemann und Andresen.

»Mensch, Alter!« Andresen klopfte Bartels erfreut auf die Schulter. »Wurde ja auch Zeit, dass du hier mal wieder auftauchst. Und? Wie war es mit den Dönerschnitten? Apropos. Hast du schon die Neue von der KTU gesehen? Die Dänin?« Er grinste anzüglich. »Das ist 'ne Hammerbraut, sage ich dir.«

Bartels lachte und wandte sich Tiedemann zu. »Hallo, Ole, alles klar?«

Tiedemann nickte. »Schönen Urlaub gehabt? Du siehst erholt aus.«

»Bin ich auch. Und wie es scheint, könnt ihr mich gut brauchen.« Bartels wies mit dem Kopf zum Whiteboard mit den Tatortfotos von Kurt Wenninger.

»Das können wir in der Tat«, meldete sich Fricke zu Wort, der in der Tür erschien. Sein Blick fiel auf den Rollwagen mit den Akten, der noch immer an Ort und Stelle stand, wie vor dem Wochenende. »Was ist das denn alles?«

»Das sind die Patientenakten aus Wenningers ehemaliger Praxis«, erwiderte Malin.

Fricke krauste die Stirn. »Wenn wir uns weiter nur mit diesem ganzen Papierkram beschäftigen, kommen wir niemals voran. Was hat deine Recherche wegen Herzog ergeben, Brodersen?«

»Ehrlich gesagt, so gut wie nichts. Außer der Homepage und ein paar Artikeln über die Kanzlei habe ich im Internet nichts gefunden. Aber ich versuche noch Informationen über seine Frau im Netz zu finden. Vielleicht hilft uns das.«

»Ein weiterer Strohhalm«, brummte Fricke und ging zum Sideboard, um sich an der Kaffeemaschine einen Kaffee einzuschenken.

»Ich war am Wochenende in Berlin«, informierte Malin ihren Chef.

»Ach.« Er drehte sich mit dem Becher in der Hand zu ihr um. Auf seiner Stirn prangte eine tiefe Falte.

»Du hast doch gesagt, dass ich noch mal mit Michael Baumann sprechen soll.«

»Ich habe gesagt, du sollst dir das Wochenende freinehmen«, korrigierte er sie. »Es war niemals die Rede davon, dass du nach Berlin fährst.« Er setzte sich auf Bartels' Schreibtischkante.

Malin grinste.

»Sie hat was rausgefunden«, stellte Tiedemann nach einem Blick auf ihr Gesicht trocken fest.

»Na, dann raus mit der Sprache«, forderte Fricke sein jüngstes Teammitglied auf.

Malin berichtete zunächst von Ina Baumanns widersprüchlichen Aussagen, in denen es um den Zettel mit Wenningers Adresse ging. »Ich bin sicher, die beiden haben gelogen.«

»Das ist in der Tat eine merkwürdige Geschichte«, sagte Fricke. »Allerdings befürchte ich, dass wir Michael Baumann in der Hinsicht nichts nachweisen können. Hat er einem Speicheltest und einem Fingerabdruck-Abgleich zugestimmt?«

Malin nickte.

»Gut. Wir warten ab, bis die Ergebnisse vorliegen, ehe wir uns weitere Schritte überlegen.«

»Da fällt mir ein, ich muss den Berliner Kollegen noch Bescheid geben.« Sie schrieb sich eine kurze Notiz auf ein Post-it und klebte den Zettel an ihren Computermonitor. »Im Anschluss habe ich Baumanns Eltern aufgesucht.«

»Die Eltern?«, fragte Andresen. »Warum das denn?«

»Nennen wir es mal Intuition.«

»Die Brodersensche Intuition meinst du wohl eher«, witzelte Andresen.

Tiedemann warf seinem Kollegen einen strengen Blick zu. »Jetzt lass sie doch mal ausreden.«

»Danke, Ole.« Malin erzählte von dem Gespräch mit Michael Baumanns Eltern, erwähnte Horst Baumanns Generals-Vergangenheit, berichtete von Elif Yilmaz' Anruf, dem Treffen mit der Informantin und beendete ihren Bericht schließlich mit dem Besuch der Gedenkstätte. Dabei hielt sie die Entdeckung der Zellennummer noch zurück, damit ihre Kollegen die bisherigen Informationen verarbeiten konnten.

»Das mit den Gutachten klingt interessant«, sagte Fricke. »Auch wenn das für uns noch mehr Papierkram bedeutet. Konntest du in Erfahrung bringen, ob davon noch Unterlagen existieren?«

Malin schüttelte den Kopf. »Die ganze Info ist inoffiziell, aber da es um ein Forschungsprojekt ging, gibt es möglicherweise darüber noch Aufzeichnungen. Ich befürchte allerdings, dass wir dafür den langen Dienstweg gehen müssen. Freiwillig rücken die Verantwortlichen der Charité die Unterlagen bestimmt nicht raus.«

»Und wenn wir es über die BStU versuchen?«, schlug Tiedemann vor.

»DDR? Stasi? Hohenschönhausen? Und was bitte schön ist die BStU?« Bartels sah verwirrt von einem Kollegen zum anderen.

»Die Behörde für den Bundesbeauftragten für Stasi-Unterlagen«, klärte Tiedemann ihn auf.

»Also gut, ich werde dann mal die behördliche Maschinerie in Gang setzen.« Fricke erhob sich von Bartels' Schreibtisch. »Allerdings sollten wir uns auf eine lange Wartezeit einstellen. So lange kümmert ihr euch weiter um eure Aufgaben. Bleibt bei den *Schmauchfreunden* am Ball, redet noch mal mit jedem, der mit Wenninger Kontakt hatte, und wenn es der Bäcker ist, bei dem er seine Brötchen kaufte. Außerdem möchte ich, dass du dich weiter an Wenningers Schwester und an Michael Baumann hängst, Brodersen. Ich will wissen, was hinter dieser Erbschaftsgeschichte steckt.«

»Mein Reden«, sagte Andresen zufrieden. »Diese ganze DDR-Nummer ist in meinen Augen völliger Humbug.«

»Das glaube ich nicht.« Malin wartete einen Moment, dann ließ sie die Bombe platzen. »Ich habe herausgefunden, wofür die Nummer steht.«

Fricke krauste die Stirn. »Welche Nummer?«

»Die Nummer, die in Wenningers Rasen gemäht wurde. Die 208.« Malin reichte Fricke ihr Handy mit der abfotografierten Zellentür.

»Das ist ja ein Ding.« Fricke reichte das Handy an Tiedemann weiter. »Ist das in dieser ehemaligen Haftanstalt?«

»Jep.«

»Ich will ja nicht pingelig sein«, sagte Andresen, nachdem er ebenfalls einen Blick auf das Handyfoto der Einzelzelle geworfen hatte. »Aber im Rasen war 208/1 eingemäht und nicht 208.«

Malin grinste. »Die Zahl hinter dem Strich ist die Belegungsnummer und steht für die jeweilige Pritsche in der Zelle. Da es auch Zweipersonenzellen gab, wurden sie separat durchgezählt. Das galt auch für Einzelzellen.«

»Das wirft natürlich ein ganz neues Licht auf die Sache«, gab Andresen zu und reichte Malin ihr Handy zurück. »Das ist eindeutig ein Zufall zu viel.«

»Ich habe mir ein Buch besorgt, in dem einige Stasi-Häftlinge über ihr Schicksal berichten«, erzählte Malin. »Es ist unglaublich, welcher Willkür und psychischem Druck die Menschen dort ausgeliefert waren.«

Fricke sah seine Mitarbeiterin aufmerksam an. »Du meinst, es geht um Rache?«

»Möglich. Zumindest bin ich fest davon überzeugt, dass der Mord an Wenninger mit einem der Häftlinge der Zelle 208 in Zusammenhang steht. Die eingemähte Nummer war eine Botschaft für Wenninger.«

»Aber warum erst jetzt?« Bartels stellte die Frage, die Malin bereits seit geraumer Zeit im Kopf herumspukte. »Fünfundzwanzig Jahre nach der Wende?«

»Das ist eine der Fragen, deren Antwort wir noch finden müssen.«

Andresen seufzte. »Mensch, Mensch, Mensch. Da lob ich mir doch die guten alten Beziehungstaten.«

»Also gut, Brodersen«, brummte Fricke. »Finde raus, wer bei der Gedenkstätte unser Ansprechpartner ist, vielleicht gibt es irgendwelche Häftlingslisten. Und es wäre gut, wenn du noch mal deinen Kontakt an der Charité anzapfst. Wir brauchen mehr Informationen über Wenningers Forschungsprojekt.« Fricke massierte sich mit Daumen und Zeigefinger den Nasenrücken. »Ich glaube, das wird ein schwieriger Zahn, den wir da zu ziehen haben.« Mit grimmigem Gesicht verließ er das Büro.

»Hast du heute nach der Arbeit schon was vor?«, fragte Bartels seine Kollegin, nachdem Fricke verschwunden war.

»Nein. Warum fragst du?«

»Ich würde gerne etwas mit dir besprechen. Also, wenn du Zeit hast, könnten wir zusammen bei Emilia essen.«

»Emilia hat montags geschlossen. Lass uns ins *Caffé 42* gehen, das ist gleich um die Ecke.«

Bartels nickte. »Sag mal, soll ich mich vielleicht um die weitere Recherche über Wolfgang Herzog und seine Frau kümmern?«

»Das wäre prima, dann kann ich mich hinter die Gefängnissache klemmen.«

»Dann viel Glück dabei.« Bartels erhob sich. »Ich muss noch mal kurz zum Chef.«

»Alles klar.« Malin sah ihm hinterher. Sie ahnte, was Bartels mit ihr besprechen wollte, und spürte ein Ziehen in den Magengegend.

Zwei Stunden später lehnte sich Malin in ihrem Schreibtischstuhl zurück. Sie hatte die wichtigsten Telefonate erledigt und dabei einiges über das ehemalige Stasi-Gefängnis in Erfahrung gebracht.

Seit der Übernahme durch das Ministerium für Staatssicherheit 1951 waren in den insgesamt einhundertundzwei Zellen an die zwanzigtausend Menschen aus politischen Gründen inhaftiert gewesen. Noch immer existierten sogenannte Eingangslisten, auf denen die Namen und die Einlieferungsdaten vermerkt waren. Die Zellennummern gingen aus den Unterlagen jedoch nicht hervor, wie ihr der Pressesprecher der Gedenkstätte mitteilte. Dafür brauchte man die jeweilige Häftlingsakte. Diese Auskunft verpasste Malins anfängliche Euphorie einen gehörigen Dämpfer. Sie hatten keinen Namen, keine einzige Information, die ihre Suche eingrenzen würde.

Hinzu kam, dass die Gedenkstätte selbst über keinerlei Original-Unterlagen aus der Zeit des Haftbetriebes verfügte. Im Archiv waren zwar zahlreiches Fotomaterial und allgemeine Unterlagen über den Haftort vorhanden, sämtliche amtliche Dokumente lagerten hingegen bei der BStU.

»Und wieder mal ausgebremst«, stöhnte Malin. »Wie sollen wir ohne Unterlagen herausfinden, wer in der Zelle saß? Wie sollen wir überhaupt weiterkommen?«

Bartels, der mittlerweile wieder an seinem Schreibtisch saß, hob den Kopf. »Vielleicht über die Krankenakten der Patienten, die Wenninger an der Charité betreut hat?«

»Das leiert Fricke an, dauert aber vermutlich ewig. Vorausgesetzt, die Akten sind nicht schon längst dem Reißwolf zum Opfer gefallen.«

Bartels machte ein nachdenkliches Gesicht. »Mal angenommen, der Mord an Kurt Wenninger hat wirklich etwas mit einer Personen zu tun, die in Zelle 208 inhaftiert war, muss es dann unbedingt mit einer Krankengeschichte zusammenhängen? Könnte es dabei nicht um die Inhaftierung der Person an sich gehen?«

»Ich kann dir nicht ganz folgen«, sagte Malin irritiert.

»Soweit ich informiert bin, waren im Stasi-Gefängnis ausschließlich politische Häftlinge. Also Menschen, die entweder aus der DDR ausreisen oder fliehen wollten.«

Malin nickte. »Teilweise reichte sogar schon eine Mitwisserschaft für eine Verhaftung aus.«

»Vielleicht war Kurt Wenninger schuld daran, dass die Person, die wir suchen, inhaftiert wurde.«

»Du meinst, Wenninger war ein Spitzel?«

»Könnte doch möglich sein.«

Malin überlegte. »Wir wissen nicht, ob es eine Stasi-Akte über Wenninger gibt, aber vermutlich hätten uns das die Berliner Kollegen mitgeteilt, wenn es der Fall wäre.«

»Nur weil unsere Kollegen keine Kenntnis von einer Akte haben, heißt es noch lange nicht, dass keine existiert«, gab Bartels zu bedenken. »Ich habe mir die Website von der BStU angesehen. In deren Archiven lagern einhunderelf Kilometer Aktenmaterial, allesamt sichergestellte Unterlagen des MfS, zahlreiche Akten wurden bis heute nicht erschlossen. Und es gibt noch immer Tausende von Kisten und Papiersäcke mit zerrissenem Schriftgut, das darauf wartet, rekonstruiert zu werden. Also, wenn wir Pech haben, liegen die benötigten Informationen über Wenninger noch irgendwo in den Archiven.«

»Und was schlägst du vor?«

»Abgsehen davon, dass wir bei der BStU dringend einen Antrag auf Akteneinsicht stellen sollten, konzentrieren wir uns zunächst auf die Menschen, die mit Wenninger eine gemeinsame DDR-Vergangenheit haben.«

»Du meinst die *Schmauchfreunde*?« Malin stöhnte. »Wir drehen uns im Kreis, Fred.«

»Dieser Wolfgang Herzog«, sprach Bartels unbeeindruckt weiter, »ist nur wenige Jahre jünger als Kurt Wenninger. Und ebenfalls aus Ost-Berlin. Es wäre also durchaus denkbar, dass die beiden sich schon zu DDR-Zeiten kannten. Zudem ist Herzog der Leiter der *Schmauchfreunde*. Und jetzt, wo wir wissen, dass noch mehr hinter diesem Pfeifenclub steckt, als zunächst gedacht, sollten wir diese Tatsache nicht aus den Augen verlieren. Vielleicht war Herzog in der DDR ein hohes Tier.«

Malin seufzte. »Das sind doch alles nur Vermutungen. Wir wissen absolut nichts über Herzogs Vergangenheit, oder hast du mittlerweile mehr Erfolg gehabt als ich?«

Bartels sah auf seinen Monitor. »Herzogs Frau ist eine geborene Jessen.«

»DIE Jessens?«, fragte Malin überrascht. Hans-Ulrich Jessen war der Gründer eines international agierenden Maschinenbaukonzerns und galt als eine der größten Unternehmerpersönlichkeiten Hamburgs.

Bartels nickte. »Die jüngste Tochter. Verena Herzog sitzt im Aufsichtsrat der Jessen AG. Wenn man den einschlägigen Klatschspalten im Netz Glauben schenkt, war sie in früheren Jahren so etwas wie der Augapfel ihres Vaters. Das Verhältnis soll sich allerdings nach der Heirat mit Herzog abgekühlt haben.« Der Drucker ratterte und Bartels zog ein Blatt mit einem Presse-Foto raus, das er Malin reichte. Es war ein Familienfoto der Jessens, deren zahlreiche Mitglieder sich um den auf einem Stuhl sitzenden Patriarchen gruppiert hatten. Verena Herzog stand mit ihrem Mann Wolfgang am äußersten Rand.

»Ich bin Hans-Ulrich Jessen vor einigen Jahren begegnet«, fiel es Malin ein. »Bei einer Veranstaltung, zu der mich meine Mutter mitgeschleppt hat. Ich kann mich noch erinnern, dass er damals auf mich einen stockkonservativen Eindruck gemacht hat.« Sie gab Bartels das Foto zurück. »Aber ich befürchte, dass uns der Umstand, dass Herzogs Frau eine Jessen ist, bei unserer Ermittlung nicht weiterbringt.«

»Möglicherweise hast du recht, aber Fricke möchte, dass wir graben. Und ich habe mich entschieden, den Spaten genau an dieser Stelle anzusetzen.« Bartels erhob sich und griff nach seiner Jacke. »Ich statte den Herzogs jetzt einen Besuch ab. Kommst du mit?«

Malin schüttelte den Kopf. »Ich hab noch massenhaft Schreibtischarbeit zu erledigen.«

»Dann bis später.« Er lächelte verschmitzt und verließ das Büro.

Malin zog den Zettel mit den Notizen zu sich heran, die sie sich während des Telefonats mit dem Pressesprecher der Gedenkstätte Hohenschönhausen gemacht hatte. Eine Idee schoss ihr in den Kopf. Sie griff nach dem Telefon.

Er hatte den dunkelhaarigen Mann schon vom Fenster der Kanzlei aus ins Haus gehen sehen. Ein ziemlich gutaussehender Typ, lässig gekleidet, mit schlanker, sportlicher Statur, etliche Jahre jünger als er selbst. Und wesentlich besser in Schuss, dachte Wolfgang. Er strich sich über seinen Bauch, der von Jahr zu Jahr mehr an Umfang zulegte.

Jetzt saß dieser Typ in seiner Küche und turtelte mit seiner Frau. Verenas helles Lachen, das er so liebte, drang durch die halbgeöffnete Tür und ließ sämtliche Alarmglocken in ihm schrillen. Was war das für ein Kerl? Lud sich Verena etwa einen Verehrer ein, um ihn zu provozieren? Zuzutrauen wäre es ihr.

Wolfgang war kurz davor, in die Unterhaltung zu platzen, als er ein paar Wortfetzen aufschnappte.

»Warum fragen Sie mich danach?« Verena klang nun deutlich reservierter.

»Das sind reine Routinefragen«, erklärte der Dunkelhaarige.

Der Typ war von der Polizei ... Wolfgang trat einen Schritt zurück in den Flur. Doch warum wurde seine Frau befragt?

»Ja, ich weiß von der Vergangenheit meines Mannes«, erklärte Verena gerade.

»Können Sie das möglicherweise etwas präzisieren?«

Wolfgang stieß die Tür auf. »Ach, Schatz, du hast Besuch?«

Der Dunkelhaarige erhob sich. »Bartels. LKA Hamburg.«

»Sie wollten zu mir?«

»Nein, ich wollte mit Ihrer Frau sprechen«, erwiderte der Kriminalbeamte. »Alleine.«

Wolfgang ließ sich seine Verstimmung nicht anmerken, holte aus dem Küchenschrank ein Glas und schenkte sich in aller Seelenruhe ein Wasser ein. »Meine Frau und ich haben keine Geheimnisse voreinander. Stimmt's, Schatz?«

Verena Augen glitzerten spöttisch. »Mein Mann war Mitglied der SED.« Sie wandte sich dem Kriminalbeamten zu. »Das wollten Sie doch wissen, oder?«

Wolfgang knallte das Wasserglas auf die Küchenzeile. »Verena!«

Seine Frau lächelte süffisant. »Warum sollen wir länger ein Geheimnis daraus machen?«

Wolfgang kochte vor Wut und hatte alle Mühe, seine Emotionen in Griff zu bekommen. »Die Katze ist wohl aus dem Sack«, bemerkte er mit einem Anflug von Ironie. »Im Grunde spielt es ohnehin keine Rolle mehr. Was wollen Sie wissen?«

»Kannten Sie Kurt Wenninger schon zu DDR-Zeiten?«

Wolfgang spürte Schweißperlen auf seiner Stirn. Er zwang sich zur Ruhe. Was wusste die Polizei?

»Herr Herzog?« Der Blick des Kriminalbeamten schien sich in ihn zu bohren. »Das war eine ganz einfache Frage.«

»Ja, ich kannte Kurt von früher.«

»Bei Ihrem Gespräch mit meinen Kollegen haben Sie sich aber anders geäußert. Sie haben sogar behauptet, dass Sie nicht wussten, dass Herr Wenninger in Ost-Berlin gelebt hat.«

»Herrgott noch mal«, entfuhr es Wolfgang. »Sie wären doch bloß auf falsche Gedanken gekommen. Sobald man über seine ehemalige Parteizugehörigkeit spricht, ist man doch gleich als Verbrecher abgestempelt. Ich wollte mir die ganzen Diskussionen vom Hals halten, das alles ist doch ohnehin längst Geschichte.«

»War Kurt Wenninger ebenfalls Mitglied der SED?«, hakte Bartels nach.

Wolfgang griff nach dem Wasserglas. »Kurt hat das jedenfalls immer strikt abgestritten.«

»Also nein?«

»Ich weiß es nicht«, erwiderte er ungehalten und trank einen Schluck Wasser.

»Aber Sie wissen, dass Herr Wenninger an der Charité als Psychiater gearbeitet hat.«

»Ja, das war auch nie ein Geheimnis.«

»Und seine Arbeit mit den Häftlingen?«

»Darüber weiß ich nichts«, erwiderte Wolfgang scharf. »Was wollen Sie mit Ihren Fragen eigentlich bezwecken? Glauben Sie etwa, die alten Geschichten haben mit dem Mord an Kurt zu tun?«

»Das darf ich Ihnen nicht sagen.«

»Ja, ja, ich weiß, laufende Ermittlung.« Er strich sich mit dem Handrücken die Schweißperlen von der Stirn.

»Herr Herzog, gab es in Ihrer gemeinsamen DDR-Zeit irgendeinen Vorfall, der Auslöser für den Mord an Ihrem Freund gewesen sein könnte?«

Wolfgang musterte den Kriminalbeamten. »Ihnen ist das wirklich ernst, oder?«

Bartels nickte.

»Und da wundern Sie sich, dass ich mit meiner Mitgliedschaft bei der SED nicht hausieren gehe«, stellte Wolfgang resigniert fest.

»Beantworten Sie meine Frage.«

»Nein, ich kann mich an keinen Vorfall erinnern«, entgegnete er harsch.

»Genauso wenig, wie Sie sich an den Streit beim Treffen der *Schmauchfreunde* am fünften August erinnern können?« Der Kriminalbeamte erhob sich, sah mit dem durchdringenden Blick seiner dunklen Augen erst zu ihm, dann zu seiner Frau und verließ, ohne eine Antwort abzuwarten, die Küche der Altbauwohnung. Sekunden später fiel die Haustür hinter ihm ins Schloss.

Wolfgang drehte sich zu seiner Frau um. »Verdammt, Verena. Warum musstest du ihm das erzählen?«

Sie lächelte ihn spöttisch an. »Die Polizei hat dich doch schon längst auf dem Kieker, da gilt es, die Waffen zu strecken. Sieh es als Ablenkungsmanöver.« Ihr Blick wurde abfällig. »Ich für meinen Teil nenne so etwas Schadensbegrenzung.« Verena machte auf dem Absatz kehrt.

Wolfgang starrte seiner Frau hinterher. Sein hellblaues Hemd hatte sich unter den Achseln dunkelblau verfärbt.

Das *Caffee 42* in einem der weißen Jugendstilhäuser am Mühlenkamp war wie gewohnt proppevoll. Trotz der nach dem milden Spätsommertag merklich abgekühlten Temperaturen saßen einige Gäste in Decken gehüllt auf der Terrasse.

Malin hatte in einer der Seitenstraßen einen Parkplatz für ihren Mini ergattert und erreichte mit zehnminütiger Verspätung das Ecklokal.

Frederick Bartels saß an einem der Bistrotische und studierte die Karte. Er hatte seine Hemdsärmel hochgekrempelt, einen weiteren Hemdknopf geöffnet, und wirkte sehr entspannt. Wie so häufig fiel ihm eine Locke ins Gesicht und Malin ertappte sich bei dem Wunsch, sie ihm aus der Stirn zu streichen. »Hallo, Fred. Entschuldige die Verspätung.«

Ihr Kollege hob den Blick. »Probleme bei der Parkplatzsuche?«

Malin nickte. »Ich sollte mir endlich ein Fahrrad kaufen.« Sie ließ sich auf den gegenüberliegenden Stuhl sinken.

Bartels reichte ihr die Karte. Sie entschied sich für die hausgemachte Quiche und eine Rharbarberschorle, und ihr Kollege winkte die Bedienung heran.

»Herzog hat Dreck am Stecken«, sagte Bartels, sobald die Kellnerin wieder außer Hörweite war. Er berichtete von dem Gespräch mit dem Anwalt und seiner Frau, und den offensichtlichen Spannungen zwischen den Eheleuten.

»Herzog war also Mitglied in der SED«, resümierte Malin. »Aber das waren viele. Interessant wäre es, zu erfahren, ob und in welcher Form er da möglicherweise aktiv war.« Die Kellnerin servierte die Getränke. Malin griff nach ihrem Glas und trank einen Schluck. »Und Herzog weiß nicht, ob Wenninger ebenfalls in der Partei war?«

»Oh, er weiß es. Glaub mir. Er will nur nicht darüber sprechen.«

»Warum bist du dir da so sicher?«

»Der Mann war schweißgebadet.«

»Vielleicht hat er Blutdruckprobleme. Was für einen Eindruck hattest du von seiner Frau?«

»Verena Herzog?« Bartels überlegte einen Moment. »Attraktiv. Reich. Rechthaberisch. Ein Biest.«

Malin lachte. Sie hatte einen ganz ähnlichen Eindruck von der Frau des Anwalts gewonnen. »Was machen wir jetzt mit Herzog?«

»Ich glaube nicht, dass wir bei dem vorerst weiterkommen. Herzog ist mit allen Wassern gewaschen. Vielleicht sollten wir mit unserem Wissen einen der anderen Schmauchbrüder abklopfen. Du hast doch mit einigen von denen gesprochen? Bei wem würdest du ansetzen?«

»Uwe Grabowsky«, sagte Malin spontan. »Er ist Journalist. Ein unangehmer Geselle. Hat mir gegenüber behauptet, nichts mehr mit den *Schmauchfreunden* zu tun haben zu wollen. Eine halbe Stunde nach unserem Gespräch hat er sich mit Herzog vor der Gastätte getroffen, in dem die Pfeifenclubtreffen stattfinden.«

Bartels grinste. »Warst du wieder in Miss-Marple-Manier unterwegs?«

Malin erwiderte sein Lächeln.

Dann wurde Frederick Bartels ernst. »Warum ich mit dir sprechen wollte, Malin ...« Er machte eine bedeutungsschwangere Pause. »Im Januar übernehme ich die Stelle von Peters aus 412.«

»Es hat also geklappt.« Sie drehte ihr Glas.

Bartels sah sie überrascht an. »Du hast es gewusst?«

»Fricke möchte, dass ich es dir ausrede.«

»Und hast du vor, es zu versuchen?«

»Nein.« Sie wich seinem Blick aus. »Du wirst deine Gründe dafür haben.«

»Die habe ich«, bestätigte Bartels. »Und sie haben nichts mit unserem Streit oder mit dir zu tun.«

Dieses Mal war es an Malin, überrascht zu sein. »Haben sie nicht?«

Bartels schüttelte den Kopf. »Ich will beruflich vorankommen, Malin. Ole ist seit ewigen Zeiten Frickes Stellvertreter. Die Wahrscheinlichkeit, dass ich irgendwann die Leitung des Teams übernehme, tendiert gegen null.« Er trank einen Schluck Bier. »Bei 412 steige ich auf zum Stellvertreter.«

Die Bedienung brachte ihr Essen. Bartels griff nach Messer und Gabel und schob sich ein Stück Crostini mit Thunfisch und Sardellen in den Mund. Dabei musterte er Malin eindringlich. »Verstehst du das?«

Sie stocherte in ihrer Quiche. »Es wird komisch sein, ohne dich. Aber vermutlich ist es so das Beste.«

»Das sehe ich genauso.«

Schweigend widmeten sie sich ihrem Essen.

»Und wie war dein Nachmittag am Schreibtisch?«, fragte Bartels, nachdem er seinen leeren Teller beiseitegeschoben hatte. »Hast du etwas herausgefunden, was uns weiterhilft?«

»Zumindest habe ich einen Ansatz.« Sie tupfte sich den Mund mit der Serviette ab. »Aber dafür muss Rosa mich erst zurückrufen.«

»Wer ist Rosa?«

»Meine Informantin, die eine Zeit lang mit Kurt Wenninger an der Charité zusammengearbeitet hat. Vielleicht weiß sie, in welchem Zeitraum Wenninger die Gutachten für Hohenschönhausen erstellt hat, dann lässt sich die Suche auf den Eingangslisten des Gefängnisses vielleicht einschränken.«

»Gute Idee.«

»Ich hoffe, sie meldet sich. Bisher weiß ich nur, wann sie mit Wenninger zusammengarbeitet hat.«

»Und wann war das?«

»1979«, sagte Malin und leerte ihr Glas.

23. Mai 1979

Rena konnte noch immer nicht glauben, dass sie das Protokoll tatsächlich unterschrieben hatte. Jeden Abend, wenn die Nachtruhe der anderen Insassen begann, hatte man sie aus ihrer Zelle geholt, und der Vernehmer hatte stundenlang, oft bis zum Morgengrauen, die gleichen Fragen gestellt. Sie wollen mir doch nicht weismachen, dass Sie von den Fluchtplänen Ihres Mannes nichts gewusst haben? Wer außer Ihnen hatte davon noch Kenntnis? Warum wollte Ihr Mann die DDR verlassen? Wann hatten Sie vor, ihm zu folgen?

Zwischen den Fragen lagen endlose Minuten des Schweigens, in denen Rena vor Müdigkeit fast vom Hocker fiel. Nach einigen Wochen nächtlicher Verhöre war sie psychisch und physisch am Ende und gestand schließlich all die Dinge, die man ihr vorwarf. Dinge, die niemals geschehen waren. Damit hatte sie nicht nur ihr eigenes, sondern auch das Schicksal ihres Mannes besiegelt. Noch immer war sie davon überzeugt, dass Peter nichts von dem getan hatte, was man ihr während der Vernehmungen weismachen wollte.

Warum, Rena? Warum nur hast du das gemacht? Sie presste ihre Fäuste seitlich gegen die Schläfen, als könne sie das Geschehene dadurch auslöschen. Weil ich es nicht mehr ausgehalten habe, ich habe es einfach nicht mehr ausgehalten. Rena schluchzte und löste ihre Hände vom Kopf. Sie vermisste ihre Familie. Ob es stimmte, was man ihr über ihren Vater erzählt hatte? Hatte er wirklich ihretwegen einen Herzinfarkt erlitten? Und wenn ja, wie ging es ihm? Oder war das nur einer der vielen Tricks des Vernehmers, um sie kleinzukriegen?

Noch immer wusste Rena nicht, wer sich um ihre kleine Tochter kümmerte. Für sie ist gesorgt, hatte ihr der Vernehmer schließlich mitgeteilt. Das konnte so gut wie alles bedeuten.

Sie vermisste Romy, ihre Nähe, ihren Geruch und die Momente, in denen sie ihre dünnen Ärmchen um Renas Nacken schlang. Was Romy wohl gerade tat? Was hatte man ihrer Tochter erzählt? Ob ihr jemand Trost spendete? Nach diesem

Sommer würde Romy in die Schule kommen. Und sie würde nicht dabei sein.

Die Erkenntnis fuhr Rena wie ein Stich ins Herz. Unvermittelt legte sie eine Hand auf den Bauch. Die Wölbung unter der Anstaltskleidung war beträchtlich gewachsen. Sie würde ihre Schwangerschaft nicht mehr lange verheimlichen können, trotz der Binden, die sie sich regelmäßig geben ließ und die sie mit dem Blut ihrer Fingerkuppe beschmierte. Ob es dem Baby gut ging?

Sie durfte sich jetzt nicht hängen lassen, musste sich aufraffen. Ihren Kindern zuliebe.

Rena erhob sich vom Hocker und machte ihr übliches Fitnessprogramm. Sie dehnte zunächst Arme und Beine, dann begann sie mit ihrem täglichen Lauf. Sieben Schritte vom Fenster bis zur Tür. Sieben Schritte zurück. Nach dem zehnten Mal wurde ihr schwindelig und sie suchte Halt an der Pritsche. Nur einen Moment, dachte Rena und legte sich hin. Im nächsten Augenblick fielen ihr die Augen zu.

»Zwohundertachteins!« Die Stimme des Schließers peitschte durch die geöffnete Türklappe. Rena schreckte hoch. »Stehn'se auf, Zwohundertachteins! Das Sitzen und Liegen auf der Pritsche ist tagsüber nicht gestattet.« Er wartete, bis Rena sich erhob, dann schloss er die Türklappe.

Rena ging mit wackeligen Knien zum Waschbecken. Ihr Blick begegnete ihrem Spiegelbild. Sie sah schrecklich aus. Die dunklen Locken hingen strähnig und glanzlos über ihren Schultern, die Augen wirkten seltsam stumpf und die Lippen waren aufgesprungen. Ihr Hals war heiß und schmerzte. Rena stellte den Wasserhahn an, benetzte ihr Gesicht mit der kühlen Flüssigkeit und trank ein paar Schlucke. Während der wenigen Schritte zum Hocker wurde ihr erneut schwindelig, und die Knie sackten unter ihr weg. Dann wurde ihr schwarz vor Augen.

23

»Die Auswertung der Waffentechnik liegt vor«, sagte Fricke in dem Moment, als Malin die Tür zum Konferenzraum der Mordkommission öffnete. Überrascht stellte sie fest, dass Kriminalrätin Dorothea Riesling, die Leiterin des LKA 41, an der Fensterbank lehnte. Frickes Vorgesetzte war eine kleine, durchtrainierte Frau mit kurzgeschnittenen, grauen Haaren und energischen Gesichtszügen. Ihre Anwesenheit bei einer Fallbesprechung verhieß in der Regel nichts Gutes.

»Guten Morgen.« Malin rutschte auf den Stuhl neben Tiedemann. Außer den Teammitgliedern der Mordkommission saßen auch Frank Glaser und eine ihr unbekannte junge Frau mit am Tisch. Üppiges hellblondes Haar, Stupsnase samt Sommersprossen und verblüffend blaue Augen in einem Puppengesicht. Das muss die Neue sein, von der Andresen gesprochen hat, dachte Malin. Die Dänin.

»Die Untersuchungen des Projektils und der Hülse haben interessante Ergebnisse zutage gefördert«, fuhr Fricke fort. »Frau Werlinder, unsere neue Kollegin von der Waffentechnik, hat eine Zusammenfassung für uns.«

»Hej, ich bin Sara.« Sie offenbarte einen niedlichen dänischen Akzent und zog ein Blatt Papier zu sich heran. »Bei den Projektilen handelt es sich um Vollmantel-Ogival-Geschosse, leider ohne prägnante Merkmale, anhand deren wir sie in unserer Waffendatei hätten finden können. Interessant ist allerdings, dass die Projektile im Gegensatz zu den standardisierten Patronen einen Eisenkern enthalten.«

»Militär?«, warf Andesen ein.

Die Dänin nickte und ließ kurz ihre schneeweißen Zähne aufblitzen. »Unter dem Mikroskop haben wir auf der sichergestellten Stahlhülse Ausziehmerkmale entdecken können, deren Spurenbild typisch für einen bestimmten Waffentyp ist. Außerdem ist es uns gelungen, die Prägung des Bodenstempels zu rekonstruieren und somit die Patrone einem Hersteller zuzuordnen. Es ist eine Spezialanfertigung für die

Luger 08, die sogenannte *Pistolenpatrone 08 mit Eisenkern,* die ab 1941 für die Deutsche Wehrmacht hergestellt wurde.«

Andresen pfiff durch die Zähne. »Eine Nazispritze? Für so ein Teil würde mancher Waffenspezi richtig viel Schotter auf den Tisch legen.«

»Das ist tatsächlich eine interessante Entwicklung«, bestätigte Fricke. »Auch wenn das unsere Arbeit nicht unbedingt erleichtert.« Er kratzte sich nachdenklich hinterm Ohr. »Wie passt eine Wehrmachtspistole in unsere bisherigen Ermittlungen? Und wie ist der Täter da herangekommen? Auf dem Schwarzmarkt ist es sicherlich auch nicht gerade das gängigste Modell. Ole, habt ihr mittlerweile alle *Schmauchfreunde* überprüft? Hat irgendeiner von denen einen Waffenschein?«

Tiedemann nickte. »Nur ein Einziger.« Er blätterte in den Unterlagen, die vor ihm auf dem Tisch lagen. »Andreas Kantner. Er ist Sportschütze und hat eine Waffenbesitzkarte für zwei Langwaffen. Ich hab das nachgeprüft, da ist alles sauber.«

Fricke wandte sich an Andresen. »Sven, du kümmerst dich um die Sache. Hör dich bei unseren Informanten um, ich will wissen, ob in letzter Zeit eine Luger unter dem Tisch weggegangen ist. Vielleicht weiß jemand was.«

»Alles klar, Hans«, erwiderte Andresen mit wichtiger Stimme und zwinkerte der Dänin zu.

Bartels meldete sich zu Wort. »Wolfgang Herzog war Mitglied in der SED. Die Hinweise Richtung DDR verdichten sich also.«

Dorothea Riesling stieß sich von der Fensterbank ab. »Ich habe heute einen Anruf vom Innensenator bekommen. Offenbar interessiert man sich bereits an anderer Stelle für unsere Ermittlungen.«

Fricke kratzte sich nachdenklich am Kinn. »Das könnte daran liegen, dass ich bei der BStU einige Anfragen laufen habe.«

»Nur Anfragen oder gibt es einen konkreten Verdacht?«, hakte die Kriminalrätin nach.

»Das wird sich herausstellen, sobald ich die entsprechenden Informationen erhalte.« Er zog ein Dokument aus einer Mappe und reichte es seiner Vorgesetzten. »Das ist eine Liste der angeforderten Akten.«

Die Kriminalrätin überflog das Papier. »Kann ich das mitnehmen?«

Fricke nickte.

»Gut, dann will ich sehen, ob das Verfahren auf irgendeine Weise zu beschleunigen ist«, sagte Dorothea Riesling energisch. »Wir können es uns nicht leisten, uns die Zähne am Fall Wenninger auszubeißen. Die Kriminalität in unserer Stadt nimmt schließlich zwischenzeitlich keine Auszeit. Wir brauchen dringend freie Ressourcen, die anderen Teams müssen mittlerweile schon mehrere Fälle parallel bearbeiten.« Sie sah Fricke auffordernd an. »Ich erwarte, dass du mich auf dem Laufenden hältst, Hans.« Dann nickte sie kurz in die Runde und verschwand.

»Die tut fast so, als würden wir hier den ganzen Tag nur Däumchen drehen«, motzte Andresen, sobald die Kriminalrätin die Tür hinter sich geschlossen hatte.

»Du hast es doch gehört, Sven«, mahnte Fricke. »Seien wir also froh, dass wir nur den einen Fall haben. Ach, bevor ich es vergesse: Morgen findet auf dem Ohlsdorfer Friedhof die Beerdigung von Kurt Wenninger statt. Ich möchte, dass jemand aus dem Team anwesend ist.«

Malin hob die Hand.

»Gut, Brodersen und Bartels fahren hin«, entschied Fricke. »Damit ist das geklärt. Jetzt aber weiter im Text. Sind eigentlich die Telefonprotokolle von Wenningers Anschluss gekommen?«

»Sind sie«, meldete sich Tiedemann zu Wort. »Sven und ich sind die Listen bereits durchgegangen. Nichts Auffälliges. In erster Linie Telefonate mit dem Getränkelieferanten oder irgendwelchen Ärzten. Ab und zu hat Wenninger mit Herzog telefoniert.«

Fricke sah zu Bartels. »Bleib an Herzog und der SED-Sache dran, irgendetwas stinkt da ganz gewaltig.«

»Das sehe ich genauso. Ich fühl später Uwe Grabowsky von

den *Schmauchfreunden* etwas auf den Zahn. Das ist der Journalist, der versucht hat, Brodersen einen Bären aufzubinden.«

Fricke lächelte. »Da hat er dann wohl Pech gehabt.«

Es klopfte kurz an die Tür und ein Mitarbeiter der Telefonvermittlung steckte den Kopf herein. »Entschuldigt die Störung, aber da war ein Anruf für die Kollegin Brodersen. Es erschien mir wichtig.« Der Beamte kam herein, drückte Malin einen Zettel in die Hand und verschwand so schnell, wie er gekommen war.

»Etwas Wichtiges?«

Malin schaute auf die Telefonnotiz. »Die Tiefenbrunners sind aus dem Urlaub zurück.«

Fricke sah sie ratlos an.

»Das Ehepaar aus Wenningers Nachbarhaus«, erinnerte Malin ihren Chef und spürte ein leichtes Prickeln in der Magengegend.

Sein Gesichtsausdruck erhellte sich.

Die Tiefenbrunners waren ein rüstiges Renterpaar.

»Allmächtiger, der arme Doktor Wenninger.« Allmuth Tiefenbrunner schlug sich die Hand vor den Mund. Sie sah zu ihrem Mann, einem drahtigen Siebzigjährigen, der sich nach einem kurzen Ausdruck der Bestürzung über ein Schinkenbrot hermachte. »Und wir haben davon gar nichts mitbekommen.«

»Wie auch, in Bayern«, murmelte ihr Mann, bevor er sich das nächste Stück Brot in den Mund schob.

»Wann sind Sie in den Urlaub gefahren?«, fragte Bartels, der neben Malin auf der rustikalen Eckbank der Landhausküche saß.

»Heute vor vier Wochen«, erklärte Allmuth Tiefenbrunner prompt. »Am fünften August.«

Malin und Bartels tauschten einen Blick. Das war der Tag, an dem Kurt Wenninger zum letzten Mal lebend gesehen worden war. »Ist Ihnen an dem Tag oder in der Zeit davor im Nachbarhaus etwas aufgefallen?«, erkundigte sich Malin.

»Wir haben Dienstagabend den Autoreisezug nach München genommen«, erklärte Allmuth Tiefenbrunner völlig zusammenhanglos. »Eine äußerst praktische Sache. Man fährt abends zum Bahnhof, verbringt eine Nacht im Schlafwagen und kommt am nächsten Morgen frisch ausgeruht an.«

»Erzähl ihnen von dem Rasenmäher«, forderte Herr Tiefenbrunner seine Frau auf, und wandte sich dann an die beiden Kriminalbeamten. »Damit hat sie mir den ganzen Urlaub in den Ohren gelegen.«

Seine Frau sah ihn beleidigt an, doch Malin nahm den Faden sofort auf. »Was war mit dem Rasenmäher?«

»Wir waren spät dran und wollten gerade losfahren, da ging doch bei dem Doktor Wenninger der Rasenmäher an. Um sieben Uhr am Abend! Stellen Sie sich das mal vor.« Allmuth Tiefenbrunner war ganz offensichtlich empört, dann bemerkte sie die fragenden Gesichter der Kriminalbeamten. »Na, da war der Herr Wenninger doch längst nicht mehr zu Hause! Ich habe ihn um halb sieben weggehen sehen, so wie jeden Dienstag. Er hat mir sogar einen schönen Urlaub gewünscht, als er an unserer Auffahrt vorbeigegangen ist. Siehste, Herrmann, da war was faul. Das habe ich sofort gewusst.« In ihren Augen blitzte es triumphierend auf.

»Möglicherweise hat er jemanden beauftragt, seinen Rasen zu mähen«, sagte Bartels sachlich.

»Niemals! Der Herr Wenninger hätte keinen Fremden da rangelassen, so ein Rasen-Fetischist wie der war. Ich hatte mir ganz fest vorgenommen, ihn nach der Sache zu fragen, sobald wir aus dem Urlaub zurück sind. Aber das geht ja nun nicht mehr.« Sie erhob sich vom Küchentisch, füllte ein Glas mit Leitungswasser und trank mit großen Schlucken.

»Haben Sie gesehen, wer den Rasen gemäht hat?«, fragte Malin.

Die Rentnerin schüttelte bedauernd den Kopf. »Ich hätte nur allzu gerne nachgeschaut, das können Sie mir glauben. Aber dafür hätte ich extra noch mal raufgehen müssen, man kann nur vom Obergeschoss aus in den Nachbargarten sehen. Wegen der Hecke, wissen Sie. Aber leider waren wir ja zu spät dran.« Sie warf ihrem Mann einen vorwurfsvollen Blick zu.

Bartels rückte näher an Malin heran. »Machst du hier alleine weiter?«, raunte er ihr zu. »Ich geh rüber zu Wenningers Haus und sehe mich im Garten um. Dann verlieren wir nicht noch mehr Zeit.«

Sie nickte, und Bartels stand auf, um sich zu verabschieden. Allmuth Tiefenbrunner begleitete ihn hinaus.

»Kannten Sie Ihren Nachbarn eigentlich näher, Herr Tiefenbrunner?«, fragte Malin, als dieser seinen leeren Teller beiseiteschob.

Der Renter schüttelte den Kopf. »Nicht wirklich. Der war mehr für sich. Hielt sich wohl für etwas Besseres.«

Seine Frau kam mit einem Packen Briefe und Prospekte in der Hand zurück in die Küche. »Das versteh ich nicht«, murmelte sie, während sie ihre Post durchsah. »Die Ursel hat doch gesagt, sie hat den Brief längst abgeschickt.«

Malin wandte sich wieder an den Mann. »Ist Ihnen vor dem Urlaub irgendetwas bei Herrn Wenninger aufgefallen? Hatte er vielleicht Besuch oder ist jemand um das Grundstück herumgeschlichen?«

Er zuckte die Achseln. »Also, ich hab da nie jemanden gesehen.«

Allmuth Tiefenbrunner legte die Post beiseite. »Aber Herrmann, das stimmt doch nicht. Da ist doch ab und zu diese Frau gekommen.«

Malin sah sie überrascht an. »Was für eine Frau?«

Eine Viertelstunde später traf Malin in der Kiesauffahrt des Nachbargrundstücks auf einen grimmig blickenden Frederick Bartels. »Jemand hat das Siegel aufgebrochen.«

Malin runzelte die Stirn. »Irgendwelche Einbruchsspuren?«

»Sieht zumindest nicht so aus. Ich habe trotzdem ein Team angefordert. Die Spusi soll sich das noch mal genauer ansehen.« Er deutete mit dem Kopf zum Haus der Tiefenbrunners. »Hat sich bei denen noch etwas ergeben?«

Malin nickte. »Frau Tiefenbrunner hat mir von einer Frau erzählt, die bei Kurt Wenninger im letzten halben Jahr mehrfach aus und ein gegangen sein soll. Wohl meistens am Vormittag.«

Bartels hob die Brauen. »Ach, und weiß sie auch, wer das gewesen ist?«

»Leider nein. Und die Beschreibung ist auch etwas dürftig, allerdings meinte Frau Tiefenbrunner, dass sie die Frau möglicherweise wiedererkennen würde.«

»Vielleicht hatte Wenninger eine Putzfrau.«

»Der Gedanke ist mir auch schon gekommen. Oder es war die gleiche Frau, die bei Wenningers alter Praxis und im Kaffeehaus aufgetaucht ist«, überlegte Malin laut.

Bartels grinste. »Er könnte sich auf seine alten Tage eine Freundin zugelegt haben. Meine Oma hat mit achtzig auch noch mal geheiratet.«

Malin dachte an ihren Großvater und sofort hatte sie einen Kloß im Hals. Sie bemerkte, dass Bartels sie musterte. »Ich habe Frau Tiefenbrunner für morgen Vormittag aufs Präsidium bestellt, um eine Phantom-Zeichnung anfertigen zu lassen. Vielleicht sollten wir ihr bei der Gelegenheit Fotos von Wenningers Schwester und Nichte vorlegen. Zur Sicherheit.«

»Keine schlechte Idee.«

Es war bereits kurz nach sieben, als Malin im Parkhaus des Polizeipräsidiums in ihren Mini stieg. Sie hatte die letzte Nacht kaum ein Auge zugemacht und war nun völlig erledigt. Die Ermittlungen zogen sich wie Kaugummi und die Tatsache, dass sie noch immer nichts von ihrem Großvater gehört hatte, trug auch nicht gerade dazu bei, ihre Laune zu heben.

Ob er noch immer in Berlin war? Kurz war sie versucht, Erich Brodersen anzurufen, dann verwarf sie den Gedanken. Sie hatte nicht die geringste Ahnung, wie sie auf ihn zugehen sollte. Es verunsicherte sie zutiefst, dass ihr Großvater bislang nicht den Versuch unternommen hatte, mit ihr zu sprechen.

»Scheiße«, murmelte Malin, als sie in ihrem Mini das Polizeigelände verließ und statt nach Winterhude den Weg nach Övelgönne einschlug.

Erich Brodersen sah mitgenommen aus, als er ihr eine halbe Stunde später die Tür des Lotsenhauses öffnete. Seine sonst rosigen Wangen wirkten im Laternenlicht seltsam fahl und sein Blick hinter seiner Lesebrille war trüb. Beim Anblick seiner Enkelin erhellte sich sein Gesicht. »Malin! Komm rein.« Er hielt die Tür weit auf.

»Hallo.« Sie folgte ihrem Großvater ins gemütliche Wohnzimmer. Drei der vier Wände waren bis unter die Decke mit Bücherregalen versehen, in denen Erich Brodersen seine Lektüren über Jahrzehnte hinweg nach Autoren und Genres eingeordnet hatte. Vor einem der Regale standen sich zwei Ledersessel gegenüber, getrennt von einem Beistelltisch, auf dem neben einem aufgeschlagenen Buch eine Teetasse stand. Ein Hauch von Kamille lag in der Luft.

»Bist du krank?«, fragte Malin.

»Der Magen zwickt ein wenig.« Er wartete, bis seine Enkelin sich auf einen der Sessel gesetzt hatte, und nahm auf dem anderen Platz.

»Warum hast du dich nicht bei mir gemeldet?«, fragte sie geradeheraus.

Erich nahm seine Lesebrille ab und legte sie bedächtig auf das aufgeschlagene Buch. »Gegenfrage. Hättest du mit mir gesprochen, wenn ich dich, sagen wir, am gleichen oder am nächsten Tag angerufen hätte?«

Sie brauchte nicht lange zu überlegen. »Eins zu null für dich.«

»Siehst du, und genau das habe ich mir gedacht.« Er lehnte sich in seinem Sessel zurück.

»Du hättest mich nicht in diese Lage bringen sollen«, sagte Malin leise.

»Und du hättest nicht weglaufen dürfen.«

»Ich bin nicht weggelaufen, sondern habe mich lediglich einer Situation entzogen, in die ich ungewollt gebracht wurde.« Ihre Stimme wurde lauter. »Warum hast du das getan, Opa? Warum hast du mich belogen?«

Ihm entfuhr ein tiefes Seufzen. »Ich habe dich niemals belogen, Malin. Dein Vater und ich haben schon länger wieder Kontakt, das habe ich dir erzählt. Sogar mehrfach. Du bist diejenige, die sofort abblockt, sobald ich Johannes' Namen in den Mund nehme.«

»Und was ist mit diesen angeblichen Schulfreund?«

»Nicht angeblich, Malin. Auf Dauer wurde es mir einfach zu teuer, jedes Mal in ein Hotel zu gehen, deshalb habe ich das Angebot meines alten Freundes mit dem Gästezimmer gerne angenommen.«

Ihr lag die Frage auf der Zunge, warum er nicht bei seinem Sohn übernachtete, behielt sie aber für sich.

Erich Brodersens Blick lag prüfend auf seiner Enkelin. »Eines sollte dir klar werden, Malin. Ich bin nicht nur Großvater, sondern auch Vater.«

Sie kaute auf ihrer Unterlippe. Natürlich hatte er recht, trotzdem konnte sie nicht aus ihrer Haut. Bisher hatte sie noch keiner Menschenseele ihre Gefühle für ihren Vater anvertraut.

»Er hatte seine Gründe, Malin«, sagte Erich Brodersen eindringlich.

Was konnte es für Gründe geben, ein sechsjähriges Kind ohne ein Wort der Erklärung zu verlassen und erst dreiunzwanzig Jahre später wieder aufzutauchen, schrie es in Malin, doch sie war unfähig, die Worte auszusprechen. »Ich möchte nicht darüber reden«, sagte sie schließlich. »Bitte bring mich nicht wieder in eine Situation, die mich dazu zwingt.«

Er nickte bedächtig, als hätte er diese Reaktion bereits erwartet. »Das werde ich nicht. Ich bitte dich nur, über das nachzudenken, was ich dir gesagt habe.« Seine Augen suchten ihren Blick. »Und lass nicht zu, dass wir uns darüber auch noch verlieren.«

Malin spürte, wie Tränen in ihr aufstiegen. »Du hast recht.« Sie bemerkte seine leere Teetasse. »Soll ich dir noch einen Tee machen?«

Er erhob sich. »In der Küche ist noch welcher. Was hältst du davon: Ich bereite dir eine Kleinigkeit zum Essen zu und in der Zwischenzeit erzählst du mir, wie es in eurem Fall vorangeht. Ganz besonders interessiert es mich, was du in Berlin so getrieben hast.«

Während er eine seiner gusseisernen Pfannen auf den Herd

stellte und ein paar Eier darin aufschlug, erzählte sie ihm von Wenningers Vergangenheit an der Charité, den Baumanns, Hohenschönhausen und der Geschichte mit der Zellennummer.

Erich füllte einen Teller mit den fertig gebratenen Spiegeleiern und stellte ihn vor Malin auf den Küchentisch. »Lass es dir schmecken.« Dann wischte er sich die Hände an einem Geschirrhandtuch ab und setzte sich zu seiner Enkelin auf die Bank. »Ich bin schon mal dort gewesen, in Hohenschönhausen. Hab eine der Führungen mitgemacht.« Er überlegte einen Moment. »Gibt es dort denn keine Häftlingslisten?«

Malin seufzte. »Die Unterlagen liegen bei der BStU, und es wird vermutlich einige Zeit dauern, bis wir Einsicht bekommen.« Sie griff nach dem Besteck. »Dieser ganze Papierkram und die ständige Warterei auf irgendwelche Akten treiben mich langsam in den Wahnsinn.«

Er griff nach der Teekanne und füllte seine Tasse auf. »Es gibt da doch dieses Zeitzeugenbüro. Möglicherweise kann man uns dort weiterhelfen.«

»Uns?«

»Ich will mich ja nicht aufdrängen, aber dieser Fall interessiert mich, ehrlich gesagt, immer mehr. Und es kann ja wohl nicht schaden, wenn ich mich völlig unverbindlich ein wenig dort umhöre. Als Tourist sozusagen. Dagegen kann selbst dein Chef nichts haben, oder?«

Doch, lag es Malin auf den Lippen und sie dachte im nächsten Moment: Warum eigentlich nicht? Sollte der unwahrscheinliche Fall eintreten, dass ihr Großvater in Hohenschönhausen tatsächlich etwas herausfand, würde sich eine passende Erklärung für Fricke schon finden lassen.

Sie griff nach ihrer Umhängetasche, die neben ihr auf der Holzbank lag, und nahm das Buch heraus, das sie seit Tagen mit sich herumschleppte. »Hier drinnen berichten Häftlinge über ihre Zeit in Hohenschönhausen. Vielleicht interessiert dich das.« Sie reichte es ihrem Großvater und er begann sofort darin herumzublättern.

»Das interessiert mich sogar sehr.« Ein wenig der rosigen Farbe kehrte in sein Gesicht zurück.

Hoffentlich werde ich das nicht noch bereuen, dachte Malin mit einem Blick auf sein zufriedenes Lächeln.

17. Oktober 1979

Das Urteil lautete: Zwei Jahre und vier Monate Haft wegen Beihilfe zur Republikflucht nach § 213 StGB der DDR.

Am gleichen Tag setzten bei Rena die Wehen ein und man brachte sie in einem verschlossenen Sanitätskraftwagen in ein ziviles Krankenhaus. Doch davon ahnte Rena nichts. Für sie war der Geburtsprozess ein verzerrtes Bild voller Schmerzen, Angst und Panik und dem Gefühl, bei lebendigem Leib zerissen zu werden. Als ihr Kind schließlich mit einem kräftigen Schrei zur Welt kam, wurde es in Tücher gewickelt und Rena hatte gerade Zeit genug, die kleinen Fingerchen und die zarten Gesichtszüge zu bewundern, ehe das Baby von einer Krankenschwester zu einer Untersuchung gebracht wurde. Rena fiel vor Erschöpfung in einen tiefen Schlaf.

Als sie aufwachte, saß eine uniformierte Frau neben ihrem Krankenbett.

Rena rieb sich die Augen und blickte sich um. »Wo ist mein Baby?«

»Zur Untersuchung.«

»Immer noch oder schon wieder?«, fragte Rena, die nicht wusste, wie lange sie geschlafen hatte.

»Dazu kann ich nichts sagen.« Die Uniformierte erhob sich von ihrem Stuhl. »Anziehen!«

Rena sah sie ungläubig an.

»Anziehen«, forderte die Uniformierte sie erneut auf. »Sie werden zurück ins Gefängnis gebracht.«

»Und mein Baby?«

»Sie sind nicht in der Situation, hier Fragen stellen zu können«, herrschte die Frau sie an und wies mit der Hand auf einen Stuhl, auf dem ein blauer Polyester-Trainingsanzug lag. Ihre Häftlingskleidung.

Rena erhob sich mit zittrigen Beinen. Unter den Augen der Uniformierten entledigte sie sich des Krankenhemds und schlüpfte in die bereitliegende Kleidung. Bei jeder Bewegung schmerzte ihr Unterleib.

Nur wenige Stunden später saß sie wieder in ihrer Zelle. Ihre körperlichen Schmerzen mischten sich mit ihren psychischen Qualen. Die vergangenen Stunden oder Tage, so genau wusste sie es nicht, lagen hinter einem dichten Schleier. Real und dennoch nicht greifbar. Sie hielt sich das Aussehen des Neugeborenen vor Augen, während ihre Hand auf ihrem immer noch gewölbten Bauch lag. Sie betete, flehte und schluchzte zugleich und hatte das Gefühl, jeden Augenblick den Verstand zu verlieren. Dann begann sie zu schreien.

24

Sonnenlicht glitzerte durch die kleinteiligen Buntglasfenster der Kapelle 13 und warf ein lebhaftes Farbenspiel auf den schlichten Sarg aus Kiefernholz vor dem Altar. Die zahlreichen Sitzreihen in dem monumentalen Rundbau waren leer.

»Sind wir zu früh?«, raunte Bartels seiner Kollegin zu und rutschte neben ihr in eine Bank.

Malin sah auf die Uhr. »Nein, eher zu spät.«

»Und warum ist hier dann keiner?«

Malin zuckte die Achseln. Sie fühlte sich wie gerädert. In der Nacht hatte sie wieder diesen Alptraum gehabt, in dem ihr jemand eine Pistole an den Hinterkopf drückte, doch dieses Mal war es Johannes Brodersen gewesen, der die Waffe hielt. Als der Schuss fiel, war sie schweißüberströmt aufgewacht.

»Das ist die merkwürdigste Beerdigung, die ich jemals erlebt habe«, sagte Bartels. »Keine Blumen, kein Pastor und nicht ein einziger Trauergast. Was ist mit Wenningers Familie? Seinen Freunden?«

»Wenninger hatte keine Freunde. Und seine Familie hasst ihn, sogar noch nach seinem Tod.«

»Das ist wirklich traurig«, sagte Bartels. »Und was ist mit den Leuten aus dem Pfeifenclub?«

»Die schicken uns mit ihrem Fernbleiben gerade ein mehr als deutliches Signal.«

Bartels runzelte die Stirn. »Du spielst auf diesen Streit zwischen Wenninger und den *Schmauchfreunden* an, den sie so vehement leugnen?«

Sie nickte. »Die lügen, und zwar alle.«

»Vielleicht wissen sie gar nicht, dass die Beerdigung heute stattfindet«, gab Bartels zu bedenken. »Wie lange wollen wir hier eigentlich noch warten? Ich glaube nicht, dass da noch jemand kommt.«

»Lass uns noch ein wenig bleiben«, bat sie.

»Wie du meinst.«

Malin schloss die Augen und genoss einen Moment die Ruhe.

»Mein Vater ist wieder aufgetaucht«, sagte sie in die Stille hinein. »Nach mehr als dreiundzwanzig Jahren.«

Bartels sah sie erstaunt an. »Du hast nie von deinem Vater erzählt.«

»Ich spreche normalerweise nicht über ihn und ich bin mir auch nicht sicher, warum ich das ausgerechnet jetzt mache. Vielleicht hat es mit diesem Ort zu tun.« Malin strich sich mit der Hand übers Gesicht. »Er ist einfach gegangen, ohne ein Wort.« Sie spürte Bartels' Blick auf sich ruhen. »Ein Jahr lang habe ich jeden Abend auf meiner Fensterbank eine Kerze angezündet. Damit er mich findet, wenn er zurückkommt.«

»Aber er ist nicht gekommen.«

Sie schüttelte den Kopf. Ein dicker Kloß steckte in ihrem Hals.

»Und niemand wusste etwas?«

»Meine Mutter hat mir erzählt, mein Vater sei weggegangen, weil er ein anderes Leben wolle. Danach hat sie einfach nicht mehr über ihn gesprochen. Als hätte er nie existiert.« Sie biss sich auf die Lippe.

»Was hat dein Vater dir gesagt, als du ihn jetzt wiedergesehen hast? Warum hat er euch verlassen?«

Malin schwieg. Der Kloß in ihrem Hals wurde dicker.

»Du hast nicht mit ihm gesprochen«, stellte Bartels fest.

»Ich konnte es einfach nicht. Er stand einfach da. Nach all den Jahren. Ohne jegliche Vorwarnung.«

»Das würde jeden überfordern«, erwiderte Bartels mitfühlend. »Im Gegensatz zu dir hatte dein Vater genügend Zeit, sich auf diesen Augenblick vorzubereiten. Diese Möglichkeit hat er dir genommen.«

Sie sah Bartels direkt in die dunklen Augen. »Danke.«

Er lächelte. »Das kann ich nur erwidern, viel mehr, als ...«

Hinter ihnen quietschte die Kapellentür. Ein großer, hagerer Mann im dunkelgrünen Parka ging an ihrer Sitzreihe vorbei und blieb dicht vor dem Sarg stehen. Verblüfft erkannte Malin in der hoch aufgeschossenen Gestalt Stefan Biedermann.

»Wer ist das?«, fragte Bartels.

Sie runzelte die Stirn. »Der Postbote.«

»Der Postbote ...?!«, murmelte Bartels.

Stefan Biedermann verharrte eine Weile mit gesenktem Kopf vor dem Sarg, dann drehte er sich um und verließ, ohne den beiden Kriminalbeamten Beachtung zu schenken, die Kapelle.

Malin erhob sich, um ihm zu folgen.

»Verdammt, Michael, so geht das nicht weiter!« Ina Baumann hatte ihre Hände in die Hüften gestemmt und sah ihren Mann zornig an. »Geh endlich zur Polizei. Rede mit Frau Brodersen, die hat sicherlich Verständnis für deine Situation.«

»Und wenn nicht? Was mache ich dann?« Michael Baumann strich sich durch die Haare. Ina hatte gut reden. Letzen Endes war es nicht ihr Problem.

»Die Geschichte macht unser Leben kaputt«, schrie Ina. »Merkst du das eigentlich nicht?« Jetzt weinte sie.

Nicht auch das noch, dachte er. »Lass uns erst noch die Auswertung des DNA-Tests abwarten. Die bei der Polizei haben gesagt, dass es spätestens morgen so weit ist.«

»Und was, bitte schön, soll das Ergebnis für einen Unterschied machen?«

Er sah seine Frau fassungslos an. »Das fragst du mich jetzt nicht wirklich, oder?«

Ina wischte sich mit dem Handrücken die Tränen von der Wange. »Wie weit willst du noch gehen, Michael? Sag es mir. Bis du irgendwann im Knast landest?«

»Jetzt übertreibst du aber«, erwiderte er resigniert. »Wir sind schließlich nicht mehr in der DDR.«

Sie ging einen Schritt auf ihn zu und legte ihre Hand auf seinen Arm. »Hast du dir schon mal überlegt, dass die Polizei dir möglicherweise weiterhelfen kann?«

»Das ist mir auch schon durch den Kopf gegangen.« Er drückte ihre Hand. »Aber wenn nicht?«

»Dann geh erst zu deinem Vater. Setz ihm die Pistole auf die Brust.«

Michael schüttelte den Kopf. »Das wird ihm nicht gefallen. Wenn er rauskriegt, dass ich mit der Polizei gesprochen habe, werde ich möglicherweise niemals die Wahrheit erfahren.«

»Michael«, bat Ina ihren Mann eindringlich. »Lass nicht zu, dass sie auch noch unsere Familie zerstören. Denk an Maja.«

Verdammt, dachte er. Ina wusste genau, welche Knöpfe sie bei ihm drücken musste. Und natürlich hatte sie recht. Seine kleine Familie ging ihm über alles. »Also gut. Aber erst, wenn der DNA-Abgleich da ist, dann rede ich mit der Polizei. Nur ein Tag, Ina, ein einziger Tag. Ist das für dich in Ordnung?«

Die Augen seiner Frau waren voller Tränen. Dann nickte sie.

»Herr Biedermann!« Malin eilte dem Postboten hinterher. »Bitte warten Sie einen Moment.«

Stefan Biedermann drehte sich um. Als Malin den Postboten erreichte, stellte sie fest, dass seine Augen leicht gerötet waren. »Ich bin überrascht, Sie hier zu sehen.«

»Niemand sollte den letzten Weg allein gehen müssen«, sagte er pathetisch.

»Das klingt fast so, als hätten Sie gewusst, dass niemand außer Ihnen kommen würde.«

»Ich hatte damit gerechnet«, erwiderte Biedermann. »Außerdem habe ich den Doktor gemocht. Wir waren uns in vielerlei Hinsicht ähnlich.«

Malin warf einen Blick über die Schulter und sah, dass Frederick Bartels auf sie zusteuerte. Sie wandte sich wieder um. »Von welchen Ähnlichkeiten sprechen Sie genau?«

Biedermann warf ihr einen seltsamen Blick zu. »Wir hatten eine gemeinsame Vorliebe für das Botanische und wir waren beide ohne Familie.«

»Kurt Wenninger hatte Familie«, korrigierte ihn Malin.

»Ich meine das nicht im herkömmlichen Sinn.« In Stefan Biedermanns Augen schimmerte es verdächtig. »Eine Familie sollte für Zusammenhalt stehen. Bedingungslosen Zusammenhalt. Die Familie vom Doktor hingegen wollte immer nur eins – sein Geld. Niemals ging es ihnen dabei um Kurt.«

»Hat er Ihnen das erzählt?«, fragte nun Frederick Bartels, der neben Malin getreten war.

Der Postbote beäugte ihn misstrauisch.

»Kriminaloberkommissar Bartels«, stellte Malin ihren Kollegen vor.

»Also, was wissen Sie über Herrn Wenningers Familienverhältnisse?«, fragte Bartels scharf.

Stefan Biedermanns Blick schnellte von Bartels zu Malin. »Nichts. Ich weiß gar nichts.« Er wirkte abweisend.

Malin änderte die Taktik. »Ich habe mich noch gar nicht bei Ihnen bedankt.«

»Bei mir?«, fragte der Postbote irritiert. »Wofür?«

»Der Tipp mit dem Rasenmähen war goldrichtig.« Sie lächelte ihn an. »Dank Ihrer Hilfe sind wir mit unseren Ermittlungen einen Schritt vorangekommen.«

»Das freut mich.«

»Wollen Sie gar nicht wissen, was in den Rasen eingemäht wurde?«, fragte sie verwundert.

»Ähm, doch. Natürlich.«

»Es war eine Zahl. Um genau zu sein: 208/1.«

Stefan Biedermann runzelte die Stirn.

»Klingelt da etwas bei Ihnen?«, fragte Malin.

»Ehrlich gesagt, nein.«

»Haben Sie vielleicht in den letzten Monaten vor seinem Tod eine Frau bei Doktor Wenninger gesehen?«

Er schüttelte energisch den Kopf.

»Um welche Uhrzeit tragen Sie für gewöhnlich die Post am Schleusenredder aus?«

»Meistens gegen Mittag, an manchen Tagen aber auch erst am Nachmittag. Je nachdem, wie viel zu tun ist.«

Bartels trat einen Schritt vor. »Woher wussten Sie eigentlich von der Beerdigung?«

»Aus dem *Abendblatt*.« Der Postbote zog ein zerknittertes Stück Papier aus der Hosentasche und reichte es Bartels. »War das jetzt alles? Ich muss zurück zur Arbeit.«

»Im Moment ja. Gehen Sie nur.« Bartels musterte ihn intensiv. »Wir wissen ja, wo wir Sie finden.«

»Dann tschüss.« Der Postbote deutete auf das Papier in Bartels' Hand. »Die Anzeige können Sie behalten.« Er drehte sich um, ging zu seinem Fahrrad, das an einem Baum lehnte, und schwang sich auf den Sattel. Kurz darauf war er aus ihrem Sichtfeld verschwunden.

»Das ist ja ein sonderbarer Kauz.« Bartels reichte Malin die Traueranzeige, auf der außer dem Todestag lediglich Ort und Zeit der Beisetzung angegeben waren.

Sie runzelte die Stirn. »Wer die wohl in Auftrag gegeben hat?«

»Die Schwester?«

»Das glaube ich eher nicht«, erwiderte Malin. »Ilse Wenninger konnte ihren Bruder nicht ausstehen, und daraus macht sie auch keinen Hehl.«

»Vielleicht hat sich ihre Haltung geändert?«

»Und warum ist sie hier dann nicht aufgetaucht?«

»Das ist ein Argument.« Er zog sein Handy aus der Jackentasche. »Dann finden wir mal heraus, was dahintersteckt.«

»Was hast du vor?«

»Ich kenne jemanden beim *Abendblatt*.« Bartels wandte sich ab, um zu telefonieren.

Malin ging zum Parkplatz und lehnte sich gegen den Dienstwagen. Bartels hatte recht, Biedermann war ein komischer Kauz. Und ein neugieriger noch dazu. Etwas klingelte in ihrem Hinterkopf, doch ehe sie den Gedanken greifen konnte, kam Bartels mit nachdenklichem Gesichtsausdruck auf sie zu. »Rate mal, wer die Anzeige aufgegeben hat.«

25

»Wolfgang Herzog hat das in Auftrag gegeben?« Fricke stand mit einer Akte unter dem Arm im Büro der Mordkommission und betrachtete nachdenklich die Anzeige aus dem Abendblatt. »Hast du mit Herzog gesprochen?«

Bartels wies auf sein Telefon. »Gerade eben. Stellt euch vor«, er sah von Fricke zu Malin, »Wenninger hat bei Herzog Anweisungen hinterlassen, die bis ins kleinste Detail klären, wie seine Beerdigung auszusehen hat. Aufbahrung in Kapelle 13, keine Blumen, kein Pastor, sogar die Anzeige im *Abendblatt* hat Wenninger selbst entworfen. Außerdem hat er verfügt, dass sein Leichnam verbrannt und im Anschluss anonym beigesetzt wird. Er hat das Ganze sogar vorab bezahlt. Das ist ganz schön makaber, findet ihr nicht?«

»Er ist bestimmt nicht der Einzige, der so etwas tut«, erwiderte Fricke. »Ich würde diese Anweisungen gerne sehen.«

»Herzog scannt sie ein und schickt sie mir per Mail.«

»Äußerst zuvorkommend von ihm«, knurrte Fricke. »Und warum erfahren wir das alles erst jetzt?«

Bartels zuckte die Achseln. »Herzog beruft sich auf seine Schweigepflicht.«

»Fragt sich nur, was er uns sonst noch so alles verschweigt«, sagte Fricke nachdenklich. »Fred, ich will, dass du an Herzog und den *Schmauchfreunden* dran bleibst. Es ist doch merkwürdig, dass von denen niemand bei der Trauerfeier aufgetaucht ist. Was ist eigentlich mit dem Journalisten, diesem Grabowsky? Hast du mit dem mittlerweile gesprochen?«

»Den habe ich für heute auf dem Zettel«, erwiderte Bartels. »Da fällt mir gerade noch was ein. Was ist eigentlich aus der Sache mit dem aufgebrochenen Siegel geworden?«

»Die Spusi konnte keinen Hinweis darauf finden, dass in Wenningers Haus eingebrochen wurde«, erklärte Fricke. »Wenn also jemand drinnen war, hatte derjenige einen Schlüssel. Vorsichtshalber habe ich überprüfen lassen, ob

Wenninger einen Schlüssel bei einem der Nachbarn deponiert hat. Fehlanzeige.«

Malin erinnerte sich an die Ordnung und Sauberkeit in Wenningers Küche. »Fred und ich haben überlegt, ob er vielleicht eine Putzfrau hatte, die im Besitz eines Schlüssels ist.«

»Oder es war die Schwester«, sagte Bartels. »Sie könnte noch einen Schlüssel von früher haben. Schließlich hat sie die Mutter betreut.«

»Und was sollte Ilse Wenninger dort gesucht haben?«, fragte Malin.

Fricke räusperte sich. »Ilse Wenninger ist nach Michael Baumann immer noch diejenige mit dem stärksten Motiv, vorausgesetzt, sie wusste nichts vom Testament ihres Bruders. Es könnte sicher nicht schaden, der Frau noch ein wenig auf den Zahn zu fühlen. Das übernimmst du, Brodersen. Und halt mich auf dem Laufenden, falls etwas Brauchbares dabei herauskommen sollte. Ansonsten kümmerst du dich weiter um die Baumanns und um Hohenschönhausen. Irgendeinen Zusammenhang muss es geben. Es ist die einzige Erklärung für Kurt Wenningers Nachlass.«

Malin zwirbelte an ihrem Pferdeschwanz. »Oder es gibt doch eine verwandtschaftliche Beziehung zwischen Baumann und Wenninger.«

»Ach, das hätte ich fast vergessen.« Fricke zog die Akte unter seinem Arm hervor und reichte sie Malin. »Das DNA-Ergebnis ist gekommen. Es gibt keine entsprechenden Übereinstimmungen. Michael Baumann und Kurt Wenninger sind definitiv nicht miteinander verwandt.«

»Mist. Und die Fingerabdrücke auf der Kaffeedose?«

»Stammen ebenso wenig von Baumann.«

Malins Handy klingelte und das Display zeigte die Nummer von Erich Brodersen an. Sie fragte sich, ob ihr Großvater in Berlin schon etwas herausgefunden hatte, wagte aber nicht, das Gespräch unter den Augen ihres Chefs entgegenzunehmen. Sie leitete den Anruf auf ihre Mailbox.

»Ich muss jetzt in die obere Etage zur Berichterstattung.« Fricke deutete mit dem Finger in die Höhe. In der fünften

Etage des Präsidiums befanden sich die Büros der Führungsebene, unter anderem das von Kriminaldirektor Herrmann Jörnsen und von Dorothea Riesling, Frickes direkte Vorgesetzte und Leiterin des LKA 41.

»Viel Glück«, sagten Bartels und Malin fast zeitgleich, als er den Raum verließ.

Bartels erhob sich hinter seinem Schreibtisch. »Möchtest du auch einen Kaffee?«

Sie nickte und griff nach ihrem Handy. Unter der Nummer ihres Großvaters erreichte sie nur die Mailbox. Malin hinterließ eine Nachricht.

Bartels kam an ihren Schreibtisch und platzierte einen Becher Kaffee vor sie. »Voilà. Mit Milch und Zucker.« Dann setzte er sich auf seinen eigenen Platz.

»Danke.« Malin nippte an ihrem Kaffee. Er war nur lauwarm. Sie leerte den Becher zur Hälfte und griff dann nach ihrem Notizbuch. »Ich fahre zu Ilse Wenninger. Bist du noch ein wenig im Büro? Die Tiefenbrunners kommen heute Vormittag wegen der Phantomzeichnung.«

Bartels nickte. »Bis Mittag erledige ich noch die Schreibtischarbeit, dann statte ich Uwe Grabowsky einen Besuch in seiner Redaktion ab.«

»Gut, dann bis später.«

Malin hielt auf ihrem Weg nach Niendorf Ausschau nach einem Bäcker, da sie am Morgen wieder einmal das Haus ohne Frühstück verlassen hatte. Kurz bevor sie in den Wagrierweg einbiegen musste, entdeckte sie einen Glaspavillion, der an eines der Hochhäuser grenzte und den Leuchtschriftzug *Das Café* im Fenster trug. Sie parkte ihren Mini auf dem Seitenstreifen, um sich ein vorgezogenes Mittagessen zu gönnen.

Ein Schild am Eingang informierte die Gäste, dass es sich um ein nicht-kommerzielles Stadtteilcafé handelte, das Langzeitarbeitlosen, alleinerziehenden Müttern und Rentnern neben Essen zum Selbstkostenpreis auch Arbeitsplätze und Nachbarschaftshilfe bot. Das muss das Café sein, von dem

Ilse Wenninger gesprochen hat, dachte Malin und öffnete die Glastür.

Die Inneneinrichtung war schlicht und praktisch. Graue Fliesen, kleine Bistrotische und Alustühle mit Sitzflächen aus schwarzem Kunststoffgeflecht. Drei Tische waren mit älteren Damen besetzt, an einem weiteren saß eine Gruppe junger Mütter mit ihren Babies.

Malin ging zur Theke, neben der eine Glasvitrine mit verschiedenen Kuchen und Torten stand. Auf einer Schiefertafel waren die Tagesgerichte notiert. Angesichts der niedrigen Preise fragte sie sich, ob sie im Stadtteilcafé auch als Kundschaft willkommen war, und starrte unschlüssig auf die Angebote. Eine rundliche Frau mit randloser Brille und grauem Kurzhaarschnitt kam aus der angrenzenden Küche und schien ihr Dilemma zu ahnen. »Für unsere Mitglieder gelten die angegebenen Preise«, erklärte sie freundlich. »Alle anderen zahlen einen Aufschlag von drei Euro pro Essen.«

»Ah, super«, sagte Malin erleichtert und entschied sich für Königsberger Klopse mit Reis, einen Beilagensalat und ein Mineralwasser. Sie reichte der Frau hinter dem Tresen einen Zwanzig-Euro-Schein. »Das stimmt so.«

Keine zehn Minuten später stand das Essen auf Malins Tisch und sie machte sich mit Heißhunger darüber her. Dabei glitt ihr Blick zu der Bedienung hinter dem Tresen. Sie kam Malin bekannt vor und ihr fiel ein, dass sie die Frau bei Ilse Wenninger getroffen hatte.

Malin brachte ihr benutztes Geschirr zum Tresen. »Es hat prima geschmeckt. Sagen Sie, wir kennen uns doch, Frau …«

»Raschke. Natascha Raschke«, half ihr die Bedienung auf die Sprünge. »Und Sie sind von der Polizei.«

Malin nickte. »Brodersen vom LKA. Ich bin gerade auf dem Weg zu Frau Wenninger. Darf ich Ihnen kurz ein paar Fragen stellen?«

»Ja, natürlich.«

»Wie gut kennen Sie Frau Wenninger?«

»Wir trinken gelegentlich einen Kaffee zusammen, und wenn Ilse einen ihrer Rheuma-Schübe hat, erledige ich kleinere Haushaltsdinge für sie, aber wir sind nicht eng befreundet, falls Sie das meinen.« Natascha Raschke lächelte. »Der Kontakt ist über die Nachbarschaftshilfe entstanden, da hilft jeder jedem. Ich leiste meinen Beitrag, indem ich ab und zu hier im Café einspringe oder einem der Nachbarn beim Einkaufen unter die Arme greife. Dafür bekomme ich täglich ein leckeres Essen. Das schont meinen Geldbeutel.«

»Hat Frau Wenninger mit Ihnen schon einmal über ihren Bruder gesprochen?«

Natascha Raschke wurde etwas blasser um die Nase. »Nein. Ich weiß nur, dass Ilse seit ewiger Zeit keinen Kontakt mehr zu ihm hatte. Über die Gründe hat sie nie mit mir geredet.«

»Aber Sie hat Ihnen erzählt, dass er ermordet wurde?«

»Ja, natürlich. Ich war ja an dem Nachmittag bei ihr, als sie es erfahren hat. Danach war sie ziemlich durch den Wind.«

»Wissen Sie, ob Frau Wenninger Geldsorgen hat?«

Natascha Raschke schüttelte den Kopf.

Eine der jungen Mütter trat mit ihrem schlafenden Baby im Arm an die Theke und begutachtete den Kuchen in der Vitrine. Malin warf einen Blick auf ihre Armbanduhr. Es wurde Zeit, zu Ilse Wenninger zu fahren, zumal Natascha Raschke als Informationensquelle die falsche Ansprechpartnerin zu sein schien. »Danke, Frau Raschke.« Sie lächelte ihr zu und verließ das Lokal. Eine gute Sache, diese Nachbarschaftshilfe, dachte Malin, als sie hinter das Lenkrad ihres Minis rutschte. Sie beschloss, bei der nächsten Gelegenheit ihrem Großvater davon zu erzählen.

Ilse Wenninger schien geschlafen zu haben, zumindest wirkten ihr sonst so kunstvoll gelegten Löckchen leicht zerzaust und am Hinterkopf plattgedrückt, als sie Malin die Haustür öffnete.

»Frau Brodersen.« Die alte Frau sah Malin missmutig an. »Hat Ihnen nie jemand beigebracht, dass man seine Besuche vorher ankündigt?«

»Das ist kein Höflichkeitsbesuch, Frau Wenninger. Darf ich reinkommen?«

Ihr war deutlich anzumerken, dass sie die Frage am liebsten verneint hätte, doch sie öffnete die Tür ein Stück weiter und trat zu Seite. In der Wohnung roch es ein wenig muffig. Malin folgte der alten Frau in die Küche.

Ilse Wenninger setzte sich auf einen Stuhl und schaute die Kriminalbeamtin aus zusammengekniffenen Augen an. »Machen Sie es kurz. Ich bin heute nicht besonders gut aufgelegt.«

Malin wäre beinahe herausgerutscht, dass sie sich das bereits gedacht hatte, konnte sich aber gerade noch bremsen. Sie fragte sich, warum sie so wenig Mitleid mit der Frau verspürte. Ein ermordeter Bruder und ein todkrankes Enkelkind waren schließlich kein Pappenstiel. »Sie sorgen sich um Ihren Enkel?«

Ilse Wenninger nickte. »Und dazu um meine nichtsnutzige Tochter.« Sie hielt kurz inne. »Sie halten mich jetzt bestimmt für eine hartherzige alte Schachtel. Aber das bin ich nicht. Ich kann nur nicht dabei zusehen, wie sich meine Tochter zu Grunde richtet.« Sie musterte Malin. »Aber das ist nicht Ihr Problem. Also, warum sind Sie hier, Frau Brodersen?«

»Haben Sie einen Schlüssel zum Haus Ihres Bruders?«

Ilse Wennigers Blick wurde wachsam. »Nein.«

»Dann haben Sie also auch nicht das Polizeisiegel an der Tür aufgebrochen?«

»Selbstverständlich nicht«, entgegnete sie empört. Für den Bruchteil einer Sekunde huschte eine leichte Röte über ihr Gesicht, war jedoch so schnell wieder verschwunden, dass Malin sich fragte, ob sie sich nicht geirrt haben könnte.

»Was könnten Sie dort auch schon gewollt haben.« Ilse Wenninger verzog keine Miene und Malin wechselte das Thema. »Wir gehen einem Hinweis nach, dass Ihr Bruder während seiner Zeit an der Charité mit Häftlingen der Untersuchungshaftanstalt Hohenschönhausen zu tun hatte.«

Ilse Wenningers Blick öffnete sich. »Dem Stasi-Knast?«

Malin nickte. »Sie wissen davon?«

»Kurt hat meiner Mutter davon erzählt«, gab die alte Frau bereitwillig zu. »Sein Interesse an der Arbeit hing mit unserem Vater zusammen.«

»Inwiefern?«

Ilse Wenninger ließ sich Zeit mit ihrer Antwort. »Mein Vater war während des Krieges in russischer Gefangenschaft. Ich selbst habe kaum noch eine Erinnerung an diese Zeit. Das meiste, was ich davon weiß, haben mir meine Mutter und mein Bruder erzählt.« Sie stockte und ihr Gesichtsausdruck wurde abwesend. »Aber ich erinnere mich noch, dass Kurt jeden Abend für Vaters Heimkehr gebetet hat, und dass es sehr lange dauerte, bis er tatsächlich nach Hause kam. Die Russen haben ihn erst drei Jahre nach Kriegsende freigelassen. Kurt und meine Mutter waren vor Freude völlig aus dem Häuschen, aber für mich war das ein völlig Fremder, der da kam. Sein Anblick hat mir furchtbare Angst gemacht, ich habe ihn nie vergessen. Seine Augen wirkten stumpf, leblos, fast, als wäre er tot. Heute weiß ich natürlich, dass mein Vater damals schwer traumatisiert war, und ich hab mich oft gefragt, ob er als Überlebender nicht vielleicht sogar ein schlimmeres Schicksal ertragen musste als die Toten. Kurt hat gesagt, dass Vater die Erinnerung die ganze Zeit mit sich herumtrug, bis er sie irgendwann einfach nicht mehr ausgehalten hat.« Sie knetete ihre Hände. »Vater hat im Schlaf geschrien und einmal hat er meine Mutter so lange gewürgt, bis sie bewusstlos war, an anderen Tagen litt er unter Panikattacken. In der heutigen Zeit würde man vermutlich von einer posttraumatischen Belastungsstörung sprechen, doch damals wurde es als persönliche Schwäche ausgelegt. Die Zusammenhänge mit seinen Kriegserlebnissen wollte niemand sehen. Meine Mutter am allerwenigsten. Die beiden haben unentwegt gestritten.«

»Und Ihr Bruder?«, fragte Malin. »Wie ist er mit der Situation umgegangen?«

»Kurt war der Einzige von uns, der keine Angst vor Vater hatte. Er hat ihn angebetet und ist ihm überall hin gefolgt. Wie ein Hund. Später in einem seiner Briefe bezeichnete Kurt die Ausfälle unseres Vaters als Qualen der Erinnerung. Nach der Wende, als Kurt zurück nach Hamburg gekommen ist, habe ich ihn gefragt, warum er ausgerechnet Psychiater geworden ist.« Sie betrachtete tief in Gedanken versunken ihre Hände. »Kurt wollte herausfinden, ob es die Möglichkeit der seelischen Wiederherstellbarkeit gibt. Mit der Traumaforschung hat er nach einem Weg gesucht, unserem Vater zu helfen. Kurt war regelrecht davon besessen.« Ilse Wenninger lachte verbittert. »Auf seine Weise war er letzten Endes genauso verrückt wie unser Vater.«

»Haben Sie Ihren Vater noch mal wiedergesehen, nachdem er und Ihre Mutter sich getrennt haben?«

»Nein. Er ist relativ jung gestorben, hat die Wende gar nicht mehr miterlebt.«

»Was ist passiert?«

Es wurde so still im Raum, dass man eine Stecknadel hätte fallen hören können.

»Er hat sich aufgehängt«, beantwortete Ilse Wenninger schließlich Malins Frage. »Am Deckenbalken seiner Berliner Wohnung. Das war im Sommer 1967.«

»Das ist schrecklich.« Malin fragte sich, warum das Schicksal in dieser Familie so häufig zuschlug.

»Der Krieg war schrecklich.«

»Hat Ihr Bruder mit Ihnen jemals über das Gefängnis Hohenschönhausen gesprochen? Oder über einen der Häftlinge?«

»Nein.« Ilse Wenninger klang überrascht. »Warum fragen Sie mich das?«

»Die Ermittlungen laufen noch«, entgegnete Malin vage. »Sagt Ihnen die Nummer 208/1 etwas?«

Ilse schüttelte den Kopf.

»Sie waren nicht bei der Trauerfeier Ihres Bruders.«

Die Raumtemperatur schien um ein paar Grad abzukühlen.

»Wozu auch?« Ein missmutiger Zug erschien um Ilse Wenningers Mund. »Kurt war ein Schwein. Daran ändert auch sein Tod nichts. Er hat sich nur für seine Arbeit mit den Patienten und für seine Forschung interessiert. Dafür wäre er über Leichen gegangen, alles andere war ihm scheißegal. Wir waren ihm egal.« Ihre Hände zitterten. »Ich bin nur froh, dass ich für seine Beerdigung nicht aufkommen muss. Das ist mit Abstand das Einzige, was Kurt in den letzten Jahren richtig gemacht hat.«

»Sie haben damit gerechnet, dass Sie das Vermögen Ihres Bruders erben«, stellte Malin fest.

Die alte Frau lachte laut auf. »SEIN Vermögen? Es war das Geld meiner Mutter.«

»Und ein hervorragendes Mordmotiv«, sagte Malin.

»Wollen Sie mich etwa beschuldigen?« Ilse Wenninger schüttelte den Kopf. »Wozu sollte ich auf meine alten Tage noch Geld brauchen? Ich habe genug zum Leben, warum also sollte ich meinen Bruder umbringen? Wenn ich das gewollt hätte, hätte ich das schon zwanzig Jahre eher getan.« Sie reckte angriffslustig ihr Kinn. »Haben Sie Ihr Pulver verschossen?«

Malin wusste, sie würde an diesem Punkt bei der Frau nicht weiterkommen. »Darf ich kurz Ihre Toilette benutzen?«

Ilse Wenninger nickte. »Es ist die Tür direkt neben dem Eingang.«

»Danke.« Malin durchquerte den Flur und nutzte die Gelegenheit, sich etwas umzusehen. Auf dem Holzboden vor der Haustür fielen ihr ein paar Kratzer ins Auge. Wie bei meinem Parkett, schoss es ihr in den Sinn. Noch immer ärgerte sie sich über die kleinen Kieselsteine unter ihren Schuhen, die das Holz in ihrem Flur zerkratzt hatten.

In der nächsten Sekunde flog Malins Blick zu dem offenen Schuhregal unter der Garderobe. Aus der Küche hörte sie Geschirrklappern. Malin bückte sich und griff nach den Schuhen mit dem dicksten Profil. In den Rillen der Sohlen klemmten kleine, spitze Kiesel. Sie zog ein unbenutztes Papiertaschentuch aus ihrer Jackentasche, entfernte einige und verstaute den eingewickelten Fund in der Hosentasche. Dann verschwand sie in der Toilette, zog die Spülung und betätigte hinterher den Wasserhahn.

Ilse Wenninger wartete im Flur und Malin bemerkte sofort deren misstrauischen Blick. »Ich muss jetzt zurück ins Präsidium. Danke, dass ich Ihre Toilette benutzen durfte. Auf Wiedersehen.«

»So schnell hoffentlich nicht.« Die alte Frau hielt die Haustür weit auf.

Ilse lugte durch den Türspion in den Hausflür. Erst als sich die Fahrstuhltür hinter der Kriminalbeamtin schloss, ging sie zum Telefon und wählte die Nummer, die sie auf einem Block notiert hatte. Es dauerte einige Zeit, ehe abgenommen wurde.

»Ich würde Ihnen gerne einen Vorschlag unterbreiten«, sagte sie. »Das, was Sie suchen, befindet sich in meinem Besitz.« Ilse nannte ihre Bedingung.

03. November 1979

Als Rena erwachte, blickte sie in ein Paar dunkelbraune Augen. Warm und gütig. Einen Moment dachte sie, dass sie ihrem Vater gehörten, dann erkannte sie ihren Irrtum.

Der hochgewachsene Mann trug einen weißen Kittel, hatte ein freundliches Gesicht und hellbraunes Haar. Rena dachte, dass sie ihn in einer anderen Situation vermutlich anziehend gefunden hätte. Erst jetzt bemerkte sie, dass ihre Arme ans Bett gefesselt waren und sie nicht in ihrer Zelle lag, sondern in einem Krankenhausbett. Die Fenster waren vergittert.

»Wie fühlen Sie sich?« Seine Stimme war angenehm und melodisch.

Rena fasste augenblicklich Vertrauen zu dem Mann. »Das hat mich schon lange niemand mehr gefragt.«

Der Weißkittel drehte sich zur Krankenschwester um. »Lösen Sie die Fixierung.«

»Aber …«

»Tun Sie, was ich Ihnen gesagt habe. Sie ist meine Patientin.«

Mit versteinerter Miene kam die Schwester seiner Aufforderung nach.

»Und jetzt lassen Sie uns bitte alleine.« Er wartete, bis die Frau das Zimmer verlassen hatte, dann zog er einen Hocker

heran und setzte sich neben Renas Bett. »Ich bin Dr. Sandmann. Können Sie sich daran erinnern, was passiert ist?«

Sie rieb sich die schmerzenden Handgelenke. »Nicht genau, nur, dass man mir mein Baby weggenommen hat.« Eine Träne rann über ihre Wange.

Dr. Sandmann sah sie mitfühlend an. »Sie hatten einen Nervenzusammenbruch und wurden ruhiggestellt. Zu Ihrer eigenen Sicherheit hat man Sie ins Krankenhaus gebracht.«

»Wie lange bin ich hier?«

»Einige Tage.«

»Tage?«, fragte Rena entsetzt. »Was ist mit meinem Baby?«

»Ihrem Kind geht es gut«, beruhigte Dr. Sandmann sie. »Jetzt müssen wir allerdings erst einmal dafür sorgen, dass es Ihnen auch wieder besser geht.«

»Wie soll es mir denn hier drinnen besser gehen?« Ihr Blick wanderte zu den Gitterstäben. »Eingesperrt. Weggerissen von meiner Familie. Meiner Tochter. Und jetzt auch noch von meinem Baby. Und das Ganze ohne jeglichen Grund. Können Sie mir vielleicht erklären, wie ich mich da besser fühlen soll?«

»Vielleicht beginnen wir damit, dass Sie mir erzählen, wie Sie in die Haftanstalt gekommen sind?«

Rena sah ihn misstrauisch an. »Das steht doch sicher in meiner Akte.«

Dr. Sandmann hielt ihrem Blick stand. »Mich interessiert, was nicht da drinnen steht. Also, möchten Sie es mir erzählen, Rena?«

»Es ist ewig her, seit mich jemand mit meinem Namen angesprochen hat«, erwiderte sie leise. »Seit meiner Verhaftung bin ich nur noch die 208/1.« Sie schloss einen Moment die Augen. »Kann ich vielleicht etwas zu trinken bekommen?«

Der Arzt griff nach einem Plastikbecher, der auf der Ablagefläche des Nachtschranks stand, und reichte ihn ihr.

Sie trank ein paar Schlucke. Dann begann sie zu erzählen. Zunächst stockend, im Laufe ihrer Schilderungen wurde ihre Stimme fester und sicherer. Hin und wieder musste sie eine Pause machen, um sich zu sammeln.

Dr. Sandmann unterbrach sie nicht ein einziges Mal. Den

Kopf auf die ineinander verschränkten Hände gestützt, sah er sie mit seinen dunklen Augen an und hörte ihr zu.

Als Rena geendet hatte, blieb es eine Weile still im Raum. Merkwürdigerweise fühlte sie sich ein wenig besser, auch wenn sich an ihrer Situation im Wesentlichen nichts geändert hatte.

»Das ist eine schreckliche Geschichte«, sagte Dr. Sandmann. »Es ist kein Wunder, dass Sie am Ende Ihrer Kräfte sind.« Er erhob sich. »Ich werde Ihnen helfen.«

Ihre Augen füllten sich mit Tränen. »Können Sie das denn?«

Er nickte. »Zunächst sorge ich dafür, dass Sie noch ein paar Tage im Krankenhaus bleiben. In meiner Obhut. Damit Sie wieder zu Kräften kommen. Dann sehen wir weiter. Ich möchte, dass Sie sich jetzt ein wenig ausruhen. Schlafen Sie.«

Rena rieb sich die Schläfen. »Ich kann jetzt nicht einfach schlafen. Mein Baby – es braucht mich.«

»Aber nicht in diesem Zustand. Solange Sie labil sind, wird man Ihnen Ihr Kind nicht zurückgeben. Das verstehen Sie doch, oder?«

Sie wollte etwas erwidern, doch dann nickte sie.

Dr. Sandmann griff in seinen Arztkittel und zog eine Packung Tabletten heraus. Er drückte eine der Pillen aus dem Blister und reichte sie ihr. »Nehmen Sie die. Ein leichtes Schlafmittel. Es wird Ihnen helfen, ein paar Stunden zur Ruhe zu kommen. Dann sehen wir uns wieder.«

Rena rieb ihre schmerzenden Handgelenke. »Wird man mich wieder festbinden?«

»Ich sorge dafür, dass das nicht geschieht.« Er reichte ihr den Wasserbecher und wartete, bis sie die Tablette geschluckt hatte. »Schlafen Sie jetzt. Morgen früh reden wir weiter.«

Sie erwiderte sein Lächeln zaghaft, und beobachtete, wie er das Zimmer verließ. Kurz darauf ging die Tür wieder auf und die Krankenschwester erschien. Wortlos setzte sie sich auf den Stuhl neben der Tür.

Rena schloss die Augen. Das erste Mal, seit man sie aus ihrer Wohnung geholt hatte, verspürte sie einen Funken Hoffnung.

26

Malin öffnete die Tür zu Kurt Wenningers Keller und schaltete das Licht an. Eine steile Holztreppe, Wände mit Stockflecken und Ziegelboden wurden sichtbar.

Die Treppe knarrte bei jedem ihrer Schritte und je weiter Malin hinabstieg, desto intensiver wurde der Schimmelgeruch, den das feuchte, unverputzte Mauerwerk im Keller verströmte. Er übertünchte sogar den Leichengeruch, der auch zwei Wochen nach dem Abtransport der sterblichen Überreste von Kurt Wenninger noch immer hartnäckig im Haus hing.

Im ersten Kellerraum standen diverse Regale und Schränke, eine Waschmaschine und ein verrosteter Wäscheständer. Wie bei den beiden oberen Stockwerken des Hauses widmete sich Malin auch diesem Raum mit aller Gründlichkeit. Obwohl die kriminaltechnische Untersuchung der Kieselsteine unter Ilse Wenningers Schuhen noch ausstand, reichten sie Malin als Indiz dafür, dass die Schwester des Mordopfers das Polizeisiegel aufgebrochen hatte. Und Malin wollte wissen, warum.

Sie durchstöberte Regale mit Wasch- und Putzmitteln, Schränke mit Werkzeugen, tastete Wände nach Hohlräumen ab, suchte nach losen Ziegeln im Fußboden. Nichts.

Der nächste Raum war eine Art Abstellkammer mit alten Möbeln, Bücherkisten und zahlreichem anderem Plunder. Malin seufzte. Es würde eine halbe Ewigkeit dauern, alles durchzusehen, und dabei würde sie es nicht einmal merken, wenn etwas fehlte. Möglicherweise hatte Ilse Wenninger nur ein Erinnerungsstück aus dem Haus geholt, das für sie von ideellem Wert war und nicht die geringste Rolle für die Ermittlungen spielte.

Das war eine deiner Schnapsideen, dachte Malin, nachdem sie einen Karton mit Büchern geöffnet und festgestellt hatte, dass sie alle feucht und verschimmelt waren. Sie biss die Zähne zusammen und fuhr fort, jeden Winkel der Abstellkammer zu durchsuchen.

Im letzten Kellerraum, der Vorratskammer, spendete die von der Decke baumelnde Glühlampe nur spärliches Licht. Malin knipste ihre Taschenlampe an und leuchtete Wände und Ecken ab. Das einzige Möbelstück war ein bis an die Decke reichendes Regal, dessen Bretter sich unter der Last von Weinflaschen und alten Weckgläsern bogen. Malin ließ den Lichtstrahl über die Gefäße mit Marmelade, Obst und Gemüse gleiten und fragte sich angesichts der dicken Staubschichten, wie lange sie bereits dort lagerten. Plötzlich stutzte sie. Auf einigen der Gläser waren Abdrücke im Staub zu erkennen, so als wären sie vor kurzer Zeit angefasst worden.

Malin leuchtete mit der Taschenlampe zwischen die Gläser an die unverputzte Wand. Zwei der Backsteine stachen deutlich hervor. Sie nahm einige der Weckgläser aus dem Regal und tastete die beiden Steine ab. Sie waren lose und ließen sich problemlos entfernen. Dahinter lag ein Hohlraum. Malins Herz klopfte schneller. Ein Versteck, dachte sie und leuchtete mit der Taschenlampe hinein. Es war leer.

»Scheiße, das gibt's doch nicht!« Ilse Wenninger hat etwas aus dem Versteck geholt, dachte Malin. Nur, dass ich es nicht beweisen kann.

Sie verließ frustriert das Haus und brachte ein neues Polizei-Siegel an der Eingangstür an. Als sie zu ihrem Mini ging, bemerkte sie ein paar Häuser weiter Stefan Biedermann und sein Postfahrrad. Sie sah auf ihre Armbanduhr. Es war bereits später Nachmittag. Offenbar war er heute spät dran. Sie warf einen Blick zurück zu dem Spitzgiebelhaus. Ob er sie beobachtet hatte?

Malin öffnete die Fahrertür und rutschte hinter das Lenkrad. Biedermann hantierte mit einem Packen Briefe und steckte gerade einige davon zurück in die vordere Fahrradtasche. Entweder tat er nur so, als sei er beschäftigt, oder der Postbote hatte ihre Anwesenheit bisher nicht bemerkt. Irritiert beobachtete Malin, wie er den Stapel in seiner Hand erneut durchsah und einen der Briefe herausnahm, um ihn in die hintere Fahrradtasche zu stecken. Mit dem Rest der Post ging er zum Haus der Tiefenbrunners.

Malin krauste die Stirn. Etwas klingelte in ihrem Hinterkopf. Etwas, das Frau Tiefenbrunner bei Malins Besuch gesagt oder getan hatte. Es hing mit Urlaubspost zusammen. Ein Brief hatte gefehlt.

Sie wartete, bis Stefan Biedermann mit seinem Fahrrad ein paar Grundstücke weiter entfernt war, dann stieg sie aus ihrem Mini.

Allmuth Tiefenbrunner sah Malin vorwurfsvoll an, als sie die Haustür öffnete. »Ich habe Sie vermisst, Frau Brodersen!«

»Mich?«, fragte Malin irritiert.

»Na, im Polizeipräsdium. Ich war doch wegen des Phantombilds da.« Allmuth Tiefenbrunner drehte sich um und rief ins Innere des Hauses: »Ich hatte recht, Schatz! Sie hat es vergessen.« Dann lächelte sie Malin an. »Möchten Sie vielleicht hereinkommen und einen Kaffee mit uns trinken?«

»Danke, nein. Ich habe nur kurz eine Frage. Als ich gestern mit meinem Kollegen bei Ihnen war, da haben Sie Ihre Urlaubspost durchgesehen und meinten, ein Brief würde fehlen.«

Allmuth Tiefenbrunner nickte. »Der von der Ursel. Dass Sie das noch wissen …«

»Ist der Brief mittlerweile angekommen?«

»Nein.«

»Wissen Sie, was drinnen war, in dem Brief?«

»Die Ursel hat mir ein paar Fotos von ihrem Enkelkind geschickt. Das ist kurz vor unserem Urlaub auf die Welt gekommen. Wieso fragen Sie?«

»Ist es das erste Mal, dass Sie Post vermissen?«

Allmuth Tiefenbrunner runzelte die Stirn. »Jetzt, wo Sie es sagen … Es ist schon mal vorgekommen, dass etwas nicht angekommen ist. Vielleicht so zwei, drei Mal.«

»Innerhalb welchen Zeitraums?«

Die ältere Frau dachte kurz nach. »In den letzten ein bis zwei Jahren vielleicht. So genau kann ich das nicht sagen.«

»Haben Sie sich deswegen schon mal an die Post gewandt?«

»Nein, war ja auch nie etwas Wertvolles drin. Ich bin immer davon ausgegangen, dass die Briefe verlorengegangen sind. Davon hört man ja öfter.«

»Danke, Frau Tiefenbrunner. Das war es fürs Erste.« Malin verließ eilig das Grundstück. Anschließend klingelte sie an jedem Haus des Schleusenredders. Der Brief an Allmuth Tiefenbrunner war nicht die einzige Post, die verschwunden war. Etwa ein Dutzend weitere hatten in den letzten vierundzwanzig Monaten ihre Empfänger nicht erreicht, die Dunkelziffer nicht mit eingerechnet.

»Hier ist niemand«, sagte Bartels zwei Stunden später und rüttelte an der verschlossenen Pforte. Die Fenster der Gartenlaube waren dunkel. »Und was nun? Er war weder in seiner Wohnung noch ist er hier, und ans Handy geht er auch nicht. Ich würde sagen, wir verschieben die Sache auf morgen.«

Malin schwang sich über das Gartentor.

»Was machst du da?«

»Wonach sieht es denn aus?«, fragte sie, als sie wieder festen Boden unter den Füßen hatte.

»Danach, dass du mal wieder dabei bist, dir Ärger einzuhandeln«, schimpfte ihr Kollege und stieg ebenfalls über die Pforte. »Und ganz nebenbei bemerkt, mir übrigens auch. Hätte ich mich bloß nicht überreden lassen, hierher zu kommen, und stattdessen lieber früher Feierabend gemacht.«

»Keiner zwingt dich dazu.« Malin drückte die Türklinke des dunkelrot gestrichenen Holzhauses. Verschlossen. Die Gardine des danebenliegenden Fensters war nicht ganz zugezogen. Sie lugte durch den schmalen Spalt.

Bartels trat neben sie. »Und?«

»Tisch, zwei Stühle, ein Sessel, eine Spüle und ein Regal mit Büchern und zwei Reihen Ordnern. Ich schau mal nach, ob man durch die anderen Fenster mehr sehen kann.« Sie umrundete das Haus und stellte zu ihrer Enttäuschung fest, dass die Vorhänge an allen weiteren Fenstern komplett zugezogen waren.

»Lass uns gehen«, sagte Bartels, als sie wieder neben ihm stand. »Hier ist nichts zu finden.«

Sie spähte erneut durch den Gardinenspalt. »Ich möchte

zu gerne wissen, was in diesen Ordnern ist. Wozu braucht er so viele? Das sind bestimmt an die zwei Dutzend.«

»Dann frag Biedermann einfach.« Bartels klang nun leicht genervt. »Und zwar morgen. Ich begreife sowieso nicht, was ein Briefe klauender Postbote mit unserer Mordermittlung zu tun haben sollte.«

Widerwillig riss Malin sich los.

Wolfgang Herzog betrat mit einem mulmigen Gefühl den Schankraum des *Admirals*, der wie immer um diese Uhrzeit zum Bersten voll war. Er begrüßte den Wirt, indem er kurz die Hand hob, und ging zu den Hinterräumen des Gasthauses. Vor dem Clubraum holte er tief Luft, dann drückte er die Türklinke.

Sie waren alle da. Der große, hagere Volker Wagner mit seinem akkurat gescheitelten Haar und seiner Hornbrille, der bullige Bruno Siekmann, dem er schon mehrmals aus der Patsche geholfen hatte, und all die anderen Gesichter, die er schon seit Ewigkeiten kannte. Wolfgang spürte sofort, dass sich in seiner Abwesenheit etwas zusammengebraut hatte.

»Hallo, Wolfgang.« Uwe Grabowsky trat ihm mit grimmigem Blick entgegen. Offenbar hatten die anderen den dickbäuchigen Journalisten als Sprecher auserkoren. »Die Polizei wird langsam lästig. Bei Bruno waren sie heute in der Firma, bei Volker in der Parteizentrale und bei mir waren sie heute auch. Mein Redaktionschef war alles andere als erfreut, sag ich dir.« Er holte tief Luft. »Es tut mir leid, aber ich befürchte, lange werden wir nicht mehr dichthalten können.«

Wolfgang sah ihm in die Augen. »Was genau willst du mir damit sagen?«

Der Journalist strich sich seine verbliebenen Haare über seine Halbglatze. »Du bist ab sofort auf dich alleine gestellt. Wir können nicht zulassen, dass die Bullen noch länger in unserem Leben herumstochern. Einige von uns können es sich nicht leisten, aufzufliegen, das weißt du. Oder glaubst du, wir finden in unserem Alter noch einen neuen Job?«

»Rede Klartext«, forderte Wolfgang ihn auf.

Bruno Sieckmann stellte sich neben den Journalisten und verschränkte seine muskelbepackten Arme vor der Brust. »Regle das mit der Polizei, ansonsten tun wir das.« Er verströmte eine unangenehme Alkoholfahne.

Wolfgang sah den Security-Mann fassungslos an. »Weißt du eigentlich, wie oft ich dich rausgeboxt habe?« Er sah in die Runde. »Und euch?«

»Du hast uns gesagt, dass du nichts mit dem Mord an Kurt zu tun hast, also haben wir für dich gelogen.« Uwe Grabowskys Stimme gewann mit jedem Wort an Festigkeit. »Jetzt hat sich das Blatt gedreht. Die Polizei verdächtigt uns. Also sag denen endlich, dass du es warst, der diesen unsinnigen Streit mit Kurt vom Zaun gebrochen hat. Sag ihnen, dass er sich deinetwegen besoffen hat und dass du ihm an dem Abend noch hinterhergerannt bist. Vielleicht rücken die Bullen uns dann endlich von der Pelle, bevor wir alle wegen dir ins Unglück stürzen.«

Wolfgang sah die Feindseligkeit in den Mienen der Männer, die er für seine Freunde gehalten hatte. Er machte auf dem Absatz kehrt.

27

»Kaffee?« Thies hielt die Kanne in die Höhe.

»Und dazu bitte eine Kopfschmerztablette«, bat Malin. Hinter ihren Schläfen pochte es fürchterlich.

»Dann solltest du vielleicht lieber bei Wasser bleiben.«

Sie winkte ab. »Ohne Koffein kann ich nicht arbeiten.«

Schmunzelnd füllte Thies Kaffee in einen Becher, schenkte ein Glas Wasser ein, stellte beides vor Malin auf den Tresen und legte noch zwei Kopfschmerztabletten dazu. »Ich habe mich übrigens mal wegen dieses Anwalts umgehört, nach dem du gefragt hast.« Er schlug ein paar Eier in die Pfanne. »Wusstest du, dass man die Zustimmung der Partei brauchte, um in der DDR Anwalt zu werden?«

»Nein.« Malin spülte eine Tablette mit ein Paar Schlucken Wasser hinunter. »Aber zumindest ist mir jetzt klar, warum Herzog Mitglied in der SED war. Hast du etwas über ihn in Erfahrung bringen können?«

Thies schüttelte den Kopf. »Ich weiß nur, dass ich in der DDR meinen Beruf nicht so hätte ausüben können, wie ich es heute tue. Als Anwalt für Strafrecht war man dort immer in der Zwickmühle. Auf der einen Seite dein Mandant, dessen Interesse du vertreten sollst, auf der anderen Seite die Regierung und die Partei, die dich gesteuert haben und deren Ansprüche du erfüllen musstest. Bei zivilrechtlichen Sachen spielte das keine große Rolle, in politischen Prozessen schlossen sich die beiden Dinge quasi aus.«

»Also, wer gegen den Machtanspruch der SED handelte, war raus?«

Thies nickte. »Die Zulassung wurde entzogen. Für viele Juristen ein Balance-Akt, einige sind deshalb auch gegen ihre Überzeugung ins politische System der SED geraten.« Er füllte zwei Teller mit Spiegeleiern und Speck und stellte einen vor Malin ab.

»Danke.« Sie griff nach ihrer Gabel und pickte ein Stück gerösteten Speck damit auf. »Mal angenommen, Herzog war ein Spitzel. Was würde das für ihn und seine Kanzlei bedeuten, wenn es rauskommt?«

Thies setzte sich mit seinem Teller neben sie. »Schwer zu sagen, schließlich müsste man das Herzog erst mal nachweisen. Vermutlich würde er ein paar Mandanten verlieren und sein Ruf wäre angekratzt. Vielleicht der richtige Zeitpunkt für ihn, sich zur Ruhe zu setzen.«

Malin dachte nach, während sie sich ihren Spiegeleiern widmete. Und Verena Herzog? Wie würde die reagieren, wenn die Sache in die Öffentlichkeit gelangte? Die Jessens waren eine hochangesehene Hamburger Familie, die über eine Enthüllung dieser Art vermutlich nicht sehr erbaut wäre. Möglicherweise konnte es sogar Verena Herzogs Position im Aufrichtsrat schaden. Doch warum hatte sie dann vor Bartels die Parteizugehörigkeit ihres Mannes freiwillig ausgeplaudert? Etwas passte nicht.

Ihr Handy klingelte und zeigte die Nummer ihres Großvaters. »Opa! Bist du noch immer in Berlin?«

»Bin ich. Gestern habe ich in Hohenschönhausen an drei Führungen teilgenommen«, berichete Erich Brodersen stolz. »Bei der Mittagsführung haben wir das Haftkrankenhaus besichtigt und dabei habe ich etwas Interessantes erfahren. Du hast mir doch erzählt, dass euer Mordopfer Gutachten von Häftlingen erstellt hat.«

»Zumindest habe ich diese Information bekommen«, bestätigte Malin.

»Möglicherweise stimmt daran etwas nicht«, erklärte er. »Laut dem Zeitzeugen, der die Führung ausgerichtet hat, hatte das Haftkrankenhaus damals eine eigene psychiatrische Abteilung. Es gab nur zwei Ärzte, die befugt waren, Gutachten von Häftlingen zu erstellen. Der Psychiater, der direkt im Haftkrankenhaus gearbeitet hat, und ein externer Experte von der Charité. Keiner von beiden war Kurt Wenninger.«

»Woher will der Mann das wissen? Soweit ich weiß, haben die Ärzte unter Decknamen gearbeitet.«

»Das stimmt«, pflichtete er ihr bei. »Doch in diesen beiden konkreten Fällen sind die Klarnamen bekannt. Nach der

Wende wurde ein Verfahren gegen einen der beiden Mediziner eingeleitet, doch er wurde aus Mangel an Beweisen freigesprochen. Glaub mir, Kurt Wenningers Name ist in dem Zusammenhang nicht aufgetaucht. Da muss dir jemand etwas Falsches erzählt haben.«

Malin biss sich nachdenklich auf die Unterlippe. Hatte sich Rosa getäuscht? Oder hatte Kurt Wenninger bewusst eine falsche Information an die Krankenschwester weitergegeben? Doch warum hätte er das tun sollen?

»Malin?«

»Entschuldige, Opa. Ich habe nur nachgedacht.«

»Dann mach ruhig weiter damit, ich muss jetzt eh auflegen«, informierte er seine Enkelin vergnügt. »Ich hab gleich einen Termin im Zeitzeugenbüro und will nicht zu spät kommen. Vielleicht erfahre ich dort noch mehr.« Er legte auf.

Malin starrte auf das Handy in ihrer Hand.

»Dein Opa?«, fragte Thies.

Sie nickte. »Und er ist voll in seinem Element.« Einen Moment spielte sie mit dem Gedanken, ihren Freund einzuweihen, dass sie ihren Großvater in die Ermittlungen mit einbezog, doch Malin befürchtete, dass Thies nur bedingt Verständnis dafür haben würde. Stattdessen suchte sie in der Anrufliste ihres Handys die Nummer von Elif Yilmaz heraus. Sie war darauf vorbereitet, wieder nur die anonyme Bandansage zu hören, und überrascht, als die Krankenschwester sich nach dem zweiten Klingeln meldete. »Frau Yilmaz? Malin Brodersen vom LKA.«

»Haben Sie Ihren Mörder geschnappt?«

»Leider nein. Die Ermittlungen laufen noch und deshalb müsste ich wirklich dringend mit Rosa sprechen. Können Sie sie bitten, mich anzurufen? Es ist sehr wichtig.«

Elif Yilmaz hüstelte. »Ich habe es Rosa schon gestern ausgerichtet, allerdings befürchte ich, sie ist nicht bereit für ein weiteres Gespräch. Aber wenn es so wichig ist, probiere ich es noch mal.«

»Vielen Dank.«

»Sie können mir danken, falls es klappt. Ich melde mich bei Ihnen.« Elif Yilmaz legte auf.

Malin griff nach ihrem Besteck und aß das restliche Spiegelei.

»Ich sollte wohl lieber nicht fragen, oder?« Thies sah sie mit hochgezogenen Brauen an.

»Eher nicht.«

»Ich hoffe, du bringst dich nicht wieder in Schwierigkeiten, Malin.«

»Das habe ich nicht vor.« Sie schob ihren Teller beiseite. »Ich muss los.«

Eine Dreiviertelstunde später und nachdem sie die Kieselsteine zur Analyse ins Labor gebracht hatte, stand Malin vor dem Whiteboard im Büro der Mordkommission und betrachtete das Phantombild. Die abgebildete Frau war um die sechzig, hatte kurz geschnittene graue Haare und eines dieser Gesichter, das man kurz nach dem Hinsehen bereits wieder vergessen hatte. »Das könnte jede x-beliebige Rentnerin sein«, murmelte sie.

Bartels hob den Blick von ein paar Unterlagen. »Frau Tiefenbrunner hat sie nie aus unmittelbarer Nähe gesehen.«

Andresen stellte sich mit einem Becher Kaffee in der Hand neben Malin. Auch zwei Wochen nach der Wurzelbehandlung war seine rechte Wange noch leicht gelblich verfärbt. »Damit werden wir die Frau sicherlich nicht ausfindig machen.«

»Aber wir sollten es zumindest probieren.« Sie wandte sich an ihren Teampartner. »Was meinst du, Fred?«

»Wenn wir das Bild an die Bevölkerung rausgeben, bekommen wir vermutlich Hunderte von Anrufen. Und ich bin mir so gut wie sicher, dass der richtige Hinweis nicht dabei sein wird. Aber das soll Fricke entscheiden.« Bartels lehnte sich in seinen Schreibtischstuhl zurück. »Ich habe euch noch gar nicht von meinem Treffen mit dem Journalisten erzählt, diesem Grabowsky. Durch den Spezialeinsatz mit Brodersen gestern Abend war ich wohl ein wenig abgelenkt.« Er zwinkerte Malin zu, ehe er weitersprach. »Das ist vielleicht ein schmieriger Typ, sag ich euch, dem musste ich jedes Wort einzeln aus der Nase ziehen. Ich hab ihn mit Herzogs Parteivergangenheit konfrontiert. Angeblich weiß Grabowsky nichts darüber. Aber ich sag euch, der Kerl hat geschwitzt wie nichts Gutes. Und das lag sicherlich nicht an den fünfzig Kilo, die er zu viel hat.«

Andresen setzte sich auf die Kante von Bartels' Schreibtisch, dabei spannte seine schwarze Lederhose bedenklich an den Oberschenkeln. »Das ist interessant. Ich hab gestern diesem Parteifuzzy von den *Roten*, Volker Wagner, einen Besuch abgestattet. Der war regelrecht angefressen. Hat mir gesagt, wenn wir noch mal mit ihm sprechen wollen, sollen wir doch bitte schön seinen Anwalt kontaktieren.« Er griff sich in die Gesäßtasche und zog eine cremefarbene Visitenkarte heraus, die er Bartels gab. Der dunkelhaarige Ermittler warf einen kurzen Blick darauf und reichte sie an Malin weiter. Der Name *Wolfgang Herzog* prangte in geschwungener Schrift auf der Karte. Andresen erhob sich. »Weiß eigentlich jemand, wo Ole steckt?«

Bartels nickte. »Der ist beim Chef.«

»Von was für einem Spezialeinsatz hast du eigentlich vorhin gesprochen?« Andresen setzte sich an seinen Schreibtisch.

Bartels grinste, dann erzählte er von den vermeintlich gestohlenen Briefen und dem Besuch in Biedermanns Schrebergarten.

»Und was hat das mit unseren Ermittlungen zu tun?« Andresen sah Malin an.

»Gegenfrage: Findet ihr nicht auch, dass Stefan Biedermann während unserer Ermittlungen etwas zu häufig auftaucht?«, fragte sie. »Er findet die Leiche, gibt uns den entscheidenen Hinweis zu den *Schmauchfreunden*, dann den Tipp mit dem Rasen. Bei Wenningers Beerdigung taucht er als Einziger auf und noch dazu bedient er sich bei der Post in der Nachbarschaft unseres Mordopfers. Vielleicht auch bei Wenninger.«

»Das ist einfach nur ein Spinner, Brodersen«, konterte Andresen, klang dabei aber nicht mehr ganz so überzeugt.

»Dann fahr noch mal hin«, schlug Bartels vor. »Frag ihn. Vorher gibst du ja sowieso keine Ruhe.«

Malin schnappte sich ihre Jacke. »Wisst ihr was? Genau das mache ich jetzt.«

21. November 1979

Er hatte Wort gehalten. Wie versprochen, hatte Dr. Sandmann am Morgen nach ihrem Aufwachen im Krankenhaus wieder an ihrem Bett gesessen.

Sein Zuhören, das Verständnis in seinen Augen, als sie ihm von ihrer Verzweiflung und dem Gefühl der Ausweglosigkeit erzählte, halfen Rena, zur Ruhe zu kommen. Vielleicht lag es auch an den Tabletten, die er ihr gab. Sie hatte sich zunächst geweigert, sie ein weiteres Mal zu nehmen, doch nachdem ihr der Arzt versicherte, die würden ihr helfen, sich besser zu fühlen, änderte sie ihre Meinung.

Ihre innere Unruhe verschwand zusehends, und als man sie einige Tage später zurück im Gefängnis in eine neue Zelle brachte, erwartete sie eine Überraschung in Form einer Mitinsassin. Eine junge, blonde Frau mit traurigem Blick. Annegret. Rena war nicht mehr allein.

Es dauerte nicht lange und die junge Frau erzählte von ihrer Flucht, die sie zusammen mit ihrem Freund über die Transitstrecke geplant hatte, davon, wie sie in den Kofferraum eines Fluchthelfers gestiegen war und an der Grenze geschnappt wurde.

Rena nahm Anteil am Schicksal der Jüngeren, außerdem wurde der eintönige Gefängnisalltag mit ihrer Mitinsassin erträglicher. Seit ihrer Rückkehr aus dem Krankenhaus gewährte man ihr zudem einige Privilegien. Sie bekam Bücher zum Lesen, durfte zwanzig Minuten täglich in eine Freigangszelle, und sie erhielt Stift und Papier, damit sie Briefe an ihre Angehörigen schreiben konnte.

Sie war sich dessen bewusst, dass diese Briefe nicht nur von den Empfängern gelesen wurden, trotzdem verfasste sie ein paar persönliche Zeilen an ihre Eltern und an Romy. Dabei bemühte sie sich um eine optimistische Haltung, damit sie ihre Familie nicht noch mehr belastete. Sie schrieb sogar ein paar Zeilen an Peter. Obwohl in manchen Stunden der Zweifel an ihr nagte, hielt sie an ihrer Hoffnung fest, dass alles nur ein furchtbarer Irrtum war und sie nach ihrer Entlassung nicht nur ihre Kinder, sondern auch ihren Ehemann in die Arme schließen würde.

Ihre Sehnsucht nach Romy und ihrem Baby war unverändert groß. Es waren die kurzen Begegnungen mit Dr. Sandmann, die ihr Halt und Zuversicht gaben, die Zeit im Gefängnis zu überstehen.

»Ich helfe Ihnen.« Der Satz, den Dr. Sandmann bei ihrer ersten Begegnung und bei ihrem letzten Termin einige Tage zuvor erneut und noch eindringlicher hatte fallen lassen, war ihr Rettungsanker, den sie mit aller Kraft umklammerte.

Rena war alleine in ihrer Zelle. Annegret war schon am frühen Morgen von einem Läufer zur Vernehmung geholt worden. Draußen im Flur ertönten Schritte und das Klimpern eines Schlüsselbundes. Rena erhob sich von ihrem Hocker und nahm links neben der Zellentür Aufstellung. Gesicht zur Wand. Hände auf den Rücken. Handflächen nach außen.

»Hundertdreizehnzwei«, meldete sie sich unaufgefordert, als die Tür geöffnet wurde. Noch immer hatte Rena Schwierigkeiten, sich an die Nummer zu gewöhnen, die sie mit der neuen Zelle zugeteilt bekommen hatte.

»Hundertdreizehnzwo. Kommse mit.«

Sie folgte dem Läufer, einem dürrem Lulatsch, durch schier endlose Gänge mit grün geschalteten Ampelanlagen, zwei Treppen hinauf, in einen weiteren langen Flur, in dem sie bisher noch nicht gewesen war. Vor einer verschlossenen Tür blieben sie stehen. Furcht, Nervosität und Neugierde vermischten sich zu einem Gefühlscocktail. Was erwartete sie hinter dieser Tür?

28

Malin schaute über ihre Schulter. Es war niemand zu sehen. Sie stellte sich auf die Zehenspitzen und tastete den oberen Sims des Türrahmens ab, hob die Fußmatte an, sah in und unter den Blumtöpfen nach, doch nirgends war ein Schlüssel zu finden. Dann hielt sie inne. Was machte sie hier überhaupt? Riskierte sie gerade ein Disziplinar-Verfahren, nur um ihre Neugierde zu befriedigen? Kopfschüttelnd wandte sie sich ab und verließ den Schrebergarten.

Stefan Biedermann hatte heute seinen freien Tag, das hatte sie bei seiner zuständigen Dienststelle in Erfahrung gebracht. Trotzdem hielt er sich weder in seiner Langenhorner Wohnung noch in seinem Schrebergarten auf.

Sie hatte gerade die Gartenpforte hinter sich geschlossen, als ihr Handy klingelte. Die Rufnummer war unterdrückt. »Frau Brodersen? Hier ist Rosa.«

»Rosa«, sagte Malin erleichtert. »Danke für Ihren Rückruf.«

»Elif hat mich mit türkischem Gebäck bestochen«, gluckste Rosa und wurde gleich darauf wieder ernst. »Dann schießen Sie mal los, Schätzchen.«

»Es geht noch mal um Kurt Wenninger. Sie haben mir erzählt, dass er Gutachten für Häftlinge im ehemaligen Stasi-Gefängnis erstellt hat. Hat er Ihnen davon berichtet oder war das allgemein bekannt?«

Einen Moment blieb es still in der Leitung. »Weder noch. Ich habe ein Gutachten auf Dr. Wenningers Schreibtisch liegen sehen, als er gerade daran gearbeitet hat. Im Adresskopf war als Empfänger UHA1 Berlin eingetragen, da wusste ich sofort Bescheid. Das Kürzel stand für die Untersuchungshaftanstalt Hohenschönhausen, müssen Sie wissen. Mich hat das zunächst gewundert, aber als er kurz darauf in die forensische Abteilung gewechselt hat, erschien mir das alles schlüssig. Vielleicht war es auch nur ein Einzelfall. Ich habe es jedenfalls nicht weiter hinterfragt.«

»Können Sie sich eventuell noch an Namen oder Daten auf den Dokumenten erinnern?«

»Nein. Ich weiß nur noch, dass ich das im November oder Dezember 1979 gesehen habe. Im Januar darauf war Dr. Wenninger schon in der Forensischen. Das fand ich schade. Ich habe keinen der anderen Ärzte so gemocht wie ihn.«

»Würden Sie mir Ihre Telefonnummer geben? Ich meine, falls ich noch weitere Fragen habe.«

»Können Sie meinen Namen da raushalten?«

»Ja«, versprach Malin.

»Gut, ich überleg's mir.«

Ehe Malin ein weiteres Wort sagen konnte, hatte ihre Gesprächspartnerin aufgelegt. Nachdenklich verstaute sie ihr Handy in der Hosentasche, als ihr jemand von hinten auf die Schulter tippte. Sie zuckte zusammen.

»Wollen Sie zu mir?«, fragte Stefan Biedermann. Auf seiner Schulter trug er einen großen Sack Rindenmulch.

»Mein Gott, haben Sie eine Art, sich anzuschleichen«, ranzte sie den Postboten an. Wie lange hatte er schon hinter ihr gestanden?

»'tschuldigung.«

Malin riss sich zusammen. »Ich sollte mich wohl eher bei Ihnen entschuldigen, aber Sie haben mich wirklich erschreckt.«

»Schon gut.« Ein Lächeln huschte über sein Gesicht. »Also, was wollen Sie? Ich muss gleich mein Auto umparken.«

»Mit Ihnen sprechen, dauert auch nicht lange.« Sie zog die Kopfschmerztablette aus ihrer Jeans, die sie auf dem Hausboot vorsorglich eingesteckt hatte. »Könnte ich vielleicht vorher ein Glas Wasser bekommen?«

Er beäugte misstrauisch die Tablette.

»Auch Kriminalbeamte haben hin und wieder Kopfschmerzen.« Malin lächelte gequält. »Also, sind Sie so nett?«

Der Postbote nickte und ging, dicht gefolgt von Malin, zu seinem Schreberhaus. Er stellte den Sack Rindenmulch neben den Eingang und sperrte die Tür auf. »Einen Augenblick.« Biedermann verschwand im Inneren des Hauses und zog die

Tür bis auf einen kleinen Spalt hinter sich zu. Offenbar hatte er nicht vor, sie hineinzubitten.

Malins Gehirn lief auf Hochtouren. Sie hatte zwei Möglichkeiten. Entweder sie fragte Biedermann geradeheraus, was die Ordner enthielten, und ging damit das Risiko ein, dass er die Info verweigerte und die Unterlagen verschwinden ließ. Oder sie versuchte es auf die unkonventionelle Art, mit der sie sich mal wieder haarscharf am Rand der Legalität bewegte. Ihre Neugierde gewann die Oberhand.

Malin fischte ihr Handy aus der Hosentasche und tippte in Windeseile eine SMS. Anschließend leitete sie eine Telefonnummer weiter. Hoffentlich funktionierte es.

Dann drückte sie die angelehnte Tür auf. »Ich wollte schon immer mal sehen, wie diese kleinen Häuschen von innen aussehen.« Sie ließ ihren Blick durch den Raum schweifen. Die Einrichtung war schlicht und funktional. Tisch, Stühle und Regal aus hellem Holz, ein Sisalteppich in Naturfarben, eine kleine Küchenzeile und ein einzelner Sessel mit Fußhocker. »Sie haben es aber schön hier!«

Biedermann, der gerade dabei war, ein Glas Wasser einzuschenken, drehte sich zu ihr um.

»Ich überlege, ob ich mir nicht auch einen Schrebergarten zulegen sollte«, plapperte Malin weiter. »Sie haben doch sicher nichts dagegen, wenn ich mich ein wenig umsehe?«

Er guckte verdutzt und schüttelte den Kopf, doch sein Blick flackerte, als er ihr das Wasserglas reichte. »Sie interessieren sich für einen Schrebergarten?«

Sie nickte. »Wissen Sie, ich wohne mitten in der Stadt und habe noch nicht einmal einen Balkon«, log sie dreist weiter. »Und hier bei Ihnen ist es richtig gemütlich.« Sie ging zu dem Fenster neben dem Regal mit den Ordnern. »Und erst Ihr Garten. Herrlich.« Okay, Malin, übertreib es nicht.

Ein Telefon klingelte, und als Malin sich umdrehte, bemerkte sie zufrieden, wie Stefan Biedermann ein Handy aus seiner Jackentasche zog und das Gespräch annahm. Eine Furche bildete sich auf seiner Stirn, als er dem Anrufer lauschte. »Das gibt's doch nicht.« Er sah Malin an. »Können wir uns vielleicht später unterhalten, ich muss kurz zur Straße. Anscheinend gibt es ein Problem mit meinem Auto.«

Malin setzte sich auf den Schwingsessel mit einem Gestell aus Birkenfurnier. »Gehen Sie ruhig.« Sie hob das Glas in ihrer Hand. »Es dauert ohnehin etwas, bis die Tablette wirkt. Ich warte einfach hier auf Sie.«

Eine verärgerte Stimme erklang aus Biedermanns Handy und Schweißperlen bildeten sich auf seiner Stirn. »Ja, ich komme ja«, knurrte er ins Telefon, warf einen letzten zögerlichen Blick auf Malin, die gerade die Kopfschmerztablette aus der Folie löste, und verschwand.

Sie wartete noch einen Moment, dann steckte sie die Tablette zurück in die Hosentasche und sah aus dem Fenster zur Gartenpforte. Von dem Postboten war nichts mehr zu sehen.

Auf den Rücken der Ordner standen lateinische Namen. Malin vermutete, dass es sich um Begriffe aus der Botanik handelte. Hoffentlich war ihre ganze Aktion nicht umsonst. Falls ihre Kollegen Wind davon bekamen, würde sich das gesamte Präsidium wochenlang auf ihre Kosten amüsieren.

Sie zog einen Ordner heraus und schlug ihn auf. Der Inhalt war mit Trennblättern unterteilt, auf denen fein säuberlich Namen und Adressen notiert waren. Sie blätterte das erste Trennblatt um. Entgeistert betrachtete Malin zunächst eine Tabelle mit detailierten Informationen über eine vierköpfige Familie, die beigefügten Fotos, handschriftliche Notizen mit Datum und Uhrzeit auf den Folgenblättern, und schließlich die in Klarsichthüllen abgehefteten Briefe, die ihre Empfänger nie erreicht hatten.

Hinter dem nächsten Trennblatt sah es ähnlich aus, nur dass der Inhalt dieses Mal keine Familie, sondern ein älteres, kinderloses Ehepaar betraf.

Malin ließ den Ordner sinken. Sie war völlig fassungslos. Biedermann war nicht einfach nur ein Postbote, der Briefe stahl. Er war ein Voyeur, der das Leben anderer Menschen ausspionierte und sich dabei intimste Einblicke in deren Privatsphäre verschaffte.

Im Regal standen noch ungefähr zwei Dutzend weitere

Ordner. Ihr Blick glitt kurz aus dem Fenster, dann zog sie einen weiteren heraus. Auf dem obersten Trennblatt stand der Name Tiefenbrunner und die Adresse im Schleusenredder.

Ihr Handy kündigte mit einem Piepen den Eingang einer SMS an. Sie las die Nachricht. Scheiße. In Windeseile stellte sie die Ordner zurück an ihren Platz, griff nach dem Wasserglas und leerte den Inhalt in einem Zug. Dann verließ sie das Schreberhaus und erwartete Stefan Biedermann vor der Tür.

»Du hast – was?!« Fricke sah seine Mitarbeiterin, die auf dem Besucherstuhl vor seinem Schreibtisch saß, grimmig an.

»Ich hab ihn extra gefragt, ob ich mich ein wenig umsehen darf«, konterte Malin, nicht im Mindesten schuldbewusst. »Er hätte nur nein zu sagen brauchen, dann wäre die Sache vom Tisch gewesen. Hat er aber nicht.«

»Warum habe ich nur den Eindruck, dass du mal wieder eine der zulässigen Grenzen überschritten hast?«

»Für deinen Eindruck kann ich nun wirklich nichts«, erwiderte Malin beleidigt. Schließlich hatte sie sich zumindest weitestgehend an die Regeln gehalten, und war nicht, wie zunächst beabsichtigt, in das Haus eingestiegen. Doch das konnte sie ihrem Vorgesetzten natürlich nicht ohne weiteres erklären. Zumindest nicht bei ihrer Vorgeschichte.

»Und Biedermann hat dich einfach in seiner Hütte allein gelassen? Ganz freiwillig?«

»Er hat einen Anruf bekommen und musste kurz zum Auto«, erklärte sie mit Unschuldsmiene. »Offenbar hatte er einem der anderen Kleingartenpächter das Auto zugeparkt. Zumindest hat das jemand am Telefon behauptet.«

Fricke musterte Malin scharf. »Und dieser Jemand ist dir nicht rein zufällig bekannt?« Eine leichte Röte kroch vom Hals ihres Vorgesetzten hinauf in sein Gesicht. Sobald die Farbe sich ins Hochrote wandelte, würde eine von Frickes orkanstarken Schimpftiraden auf Malin niederprasseln, die bereits im gesamten Präsidium als legendär galten. Es wurde Zeit, einzulenken.

»Also gut, Chef. Ich habe die Grenzen möglicherweise ein

wenig ausgedehnt.« Sie stützte das Kinn in die Hand uns sah ihn mit großen Augen an. »Willst du eigentlich gar nicht wissen, worauf ich gestoßen bin?«

Er wirkte noch immer verärgert, doch seine Gesichtsfarbe war schon wieder dabei, den Normalzustand anzunehmen. »Also?«

»Meine Vermutung hat sich bestätigt. Stefan Biedermann hat Post geklaut.« Sie beugte sich vor. »Und nicht nur das. Er hat die Empfänger dieser Briefe regelrecht ausspioniert. Dabei hat er seine Beobachtungen notiert und Fotos gemacht. Er hat sogar Akten über diese Personen angelegt.«

»Ach.« Frickes Gesicht öffnete sich.

»Biedermann hat sich auch für Kurt Wenninger interessiert, da bin ich mir sicher. Allein sein Auftauchen bei der Beerdigung spricht dafür. Ich wette, er hat auch für Wenninger eine Akte angelegt.«

»Wo ist Biedermann jetzt?«

»Er sitzt bei uns im Büro. Bartels ist bei ihm.«

Fricke rieb sich nachdenklich die Nasenwurzel. »Und was hast du Biedermann aufgetischt, damit er mit ins Präsidium kommt?«

»Ich habe ihn gebeten, sich das Phantombild anzusehen«, erwiderte Malin. »Es konnte ihm gar nicht schnell genug gehen, mich von seinem Schreberhaus wegzulotsen.«

»Gut.« Fricke erhob sich hinter seinem Schreibtisch und begann vor dem Fenster auf und abzugehen. »Allerdings haben wir keinen offiziellen Grund, um einen Durchsuchungsbeschluss zu beantragen.«

»Wir haben noch immer die Aussagen einiger Nachbarn, dass bei ihnen Briefe verschwunden sind.«

Fricke blieb stehen. »Das reicht nicht, Brodersen. Das weißt du genauso gut wie ich.«

»Biedermann ist durch mein Auftauchen sicher misstrauisch geworden«, gab Malin zu bedenken. »Sobald er das Präsidium verlässt, wird er die Ordner verschwinden lassen. Darauf gehe ich jede Wette ein.«

Fricke nickte. »Hat von den Bestohlenen jemand Anzeige

erstattet oder sich mit einer Beschwerde an die Post gewandt?«

Malin schüttelte den Kopf. »Zumindest keine von den Personen, mit denen ich gesprochen habe, aber das weiß Biedermann nicht.«

»Du meinst also, du willst bluffen?«

»Warum nicht? Im schlimmsten Fall stehen wir hinterher auch nicht besser da als jetzt.«

»Das gefällt mir nicht«, brummte Fricke.

»Aber, Chef«, erwiderte Malin zuckersüß. »Ich nehme das allein auf meine Kappe. Oder traust du mir das etwa nicht zu?«

Sein Blick wurde finster. »Dir traue ich so einiges zu. Vor einem Jahr wärst du in dieses Haus vermutlich eingestiegen.«

Malin verzog keine Miene.

»Also gut, Brodersen. Einen Versuch ist es wert.«

Wolfgang Herzog drückte auf den Seifenspender aus verchromtem Messing, den Verena für das kleine Bad neben seinem Arbeitszimmer ausgewählt hatte. Sorgfältig verrieb er die wohlriechende Lotion zwischen seinen Fingern und hielt sie lange unter den warmen Wasserstrahl, als könne er auch gleich den unsichtbaren Schmutz mitentfernen, der an seinen Händen klebte. Am liebsten hätte er reinen Tisch gemacht. Die Demütigung, die ihm seine sogenannten Freunde bereitet hatten, saß tief. Ausgerechnet ihn hatten sie fallenlassen wie ein heiße Kartoffel.

Er schwenkte den Hebel und ließ eiskaltes Wasser in seine gewölbten Handflächen laufen, ehe er sich über das Becken beugte und es sich ins Gesicht spritzte.

Schmauchfreunde. Auch wenn der Pfeifenclub nur ihr offizieller Deckmantel war, hatte er immer an ihre gegenseitige Loyalität geglaubt. Mit Ausnahme von Kurt natürlich. Jetzt brauchten sie ein neues Bauernopfer. Ihn.

Wolfgang stellte den Wasserhahn ab, wischte sich mit dem Handtuch übers Gesicht und feuerte es auf den Beckenrand. Er starrte sein Spiegelbild an.

Wenn er noch mal von vorne beginnen könnte, würde er vieles anders machen. Doch dafür war es jetzt zu spät. Was er brauchte, war ein Plan. Eine Geschichte, die er der Polizei auftischen konnte, falls Volker oder einer der anderen ihre Drohung wahr machten und ihn anschwärzten.

Wolfgang wünschte, seine Frau würde endlich wieder mit ihm sprechen und sich ihm anvertrauen. Noch immer konnte er seine eigene Dummheit nicht fassen. Wenn er nur geahnt hätte, was er damit auslöste, dann wäre es niemals passiert. Seine Ehe würde jetzt nicht den Bach runtergehen, und Kurt ... Kurt wäre noch am Leben.

Verena hatte recht, er war ein verdammtes Schwein. Und im Grunde war er das immer schon gewesen. Einmal im Leben das Richtige tun ... Doch wenn er jetzt die Wahrheit sagte, würde er seine Frau endgültig verlieren. Und Verena war wichtiger.

Wolfgang riss sich von seinem Spiegelbild los. Es war an der Zeit, sich von ein paar Dingen zu trennen. Er ging ins Arbeitszimmer und holte eine Mappe mit Unterlagen aus dem Tresor. Dann warf er den Aktenvernichter an.

Stefan Biedermann machte Anstalten, sich von seinem Stuhl zu erheben, als Malin in der Bürotür erschien. »Ich habe niemanden auf dem Bild erkannt. Das habe ich auch schon Ihrem Kollegen erklärt.« Er deutete mit dem Kopf auf Bartels. »Also, kann ich endlich gehen? Ich hatte nicht vor, meinen freien Tag bei der Polizei zu verbringen.« Jetzt stand er auf.

»Setzen Sie sich wieder, Herr Biedermann«, forderte Malin ihn auf. »Es gibt da noch ein paar Dinge zu besprechen.« Sie tauschte einen Blick mit Bartels, der daraufhin seine Pokermiene aufsetzte.

Biedermann sah misstrauisch von Malin zu Bartels, dann ließ er sich zurück auf den Besucherstuhl fallen und streckte seine langen Beine aus.

Malin nahm hinter ihrem Schreibtisch Platz. »Ich habe mit den Anwohnern am Schleusenredder gesprochen und dabei einige interessante Dinge erfahren.« Sie machte eine bedeutungsvolle Pause und sah Stefan Biedermann direkt in die Augen. »Dinge, die Sie betreffen.«

Der Postbote reckte sein Kinn nach vorne. »Und was?«

»Fällt Ihnen dazu gar nichts ein?«, fragte Malin scharf, doch Biedermann blieb stumm. »Ich spreche von den Briefen, die Sie seit geraumer Zeit stehlen. Und zwar nicht nur bei den Anwohnern im Schleusenredder, sondern auch in den umliegenden Straßen. Und versuchen Sie gar nicht erst, das zu leugnen. Es liegen uns mehrere Aussagen vor, und ich kann Ihnen jetzt schon mal verraten, dass es eine Anzeige geben wird. Oder haben Sie etwa geglaubt, ewig mit dieser Nummer durchzukommen?«

Stefan Biedermanns Blick flackerte.

»Wissen Sie, die Sache mit dem Diebstahl interessiert uns im Grunde nicht«, setzte Malin nach. »Vielmehr möchten wir gerne wissen, was Sie sonst noch so auf dem Kerbholz haben.«

Er riss die Augen auf. »Wie meinen Sie das?«

»Wir haben ein Mordopfer, Herr Biedermann. Und nach den neuen Erkenntnissen müssen wir davon ausgehen, dass Sie sich auch bei Kurt Wenningers Post bedient haben. Allein deshalb kommen wir nicht um Überlegungen herum, was Sie vielleicht darüber hinaus getan haben.«

»Sie meinen, ich habe etwas mit dem Mord zu tun?«, fragte Stefan Biedermann entsetzt. Unter seinen Achseln bildeten sich dunkle Flecken auf dem Shirt.

»Momentan werden Sie von uns nur als Zeuge befragt«, klärte Malin den Postboten auf. »Aber das kann sich jederzeit ändern. Ich überlege gerade, ob Herr Wenninger Sie möglicherweise auf frischer Tat bei einem Ihrer Diebstähle ertappt hat.«

»Aber es waren doch nur Briefe«, rutschte es Biedermann heraus. »Deswegen bringt man doch niemanden um. Ich wollte bloß ...« Er brach mitten im Satz ab.

Malin sah ihn aufmerksam an. »Was wollten Sie?«

»Ich wollte bloß an seinem Leben teilhaben«, flüsterte er und senkte den Blick.

»Warum?«

»Weil ich sonst niemanden habe.«

»Und die anderen Briefe? Warum haben Sie all die Menschen bestohlen? War Geld der Grund?«

»Geld spielte nie eine Rolle«, sagte der Postbote leise. »Es ging mir um etwas anderes.«

»Und das wäre?«

Der Postbote lief an wie eine Tomate. »Sie werden es mir ja doch nicht glauben.«

»Versuchen Sie es«, forderte sie ihn auf.

»Ich wollte wissen, wie es sich anfühlt, Teil einer Familie zu sein«, platzte es aus ihm heraus. »Aber dafür musste ich herausfinden, welche Menschen zu mir passen.«

»Und Kurt Wenninger hat gepasst?«

»Zumindest habe ich das eine Zeit lang geglaubt.«

»Und dann nicht mehr, oder was?«, entfuhr es Bartels.

Biedermann schüttelte den Kopf. »Er wollte einfach niemanden in seinem Leben haben.«

Bartels fixierte ihn. »Haben Sie Kurt Wenninger umgebracht?«

»Nein, natürlich nicht«, erwiderte Biedermann mit zittriger Stimme.

Einen Moment blieb es still im Büro der Mordkommission.

»Ich glaube Ihnen«, sagte Malin schließlich. »Wir können die Sache mit den Diebstählen nicht gänzlich unter den Tisch fallen lassen, aber ich verspreche Ihnen, mich für Sie einzusetzen, natürlich unter der Voraussetzung, dass Sie uns gerade die Wahrheit gesagt haben. Allerdings müssten Sie dafür auch etwas für mich tun.«

»Was?«

»Kooperieren Sie mit uns und händigen Sie uns die gestohlenen Briefe aus«, forderte Malin ihn auf. »Natürlich kann ich genauso gut mit einem Durchsuchungsbeschluss Ihre Wohnung und Ihren Schrebergarten auf den Kopf stellen lassen. Allerdings ist das nicht nur zeitaufwändiger, sondern es trägt auch nicht unbedingt dazu bei, meine Vorgesetzten von Ihrer Unschuld zu überzeugen. Also, bekommen wir die Briefe?«

Stefan Biedermann sah Malin eigentümlich an. »Sie wissen ja, wo Sie das Zeug finden.« Er griff in seine Hosentasche und zog einen Schlüsselbund hervor. Dann nahm er einen der Schlüssel ab und schob ihn der Kriminalbeamtin über den Schreibtisch.

Zweieinhalb Stunden später lagen auf dem Konferenztisch der Mordkommission dreiundzwanzig Aktenordner mit lateinischen Bezeichnungen.

Es war bereits kurz nach sechs, doch weder Malin noch ihre drei Teamkollegen verschwendeten einen Gedanken an den naheliegenden Feierabend. Alle spürten, dass der Fall kurz vor einer entscheidenden Wendung stand. Die Ermittler sichteten schweigend die Unterlagen.

»Bingo!« Andresen hielt einen der Aktenordner in die Höhe. »Biedermann hat unserem Mordopfer einen kompletten Ordner spendiert. Da drinnen wimmelt es nur so von Einträgen.« Er ließ seine Arme wieder sinken und blätterte in den Unterlagen. Dann sah er ungläubig auf. »Ich fass es nicht. Biedermann hat Wenninger über zwei Jahre beobachtet. Er hat alles bis ins kleinste Detail notiert. Zwei Jahre! Mein Gott, ist das krank.«

»Am besten, wir kopieren die Unterlagen und zwei von uns gehen sie Seite für Seite durch«, schlug Bartels vor. »Damit uns nichts entgeht.«

»Das dauert ewig«, gab Malin zu bedenken.

Andresen schnalzte. »Wir treten seit zwei Wochen auf der Stelle, Brodersen. Da kommt es auf ein paar Stunden mehr oder weniger auch nicht an.«

»Da hast du wohl recht.«

Er riss übertrieben die Augen auf und hielt sich die Hand hinter die Ohrmuschel wie ein Schwerhöriger. »Kannst du das vielleicht noch mal wiederholen?«

Malin ersparte sich die Antwort, lehnte sich zu Andresen rüber und schnappte sich den Ordner. »Hey!«, rief der rothaarige Ermittler erbost, beäugte dann aber interessiert, wie sie die handgeschriebenen Berichte im Ordner überblätterte und den Teil mit den in Klarsichtfolien gehüllten Briefen aufschlug.

»Einige sind nur kopiert«, murmelte sie. »Das macht Sinn. Zu viele Diebstähle wären aufgefallen.«

Die Tür wurde aufgestoßen und Fricke erschien. Er trug fünf Pizzakartons, die er auf dem Konferenztisch neben den Ordnern abstellte.

Malin hob den Kopf von den Unterlagen. »Da ist ein Brief von Wenningers Schwester dabei. Im Original.«

»Du meinst den Brief, von dem Stefan Biedermann bei der ersten Befragung erzählt hat und von dem Ilse Wenninger behauptet, ihn nie geschrieben zu haben?«, fragte Andresen.

»Genau der.«

»Und was steht drin?« Fricke äugte seiner Mitarbeiterin über die Schulter.

»Wenn ihr mich kurz lesen lasst, kann ich euch das gleich verraten.«

Fricke verteilte ein paar Servietten. Malin überflog die handgeschriebenen Zeilen. »Ich glaube, wir haben soeben ein mögliches Mordmotiv gefunden. Ilse Wenninger bittet ihren Bruder in dem Brief um Geld. Eine sechsstellige Summe.« Sie nahm das Schreiben samt Klarsichthülle aus dem Ordner und reichte es an ihren Chef weiter.

»Wofür braucht Ilse Wenninger so viel Geld?«, fragte Bartels.

»Sie schreibt nichts Genaues«, erwiderte Malin. »Nur dass es sich um eine Notlage handelt und um die Familie geht. Sie fleht ihren Bruder geradezu um Hilfe an.«

»Und Wenninger hat offensichtlich nicht geholfen«, schlussfolgerte Andresen. »Deshalb hat seine Schwester ihn umgebracht, um an das Geld zu kommen. Nur hat sie dabei die Rechnung ohne Michael Baumann gemacht.«

»Wenninger konnte überhaupt nicht helfen.« Fricke deutete auf den Brief in seiner Hand. »Dank Herrn Biedermann hat er ja nie die Möglichkeit dazu bekommen. Und so wie ich es verstanden habe, ist Ilse Wenninger eine störrische alte Frau, die keinen zweiten Versuch unternommen hätte, ihren Bruder um Geld zu bitten. Nicht bei der gemeinsamen Vorgeschichte.«

»Damit könntest du recht haben.« Malin dachte an die Härte in Ilse Wenningers Stimme, wenn sie über ihren Bruder sprach. Eine Haltung, die Malin unter den gegebenen Umständen durchaus nachvollziehen konnte.

Fricke setzte sich an den Tisch und zog einen der Pizzakartons zu sich heran. »Wir bestellen Ilse Wenninger für morgen Nachmittag aufs Präsidium. Vorher möchte ich, dass wir die Unterlagen über Wenninger sichten, damit wir vorbereitet sind. Wer weiß, was uns noch erwartet. Außerdem möchte ich, dass kein Wort nach außen dringt. Wenn die Presse Wind davon bekommt, dass wir eine fast Achtzigjährige des Mordes verdächtigen, rennen die uns die Bude ein.«

»Verdächtigen wir sie denn wirklich?«, warf Malin in die Runde. »Wir haben schließlich noch immer die eingemähte Nummer und die Spur nach Hohenschönhausen.«

»Ilse Wenninger ist zur Zeit die wahrscheinlichste Option«, erwiderte Fricke zwischen zwei Bissen. »Das heißt aber noch lange nicht, dass wir alles andere aus den Augen verlieren. Ole und Sven, ihr geht bis morgen die Akten durch.« Er sah Bartels an. »Und du, Fred, knöpfst dir Ilse Wenningers Tochter und die beiden Söhne noch mal vor. Wenn es sich um einen finanziellen Notfall in der Familie handelt, muss der Grund bei ihnen liegen. Möglicherweise geht es um den kranken Enkel.«

Bartels nickte und schnappte sich nun ebenfalls einen Pizzakarton.

»Und ich?«, fragte Malin in dem Moment, als ihr Handy das Eintreffen einer SMS ankündigte.

»Für dich habe ich eine Spezialaufgabe.« Fricke griff sich das nächste Pizzastück. »Du fährst nach Berlin. Die angeforderten Akten liegen bei der BStU zur Einsicht bereit.«

»Das ging ja flott«, sagte Malin überrascht.

»Man muss nur die richtigen Strippen ziehen«, erklärte er zufrieden. »Ich will diesen verdammten Fall endlich zu Ende bringen, bevor er mir noch mehr schlaflose Nächte bereitet.«

Fricke langte nach der verbliebenen Pappschachtel auf dem Tisch und schob sie ihr zu.

»Danke.« Malin zog ihr Handy aus ihrer Hosentasche. Die SMS kam von ihrem Großvater und bestand aus einem einzigen Wort: *Treffer.*

24. November 1979

Sie war frei! Noch immer konnte Rena nicht begreifen, was in den vergangenen zweiundsiebzig Stunden, seit man sie aus ihrer Zelle geholt hatte, passiert war. Zunächst hatte man ihr die Kleidung ausgehändigt, mit der sie in die Haftanstalt eingeliefert worden war. Hose und Bluse schlackerten um ihren abgemagerten Körper. Im Anschluss wurde ihr ein Dokument zur Unterschrift vorgelegt, ehe sie eine Entlassungsbescheinigung erhielt und die Haftanstalt endgültig verlassen durfte.

Ein Reisebus mit West-Kennzeichen hatte sie zusammen mit anderen Häftlingen über die Autobahn nach Gießen in Westdeutschland gebracht. Rena hatte noch immer die Stimme des Busfahrers im Ohr, nachdem sie den letzten Schlagbaum passierten. »Herzlich willkommen als Bürger der Bundesrepublik Deutschland!« Sie war frei, doch ihre Kinder waren unerreichbarer denn je.

Im Auffanglager hatte sie zunächst eine Vielzahl von Befragungen über sich ergehen lassen müssen, doch auf Renas Wunsch hatte man sie bereits am nächsten Tag nach Berlin-Tempelhof geflogen und im Notaufnahmelager Marienfelde untergebracht. Sie hatte eine Unterkunft, einen Stapel Kleidung, etwas Westgeld und neue, vorläufige Papiere erhalten. Die Weichen für ihr Leben außerhalb der Zone waren gestellt.

Rena stand auf einer Aussichtsplattform an der Bernauer Straße und starrte über die Mauer und den Grenzsektor hinweg in den Ost-Teil der Stadt. Nur wenige Straßenzüge trennten sie von der Anklamer Straße, wo sie noch vor weniger als einem Jahr mit ihrer kleinen Familie im dritten Stock eines Mehrfamilienhauses gewohnt hatte. Es kam ihr vor wie in einem anderen Leben.

Sie war völlig übermüdet. Angesichts der letzten Ereignisse und der vielen neuen Eindrücke, die sie in West-Berlin im Sekundentakt überfluteten, schwirrte ihr der Kopf. Sie fand weder Schlaf noch Ruhe. Unentwegt rotierten ihre Gedanken um die Frage, warum man sie freigelassen hatte, noch dazu in den Westen.

Im Auffanglager machte das Gerücht die Runde, dass die Bundesregierung politische Häftlinge anhand einer Namensliste aus der DDR freikaufte. Doch wenn das stimmte, warum war ausgerechnet ihr Name auf dieser Liste gelandet?

Eine Gruppe Touristen drängelte sich neben Rena, doch ihr Blick hatte sich über die Grenzsoldaten hinweg in eine Häuserzeile an der Bernauer Straße gebrannt, als könnte sie durch die Wände hindurch zu ihrem alten Wohnhaus schauen.

»Guck mal, Mami, die Frau weint«, erklang eine helle Kinderstimme neben ihr.

Rena löste sich vom Geländer und stieg die Treppe der Aussichtsplattform hinab. Mit dem Handrücken wischte sie sich die Tränen ab. Vom Weinen allein würde sie ihre Kinder nicht zurückbekommen.

29

Das Stasi-Unterlagen-Archiv war im »Haus 7« der ehemaligen Stasi-Zentrale in Berlin-Lichtenberg untergebracht.

Eine Mitarbeiterin, die sich als Karin Arnold vorgestellt hatte, führte Malin nach einer Fahrt im Paternoster in einen lichtdurchfluteten Büroraum mit einem halben Dutzend Tischen und Stühlen. Auf einem der Tische lagen stapelweise Akten.

»Ich kann Ihnen gerne Kopien angefertigen lassen«, sagte Karin Arnold. »Aber das dauert natürlich ein wenig. Wenn Sie möchten, können Sie vorab einen Blick in die Original-Unterlagen werfen.«

»Danke, das würde ich gerne tun.« Malin setzte sich.

»Sie finden mich im Nebenraum, falls Sie Fragen haben sollten.« Karin Arnold lächelte kurz und verschwand außer Sichtweite.

Angesichts der Aktenberge atmete Malin einmal tief durch und griff dann nach dem ersten Schnellhefter aus rostroter Pappe. Eine große römischen Eins, ein M.f.S.-Stempel und der Name *Fröhlich* zierten das Deckblatt. Weiter unten standen zwei Registriernummern.

Malin runzelte die Stirn. Der Name sagte ihr nichts. Beim Weiterblättern entdeckte sie einen Auskunftsbericht des Ministeriums für Staatssicherheit. Ernst Fröhlich war der Deckname des inoffiziellen Mitarbeiters Bruno Siekmann. In dem Bericht fanden sich neben der Registriernummer und dem Datum der Werbung sämtliche Personendaten des Mannes, der Malin als Mitarbeiter einer Hamburger Sicherheitsfirma und als Mitglied der *Schmauchfreunde* bekannt war.

Sieh einer an, dachte Malin und blätterte weiter. Auf den nachfolgenden Seiten stieß sie auf zahlreiche Observierungsberichte, erstellt von IM Fröhlich, und auf sogenannte Zuträgerberichte von anderen Stasimitarbeitern, die wiederum belegten, dass auch Siekmann selbst regelmäßig überprüft wurde. Malin schüttelte den Kopf über so viel Absurdität.

Die nächste Akte betraf den Journalisten Uwe Grabowsky. Er trug den Decknamen Egon Wittmann. Der Inhalt der Unterlagen ähnelte der Akte von Bruno Siekmann.

Nach dem fünften Schnellhefter ging Malin dazu über, nur noch einen Blick in den Auskunftsbericht zu werfen und die entsprechenden Klar- und Decknamen der jeweiligen Person zu notieren. Volker Wagner von den *Roten* entpuppte sich nicht wie die meisten anderen *Schmauchfreunde* als informeller, sondern als hauptamtlicher Mitarbeiter der Staatssicherheit und als Parteimitglied. Malin war erstaunt, dass die Presse dieses Korn noch nicht aufgepickt hatte, schließlich strebte die Partei, der Wagner angehörte, seit Jahren den Sitz im Bundestag an. Entweder war seine Parteifunktion zu unbedeutend oder die Presse wartete lediglich darauf, die Information als Schlagzeile zum passenden Zeitpunkt rauszuhauen. Sie nahm letzteres an.

Insgesamt lagen dreiundvierzig von achtundsiebzig angeforderten Akten vor Malin auf dem Tisch. Ausgerechnet die von Kurt Wenninger und Wolfgang Herzog fehlten. Sie ging zur offen stehenden Tür des Nebenraumes. »Frau Arnold? Ich hätte da ein paar Fragen.«

Die Archivmitarbeiterin hob den Kopf von ein paar Unterlagen und wies auf den Stuhl vor ihrem Schreibtisch. »Setzen Sie sich.«

Malin nahm Platz. »Danke, dass Sie uns so schnell Zugang zu den Akten ermöglicht haben. Auf der Website der BStU hieß es, dass die Wartezeit für Akteneinsicht derzeitig zwei bis drei Jahre beträgt.«

Karin Arnold nickte. »Das stimmt, zumindest in den meisten Fällen. Unsere Mitarbeiter bearbeiten zur Zeit dreißigtausend Personen-Recherchen – pro Monat. Häufig muss erst einmal recherchiert werden, ob überhaupt Akten zu der jeweiligen Person angelegt wurden. In manchen Fällen liegen nur Karteikarten vor oder es gibt Hinweise darauf, dass in den Archiven weitere Unterlagen existieren. Dementsprechend forschen wir weiter. Das dauert. Bei Akteneinsicht von Privatpersonen ist außerdem eine längere Vorbereitungszeit nötig. Sämtliche Daten, die andere erwähnte Personen betreffen, müssen geschwärzt werden, um deren Persönlichkeitsrechte zu schützen. Das ist sehr aufwändig.« Sie strich sich eine Ponyfranse aus dem Gesicht. »Natürlich gibt es auch einige Anträge, die bevorzugt behandelt werden. Zum Beispiel wenn der Antragsteller im fortgeschrittenen Alter ist, es um Entschädigungen, Renten oder wie in Ihrem Fall um polizeiliche Ermittlungen geht.« Sie lächelte Malin an. »Die Akten, die wir Ihnen zur Einsicht bereitgestellt haben, waren bereits registriert und erschlossen, und da es eilig ist, können Sie die Unterlagen direkt hier einsehen. Normalerweise bitten wir die Antragsteller in unsere Zentralstelle in der Karl-Liebknecht-Straße.«

Malin nickte. »Wir hatten noch weitere Akten angefordert …«

»Moment.« Karin Arnold griff nach einem Stapel gelber Karteikarten neben sich und reichte ihn über den Schreibtisch. »Ich habe die Karteien nicht gleich beigelegt, weil ich Ihnen dazu noch einiges erklären muss.«

Malin sah die Karten flüchtig durch. Es standen die Namen derjenigen darauf, deren Akten fehlten.

»Das Ministerium für Staatssicherheit hat damals ein mehrstufiges Karteiensystem als Findhilfsmittel für seine Akten angelegt«, erklärte Karin Arnold. »Dabei wurde zwischen zwei verschiedenen Kategorien unterschieden. Die zentrale Klarnamenkartei, die sogenannte F16, wurde phonetisch abgelegt und beeinhaltet neben dem vollständigen Namen sämtliche Grunddaten der erfassten Person sowie eine Registriernummer. Die dezentrale Kartei, auch F22 genannt, ist eine Vorgangskartei, das heißt, auf ihr befinden sich sämtliche Daten mit dem Grund der Erfassung. Also das Delikt, die IM-Kategorie oder operative Vorgänge sowie der Deckname, das Datum der Registrierung und die entsprechende Diensteinheit. Zudem befindet sich auf der Karte ein Vermerk, wo die entsprechenden Akten geführt werden, und ermöglichen so den Zugang.«

Malin blätterte erneut die Karteikarten durch. Kurt Wenningers und Wolfgang Herzogs Namen waren darunter. »Dann sind das also F16-Karteien. Und was bedeutet das jetzt?«

»Dass die Personen vom Ministerium für Staatssicherheit erfasst wurden. Allerdings fehlen die dazugehörigen F22-Karteien«, erklärte Karin Arnold mit Bedauern.

»Und das heißt, dass wir nicht herausfinden können, was die Herren möglicherweise ausgefressen haben oder nicht.« Resigniert ließ Malin ihre Hand mit den Karteikarten sinken. »Verdammt. Und ich hatte so gehofft, dass uns die Akten weiterbringen. Gibt es noch irgendeine andere Möglichkeit, an die fehlenden Informationen zu kommen?«

Karin Arnold erhob sich hinter ihrem Schreibtisch. »Kommen Sie mit. Ich möchte Ihnen etwas zeigen.«

Malin folgte ihr zum Paternoster. Ein Stockwerk höher führte die Mitarbeiterin der Stasi-Unterlagenbehörde sie in eine Halle, in der sich reihenweise Arbeitsplätze vor Regalen mit Karteischubladen befanden. »Das ist unser Karteisaal.« Sie wies mit der Hand wie eine Reiseführerin durch die Gänge. »Hier werden über fünf Millionen Personenkarteien aufbewahrt, und zwar sind die Namen nicht nach dem Alphabet, sondern phonetisch abgelegt.«

Sie nahmen die Treppe in ein anderes Geschoss und gelangten in einen Magazinraum, der die Nüchternheit einer Leichenhalle besaß. Kaltes Licht aus Neonröhren traf auf weiße Wände und einen Fußboden, der genauso grau war wie die hohen Stahlregale mit Rollsystem, die Reihe für Reihe die Halle unter Belüftungsrohren bestückten. In den Regalen drängten sich die Akten in rostroten Pappumschlägen dicht aneinander. Eine holzige Note lag in der Luft.

»Dies ist der Bereich mit den bereits vorsortierten Akten.« Karin Arnold ging weiter den Gang entlang. »Insgesamt lagern in unseren Archiven einhundertelftausend Meter Schriftgut, die Hälfte davon an diesem Standort. Allesamt Daten von Millionen von Menschen.«

Die beiden Frauen verließen die Halle und erreichten über

einen kleinen Flur einen weiteren Magazinraum. »Hier sehen Sie unsere Bündel.« Karin Arnold wies auf die Stahlregale, in denen Akten und lose Dokumente zu wild durcheinandergewürfelten Stapeln zusammengeführt und mit Paketband verschnürt worden waren. »Das sind die Unterlagen, die sich bei Auflösung der Stasi noch in den Dienstzimmern der Mitarbeiter befanden. Bevor wir mit der Sichtung begonnen haben, waren es sechs Kilometer an Aktenmaterial, das damals ohne Vorsortierung gebündelt ins Magazin gebracht und gesichert wurde. Jeder einzelne dieser Packen muss von uns Blatt für Blatt gesichtet und erschlossen werden. Das heißt, das Material wird von uns inhaltlich beschrieben und entsprechend sortiert.«

»Unglaublich«, murmelte Malin angesichts der Papiermassen, die beim Weitergehen in ihr Sichtfeld gerieten. Wortlos folgte sie der Archivmitarbeiterin in ein weiteres Magazin.

»Das ist unser dritter großer Bereich und der letzte, den ich Ihnen zeigen möchte.« Sie blieb an einem der Stahlregale stehen, in denen riesige, beschriftete Papiersäcke lagerten. »Das sind die zerrissenen Unterlagen, die von der Stasi nicht mehr rechtzeitig entsorgt werden konnten. Alles Material, das von Herbst 1989 bis Anfang 1990 von den Stasimitarbeitern möglichst unbrauchbar gemacht werden sollte. Sie können sich vermutlich vorstellen, wie aufwändig es ist, das alles wieder zu rekonstruieren.« Sie drehte sich zu der Kriminalbeamtin um.

»Ehrlich gesagt übersteigt das meine Vorstellungskraft«, gab Malin zu. »Von wie vielen dieser Säcke konnten Sie das Material bisher wieder zusammensetzen?«

»Von fünfhundert.«

»Und wie viele Säcke lagern hier noch?«

Karin Arnold lächelte. »Fünfzehntausend.«

»Oh.«

»Mittlerweile hilft uns ein Hochleistungs-Scanner, den das Fraunhofer-Institut speziell für uns entwickelt hat, die Seiten und Vorgänge zu den Akten zu rekonstruieren. Wir nennen ihn unsere Puzzle-Maschine.« Wieder flog ein Lächeln über ihre Lippen, dann wurde die Archivarin ernst. »Allerdings ist das, was ich Ihnen bisher gezeigt habe, noch längst nicht alles. Zusätzlich zu dem ganzen Schriftgut lagern im Archiv Tausende Film-, Video- und Tondokumente, die abgehört und erfasst werden müssen, und dazu kommen noch anderthalb Millionen Fotos.«

Malin ließ die Informationen einen Moment lang sacken. »Das heißt, die Dokumente, nach denen ich suche, befinden sich in einem dieser Säcke oder einem der Bündel?«

»Zumindest ist das eine Möglichkeit.« Karin Arnold sah Malin mit einem bedeutsamen Blick an.

Malin sprach ihre Vermutung aus. »Oder die Unterlagen wurden gleich im Herbst 1989 beiseitegeschafft.«

»Das ist die andere Möglichkeit«, bestätigte Karin Arnold.

Malin entfuhr ein tiefer Seufzer. Dann sah sie auf die Uhr. Es wurde Zeit für ihre nächste Verabredung.

Erich Brodersen saß an einem der Tische vor dem *Konrad Grill* und winkte, als Malin die Tram an der Freienwalder Straße verließ. Sie hatte den Dienstwagen auf dem Parkplatz des Stasi-Unterlagen-Archivs stehen lassen und mit Karin Arnold vereinbart, dass sie die Kartons mit den bis dahin kopierten Akten später am Tag abholen würde.

Ihr Großvater leerte sein Glas und schob seinen Teller beiseite. Die Reste von rohem Rotkohl und einem Klecks Sauce auf der Pappe sprachen dafür, dass dort ein Döner gelegen hatte. »Möchtest du auch noch schnell eine Kleinigkeit essen?«

Malin schüttelte den Kopf. »Ehrlich gesagt würde ich lieber gleich zum Gefängnis gehen. Ich muss spätestens um halb sechs zurück in Lichtenberg sein, um ein paar Unterlagen abzuholen.«

Er warf einen Blick auf seine Armbanduhr und erhob sich. »Das schaffen wir dicke.«

»Schieß los«, forderte Malin ihn auf, als sie den Weg zur Gedenkstätte einschlugen. »Was genau hast du herausgefunden?«

»Ich habe jemanden aufgetrieben, der weiß, wer von Januar bis November 1979 in Zelle 208 saß.« Erich grinste zufrieden.

Malin blieb abrupt stehen. »Wie hast du das denn geschafft?«

»Ich hatte doch diesen Termin beim Zeitzeugenbüro«, erinnerte er seine Enkelin beim Weitergehen. »Sehr nette Leute übrigens. Und sehr hilfsbereit. Man hat mir eine Namensliste von ungefähr hundertfünfzig Zeitzeugen gegeben, die bereit sind, über ihre Erlebnisse zu sprechen. Zwar leben viele von denen mittlerweile über ganz Deutschland verteilt, aber wozu gibt es schließlich Telefon.«

»Du hast hundertfünfzig Leute angerufen?«

Er schüttelte den Kopf. »So viele waren es nicht. Ich habe zunächst mit denen begonnen, die noch immer in Berlin leben. Eine Zeitzeugin hat sich während unseres Telefonats an eine ihrer ehemaligen Zellengenossinnen erinnert. Die war wohl vorher in Zelle 208.«

Malin spürte ein Kribbeln im Bauch. »Hast du der Frau gesagt, worum es geht?«

»Nein, da wollte ich dir nicht vorgreifen, für den Fall, dass ihre Aussage ermittlungstechnisch relevant wird. Ich habe mich bedeckt gehalten und gesagt, dass es um eine Privatangelegenheit geht. Schließlich möchte ich nicht, dass du wegen mir Probleme mit deinem Chef bekommst.« Erich warf ihr einen kurzen Seitenblick zu. »Die Zeitzeugin hilft heute dabei, eine Ausstellung in der Gedenkstätte vorzubereiten. Du kannst sie also gleich treffen. Ich gehe so lange in die Cafeteria.«

»Das hast du super gemacht, Opa. Auch die Sache mit dem Anruf bei Stefan Biedermann neulich. Vielen Dank.« Malin drückte einen Moment seinen Arm. Es war fast wie früher, bevor diese Sache mit ihrem Vater zwischen ihnen gestanden hatte.

Sie hatten die Gefängnismauern erreicht und blieben vor dem großen Eisentor stehen. Malin blickte auf den Stacheldraht. »Wie heißt eigentlich die Frau, die ich gleich treffen werde?«

»Annegret. Sie heißt Annegret Koch.«

30

Annegret Koch war eine große, dünne Frau mit rotblondem Haar, das sie im Nacken zu einem Bauernzopf geflochten trug, und heller, mit Sommersprossen übersäter Haut. Um ihre Augen hatten sich etliche Krähenfüße eingegraben. Malin schätzte sie auf Mitte fünzig. Sie hatte die Zeitzeugin im Foto-Archiv der Gedenkstätte angetroffen und gerade ihren Dienstausweis gezückt.

»Was wollen Sie von mir?« Annegret Koch hob kurz den Blick von der Schreibtischplatte und fuhr damit fort, Schwarz-Weiß-Fotos in Schutzhüllen zu stecken.

»Ich habe nur ein paar Fragen zu einer laufenden Ermittlung.« Malin lächelte. »Reine Routine.«

»Eigentlich habe ich zu tun.« Die Zeitzeugin mied ihren Blick. »Wir bereiten eine Ausstellung vor.«

»Es wird nicht lange dauern.«

Annegret Koch schob ein weiteres Foto in eine Hülle. »Also gut. Aber lassen Sie uns nach draußen gehen.«

Malin folgte ihr aus dem Gebäude und die beiden Frauen überquerten den ehemaligen Gefängnishof.

»Ich bin ein wenig nervös«, gestand Annegret Koch. »Das letzte Mal, als ich mit der Polizei zu tun hatte, wurde ich verhaftet und nach Hohenschönhausen gebracht.« Sie gingen an einer Gruppe Touristen vorbei zu einer etwas abseits gelegenen Treppe, die in eines der Nebengebäude führte. Annegret Koch setzte sich auf eine der Stufen. »Also, worum geht es?«

Malin lehnte sich an das Treppengeländer. »Ich brauche Informationen über eine Person, die 1979 in Zelle 208 gesessen hat. Man hat mir gesagt, dass Sie mir vielleicht weiterhelfen können.« Sie erwartete eine Frage nach ihrem Großvater, doch die blieb aus.

Annegret Koch griff in ihre Hosentasche, zog ein Päckchen Kaugummi heraus und schob sich ein Dragée davon in den Mund. »Hilft beim Rauchenabgewöhnen. Möchten Sie auch eins?«

Malin schüttelte den Kopf.

Die Zeitzeugin verstaute das Päckchen wieder in ihrer Jeans. »Was wollen Sie von Rena?«

»Wir brauchen sie als Zeugin.« Malin zog ihr Notizbuch aus ihrer Umhängetasche und notierte den Namen.

»Als Zeugin wofür?«

»Es geht um einen Mann, der vor einigen Wochen in Hamburg ermordet wurde. Kurt Wenninger. Sagt Ihnen der Name etwas?«

»Noch nie gehört.« Annegret Koch krauste die Stirn. »Ich glaube, Rena hat auch nie davon erzählt, dass sie in Hamburg jemanden kennt.«

»Frau Koch, können Sie mir die Adresse oder eine Telefonnummer von Rena geben?«

»Hab ich nicht, tut mir leid. Wir haben schon länger keinen Kontakt mehr.«

Malin zwang sich, ihre Ungeduld zu zügeln. »Aber Renas Nachnamen können Sie mir doch sicher sagen.«

Annegret Koch schüttelte bedauernd den Kopf. »Ich habe sie nie danach gefragt. Rena und ich haben uns nicht lange eine Zelle geteilt, wissen Sie. Gerade als wir uns ein wenig besser kennenlernten, war sie von einem auf den anderen Tag weg.«

Malin löste sich vom Geländer und setzte sich neben die Frau auf die Stufe. »Was ist passiert?«

»Sie ist freigekauft worden, aber das habe ich erst Jahre später von Rena selbst erfahren, als ich sie zufällig auf dem Alexanderplatz getroffen habe. Damals hat sie nach ihrer Tochter gesucht.«

»Sie hat eine Tochter?«

»Ja. Die heißt wie diese bekannte Schauspielerin.« Annegret Koch rieb sich die Stirn. »Die diese österreichische Kaiserin gespielt hat.«

»Sie meinen Romy Schneider?«

»Genau«, erwiderte Annegret Koch erleichtert. »Renas Tochter heißt Romy.«

Malin notierte den Namen ebenfalls. »Bitte erzählen Sie mir, was Sie noch über Rena wissen.«

Die schmale Gestalt neben ihr versteifte sich. »Ich weiß nicht, ob das richtig ist.«

»Frau Koch, ein Mensch wurde ermordet. Ihre ehemalige Mitinsassin könnte eine wichtige Zeugin sein. Oder befürchten Sie, dass sie etwas mit der Sache zu tun hat, und wollen sie schützen?«

»Rena? Um Himmels willen nein. Sie ist so ziemlich die Letzte, der ich eine Gewalttat zutrauen würde.«

»Gut, dann spricht ja auch nichts dagegen, dass Sie mir ein paar Fragen beantworten. Wissen Sie, warum Rena in Hohenschönhausen inhaftiert war?«

Annegret Koch schüttelte den Kopf. »Sie kannte den Grund selber nicht, sondern wusste nur das, was ihr der Vernehmer gesagt hat. Ihr Mann soll in den Westen geflohen sein und man beschuldigte Rena, dass sie gemeinsam mit ihrer Tochter das Gleiche vorhatte.«

»Und ist er geflohen?«

»Rena hat das bis zuletzt nicht geglaubt. Sie war völlig naiv, was ihren Mann betraf.« Annegret Koch sah Malin mit traurigen Augen an. »Aber warum hätte man sie sonst verhaften und ihr die Kinder wegnehmen sollen? Später hat sich seine Flucht dann bestätigt.«

»Rena hatte mehrere Kinder?«

»Zwei. Da war einmal Romy, sie war fünf oder sechs, als ihre Mutter verhaftet wurde.« Annegret Koch fummelte an ihrer Gesäßtasche herum, zog einen kleinen Fetzen Papier heraus und spuckte ihr Kaugummi hinein. »Und dann war da noch das Baby. Rena hat es während ihrer Haftzeit bekommen, aber sie haben es ihr weggenommen. Wegen ihrer Haft-Psychose. Was natürlich völliger Quatsch war. Rena ist erst durchgedreht, nachdem man ihr das Kind entzogen hat. Aber so waren sie, diese Schweine.«

Malin fühlte Mitleid mit der unbekannten Frau. »Wie heißt der Mann von Rena?«

Sie legte den Kopf schief und machte ein nachdenkliches Gesicht. »Ich komme nicht drauf. Es war irgendeiner dieser Namen, die man einmal hört und gleich wieder vergisst.«

»Sie haben vorhin erzählt, dass Sie Rena später noch mal getroffen haben.«

Annegret Koch nickte. »Das war nach der Wende, irgendwann Mitte der Neunziger. Wir haben einen Kaffee zusammen getrunken und uns darüber ausgetauscht, wie es uns in den Jahren zuvor ergangen ist. Rena erzählte, dass sie nach ihrer Haftentlassung nach West-Berlin gezogen ist. Sie hat wohl auch ziemlich schnell einen Job in einem Kaufhaus gefunden.« Sie fingerte an ihrem Bauernzopf herum, während Malin sich stichwortartige Notizen machte. »Trotzdem ging es ihr nicht besonders gut. Das hing mit ihren Kindern zusammen. Rena hatte nach ihrer Entlassung sämtliche Behörden abgeklappert, sich sogar einen Anwalt genommen, um Kontakt zu ihnen zu bekommen. Aber da war nichts zu machen. Ich hab ja keine Kinder, aber ich stell mir das ganz schrecklich vor.«

Malin hob den Blick von ihrem Notizbuch und nickte.

»Ansonsten ging es Rena genauso beschissen wie mir.« Annegret Koch strich sich mit einer müden Geste übers Gesicht. »Schlafstörungen, Depressionen, Panikattacken, das ganze Programm.« Sie wies mit dem Kopf zu einem hohen Plattenbau außerhalb der Gefängnismauern. »Während die sich mit ihrer fetten Pension ein schönes Leben machen, gehen wir vor die Hunde. Mir geht es oft so schlecht, dass ich nicht arbeiten kann. Alles nachweisliche Folgen meiner Haft. Aber glauben Sie, es denkt jemand an uns? An die Opfer?« Ein verbitterter Zug erschien um ihren Mund. »Jahrelang habe ich für eine Entschädigung gekämpft, und jetzt? Die Opferrente ist ein Witz. Das reicht noch nicht mal für das Papier, auf dem es gedruckt ist. Und die da drüben organisieren sich und profitieren auch noch steuerlich von ihrem Vereinsstatus.« Wieder schnellte ihr Kopf zu dem Plattenbau.

Malin folgte ihrem Blick. »Was hat es mit dem Gebäude auf sich?«

»In der Platte hatte die Stasi damals die meisten ihrer Mitarbeiter von Hohenschönhausen untergebracht. Vernehmer, Wärter, Läufer«, zählte Annegret Koch auf. Ihre Augen wurden schmal. »Viele von denen leben da bis heute. Ab und zu begegne ich meinem Vernehmer auf der Straße.«

Sie schwiegen eine Weile und Malin hatte Mühe, zur Befragung zurückzufinden. »Um noch mal auf Rena zurückzukommen, wie war das nach der Wende? Warum hat sie ihre Kinder nicht wiederbekommen?«

»Das Jugendamt hat sich wohl gesperrt, aber die Gründe dafür kenne ich nicht. Rena hat mir nur erzählt, dass dort noch immer die gleiche Sachbearbeiterin saß wie zur DDR-Zeit.«

»Wissen Sie, ob Rena ihre Tochter später gefunden hat?«

»Das kann ich Ihnen leider nicht sagen, ich habe sie nie wieder getroffen.«

Nachdenklich blätterte Malin in ihrem Notizbuch. Die Zahl 208/1 stach ihr ins Auge. »Sie sind sich aber sicher, dass Rena in Zelle 208 war.«

»Hundertprozentig«, erwiderte Annegret Koch. »Wir saßen ja ein paar Wochen gemeinsam ein, und Rena konnte sich die neue Zellennummer nie merken. Sie hat sich mehrfach mit 208/1 gemeldet. Warum fragen Sie?«

»Das darf ich Ihnen leider nicht sagen«, sagte Malin. »Können Sie mir vielleicht Renas Aussehen beschreiben?«

»Ja, klar. Sie war eine kleine, zierliche Person, hatte schulterlange dunkelbraune Locken und dunkle Augen. Sie war ein paar Jahre älter als ich, also damals etwa Mitte zwanzig.«

Malin notierte die Beschreibung, dabei schoss ihr ein Gedanke in den Kopf. »Sagen Sie, Frau Koch, Sie erzählten vorhin, dass Rena eine Haft-Psychose hatte. Wissen Sie, ob sie deshalb in Behandlung war?«

»Das war Rena tatsächlich, allerdings hat sie nichts darüber erzählt. Ich wusste nur, dass sie Medikamente bekam.«

»Hat sie Ihnen gegenüber den Namen ihres Arztes erwähnt?«

»Nur ein einziges Mal. Und ich kann mich auch nur daran erinnern, weil ich sofort ans Sandmännchen denken musste, als sie den Namen erwähnte. Er hieß Sandmann. Doktor Sandmann.«

Malin notierte auch diesen Namen und gab Annegret Koch eine Visitenkarte. »Wenn Ihnen noch irgendeine Idee kommt, wie ich Rena finden kann, würden Sie mich dann bitte anrufen? Es ist wirklich wichtig.« Sie erhob sich und reichte der anderen Frau die Hand. »Vielen Dank für Ihre Hilfe, ich weiß das wirklich zu schätzen. Und es tut mir sehr leid, was Sie, was Sie alle hier erlebt haben.«

»Sie haben zugehört«, erwiderte Annegret Koch leise. »Das tun die wenigsten. Darf ich Sie vielleicht auch um einen Gefallen bitten?«

Malin nickte.

»Erzählen Sie Ihren Freunden und Bekannten von Hohenschönhausen. Viel zu viele Menschen haben noch immer einen verklärten Blick auf die DDR. Es war ein Unterdrückungsapparat, nichts anderes, und die Menschen sollen endlich kapieren, wie viele Opfer das DDR-Regime hinterlassen hat. Und zwar nicht nur bis zur Wende, sondern bis heute.«

»Das mache ich«, versprach Malin und ging Richtung Cafeteria, um ihren Großvater zu treffen.

Sie hatte den Gefängnishof bereits überquert, als Annegret Koch ihr hinterherrief. »Frau Brodersen!«

Malin blieb stehen und wartete, bis die Frau sie erreichte.

»Mir ist da noch etwas zu Rena eingefallen, auch wenn ich nicht unbedingt weiß, ob Ihnen das weiterhilft.« Annegret Kochs Wangen waren vor Aufregung leicht gerötet. »Renas Schwiegervater war einer der Parteibonzen, einer, der ganz oben die Strippen zog.«

Malin sah sie aufmerksam an. »Kennen Sie seinen Namen?«

»Leider nicht. Aber als Rena von ihm sprach, nannte sie ihn den General.«

11. Februar 1991

Rena stand vor einer schmucken Doppelhaushälfte im Stadtteil Bemerode in Hannover und kämpfte mit ihren Gefühlen. Wieder einmal.

Der erste Weg nach dem Mauerfall, vor über einem Jahr, hatte sie zu ihrer alten Wohnung geführt. Einige frühere Nachbarn wohnten noch immer in dem abgewohnten Mehrfamilienhaus, trotzdem hatte niemand ihr sagen können, was aus Romy und Peter geworden war. Die nächste Anlaufstelle waren ihre Eltern gewesen. In dem kleinen Ort etwas außerhalb Berlins, in dem sie aufgewachsen war, schien die Zeit stehengeblieben zu sein. Nur ihre Eltern, die sie über elf Jahre nicht gesehen hatte, waren grauer geworden. Auf die erste Wiedersehensfreude war Ernüchterung gefolgt. Rena erfuhr, wie ihre Eltern nach ihrer Verhaftung von der Stasi drangsaliert worden waren und dass die Nachbarn seitdem den Kontakt mieden. Ihr Vater hatte seinen Arbeitsplatz verloren, wirkte klein und in sich zusammengesunken und hatte mit Herzproblemen zu kämpfen.

Renas Eltern hatten ihre Enkelin zu sich holen wollen, als sie von der Verhaftung ihrer Tochter erfuhren, doch das Jugendamt hatte ihnen jeden Kontakt zu Romy untersagt.

Und schließlich erzählten die Eltern von Peter, dass er tatsächlich in den Westen geflohen war, während seine Frau ihn auf Dienstreise wähnte. Sie hatten es kurz nach Renas Verhaftung von Peters Mutter erfahren, doch aus Angst vor der Staatssicherheit geschwiegen.

Der Strohhalm, an den Rena sich geklammert hatte, zerbrach. Erst viele Tage nach dem Gespräch mit ihren Eltern fand sie die Kraft, sich einem Treffen mit ihren Schwiegereltern zu stellen, den Menschen, die ihr stets fremd geblieben waren und deren politische Ansichten ihr seit dem ersten Kennenlernen nicht behagten. Sie lebten noch immer in ihrer Villa am Obersee, nur achthundert Meter Luftlinie von dem Gefängnis entfernt, in dem Rena gesessen hatte.

Doch die Tür der alten Baumanns blieb verschlossen. Erst

Monate später, nach unzähligen weiteren Kontaktversuchen, stand sie ihrer Schwiegermutter schließlich gegenüber. Die Haare genauso grau wie der Teint, die Lippen zu einem dünnen Strich zusammengekniffen, die Augen kalt wie ein Gletschersee. Nein, sie wisse nicht, wo Peter sei, und wolle es auch gar nicht wissen. Als Rena nach ihren Kindern fragte, schüttelte Hertha Baumann stumm den Kopf und schlug ihr dann die Haustür vor der Nase zu.

Die anschließenden zahlreichen Besuche beim Jugendamt führten genauso ins Nichts wie Renas Auskunftsantrag über den Verbleib ihrer Kinder.

Sie schluckte die Verzweiflung hinunter, öffnete die Gartenpforte und schritt auf die dunkelgrün lackierte Haustür der Doppelhaushälfte zu, in der Peter nun wohnen sollte. Eine Privat-Detektei hatte ihn für sie aufgespürt. Sie drückte den Klingelknopf und das Herz klopfte ihr bis zum Hals. In wenigen Sekunden würde sie dem Mann gegenüberstehen, der für alles, was sie in den vergangenen zwölf Jahren durchlitten hatte, die Verantwortung trug.

»Ja, bitte?« Die Frau war klein und schlank, hatte kurzes, dunkles Haar und trug einen pinkfarbenen Jogginganzug. Sie lächelte Rena freundlich an und wirkte dabei keinen Tag älter als Ende zwanzig.

»Ich möchte zu Peter«, sagte Rena.

»Und Sie sind?«

Rena schluckte. »Seine Frau.«

Das Lächeln der Brünetten erlosch. Ihr Blick scannte Rena in Sekundenschnelle. Von den abgetragenen Stiefeln, die bereits etliche Winter zu viel auf dem Buckel hatten, über die schlichte Baumwollhose bis hin zu dem aus der Mode gekommenen Wollmantel, der an den Ellenbogen bereits ein wenig dünn wurde, und blieb schließlich an ihrem dunklen Lockenschopf hängen. »Kommen Sie herein.«

Rena folgte ihr in einen weiß gefliesten Wohnraum mit schweren, schwarzen Ledermöbeln und einer offenen Küche mit weißen Lackfronten, in der alles blitzte und funkelte. Die Brünette wies auf eines der Sofas. »Nehmen Sie Platz.«

Rena blieb stehen. »Ich würde zunächst gerne erfahren, wer Sie eigentlich sind.«

»Ich bin Kathrin Lehnert, Peters Lebensgefährtin.« Im nächsten Moment ertönte das Weinen eines Kindes aus dem Obergeschoss. »Sie entschuldigen mich, meine Tochter ist aufgewacht.« Sie eilte die Treppe ins Obergeschoss hinauf, kam aber wenige Augenblicke später zurück. »Die Kleine hat nur ihren Schnuller im Schlaf verloren.« Sie zog den Reißverschluss ihres pinkfarbenen Oberteils auf und Rena bemerkte, dass die Frau schwanger war.

Kathrin Lehnert ging in die Küche, um sich ein Glas Wasser einzuschenken. Rena bot sie nichts an. »Es ist gut, dass Sie kommen. Dann können wir endlich über Ihre Scheidung von Peter sprechen.« Sie setzte sich mit dem Wasserglas in der Hand auf die Couch. »Peter und ich möchten heiraten. Damit er auch in rechtlicher Hinsicht endlich der Vater unserer Kinder wird.« Sie legte eine Hand auf ihren Bauch.

Rena blieben die Worte im Hals stecken. Sie fragte sich, was die andere Frau von ihrem Leben wusste. Hatte Peter seiner Lebensgefährtin erzählt, was er seiner Familie in der Vergangenheit angetan hatte?

Sie biss die Zähne zusammen. »Ich sehe keinerlei Veranlassung, mit Ihnen über meine Ehe zu sprechen. Das ist allein eine Sache zwischen mir und meinem Mann. Sie haben damit rein gar nichts zu tun, also halten Sie sich bitte raus.«

»Wie kommen Sie darauf, dass ich damit nichts zu tun habe? Ich, meine Liebe, war der Grund dafür, dass er die DDR verlassen hat. Oder haben Sie etwa geglaubt, er hätte vorgehabt, Sie und Ihre Tochter in den Westen nachzuholen?« Kathrin Lehnert lachte amüsiert auf. »Kennengelernt haben wir uns schon Jahre vor seiner Flucht. Wir sind uns begegnet, als er im Reisekader seiner Firma zu dem Kongress nach Paris reisen durfte. In der Stadt der Liebe.« Ihre Stimme wurde um ein paar Grad kühler. »In Anbetracht der Dinge«, sie strich sich erneut über ihren Bauch, »wäre es für alle Beteiligten das Beste, wenn Sie uns nicht weiter Steine in den Weg legen würden und in die Scheidung einwilligen. Alles andere ist

doch längst Geschichte.« Kathrin Lehnert erhob sich vom Sofa. »Geben Sie mir Ihre Adresse, und Peter wird Ihnen die entsprechenden Papiere zuschicken.«

Einen Moment starrte Rena die Frau sprachlos an. Dann verließ sie fluchtartig das Haus.

31

Vor dem zugewucherten Anwesen der Baumanns kamen Malin die ersten Zweifel. »Der General«, den Ausdruck hatte sie zusammen mit der Bezeichnung »Parteibonze« mit Horst Baumann assoziiert, auch wenn der mit großer Sicherheit nicht der Einzige im ehemaligen DDR-Regime war, auf den diese Merkmale zutrafen. Vielmehr war es ihr Bauchgefühl, das sie erneut zum Haus der alten Baumanns geführt hatte.

Sie ging ein paar Schritte weiter den Gehweg entlang und lehnte sich an den Zaun des angrenzenden Grundstücks. Rena war das fehlende Glied zwischen den Baumanns, Hohenschönhausen und Kurt Wenninger. Doch ihre Theorie hatte einen Haken. Michael Baumann war zu jung, um mit Rena verheiratet gewesen zu sein. Entweder diese ganze Stasi-Geschichte vernebelte ihr so langsam das Hirn und sie befand sich komplett auf dem Holzweg oder die Baumanns hatten noch einen zweiten Sohn.

Wie hätten ein hoher Parteifunktionär und seine linientreue Gattin reagiert, wenn der eigene Sohn aus der propagandistischen Zange des Staates in den kapitalistischen Westen floh? Hätten sie Verständnis für sein Handeln gehabt, oder wäre es zum Bruch zwischen Eltern und Sohn gekommen? So wie sie die alten Baumanns einschätzte, tippte sie auf Letzteres.

Hundekläffen ertönte hinter ihrem Rücken. Malin drehte sich um und sah einen rotbraunen Cockerspaniel aus dem modernen Architektenhaus flitzen. Schwanzwedelnd blieb er vor ihr am Zaun stehen. »Wir kennen uns doch.« Sie ging in die Hocke. Das Schwanzwedeln verstärkte sich.

»Emmi!« Eine blonde Mittfünfzigerin kam mit einer Hundeleine in der Hand aus dem Haus und Malin erkannte die Joggerin, deren Bekanntschaft sie am Ufer des Obersees gemacht hatte. »Hallo, Frau Brodersen!« Anne Brinkmann kam zum Gartentor und reichte ihr die Hand. »Wollen Sie zu mir?«

»Eigentlich zu Ihren Nachbarn«, erwiderte Malin. »Aber darf ich Sie kurz etwas fragen?«

»Nur zu!« Sie öffnete das Gartentor und zeigte ihr symphatisches Lächeln.

»Wir haben uns doch beim letzten Mal über den Sohn der Baumanns unterhalten. Michael Baumann. Wissen Sie vielleicht, ob es noch einen zweiten Sohn in der Familie gibt?«

Anne Brinkmann runzelte die Stirn. »Interessant, dass Sie mich das fragen. Als wir hierher gezogen sind, erwähnten die Voreigentümer unseres Hauses einen älteren Sohn. Doch den haben wir hier nie gesehen. Ich habe Frau Baumann vor einigen Jahren nach ihm gefragt, doch das hätte ich lieber bleiben lassen. Seitdem grüßen uns die Baumanns nicht mehr.«

»Was hat Frau Baumann Ihnen geantwortet, als Sie sich erkundigt haben?«

»Dass sie nur einen Sohn habe. Ich fand das etwas merkwürdig. Was für einen Grund hätten die Voreigentümer unseres Hauses haben sollen, so etwas zu erzählen, wenn es nicht stimmt?«

»Ist in dem Zusammenhang vielleicht auch mal der Name Rena gefallen?«

Anne Brinkmann schüttelte den Kopf. »Der Name sagt mir nichts.«

»Nur für den Fall, dass es nötig wird: Könnten Sie mir die Kontaktdaten von den Leuten besorgen, die Ihnen damals das Haus verkauft haben?«

»Geben Sie mir einfach Bescheid, dann sehe ich in meinen Unterlagen nach.« Anne Brinkmann pfiff nach ihrem Hund, der mitterweile zwischen den Büschen verschwunden war und nun schwanzwedelnd mit einem Stöckchen im Maul auf sein Frauchen zutänzelte.

»Danke für Ihre Hilfe.« Malin reichte ihr zum Abschied die Hand und sah ihr nach, wie sie gemeinsam mit ihrem Cockerspaniel hinter einer Wegbiegung verschwand.

Wenige Minuten später klingelte Malin am Nachbarhaus und Hertha Baumann öffnete mit verkniffenem Gesicht die Tür. »Was wollen Sie?«

»Ich habe noch ein paar Fragen an Sie und Ihren Mann«, erklärte Malin. »Darf ich reinkommen oder wollen wir das hier draußen besprechen?«

»Meinetwegen, kommen Sie rein.« Sie öffnete die Tür ein Stück weiter.»Gehen Sie schon mal vor ins Wohnzimmer, Sie kennen sich ja aus. Ich hole nur kurz meinen Mann.«

Malin steuerte direkt auf die Wand mit den gerahmten Fotos zu, konnte aber keinen Hinweis auf einen weiteren Sohn entdecken. Auch von Michael Baumanns kleiner Familie oder dem Enkelkind war kein Foto dabei. Stattdessen hingen dort unzählige Schwarz-Weiß-Fotos von Uniformierten und Gruppenbilder junger Männer. Sie zog ihr Handy aus der Hosentasche und fotografierte einige ab. Als sie hinter sich Schritte hörte, ließ sie das Handy rasch sinken.

»Was machen Sie da?« Hertha Baumann beäugte sie misstrauisch.

»Ich habe eine Text-Nachricht geschrieben.« Malin steckte ihr Handy wieder ein.

Das rythmische Klopfen des Gehstocks auf dem Parkett kündigte die Ankunft von Horst Baumann an. Er musterte Malin aus wässrigen Augen, ehe er in seinen Sessel sank. »Also, was wollen Sie schon wieder?«, bellte er.

Malin setzte alles auf eine Karte. »Ich würde gerne mit Ihnen über Ihren älteren Sohn sprechen.«

Hertha Baumanns Blick huschte zu ihrem Mann.

»Wir haben nur einen Sohn«, herrschte der Alte die Kriminalbeamtin an.

Unbeindruckt wandte sich Malin an seine Frau. »Stimmt das, Frau Baumann?«

»Es ist nicht einfach zu erklä…«

Der Alte schlug seinen Gehstock fest aufs Parkett. Hertha Baumann verstummte.

»Sie haben also noch einen Sohn«, sagte Malin.

Hertha Baumann öffnete den Mund, aber ihr Mann bedeutete ihr mit einer harschen Handbewegung, zu schweigen. »Wir hatten noch einen älteren Sohn. Doch der existiert nicht mehr.«

Malin stutzte. »Er ist gestorben?«
Horst Baumann nickte.
»Das tut mir leid.«
»Das muss Ihnen nicht leid tun. Nur für uns ist er gestorben.«
Seine Gefühlskälte jagte Malin einen Schauer über den Rücken. »Warum, weil er damals aus der DDR geflohen ist?«
Horst Baumann erhob sich aus seinem Sessel. »Ich möchte, dass Sie jetzt mein Haus verlassen. Und zwar auf der Stelle.«
Malin zögerte, doch der Blick aus den wässrigen Augen des Alten machte ihr unmissverstänlich klar, dass das Gespräch beendet war.
Am Gartentor vernahm sie eilige Schritte hinter sich. »Frau Brodersen!« Atemlos blieb Hertha Baumann vor ihr stehen. »Mein Mann ist kein schlechter Mensch. Es ist nur ...« Sie blickte schnell über ihre Schulter. »Dass Peter damals geflohen ist, war unverzeihlich. Er hat uns damit nicht nur in Schwierigkeiten gebracht, sondern alles verraten, an das wir geglaubt haben. Mein Mann hat ihm das nie verziehen.«
Malin musterte die Frau. »Aber Sie schon?«
»Ja, auch wenn ich dazu viel zu lange gebraucht habe.« Wieder blickte sie sich um. »Aber mein Mann weiß nichts davon.«
»Wo finde ich Ihren Sohn? Können Sie mir seine Adresse geben?«
»Er wohnt in Hannover. Haselünner Straße. Ich melde mich bei Ihnen. Jetzt muss ich wieder rein, bevor Horst etwas merkt.«
Malin hielt sie zurück. »Eine Frage noch, Frau Baumann. Ihr Sohn war doch damals verheiratet, als er aus der DDR geflohen ist, oder?«
Der argwöhnische Ausdruck in Hertha Baumanns Augen kehrte zurück.
»Hertha!« Horst Baumanns Stimme peitschte den beiden Frauen von der geöffneten Haustür wie ein Donnerschlag entgegen.
»Wie heißt die Frau Ihres Sohnes?«, fragte Malin mit Nach-

druck, doch Hertha Baumann hatte sich bereits umgedreht. Sie rief der alten Frau hinterher. »Heißt sie Rena?«

Hertha Baumann reagierte nicht.

Fricke bereitete Malins Hochgefühl ein jähes Ende, als sie ihren Vorgesetzten eine Stunde später vom Parkplatz des Stasi-Unterlagen-Archivs aus anrief und ihm von ihrer Theorie berichtete. »Das ist ja alles gut und schön, Brodersen. Aber überleg doch mal: Selbst wenn diese Frau, die wir suchen, die Schwiegertochter von diesen Baumanns ist, dann beweist das noch lange nichts. Und schon gar nicht wegen einer Zahl, die in einen Rasen gemäht wurde. Dabei könnte es sich um ein reines Ablenkungsmanöver des Täters handeln oder einfach um jemanden, der sich einen Spaß mit Kurt Wenninger erlauben wollte.« Er räusperte sich vernehmlich. »Ganz davon abgesehen, haben bestimmt noch andere Häftlinge in dieser Zelle gesessen, oder kennen wir mittlerweile den genauen Zeitraum, in dem Wenninger diese Gutachten erstellt hat?«

»Das nicht«, gab Malin widerstrebend zu. »Aber es passt alles zusammen.«

Fricke seufzte. »Also gut, Brodersen. Nehmen wir mal an, du hast recht. Wo liegt dann das Motiv für den Mord? Wenn diese Frau tatsächlich jemanden umbringen würde, was glaubst du, wen es träfe?«

Ihren Mann, dachte Malin und schwieg.

»Es wäre der Ehemann«, sagte Fricke. »Weil er sich einfach aus dem Staub gemacht hat und nicht nur sie und ihre gemeinsame Tochter in der DDR zurückgelassen hat, sondern auch noch die Schuld daran trägt, dass seine Frau ins Gefängnis gekommen ist. Und soweit ich bisher mitbekommen habe, heißt dieser Ehemann nicht Kurt Wenninger. Möglicherweise hätte sie auch noch Grund gehabt, sich an ihrem Vernehmer zu rächen«, setzte er nach. »Doch das ist jetzt schon wirklich weit hergeholt. Die Frage lautet doch: Was hatte Kurt Wenninger mit der ganzen Sache zu tun?«

»Er könnte der Psychiater gewesen sein, der Rena in Hohenschönhausen behandelt hat.«

»Hast du nicht gerade erst vor ein paar Minuten gesagt, der hieß Dr. Sandmann?«

»Vielleicht war das sein Deckname.«

»Was steht denn in Wenningers Stasi-Akte?«

Jetzt war es an Malin, zu seufzen. »Die BStU hat keine Akte von Kurt Wenninger vorliegen. Ebenso wenig wie von Wolfgang Herzog und einigen anderen *Schmauchfreunden*.«

»Es könnte also auch jeder x-beliebige andere Arzt sein. Merkst du was, Brodersen? Deine Theorie ist so löchrig wie Schweizer Käse.«

»Noch, Chef.«

»Jetzt mal was anderes. Ilse Wenninger hatte heute einen Unfall. Sie ist in ihrer Wohnung gestürzt und hat sich dabei den Arm gebrochen. Sie wird gerade operiert.«

»Oh«, entgegnete Malin. »Für die Familie Wenninger kommt es aber ganz schön dicke.«

»Du sagst es, Brodersen. Wir werden wohl oder übel warten müssen, bis die Frau wieder vernehmungsfähig ist. Deshalb gehen wir zunächst das Material von Stefan Biedermann und die Akten durch, die du im Gepäck hast. Wir treffen uns morgen früh um neun Uhr im Präsidium. Schönen Feierabend.«

»Alles klar, Chef.« Malin legte auf. Sie hätte ihre Theorie gerne mit ihrem Opa besprochen, doch der saß im Zug nach Hamburg. Statt ihn anzurufen, ging sie über ihr Handy ins Internet und gab einige Daten in das Fenster des Online-Telefonbuchs ein.

Wie es aussah, rückte ihr Feierabend in weite Ferne. Zunächst würde sie die Löcher stopfen.

Der junge Mann mit den ungepflegten dunklen Haaren und dem großen Tattoo am Hals lehnte an einem Baum am Hofweg und rauchte eine Zigarette. Mit seiner schwarzen Lederjacke und den zerfetzten Jeans wirkte er zwischen den gut gekleideten Passanten wie ein Fremdkörper. Trotzdem bemerkte Wolfgang ihn erst, als der Mann seine Kippe weggeschnippt hatte und ihm in den Weg trat.

»Sieh mal einer an, der feine Herr Anwalt.«

Wolfgang brach der Schweiß aus. »Was willst du, Kevin?«

»Na, wer wird denn so unfreundlich sein? Das klang beim letzten Mal doch noch ganz anders.« Kevin grinste anzüglich. Dabei gingen seine Augenlider auf Halbmast.

Hergott, der Kerl ist zugedröhnt, dachte Wolfgang. Auch das noch. Schnell sah er sich um, doch niemand schenkte ihnen Beachtung.

»Haste etwa Angst, dass uns wieder jemand erwischt?« Kevins Grinsen verstärkte sich und er trat einen Schritt auf Wolfgang zu. »Gib mir einen Hunni, und du bist mich los.«

»Nicht hier«, zischte Wolfgang und verzog das Gesicht, als er die Alkoholfahne des Jünglings roch.

»Wenn du willst, komme ich mit hoch.« Kevin wies mit dem Kopf zu dem Jugendstilhaus, in dem Wolfgang wohnte. »Kostet aber doppelt.«

»Halt die Klappe, sonst gibt es gar nichts.« Wolfgang packte Kevin am Arm und zerrte ihn ein paar Häuser weiter durch einen Torbogen in einen Hinterhof. Er holte drei Hundert-Euro-Scheine aus der Brieftasche und drückte sie ihm in die Hand. »Hier, nimm! Und dann lass dich hier nie wieder blicken.«

Kevin schnappte sich das Geld, tippte mit zwei Fingern an seine Schläfe und verschwand.

»Scheiße! Scheiße, Scheiße, Scheiße!« Wolfgang schlug seine rechte Hand mit voller Wucht gegen einen verzinkten Müllcontainer. Wie hatte ihn die kleine Schwuchtel finden können? War der ihm damals vom Hauptbahnhof aus gefolgt? Oder hatten seine dreckigen kleinen Finger seine Brieftasche nach seiner Adresse durchsucht? Doch warum kam dieser Mistkerl dann erst jetzt, drei Monate später?

Natürlich weil er Geld braucht, dachte Wolfgang. Es ist deine eigene Schuld. Du hast dich mit diesem Pack abgegeben. Scheiße! Ein weiterer Schlag gegen den Müllcontainer. Nicht mehr lange, und die Hausbewohner würden sich fragen, was in ihrem Hof vor sich ging. Blut quoll zwischen seinen Fingern hervor und er umschloss die Wunde mit den Lippen, ehe es auf das weiße Hemd unter seinem Jackett tropfen konnte.

Wolfgang ekelte sich vor sich selbst. Wie hatte es jemals so weit kommen können? Und wie blöd war er, dem Jungen jetzt auch noch Geld zu geben? Das war ein verdammter Fehler gewesen. Ein weiterer von vielen. Das Kevin wiederkommen würde, stand damit außer Frage. Wolfgang zog ein Taschentuch aus seiner Hosentasche, wickelte es sich notdürftig um die Hand und straffte seine Schultern. Erst mal brauchte er einen Whiskey, vielleicht auch zwei oder drei. Dann würde er sich überlegen, was am besten zu tun war.

Im Hofdurchgang blieb er abrupt stehen. Verena stand mit verschränkten Armen vor der Einfahrt. Ihr schönes Gesicht war wutverzerrt und ihre Augen funkelten.

Ihm brach der Schweiß aus. »Verena. Es ist nicht, wie du …«

»Wir besprechen das ganz sicher nicht in einer Hofeinfahrt«, unterbrach sie ihn kalt und drehte sich um.

Er folgte seiner Frau zu dem Jugendstilhaus, in dem sie wohnten. Während der Fahrstuhl sie in den fünften Stock brachte, herrschte in der engen Kabine eisiges Schweigen. Erst als die Haustür hinter ihnen ins Schloss fiel, richtete Verena das Wort an ihren Mann. »Wie konntest nur?! Und wag ja nicht wieder zu sagen: Es ist nicht so, wie du denkst!«

Wolfgang schluckte. Das einzig Positive an den Worten seiner Frau war, dass es mehr waren, als sie in den letzten acht Wochen an ihn gerichtet hatte. »Verena, ich hab nicht …«

Sie unterbrach ihn mit einer Handbewegung. »Weißt du was? Lass es einfach. Ich will es gar nicht hören.« Sie ließ sich auf das Chippendale-Sofa im Flur sinken. Ihr Brustkorb bebte vor Wut. »Ich hab endgültig die Nase voll.«

»Verena, bitte, es ist nichts passiert«, beteuerte Wolfgang. »Er wollte nur Geld.«

»Geld wofür?«, zischte seine Frau.

»Er muss rausgefunden haben, wer ich bin.«

»Du meinst, er erpresst dich? Er etwa auch? Dann war also alles vergeblich.« Verena schlug die Hände vors Gesicht und es hatte den Anschein, als würde sie weinen.

Dann bemerkte Wolfgang, dass sie lachte. Verdammt, er brauchte jetzt wirklich dringend einen Whiskey. Er lockerte seine Krawatte.

Verena nahm ihre Hände wieder herunter. »Ich hab mich mit Kurt Wenninger getroffen.«

Es traf ihn wie ein Fausthieb. »Du hast was?« Seine Gedanken rasten. »Warum? Was wolltest du von Kurt?«

Verena ignorierte seine Frage und erhob sich vom Sofa. »Ich hätte dir alles verziehen, Wolfgang. Die Zeit in Berlin, dass du keine Kinder wolltest, sogar deine Stasi-Machenschaften. Aber dass du es mit einem Junkie treibst, der noch dazu ein halbes Kind ist, das werde ich dir niemals verzeihen.« Jetzt verlor sie jegliche Beherrschung. »Du bist nicht mehr als Dreck, Wolfgang, der unterste Bodensatz. In der DDR hättest du dich das niemals getraut. Dafür hattest du viel zu viel Schiss, dass sie dich aus der Partei schmeißen. Aber bei mir kannst du dir so etwas ja erlauben.« Sie holte tief Luft. »Wie steh ich denn da, wenn es rauskommt? Vor den Leuten? Unseren Freunden, meiner Familie, vor meinem Vater?«

»Und du, Verena?«, herrschte Wolfgang sie an. »Hast du dir nicht selbst einen Liebhaber zugelegt?«

»Du wagst es, mich mit dir auf eine Stufe zu stellen?« Ihre Stimme zitterte vor Zorn. »Was glaubst du denn, warum ich mich mit anderen Männer treffe? Was soll ich deiner Meinung nach tun, während du dich mit deinem Jüngling vergnügst? Däumchen drehen?«

»Es war nur ein einziges Mal, Verena! Ein einziger verdammter Fehler!« Wolfgang griff nach ihrem Arm. »Hattest du denn niemals sexuelle Fantasien?«

Sie fegte seine Hand beiseite. »Nein.«

Resigniert fuhr er sich durch die Haare. »Also, was wolltest du von Kurt, Verena? Ich hatte alles mit ihm geregelt. Er hat mir hoch und heilig versprochen, den Mund zu halten.«

Verena versteifte sich. »Er hat dich erpresst!«

»Wir hatten uns geeinigt. Kurt hat mich um einen Gefallen gebeten, und ich habe das für ihn erledigt. Damit war die

Sache vom Tisch.« Seine Frau schlug erneut die Hände vors Gesicht. »Schau mich an, Verena. Was hast du getan? Was um Himmels willen hast du getan?«

Es war bereits dunkel, als Malin ihren Dienstwagen in einer Parkbucht der Haselünner Straße in Hannover-Bemerode abstellte. In der Doppelhaushälfte brannte noch Licht. Sie tippte rasch eine SMS an Thies, mit der sie ihre Verabredung für den Abend absagte, dann stieg sie aus.

Der Mann, der auf ihr Klingeln öffnete, war etwa Anfang sechzig, hatte spärliches dunkles Haar mit Geheimratsecken und graue Bartstoppeln am Kinn. Unter seinem blauen Hemd wölbte sich ein Bauchansatz. Seine auffälligsten Merkmale waren die leicht abstehenden Ohren und der melancholische Blick seiner dunklen Augen.

Malin zeigte ihren Dienstausweis und stellte sich vor. »Sind Sie Peter Baumann?«

Der Mann nickte.

»Ich würde gerne mit Ihnen sprechen.«

»Um diese Zeit?« Er schaute sie verwundert an, dann wechselte sein Blick ins Ängstliche. »Ich hoffe, es ist nichts mit meiner Frau. Sie wollte zum Sport.«

»Nein, nein, keine Sorge. Es geht um eine laufende Ermittlung in Hamburg. Reine Routine.«

Peter Baumann schien aufzuatmen. »Dann kommen Sie am besten herein.« Er führte sie in einen weiß gefliesten Wohnbereich mit offener Küche und wies auf eine schwarze Ledercouch. »Nehmen Sie doch bitte Platz. Darf ich Ihnen etwas zu trinken anbieten?«

»Danke, gerne ein Glas Wasser.«

Er schenkte an der Küchenzeile zwei Gläser Wasser ein und stellte sie auf den Couchtisch, dann nahm er ihr gegenüber auf einem Sessel Platz. »Ich bin gespannt, zu erfahren, was das Hamburger LKA von mir will.«

Malin griff nach dem Wasserglas und trank einen Schluck. »Wir ermitteln in Hamburg in einem Mordfall. Der Tote heißt Kurt Wenninger. Vielleicht kennen Sie ihn.« Sie fischte ihr Notizbuch aus ihrer Umhängetasche, zog ein Foto des Mordopfers heraus und reichte es ihm.

»Tut mir leid, aber ich habe diesen Mann noch nie gesehen«, sagte Peter Baumann nach eingehender Betrachtung und gab ihr das Foto zurück. »Auch der Name sagt mir nichts.«

»Während unserer Ermittlungen sind wir auf Michael Baumann gestoßen. Ihren Bruder.«

»Ich habe keinen Bruder«, erklärte Peter Baumann irritiert und erhob sich. »Ich befürchte, dass Ganze ist ein Missverständnis. Sie müssen mich verwechselt haben.«

Malin schüttelte den Kopf. »Leider kein Missverständnis. Ich komme gerade aus Berlin. Hertha und Horst Baumann, das sind doch Ihre Eltern, oder?«

Er ging zum Fenster und sah eine Weile regungslos in die Dunkelheit. Als er sich wieder umdrehte, wirkte er deutlich angespannt. »Ich habe die beiden seit gut zwanzig Jahren nicht mehr gesehen.« Seine Kiefermuskeln malmten. »Was haben sie Ihnen von mir erzählt?« Dann hob er die Hand. »Lassen Sie mich raten. Mein Vater hat Ihnen gesagt, dass ich für ihn gestorben bin, nicht wahr? Das hat er nämlich zu mir gesagt, als ich das letzte Mal mit ihm gesprochen habe.« Seine Augen wirkten glasig.

»Wie ist es dazu gekommen?« Malin stellte die Frage, obwohl sie nicht mit einer ehrlichen Antwort rechnete. Zu viele Menschen während dieser Ermittlung waren ihren Fragen ausgewichen oder hatten geschwiegen.

Peter Baumann überraschte sie. »Haben Sie Zeit mitgebracht? Um das zu verstehen, muss ich Ihnen erst einmal etwas über meine Familie, oder besser gesagt über meinen Vater erzählen. Normalerweise interessiert das niemanden.«

»Nehmen Sie sich die Zeit, die Sie brauchen.« Sie kramte nach ihrem Notizbuch.

Peter Baumann zögerte noch einen Moment, dann holte er tief Luft. »Die offizielle Funktion meines Vaters bei der SED lautete ›Stellvertretender Leiter der Abteilung Sicherheitsfragen des ZK‹. Sie wissen, wofür die Abkürzung steht?«

»Zentralkomitee.«

Er nickte. »Das war das oberste Gremium der Partei und die eigentliche Machtzentrale der DDR. Können Sie sich vorstellen, wie es ist, als Sohn eines ranghohen Parteifunktionärs aufzuwachsen? Nein, natürlich können Sie das nicht. Wie auch.« Baumann knetete seine Hände. »Man wird quasi rund um die Uhr auf Linie gehalten. Erst die Jungpioniere, dann die FDJ, damit man später zu einem guten sozialistischen Bürger wird, und schließlich dann der Eintritt in die Partei. Mein Lebensweg war von dem Tag meiner Geburt an vorgezeichnet. Jede noch so kleinste Verfehlung oder Abweichung wurde von meinem Vater bestraft. Da knallte es auch mal so richtig.«

»Wie muss ich mir eine solche Verfehlung vorstellen?«

»Im Grunde waren es alles nur Bagatellen. Die falsche Kleidung, zu lange Haare, Schwärmereien für eine bestimmte Musikgruppe oder eine Freundin mit Westkontakt. Die Liste ist endlos.«

»Und Sie haben nie dagegen aufbegehrt?«

Peter Baumann lachte verbittert. Er sah Malin in die Augen. »Sie sind meinem Vater doch begegnet. Sein Wort ist Gesetz. Er hat in seinem Leben nur an eine einzige Sache geglaubt: an das politische System der DDR. Bestimmt sucht der Herr General noch heute nach dem Grund für deren Scheitern.«

»Und Ihre Mutter?«

»Die hat immer hinter meinem Vater gestanden. Egal in welcher Hinsicht.« Er senkte den Blick auf seine gefalteten Hände. »Meine ganze Kindheit über habe ich mit dem Wissen gelebt, dass mein Vater eher seinen eigenen Sohn diskreditieren würde, als von der sozialistischen Norm abzuweichen. Und das hat sich letztendlich ja auch bewahrheitet.«

Malin wartete einen Moment, ehe sie weitersprach. »Das tut jetzt nicht unbedingt etwas zur Sache, aber mich würde es trotzdem interessieren: Wie sind Sie geflohen?«

»Als Sohn eines Firmenangehörigen«, beim letzten Wort malte Peter Baumann mit den Fingern Gänsefüßchen in die Luft, »bin ich in den Vorzug eines Studienplatzes gekommen. Maschinenbau. Bei dem Unternehmen, für das ich nach dem Studium gearbeitet habe, wurde ich in den Reisekader gerufen. Damit hatte ich die offizielle Erlaubnis, im Auftrag meiner Firma ins kapitalistische Ausland zu reisen. Bei einer dieser Reisen bin ich einfach nicht mehr zurückgefahren. Ich hatte vorher mit niemandem darüber gesprochen, weil ich davon ausging, dass mein Vater mich überwachen ließ. Nicht, weil er befürchtete, dass ich fliehen würde, sondern um die Kontrolle über mein Leben zu behalten. Deshalb bin ich im Westen anfangs auch erst einmal eine Weile untergetaucht.«

»Untergetaucht? Warum?«

»Der Arm der Stasi machte an der Mauer nicht halt«, erwiderte Baumann trocken.

Malin schüttelte ungläubig den Kopf. »Und Ihre Eltern haben sich komplett von Ihnen losgesagt?«

Peter Baumann nickte. »Sogar öffentlich, ansonsten hätte das für meinen Vater den Parteiausschluss bedeutet. Um nichts in der Welt hätte er seine Positon schwächen wollen.«

»Hat er Ihnen das so gesagt?«

»So ähnlich. Ich habe meine Eltern ein paar Jahre nach der Wende aufgesucht. Irgendwie hatte ich gehofft, dass zumindest meine Mutter die sozialistische Haltung meines Vaters und die DDR im Nachhinein etwas kritischer sieht.«

»Und hat sie das?«

Baumann rieb sich sein glattrasiertes Kinn. »Möglich, allerdings würde sie das niemals zugegeben. Hin und wieder schreibt sie mir Briefe.« Er winkte ab. »Aber lassen wir das.«

Malin blätterte nachdenklich in ihrem Notizbuch zu der Seite, in der sie das Gespräch mit Annegret Koch in Stichworten festgehalten hatte. »Sie waren damals in der DDR verheiratet.«

Ein Schatten legte sich auf sein Gesicht. »Ja, aber die Ehe ist schon vor Ewigkeiten in die Brüche gegangen. Ich bin mittlerweile zum zweiten Mal verheiratet. Glücklich verheiratet.«

In die Brüche gegangen, so nennt er das also, dachte Malin. Sie schluckte ihre Empörung hinunter. »Ihre erste Frau heißt wie?«

»Reinhild. Reinhild Baumann.«

Eine schreckliche Sekunde dachte Malin, sie hätte sich geirrt und die Rena, von der Annegret Koch erzählt hatte, wäre eine vollkommen andere als die Frau, die sie suchten.

Peter Baumann hatte ihre Irritation offenbar bemerkt. »Ich weiß, das ist ein furchtbarer Name.« Ein wehmütiges Lächeln huschte über sein Gesicht. »Meine Ex-Frau hat ihn schon immer gehasst. Deshalb war sie für alle einfach nur Rena.«

Malin atmete auf. »Erzählen Sie mir von Rena. Wie war das damals, als Sie aus der DDR weggegangen sind?«

Er runzelte die Stirn. »Warum wollen Sie das wissen?«

»Wir suchen Ihre Ex-Frau als Zeugin«, erklärte Malin vage. »Wissen Sie, wo Rena sich zur Zeit aufhält?«

»Nein. Ich habe Sie zuletzt Ende 1992 gesehen. Da wurden wir geschieden.« Peter Baumann fuhr sich mit einer müden Geste übers Gesicht. »Hören Sie, das Ganze ist nicht so einfach für mich. Nach so vielen Jahren.« Er betrachtete seine Schuhspitzen.

Für ihn war es also nicht einfach. Malin dachte an das, was Annegret Koch ihr erzählt hatte. Ihre Empörung kam zurück. »Das liegt möglicherweise an Ihrem schlechten Gewissen«, platzte es aus ihr heraus.

Peter Baumann hob den Blick. »Sie wissen also Bescheid«, stellte er nüchtern fest. »Dass ich meine Frau und meine Tochter im Stich gelassen habe. Aber Sie wissen nicht, wie sehr ich mich dafür schäme. Ich kann mir selbst kaum noch ins Gesicht sehen. Aber das interessiert ja niemanden.« Er trank einen Schluck Wasser. »Die ersten Jahre im Westen habe ich alles verdrängt. Ich habe einen Job gefunden, Kathrin und ich haben das Haus gebaut und zwei Töchter bekommen. Dann stand Rena eines Tages vor der Tür.« Er schlug beide Hände vors Gesicht. »Mein Gott, ich wusste doch nicht, was die mit ihr machen würden.«

»Sie wussten es nicht?«, entgegnete Malin scharf. »Als Sohn eines Parteifunktionärs?«

»Ich hab mir natürlich gedacht, dass Rena von der Stasi verhört wird«, relativierte er. »Und auch, dass sie eine Zeit lang überwacht wird, aber doch nicht, dass sie Rena einsperren. Wer konnte das denn ahnen?«

Malin zwang sich, ruhig zu bleiben. »Haben Sie Kontakt zu Ihrer Tochter? Zu Romy?«

Peter Baumann starrte sie an. Dann erhob er sich schwerfällig, ging aus dem Raum und kam kurz darauf mit einer Brieftasche in der Hand zurück. Er nahm ein Schwarz-Weiß-Foto heraus und reichte es ihr.

Ein entzückendes kleines Mädchen mit dunklen Locken sah mit großen Augen in die Kamera. Sie umschlang einen einarmigen Teddy. »Sehr süß. Ist sie das?«

Peter Baumann nickte. »Das war Romy an ihrem fünften Geburtstag.« Er reichte Malin ein weiteres Foto. Darauf war ein junges Mädchen abgebildet, kaum mehr als Haut und Knochen, die Wangen eingefallen, mit trübem Blick über dunklen Augenringen. »Und das ist Romy wenige Wochen bevor sie starb. Sie war 1992 Berlins dreiundfünfzigste Drogentote. Von zweihundertundsieben. Die Zahl war in dem Jahr erstmals zurückgegangen.« Seine Stimme klang seltsam stumpf und in seinen Augen schimmerten Tränen. Er kämpfte um Fassung.

Wider Erwarten empfand Malin Mitleid mit dem Mann. »Sie haben Romy nie wiedergesehen?«

»Nein.«

»Wie haben Sie vom Tod Ihrer Tochter erfahren?«

»Rena hat mir das Foto zusammen mit einem Zeitungsartikel mit der Post zugeschickt. Sie hatte Romy jahrelang gesucht.« Er schlug die Augen nieder. »Der Brief war das letzte Lebenszeichen von Rena. Danach habe ich nie wieder von ihr gehört.«

»Haben Sie den Zeitungsartikel noch?«

Er hob den Blick. »Ja, natürlich. Er ist irgendwo in meinen Unterlagen. Ich muss ihn allerdings raussuchen.«

»Auch auf die Gefahr hin, dass es Ihnen zu viel wird, aber ich muss das fragen: Was ist aus Ihrem zweiten Kind geworden?« In dem Moment, als Malin ihre Frage aussprach, wurde ihr klar, dass sie einen Fehler begangen hatte. Davon abgesehen, dass Annegret Kochs Information bisher in keinster Weise bestätigt war, wurde Peter Baumann augenblicklich aschfahl. Verdammt, dachte Malin. Er hatte es nicht gewusst.

»Welches Kind? Rena und ich hatten nur Romy.«

Sie rutschte unbehaglich auf dem Sofa herum. »Uns liegte eine Zeugenaussage vor, dass Ihre Ex-Frau während ihres Gefängnisaufenthaltes ein Kind bekommen hat.«

»Aber das hätte sie mir doch gesagt!« Peter Baumann raufte sich die Haare, dann sackte er in sich zusammen. »Nein. Wenn ich ehrlich bin, gibt es keinen einzigen vernünftigen Grund, warum Rena es mir hätte sagen sollen. Ich hab mich ja noch nicht mal darum gekümmert, was aus Romy geworden ist. Ich hab's einfach ausgeblendet, mein früheres Leben, wollte nur vergessen und von vorne beginnen. Ein neues Leben, in dem nur ich selbst bestimme. Können Sie das verstehen?« Sein Blick hatte etwas Flehendes, fast als erwarte er von Malin Absolution.

»Nein, Herr Baumann, das kann ich leider nicht. Aber darauf kommt es auch nicht an.« Sie legte den Stift in das Notizbuch und klappte es zu. »Ich würde jetzt gerne noch mal auf Michael Baumann zurückkommen.«

Peter Baumanns legte seine Stirn in Falten. »Hören Sie, ich bin Ende der Siebziger aus Berlin weggegangen, da hatte ich weder einen Bruder noch war meine Mutter zu dem Zeitpunkt schwanger. Die war doch ohnehin schon Ende vierzig.«

»Man hört immer wieder von solchen Nachzüglern.«

Peter Baumann reagierte nicht. Er schien mit seinen Gedanken weit entfernt zu sein. »Kennen Sie das Geburtsdatum von Michael?«, fragte er schließlich.

»Ich hab es nicht genau im Kopf, aber ich meine, es wäre irgendwann im Oktober oder November 1979 gewesen.«

»In dem Jahr hab ich rübergemacht«, erwiderte Peter Baumann. »Im Januar. Und Rena wurde verhaftet. Theoretisch wäre es also möglich, dass …«

Die Haustür wurde aufgeschlossen und eine helle Frauenstimme erklang im Flur. »Schatz, ich bin wieder da!«

Peter Baumann erhob sich. »Meine Frau. Bitte entschuldigen Sie mich.« Kurze Zeit später kam er mit einer zierlichen Brünetten im Sport-Outfit ins Wohnzimmer zurück. »Meine Frau Kathrin.«

Malin erhob sich und Kathrin Baumann reichte ihr die Hand. »Peter hat mir schon erzählt, warum Sie hier sind.« Sie warf ihr einen unsicheren Blick zu. »Ein Mord. Wie schrecklich.«

Malin nickte. »Ich werde mich dann jetzt auch verabschieden. Vielen Dank für Ihre Gesprächsbereitschaft, Herr Baumann.«

»Ich befürchte, ich war Ihnen keine besondere Hilfe.«

»Das kann man nie so genau wissen.« Malin reichte ihm ihre Visitenkarte. »Melden Sie sich, falls Ihnen doch noch irgendetwas in Bezug auf Kurt Wenninger, Ihren Bruder oder auch zu Rena einfallen sollte. Und bitte lassen Sie mir den Zeitungsausschnitt zukommen, sobald Sie ihn gefunden haben. Am besten scannen Sie ihn ein und schicken ihn vorab per Mail.«

Er nickte. »Ich suche den Artikel gleich heraus.«

Kathrin Baumann hatte bei der Erwähnung seiner Ex-Frau die Brauen hochgezogen, und die Raumtemperatur schien abgekühlt. Malin verabschiedete sich schnell und verzichtete darauf, dem Ehepaar zum Abschied die Hand zu geben.

In ihrem Dienstwagen blieb sie einen Moment regungslos sitzen und dachte an Rena Baumann. Wie viel Leid konnte ein Mensch ertragen? Das Schicksal der Frau erschütterte sie. Trotzdem musste sie einen Weg finden, ihre Emotionen zu zügeln. Frickes Worte kamen ihr in den Sinn. *Behalte immer die Oberhand, Gefühle behindern dich in deiner Objektivität*!

Malin seufzte. Wenn das nur immer so einfach wäre. Dann fiel ihr ein, dass sie nach einem Foto von Rena Baumann hätte fragen müssen.

Sie sah zurück zum Haus. Im Erdgeschoss brannte immer noch Licht. Obwohl sich in Malin alles sträubte, Peter Baumann erneut gegenüberzutreten, stieg sie aus ihrem Auto.

32

Die Luft im Besprechungsraum war stickig und verbraucht. Im grellen Licht der Neonröhren wirkten die Gesichter der Ermittler, die seit den frühen Samstagmorgenstunden am Konferenztisch saßen und Blatt für Blatt die kopierten Stasi-Akten sichteten, müde und abgespannt.

Malin gähnte. Sie war erst gegen Mitternacht zu Hause gewesen und hatte auf dem Anrufbeantworter eine wütende Nachricht von Thies vorgefunden. Er warf ihr vor, sie interessiere sich mehr für die Toten als für die Lebenden. Es war das erste Mal in ihrer kurzen Beziehung, dass sie ihn so verärgert erlebte. Die halbe Nacht hatte sie sich im Bett gewälzt. Um halb sechs war sie schließlich wieder aufgestanden und hatte im Laufe des Tages mehrere Versuche unternommen, ihren Freund zu erreichen, war jedoch immer auf seiner Mailbox gelandet. Mittlerweile war es später Nachmittag.

Sie klappte Bruno Siekmanns Akte zu. Der Mitarbeiter der Hamburger Sicherheitsfirma hatte während seiner DDR-Zeit für das MfS als Spitzel gearbeitet. Mit dem Zettel in der Hand, auf dem sie Siekmanns Werdegang in Stichworten notiert hatte, ging Malin zu einem der Whiteboards und übertrug die Daten in die Tabelle, in der bereits fünfunddreißig weitere Namen von *Schmauchfreunden* standen.

Fricke hob den Blick von seinen Unterlagen und betrachtete die Einträge. »Also gut, Leute, Zeit für eine Zwischenbilanz.« Er klatschte in die Hände. »Wie es aussieht, bestätigt sich jetzt unsere Vermutung. Die *Schmauchfreunde* sind eine Tarnorganisation für ein Netzwerk ehemaliger Stasi-Leute. Interessant wäre es, zu erfahren, welchen Zweck sie damit verfolgen. Geht es ihnen nur darum, ihre ideologische Haltung zur ehemaligen DDR zu zelebrieren, oder dient die Organisation politisch motivierten Zielen?«

Tiedemann meldete sich zu Wort. »Ich habe ein wenig im Netz recherchiert. Offenbar wurden einige ähnliche Gruppierungen gegründet, um langfristig in Deutschland wieder die kommunistische Herrschaft zu übernehmen. Die alten Seilschaften ziehen sich übers ganze Land.«

»Das ist doch krank«, sagte Bartels.

Tiedemann nickte. »Viele von denen sitzen in hohen Ämtern, ohne jemals für ihre skrupelosen Machenschaften zur Verantwortung gezogen worden zu sein.«

Fricke räusperte sich. »Ich rede mit dem Ermittlungsleiter vom LKA 7. Die Kollegen vom Staatsschutz kennen sich mit der Materie besser aus als wir und können uns möglicherweise unterstützen. Vielleicht werden die *Schmauchfreunde* auch für den Verfassungsschutz interessant. Für uns ist jetzt erst mal wichtig zu wissen, inwiefern unser neues Wissen in Zusammenhang mit dem Mord an Kurt Wenninger steht.«

»Vielleicht hat Wenninger gedroht, die Gruppe auffliegen zu lassen«, sagte Bartels. »Ich könnte mir vorstellen, dass es bei einigen von denen nicht ohne Auswirkungen bleibt, wenn ihre Stasivergangenheit publik wird.«

»Die Frage ist, warum hätte Wenninger das tun sollen?«, erwiderte Fricke. »Und reicht solch eine Drohung aus, um einen Mord zu rechtfertigen?«

»Wenn damit Existenzen bedroht sind, sicherlich.«

Fricke sah Tiedemann an. »Ich frage mich, warum Sven nichts von sich hören lässt. Oder hat er sich in der Zwischenzeit bei dir gemeldet?«

»Bisher nicht.« Der blasse Ermittler sah auf seine Uhr. »Dabei sollten er und die Kollegen bei Biedermann längst fertig sein.« Er erhob sich. »Ist es in Ordnung, wenn ich mich kurz darum kümmere?« Fricke nickte und Tiedemann verließ den Raum.

»Sven ist bei Stefan Biedermann?«, fragte Malin.

»Ole hat in den Unterlagen dieses Postboten Hinweise darauf gefunden, dass der etwas über Wenningers Damenbesuch wusste. Interessanterweise wurde Biedermann stumm wie ein Fisch, als wir deswegen bei ihm nachgehakt haben.« Fricke strich sich über seine Bartstoppeln. »Ich habe gestern kurz vor Ultimo noch einen Durchsuchungsbeschluss genehmigt bekommen.«

»Gibt es irgendeinen Anhaltspunkt, um wen es sich bei der Besucherin handeln könnte?«

»Ich tippe auf Ilse Wenninger«, erwiderte Bartels.

»Apropos ...« Malin berichtete ihren Kollegen von den Kieselsteinen unter Ilse Wenningers Schuhen und dem Ergebnis der Laboranalyse, das am Morgen auf ihrem Schreibtisch gelegen hatte. »Laut KTU ist es dieselbe Sorte Kiesel wie in in der Auffahrt des Mordopfers. Allerdings handelt es sich dabei um Massenware, in jedem Baumarkt zu erstehen. Die Steinchen unter Ilse Wenningers Schuhen können also theoretisch auch von einem anderen Ort stammen. Ich glaube mittlerweile sowieso, dass die unbekannte Besucherin Rena Baumann war.« Sie wies mit dem Kopf zu dem Whiteboard, an dem sie sämtliche Informationen zu der Frau notiert und ihren Kollegen am Morgen erläutert hatte. Leider war Peter Baumann nicht im Besitz eines Fotos seiner Ex-Frau gewesen. Sie hatte die Berliner Kollegen am frühen Morgen nicht nur per Mail um Unterstützung bei Rena Baumanns Kontaktdaten gebeten, sondern auch darum, deren Eltern ausfindig zu machen. »Ich habe mich ohnehin schon gefragt, warum sie in Biedermanns Unterlagen nicht auftaucht.«

»Davon abgesehen, dass Biedermann dort sicher nicht den ganzen Tag auf der Lauer liegt, hat er uns auch erzählt, dass er die Post im Schleusenredder erst ab Mittag verteilt«, beantwortete Bartels ihre Frage. »Die Frau können also genauso gut vor oder nach Biedermann dort aufgetaucht sein. Aber jetzt mal was anderes: Was ist eigentlich mit den Häftlingslisten?«

»Die bekommen wir zusammen mit den restlichen Kopien Anfang der Woche«, sagte Malin. »Außerdem habe ich heute früh per Mail die Akte von Rena Baumann bei der BStU angefordert.« Sie lehnte sich in ihrem Stuhl zurück.

Fricke räusperte sich. »Das entomologische Gutachten ist heute Morgen gekommen. Wie ich schon befürchtet habe, lässt sich der Todeszeitpunkt nicht mehr genauer eingrenzen.«

»Gibt es schon was Neues über den Gesundheitszustand von Ilse Wenninger?«, fragte Bartels.

Fricke wollte gerade antworten, als Tiedemann, dicht

gefolgt von einem grimmig blickenden Sven Andresen, in der Tür erschien. »Das ist vielleicht ein Früchtchen, dieser Biedermann! Der steht den Stasileuten in nichts nach, sag ich euch.« Der rothaarige Ermittler hielt ein Handy in die Höhe. »Wir haben auf seiner Speicherkarte ein Foto von Wenningers Besucherin gefunden.« Er reichte es an Fricke weiter.

Malin fielen die Fotos auf ihrem eigenen Handy ein, die sie gestern bei den alten Baumanns gemacht hatte. Damit musste sie sich dringend beschäftigen.

Fricke pfiff durch die Zähne. »Ach, sieh mal einer an.« Er gab das Handy an Bartels weiter.

»Könnte mich bitte jemand aufklären?«, fragte Malin. Wortlos reichte Bartels ihr das Handy über den Konferenztisch. Auf dem Display war eine attraktive Brünette vor Wenningers Haus zu sehen. Verena Herzog.

»Ach«, sagte Malin.

Bartels' Blick war finster. »Das hat sie mit keinem Ton bei der Befragung erwähnt.«

»Hast du Verena Herzog nach ihrem Verhältnis zu Kurt Wenninger befragt?«, fragte Fricke.

»So weit sind wir gar nicht erst gekommen. Ihr Mann hat uns unterbrochen.«

»Wir werden sie alle für Montag offiziell vorladen. Biedermann, Herzog und seine Frau«, sagte Fricke. »Bis dahin geht ihr die restlichen Akten durch, und seht zu, was ihr weiter über Verena Herzog herausfinden könnt. Dass sie auf einem Foto am Haus unseres Mordopfers zu sehen ist, beweist noch gar nichts, zumal wir auch nicht wissen, von wann die Aufnahme stammt. Du, Brodersen, gräbst weiter wegen Rena Baumann. Und ich möchte, dass du die Geburtsurkunde oder noch besser den Auszug aus dem Geburtenregister von Michael Baumann anforderst. Das Ganze stinkt doch zum Himmel.«

Malin nickte.

»Ich leite alles für Montag in die Wege«, erklärte Fricke seinem Team. »Sehen wir zu, dass wir die verdammte Sache endlich aufklären.« Er ballte die Faust.

Die E-Mail befand sich in ihrem elektronischen Postfach, als Malin gegen zwanzig Uhr ihren Schreibtisch aufsuchte, um die letzten Eingänge zu checken. Peter Baumann hatte ihr den versprochenen Zeitungsartikel geschickt. Während der Drucker den Artikel ausspuckte, unternahm Malin einen weiteren Versuch, Thies zu erreichen. Wieder nur die Mailbox. Sie feuerte das Handy auf den Tisch.

Bartels hob den Blick von seinen Unterlagen. »Probleme?«

»Keine Probleme.« Sie griff nach dem Ausdruck. Der Zeitungsartikel war vom Oktober 1992 und kaum mehr als eine Randnotiz. Die Überschrift lautete: *Berlins 53. Drogentote.* Vier Zeilen hatten dem Verfasser ausgereicht, um über die zwanzigjährige Romy B. zu berichten, die in einer öffentlichen Toilette am Alexanderplatz tot von einem australischen Touristenpärchen entdeckt worden war. Die Nadel hatte noch in ihrem Arm gesteckt.

»Wenigstens haben sie nicht noch ein Foto des toten Mädchens abgedruckt«, murmelte Malin und rief im Internet die Seite mit den Kontaktdaten der Zeitung auf. Der Artikel war mit dem Kürzel *aj* signiert. Ob die Person noch immer dort arbeitete? Nach über zwanzig Jahren? Kaum vorstellbar. Trotzdem wählte Malin die angegebene Nummer, erklärte der Dame von der Zentrale ihr Anliegen und erfuhr nach kurzer Wartezeit, dass sich hinter dem Kürzel der Redakteur Andreas Jäger verbarg. Sie wurde zu einem anderen Anschluss durchgestellt. Während Malin dem Freizeichen lauschte, legte sie sich die Worte zurecht, mit denen sie den Menschen am anderen Ende der Leitung überzeugen konnte, ihr die Kontaktdaten von Andreas Jäger zu geben. Vorausgesetzt, er lebte noch. Zweiundzwanzig Jahre waren eine verdammt lange Zeit.

»Jäger.« Die Stimme klang barsch und gelangweilt zugleich.

Einen Moment war Malin sprachlos. Sie hatte keinesfalls damit gerechnet, den Mann direkt an der Strippe zu haben.

»Hallo?«, klang es erneut aus dem Hörer. »Für den Fall, dass es Ihnen die Sprache verschlagen hat, lege ich jetzt auf.«

»Nein, nein«, sagte Malin schnell. »Brodersen vom LKA

Hamburg. Bitte entschuldigen Sie. Ich war nur ein wenig überrascht, Sie zu erreichen.«

»Warum? Weil es Samstagabend ist?« Andreas Jäger lachte dröhnend, als hätte er einen guten Witz gehört, und fügte dann trocken hinzu: »Sie arbeiten ja anscheinend auch noch.«

Malin schilderte im den Grund ihres Anrufes.

»Oktober 1992? Sie haben vielleicht Vorstellungen, junge Frau. Das war noch zu meiner Volontärszeit. Warum fragen Sie nach all den Jahren ausgerechnet nach diesem Artikel?«

»Wir ermitteln in Hamburg in einem Mordfall. In diesem Zusammenhang suchen wir nach einer Zeugin. Ihr Name ist Reinhild Baumann. Die Drogentote in Ihrem Artikel ist ihre Tochter Romy. Aber die Namen werden Ihnen vermutlich ohnehin nichts sagen. Wir …«

»Doch«, unterbrach sie Jäger. »Ich erinnere mich durchaus an die Namen.«

»Ach. Sie müssen ein ausnehmend gutes Gedächtnis haben.«

Jäger lachte. »Da überschätzen Sie mich. Es war die Mutter des Mädchens, Rena Baumann, an die ich mich so gut erinnere. Sie war verdammt hartnäckig. Ihre Geschichte hat mich neugierig gemacht. Ich habe auf eine gute Story gehofft, deshalb habe ich seinerzeit Nachforschungen angestellt.«

»Was für Nachforschungen?«

Jäger schwieg einen Moment. »Sie sagten, Sie suchen nach Frau Baumann als Zeugin? Von welcher Dienststelle sind Sie? Ich möchte das erst überprüfen.«

»Malin Brodersen vom LKA Hamburg 411.«

»Ich melde mich.« Andreas Jäger legte auf.

Gedankenverloren starrte Malin auf das Telefon. Was wusste Jäger?

»Wie sieht's aus, Malin? Lust auf ein schönes kühles *Alster* mit deinem Kollegen?« Bartels erhob sich grinsend hinter seinem Schreibtisch. »Vielleicht könnte ich mich sogar hinreißen lassen, dich einzuladen.«

»Ich warte noch auf einen Anruf«, murmelte Malin, ohne das Telefon aus den Augen zu lassen. »Ich will endlich wissen, was hinter der ganzen Geschichte steckt. Was glaubst du, Fred?«

Bartels musterte sie. »Ich glaube, dass du dringend eine Pause einlegen solltest.«

»Mach ich, sobald ...«

»Der Fall gelöst ist?« Er nahm seine Jacke vom Stuhl. »Überlegs dir. Ich treffe mich jetzt mit Sven in *Omas Apotheke*. Komm einfach nach, wenn du möchtest.« Er sah sie ein letztes Mal stirnrunzelnd an und verschwand aus der Tür.

Malin erhob sich ebenfalls und schenkte sich an der Kaffeemaschine am Sideboard den letzten Rest Kaffee ein.

Zurück am Schreibtisch fiel ihr Blick auf ihr Handy. Die Fotos, die sie am Vortag beim alten Baumann gemacht hatte, kamen ihr wieder in den Sinn. Sie zog das Datenkabel zur Übertragung aus der untersten Schublade ihres Schreibtisches und verband ihr Handy mit dem USB-Port ihres Computers. Einen Augenblick später hatte sie die Fotos auf ihrem Monitor.

Malin kniff die Augen zusammen. Sie hatte die Fotowand im Ganzen fotografiert, so dass die einzelnen Gesichter der abgebildeten Personen klein und kaum zu erkennen waren. Vielleicht konnte die Fototechnik da noch etwas rausholen. Sie wählte die Durchwahl von Torben Sommer. Niemand hob ab.

Die nächste Stunde verbrachte sie damit, ihre Notizen und die Ermittlungsakte erneut durchzugehen. Möglicherweise hatten sie etwas übersehen. Als die Buchstaben vor ihren Augen verschwammen, schob sie die Unterlagen entnervt beiseite und starrte das Telefon an. Verdammt, wann rief Jäger endlich zurück? Einen Augenblick rang sie mit sich, dann beschloss sie, dem Redakteur zuvorzukommen, und wählte erneut die Nummer der Zeitung. Die Dame in der Zentrale teilte ihr mit, dass Andreas Jäger vor einer guten Stunde Feierabend gemacht hatte.

33

Michael Baumann saß im Schneidersitz vor dem Kinderbett und starrte seine schlafende Tochter an. Wie lange er schon so da saß, konnte er nicht sagen. Er und Ina hatten die halbe Nacht gezankt. Der Streit gipfelte darin, dass seine Frau sich eine Jacke über ihr Nachthemd geworfen und die Wohnung in die Dunkelheit hinaus verlassen hatte. Ihren Schlüssel und ihr Handy hatte sie auf dem Küchentisch liegengelassen.

Die Vorwürfe blieben. Zumindest die, die er sich nun selber machte. Er hätte Ina zurückhalten müssen. Was, wenn sie nicht wiederkam? Wenn sie ihn und Maja verließ? Ina fühlte sich schon seit langem überfordert. Das wusste er.

Michael schlug die Hände vors Gesicht. Es war allein seine Schuld. Hätte er doch bloß auf seine Frau gehört und sich der Polizei anvertraut, so wie er es Ina versprochen hatte.

Und wozu das Ganze?

Kurz dachte er an die beiden Menschen, bei denen er aufgewachsen war und sich Zeit seines Lebens wie ein Fremdkörper gefühlt hatte. Eltern sollten ihre Kinder lieben, sie beschützen und ihnen den Weg ins Leben weisen. Nicht ihre Flügel stutzen.

Zärtlich betrachtete er die schmale Brust seiner Tochter, die sich beim jedem Atemzug leicht hob und senkte. Er hätte sie gern aus ihrem Bettchen genommen und an sich gedrückt, damit sie fühlte, wie sehr sie geliebt wurde. Um sie nicht zu wecken, begnügte er sich damit, ganz behutsam eine ihrer kleinen Hände durch die Gitterstäbe zu streicheln.

Hatte seine Mutter das auch bei ihm getan? Seine Gedanken glitten zurück in die Vergangenheit.

Sie hatte vor der Tür gestanden. Einfach so. Damals war er gerade dreizehn gewesen. Ein schlaksiger Teenager, der mit jeder Faser seines Herzens gegen alles und jeden rebelliert hatte.

Ihre Worte hatte er nie vergessen. »Ich bin deine Mutter«, hatte sie gesagt. Und noch immer erinnerte er sich an die

Antwort, die er der Fremden entgegengeschleudert hatte, bevor er die Tür zuschlug. »Ich habe keine Mutter.«

Bis heute wusste er nicht, warum er genau diese Worte gewählt hatte. Vermutlich, weil es zutraf. Er war in dem Glauben aufgewachsen, dass seine biologischen Eltern tot waren, zumindest hatte man ihm das erzählt, als er gerade mal vier Jahre alt gewesen war. Damals hatte er noch nicht gewusst, was eine Lüge ist.

Hertha und Horst Baumann hatten ihn großgezogen. Für ihn waren sie seine Eltern, und das waren sie auch vor dem Gesetz: In seine Geburtsurkunde hatte man sie als seine rechtlichen Eltern eingetragen. Es hatte nie einen Grund gegeben, daran zu zweifeln.

Er hatte die Gedanken an die fremde Frau verdrängt, die behauptete, seine Mutter zu sein, hatte sie tief in seinem Inneren vergraben. Doch er hatte gespürt, dass die Erinnerung nur darauf lauerte, eines Tages wieder herauszubrechen. Sie hatte in ihm geschlummert, als er sich gegen den General auflehnte und sein Zuhause verließ, in der Zeit, in der er sich mit Gelegenheitsjobs über Wasser hielt und schließlich mit Hilfe von BaföG sein Studium in Köln finanzierte. Als er Jahre später Ina kennengelernt hatte und sie zurück nach Berlin gezogen waren, war die Erinnerung kurz aufgeflackert, doch erst nach der Geburt von Maja war sie endgültig an die Oberfläche zurückgekommen, hatte sich hartnäckig festgesetzt und ließ sich durch nichts mehr verdrängen.

Ein Jahr, nachdem seine Tochter auf die Welt gekommen war und er für seine Hochzeit mit Ina eine beglaubigte Abschrift aus dem Geburtenregister benötigt hatte, hatte er mit der Spurensuche nach seiner Mutter begonnen. Anders als in seiner Geburtsurkunde, in der die Namen seiner rechtlichen Eltern standen, hatte er aus dem neu angeforderten Dokument den Namen seiner leiblichen Mutter erfahren. Doch gleich beim zweiten Schritt hatte er einen Dämpfer erhalten: Das zuständige Jugendamt verfügte über keine Adoptionsakte. Er war von Amt zu Amt gerannt, um Informationen über den Verbleib seiner Mutter zu bekommen, hatte im Internet geforscht und schließlich einen Antrag auf Akteneinsicht bei der BStU gestellt. Von der angekündigten zwei- bis dreijährigen Wartezeit war gerade mal ein knappes Jahr vergangen. Vor drei Monaten hatte er sich schließlich überwunden und seine Eltern aufgesucht. Dabei hatte er sich geschworen gehabt, das Haus seiner Kindheit nie wieder zu betreten.

Hertha Baumann war weiß wie die Wand geworden, als er nach Jahren der Funkstille vor ihr stand. Einen Moment lang hatte er befürchtet, sie würde einen Schlaganfall erleiden. Sie hatte sich sogar dazu hinreißen lassen, ihn in den Arm zu nehmen. Steif und voller Unbehagen hatte er die Umarmung über sich ergehen lassen.

Er hatte sie nach seiner leiblichen Mutter gefragt, doch wie erwartet hatte Hertha Baumann zunächst gemauert. Erst nachdem er mit Engelszungen auf sie eingeredet hatte, gestand sie ihm mit leiser Stimme, dass seine Mutter noch lebte. Dann war sie verstummt. Das Gesicht starr und wächsern, der Mund zu einer dünnen Linie gepresst, war ihr Blick zur Decke geglitten.

Michael, der gewusst hatte, was das bedeutete, hatte seine Visitenkarte auf den Tisch gelegt und war gegangen, ohne den General zu Gesicht bekommen zu haben. Sechs Wochen später hatte ihn ein Brief ohne Absender erreicht. Im Umschlag hatte sich lediglich ein Zettel mit einer Adresse befunden. Es war die Adresse von Kurt Wenninger gewesen.

Durchdringendes Klingeln zerriss die Stille in der Wohnung. Michael schlug die Augen auf. Er musste eingeschlafen sein, zumindest lag er, alle viere von sich gestreckt, auf dem Teppich im Kinderzimmer seiner Tochter. Sein Blick fiel auf Maja, die noch immer tief und fest schlummerte. Es klingelte erneut.

Ina, schoss es ihm in den Kopf und er sprang auf. Mit wenigen Schritten war er im Flur und riss die Haustür auf.

Ein älterer Mann stand vor ihm. Er war etwa Anfang sechzig, hatte dunkles spärliches Haar mit Geheimratsecken, leicht abstehende Ohren und einen melancholischen Blick.

Ein unsicheres Lächeln erschien auf seinem Gesicht. »Sind Sie Michael Baumann?«

Er nickte.

Der Fremde streckte ihm die Hand entgegen. »Ich bin Peter. Peter Baumann. Dein Bruder, oder …« Er holte tief Luft. »Dein Vater.«

13. Oktober 2009

Ihr Leben war vorbei. Sie war gescheitert. Punkt, aus. Es gab nichts, was diese Tatsache beschönigen konnte. Ihre Ehe war vor mehr als fünfzehn Jahren geschieden worden, der verlorene Sohn wollte nichts von ihr wissen, und ihre Tochter war tot. Sogar der Versuch, sich umzubringen, war fehlgeschlagen.

Dabei hatte sie alles probiert, um ihr Leben wieder in den Griff zu bekommen. Sie hatte sich um einen Job und eine Bleibe in ihrer Neuheimat West-Berlin gekümmert und sämtliche Ämter aufgesucht, von denen sie sich Hilfe versprach. Doch der Behörden-Marathon, bei dem sie ausschließlich gegen bürokratische Mauern gerannt war, hatte sie im Laufe der Jahre zermürbt. Zunächst das Jugendamt, das keine Informationen über den Verbleib ihrer Kinder herausgab. Die Stasi-Unterlagen-Behörde, bei der sie bereits den zweiten Wiederholungsantrag auf Einsicht in ihre bisher unauffindbare Akte gestellt hatte. Die jahrelangen Rechtskämpfe mit ihrem Ex-Schwiegervater, der ihr untersagte, mit ihrem Sohn in Kontakt zu treten. Und schließlich ihre verzweifelte Suche nach Romy.

Hinzu kamen die Phasen tiefster Verzweiflung und Wut, die sie seit ihrer Zeit in Hohenschönhausen in regelmäßigen Abständen durchlitt, die Sehnsucht nach ihren Kindern, die nächtlichen Schlafstörungen und die Existenznöte. Nur die Hoffnung, eines Tages wieder mit ihren Kindern zusammen zu sein, hielt sie am Leben. Aber auch der Versuch, mit ihrem Sohn nach seiner Volljährigkeit in Kontakt zu treten, war gescheitert. Michael hatte Berlin den Rücken gekehrt und es war Rena nicht gelungen, ihn ausfindig zu machen.

Doch es war der Tod von Romy, den sie nicht verwinden konnte und der sie letzte Woche schließlich zu einer Überdosis Schlaftabletten hatte greifen lassen. Nur dem beherzten Einschreiten eines Arbeitskollegen, der sie frühzeitig gefunden hatte, war es zu verdanken, dass sie am Leben geblieben war .

Rena war im Anschluss an ihren Krankenhausaufenthalt für eine Woche in die Psychiatrie eingewiesen worden und erst am vorigen Tag hatte man sie mit der Auflage entlassen, an einer wöchentlichen Gesprächstherapie teilzunehmen.

Sie stand am Küchenfenster ihrer kleinen Wohnung in Schöneberg und starrte fünf Stockwerke hinunter auf den Kinderspielplatz im Hof. Die vergangenen Tage hatten Spuren hinterlassen. Die Weißkittel hatten sie unweigerlich an ihre Haftzeit in Hohenschönhausen erinnert. An die höllischen Schmerzen, die Fixierungen am Krankenbett, die Geburt ihres Kindes und die tiefe Verzweiflung, die danach folgte.

Rena hatte Angst vor der Gesprächstherapie. Angst, dass die Gefühle von damals wieder hochkamen. Konnte der junge Therapeut, den man ihr zugewiesen hatte, sie verstehen? Konnte überhaupt jemand sie verstehen, der nicht Ähnliches durchgemacht hatte? Fast zwei Jahrzehnte nach dem Mauerfall gab es noch immer genügend Menschen, die die DDR verklärten und Augen und Ohren verschlossen hielten, sobald jemand die Worte Staatssicherheit, Diktatur oder Unrechtsstaat in den Mund nahm.

Das erste Mal seit Jahren dachte sie an Dr. Sandmann. Die Gespräche mit ihm und sein Verständnis hatten ihr die Kraft gegeben, die furchtbarste Zeit ihres Lebens zu überstehen. Was wohl aus ihm geworden war? Ob er wusste, wie dankbar sie ihm selbst heute noch war?

Eine junge Frau mit einem Kleinkind an der Hand und einem Baby im Tragetuch kam aus dem Haus und steuerte den Spielplatz an. Rena wandte sich vom Fenster ab. Am Montag musste sie wieder arbeiten und es wurde Zeit, sich um ein paar Dinge zu kümmern. Irgendwie musste es schließlich weiter-

gehen. Ihr Blick fiel auf den Poststapel auf dem Küchentisch, den würde sie sich als Erstes vornehmen.

Der Brief lag zwischen der Mahnung eines Versandhauses und einem Prospekt für Kaminöfen. Der Umschlag war schmal und dünn, und im Sichtfenster über ihrem Namen blitzte der Absender hervor: BStU – Zentralstelle Berlin.

Renas riss den Umschlag ungeduldig auf und nahm das Schreiben heraus. Wenige Augenblicke später ließ sie den Brief auf die Tischplatte sinken. Endlich.

34

Malin verließ die Jugendstilvilla am Harvestehuder Weg gegen halb drei. Das Familienessen war ungewöhnlich harmonisch verlaufen. Constanze Heidenberg hatte sich sogar nach Malins Arbeit erkundigt, ein Umstand, der noch drei Monate zuvor ein Ding der Unmöglichkeit gewesen wäre. Auch die Wogen zwischen ihrem Cousin Maximilian und ihrer Mutter hatten sich geglättet.

Sie lehnte sich an ihren Mini und sah zur Uferpromenade, hinter der sich die Alster an diesen milden Spätsommertag von ihrer besten Seite präsentierte. Ihr Blick wanderte den Alsterpark entlang bis zu der Bank, an der so viel Erinnerungen hafteten. Sie war besetzt. Einen irrwitzigen Moment glaubte Malin, dass es ihr Vater war, der dort saß, dabei konnte sie aus der Ferne kaum mehr als einen verschwommenen Punkt erkennen. Und trotzdem.

Malin ging die Auffahrt hinunter und überquerte den Harvesterhuder Weg. Beim Näherkommen erkannte sie, dass es tatsächlich ein Mann war, der dort saß. Kurz darauf blickte er einer Familie mit zwei Kindern hinterher und Malin sah sein Profil. War er es etwa wirklich?

Ihr Handy klingelte in der Hosentasche. Malin zog es heraus, um das Gespräch wegzudrücken, als sie die Berliner Vorwahl auf dem Display entdeckte. Sie drehte der Bank den Rücken zu und nahm das Gespräch an.

»Jäger«, meldete sich die schroffe Stimme des Journalisten von der Berliner Zeitung.

Sie spürte ein Kribbeln in der Magengegend und ging ein paar Schritte. »Woher haben Sie diese Nummer?«

Er lachte leise. »Schon vergessen? Ich wollte Sie überprüfen.«

»Das ist aber schon ein paar Stunden her.« Malin biss sich auf die Lippen. Verdammt, den Spruch hätte sie sich besser verkneifen sollen. Schließlich wollte sie Auskünfte von dem Mann. »Entschuldigen Sie.«

»Schon gut. Ich weiß, wie es ist, auf glühenden Kohlen zu

sitzen. Als Journalist kann ich ein Lied davon singen. Aber ich vermute, das interessiert Sie gerade mal weniger.«

Malin nickte und war froh, dass der Journalist sie dabei nicht sehen konnte. »Können wir über Rena Baumann reden?«

Andreas Jäger wurde ernst. »Können wir. Ich musste erst meine Unterlagen heraussuchen, deshalb hat es ein wenig länger gedauert. Möchten Sie lieber die kurze oder die längere Variante der Geschichte?«

»Wenn es Ihnen nichts ausmacht, gerne die längere.« Sie trat beiseite, um ein paar Spaziergängern Platz zu machen.

»Rena Baumann hat mich Ende der Neunziger kontaktiert. Sie war im Zeitungsarchiv auf meinen Artikel gestoßen. Damals hat sie nach ihrer Tochter gesucht.«

»Ende der Neunziger?« Malin runzelte die Stirn. »Dann hat Rena Baumann also erst Jahre später vom Tod ihrer Tochter erfahren?« Sie zwang sich, ihre Ungeduld zu zügeln, und ging weiter.

»Jep«, bestätigte Jäger. »Ich habe damals den Kontakt zwischen Frau Baumann und den zuständigen Polizeibeamten hergestellt. Insgeheim habe ich auf eine Story gehofft.«

»Und, haben Sie die Story bekommen?«

»Hab ich.« Einen Moment herrschte Schweigen am anderen Ende der Leitung. Dann entfuhr Andreas Jäger ein tiefer Seufzer. »Aber ich habe sie nicht gebracht.«

»Warum?«

»Weil Rena Baumann mich darum gebeten hat«, sagte er schlicht. »Ich bin Journalist, aber kein abgestumpftes Schwein. Diese Frau hat mich auf eine Weise angerührt, dass ich ihr den Gefallen nicht abschlagen konnte. Sie tat mir leid. Sie und ihre Tochter. Es hat Jahre gedauert, bis wir rekonstruieren konnten, was mit Romy Baumann nach der Verhaftung ihrer Mutter geschah.« Es raschelte im Hintergrund und Malin vermutete, dass der Journalist in Unterlagen blätterte. Sie ging zu einem der weißen Gartensessel auf dem angrenzenden Rasenstück und zog ihr Notizbuch aus der Umhängetasche.

»Romy war fünf, als ihre Mutter verhaftet wurde«, fuhr Andreas Jäger fort. »Obwohl es von beiden Seiten noch Großeltern gab, wurde das Mädchen für die nächsten drei Jahre in einem Kinderheim untergebracht. Im Anschluss daran kam sie in ihre erste Pflegefamilie.«

»Die erste von wie vielen?«

Wieder war Papierrascheln zu hören. »Insgesamt waren es vier. Ich habe mit einer der Pflegemütter gesprochen. Sie beschreibt das Mädchen als ausgesprochen schwierig. Außerdem hat sie berichtet, dass Romy selbst als Zwölfjährige noch davon überzeugt war, dass ihre Mutter sie bald nach Hause holt.«

»Aber das hat sie nicht«, stellte Malin fest.

»Sie konnte nicht. Rena Baumann wusste bis zu dem Zeitpunkt, an dem sie im Zeitungsarchiv auf meinen Artikel gestoßen ist, nichts über den Verbleib ihrer Tochter. Das Jugendamt hat ihr keinerlei Auskünfte gegeben. Erst durch eine alte Nachbarin hat Rena Baumann überhaupt einen Hinweis bekommen. Die Nachbarin ist wohl ein paar Jahre vorher am Alexanderplatz von einem Junkie um Geld angeschnorrt worden. Der Junkie war Romy. Als Rena Baumann davon erfahren hat, ist sie monatelang jeden Tag zum Alexanderplatz gefahren, um ihre Tochter zu suchen. Dabei war das Mädchen zu dem Zeitpunkt längst tot.«

»Furchtbar«, sagte Malin. »Hat Romy sich denn nicht bei ihrer Familie gemeldet, als sie alt genug dazu war?«

»Mit achtzehn hatte Romy laut Aussage einer gewissen ... Moment, ich muss kurz nachsehen«, er blätterte in seinen Unterlagen, »Tina, die gemeinsam mit ihr in einer Drogenclique abhing, wohl jegliche Hoffnung verloren, ihre Mutter wiederzusehen. Die Mauer war zu dem Zeitpunkt längst Geschichte. Diese Tina hat mir auch erzählt, dass Romy versucht haben soll, Kontakt zu den Großeltern mütterlicherseits aufzunehmen, doch das hat wohl nicht geklappt. Ich habe später von Rena Baumann erfahren, dass ihr Vater kurz nach der Wende gestorben und ihre Mutter daraufhin in ein Altersheim gezogen ist.«

»Und die Großeltern väterlicherseits? Hertha und Horst Baumann leben noch immer im gleichen Haus wie vor der Wende.«

Andreas Jäger schnaubte. »Bei denen war ich auch. Angeblich haben sie nie etwas von ihrer Enkelin gehört.«

»Angeblich?«

»Horst Baumann äußerte mir gegenüber, dass das Kind genau so verdorben gewesen sei wie seine Mutter, eine Feindin der Republik. Wenn Sie mich fragen, wusste Horst Baumann sehr gut, was mit seiner Enkelin passiert ist. Es hat ihn nur nicht gejuckt.«

Malin schluckte. Die Aussage des Journalisten deckte sich mit dem Bild, das sie von dem alten Baumann hatte. Vermutlich war ihm Romy nicht mehr formbar genug gewesen. Im Gegensatz zu einem neugeborenen Baby, schoss es ihr in den Sinn.

Als hätte der Journalist ihre Gedanken gelesen, sagte er: »Was Romys Bruder anbelangt, lag der Fall wohl anders.«

»Können Sie das etwas konkretisieren?«

»Rena Baumann hat das Geschlecht ihres Kindes bei der Geburt nicht erfahren, hatte somit also auch nie eine Möglichkeit, ihm einen Namen zu geben. Trotzdem war sie sich hundertprozentig sicher, dass der Junge, den sie Anfang der neunziger Jahre am Haus ihrer Ex-Schwiegereltern gesehen hat, das Kind war, das man ihr weggenommen hatte. Und das, obwohl er zu dem Zeitpunkt bereits ein Teenager war.«

»Wie konnte sie sich so sicher sein?«

»Die Locken und die Augen. Laut Rena Baumann hat der Junge ausgesehen wie eine ältere, männliche Ausgabe seiner Schwester Romy und wie Rena selbst. Die Ähnlichkeit war wohl unverkennbar.«

»Dann ist Michael Baumann also tatsächlich Renas Sohn«, überlegte Malin laut.

»Davon ist auszugehen. Mit ihm konnten Horst und Hertha Baumann unter Beweis stellen, dass sie politisch zuverlässige Eltern sind. Das Kind war quasi ihr Persilschein für ihre Linientreue.«

»Hat Rena ihren Sohn seitdem wiedergesehen?«

»Soweit ich weiß nicht. Die Baumanns haben Michael wohl eine Zeit lang bei Bekannten untergebracht, nachdem Rena seinen Aufenthalt bei ihnen herausgefunden hatte. Außerdem haben sie mit Unterstützung eines Anwalts großes Geschütz gegen ihre Ex-Schwiegertochter aufgefahren. Als Michael dann achtzehn wurde, hat Rena versucht, erneut Kontakt aufzunehmen. Zu dem Zeitpunkt musste sie keine rechtlichen Konsequenzen mehr befürchten. Allerdings hat sich Michael am Tag seiner Volljährigkeit aus dem Staub gemacht und sämtliche Brücken hinter sich abgebrochen. Wir konnten ihn nicht aufspüren.«

»Vermutlich wollte er nicht von Horst Baumann gefunden werden«, murmelte Malin. Ihre Gedanken liefen auf Hochtouren.

»Hören Sie, Frau Brodersen, ich muss gleich weg. Würde es Ihnen etwas ausmachen, wenn wir unser Gespräch morgen fortsetzen? Allzu viel gibt es ohnehin nicht mehr zu berichten.«

»Wenn es nicht anders geht«, antwortete Malin gedehnt.

»Ist bei Ihnen etwa kein Sonntag?«

»Nicht, wenn ich mitten in einer Mordermittlung stecke. Deshalb erlauben Sie mir bitte noch eine Frage: Haben Sie vielleicht die Kontaktdaten von Rena Baumann? Oder die von anderen Personen, die mir in dieser Angelegenheit weiterhelfen könnten?«

»Das waren jetzt aber zwei Fragen.« Sein dunkles Lachen dröhnte durch den Telefonhörer. »Außerdem kann ich nicht einfach die Daten meiner Quellen preisgeben. Da müsste ich zunächst Rücksprache halten. Was Frau Baumann betrifft, habe ich ohnehin keine aktuelle Adresse oder Telefonnummer, sie ist zwischenzeitlich umgezogen. Trotzdem haben Sie Glück. Rena hat sich tatsächlich noch einmal bei mir gemeldet, vor etwa einem Jahr.«

Erneut beschleunigte sich Malins Puls. »Was wollte sie?«

»Ich sollte ihr helfen, jemanden ausfindig zu machen. Irgendeinen Hamburger Arzt. Warten Sie. Ich sehe nach.«

Er blätterte erneut in seinen Unterlagen. »Der Name war Wenninger. Dr. Kurt Wenninger.«

»Das ist der Name des Mordopfers«, stellte Malin fest. »Wissen Sie, warum Rena Baumann Dr. Wenninger suchte?«

Einen Moment war es völlig still in der Leitung. »Dazu kann ich Ihnen nichts sagen«, erwiderte Andreas Jäger dann deutlich zugeknöpfter als zuvor.

Malin ließ nicht locker. »Hat Frau Baumann Ihnen bei dem Telefonat gesagt, wo sie sich aufhält?«

Jäger räusperte sich übertrieben laut. »Hören Sie, ich bin raus aus der Sache. Was da bei Ihnen in Hamburg gelaufen ist, damit habe ich nichts zu tun. Das möchte ich in aller Deutlichkeit betonen. Und deshalb hat unser Gespräch von meiner Seite auch nie stattgefunden.« Er legte auf.

Malin starrte nachdenklich auf ihr Notizbuch. Ein weiteres Puzzle-Teilchen hatte sich eingefügt. Rena Baumann hatte Kurt Wenninger ausfindig machen wollen. In Malins Augen bestand nun kein Zweifel mehr daran, dass die Person, die an Wenningers ehemaliger Praxis und in seinem Stammcafé aufgetaucht und nach dem Doktor gefragt hatte, ebenfalls Rena Baumann gewesen war.

Unwillkürlich musste sie an das kleine Mädchen mit dem dunklen Lockenschopf denken. Was für Ängste musste das Mädchen ausgestanden haben? War sie in dem Glauben gestorben, dass ihre Mutter sie ihm Stich gelassen hatte, obwohl es sich in Wahrheit ganz anders verhielt?

Und wenn es auch bei meinem Vater einen solchen Grund gegeben hat?, schoss es Malin in den Sinn. Einen Grund, der ihn all die Jahre daran hinderte, sich zu melden?

Sie rieb sich nachdenklich die Stirn. Noch war es für sie beide nicht zu spät. Womöglich saß ihr Vater gerade nur einige hundert Meter von ihr entfernt auf einer Bank.

Malin raffte ihre Sachen zusammen, erhob sich von dem Holzsessel und eilte den Weg entlang, den sie gekommen war. Auf halber Höhe blieb sie stehen. Die Parkbank war leer.

Zwei Stunden später band Malin die Schnürsenkel ihrer Sportschuhe zu, steckte sich die Hörstöpsel ihres MP3-Players in die Ohren und verließ das Haus in der Ulmenstraße im Laufschritt. Sie musste dringend Dampf ablassen. Nachdem sie ihren Mini an der Villa ihrer Mutter abgeholt hatte, war sie spontan zum Hausboot von Thies gefahren. Doch ihr Freund glänzte genauso durch Abwesenheit wie das azurblaue Ruderboot, das normalerweise am Steg vertäut war. Wie es schien, kam Thies ganz wunderbar ohne sie zurecht. Es ärgerte sie immens, dass er auf keinen ihrer Anrufe reagierte.

Malin erreichte den nahen Stadtpark, schlug dort ihre übliche Joggingstrecke ein und zog das Tempo an. Das Wiedersehen mit ihrem Vater hatte sie aufgewühlt, auch wenn sie Probleme damit hatte, sich das einzugestehen. Die Erinnerungen waren zu schmerzlich. Vielleicht hatte Thies ihre innere Zerrissenheit gespürt und sie falsch interpretiert, schließlich hatte sie mit ihm noch nie über ihren Vater gesprochen. Das hatte sie bisher nur mit ihrem Teampartner getan. Scheiße. An Frederick Bartels wollte sie jetzt am allerwenigsten denken.

Malin lief noch schneller. Der Schweiß rann über ihr Gesicht. So war es richtig. Schneller laufen und weniger denken.

Eine Stunde später hatte sie geduscht und saß im Schneidersitz auf dem Fußboden ihres Wohnzimmers, sämtliche Unterlagen und Notizen zu ihrem Fall um sich herum verteilt.

Auf einen DIN-A2-Block schrieb sie die Namen der bisher Verdächtigen. Rena beziehungsweise Reinhild Baumann. Michael Baumann. Ilse Wenninger. Ruth Wenninger. Die *Schmauchfreunde*. Wolfgang Herzog. Nach kurzem Überlegen setzte sie noch den Namen von Verena Herzog dazu.

Ihr Hauptinteresse galt jedoch nach wie vor Rena Baumann. Warum war diese Frau so wenig greifbar? Die Menschen, mit denen sie bisher über die ehemalige Gefängnisinsassin gesprochen hatte, hatten alle ein ähnliches Bild von ihr gezeichnet: eine kleine Person, anrührend und warmherzig, mit dunklen Locken und dunklen Augen. Doch das Aussehen eines Menschen veränderte sich im Laufe der Zeit, vor allem wenn man nicht erkannt werden wollte. Also, wer war Rena Baumann?

Malin betrachtete die Namen, die sie auf den Block geschrieben hatte. Dann stutzte sie. Erst jetzt fiel ihr auf, dass der Wortstamm Rena auch Bestandteil in Verena war. Ein Zufall?

Ihre bisherigen Informationen über die Frau von Wolfgang Herzog waren dürftig, aber es stand außer Frage, dass es sich um die Tochter des Hamburger Unternehmers Hans-Ulrich Jessen handelte. Und trotzdem. Irgendetwas spukte in ihrem Hinterkopf. Ein winziges Detail, das an ihre Überlegung anknüpfte. Sie bekam es nur nicht zu fassen.

Verdammt, dachte Malin. Die ganzen Stasi-Theorien und die Gefühlsduseleien im Zusammenhang mit ihren Vater vernebelten ihr so langsam das Gehirn. Dabei war die Lösung zum Greifen nahe, dass spürte sie ganz deutlich. Resigniert starrte sie ins Leere. Bartels hatte recht. Sie brauchte dringend eine Pause. Vielleicht war jetzt der richtige Zeitpunkt, sein Angebot mit dem Feierabendbier anzunehmen.

35

Die *Strandperle* am Övelgönner Elbstrand, ein schlichter Kiosk mit Kultstatus und dem Flair eines Beachclubs, war auch an diesem milden Spätsommerabend gut besucht. Dutzende von Sonnenanbetern saßen auf den Liegestühlen oder direkt im feinen Sand, mit einem Getränk in der Hand und den Blick auf die Elbe gerichtet, auf der hin und wieder große Pötte vorbeizogen.

Malin hatte sich am Kiosk mit einem kühlen Alster eingedeckt und sich anschließend ein freies Plätzchen etwas abseits vom Trubel gesucht, um auf ihren Teampartner zu warten. Sie streifte die Schuhe ab und streckte ihre Füße in den noch warmen Sand. Über ihr kreischten Möwen.

»Hey, Malin«, drang eine bekannte Stimme an ihr Ohr. Überrascht drehte sie sich um.

Ole Tiedemann stapfte mit einer Apfelsaftschorle in der Hand durch den Sand auf sie zu. Er trug Jeans mit Bügelfalte, dunkle Schnürschuhe, die Malin entfernt an Wanderstiefel erinnerten, und ein beiges, bis oben hin zugeknöpftes Hemd, das seine blasse Haut noch kränklicher wirken ließ. Er setzte sich neben sie in den Sand und strich sich umgehend die feinen Körner vom Saum seiner Hosenbeine. »Ich hoffe, es ist in Ordnung, dass ich einfach mitgekommen bin. Fred hat mich angerufen.«

»Natürlich«, sagte Malin sofort. »Ich freu mich. Tut mir leid, dass ich dich nicht gleich gefragt habe, aber ich dachte …«

Tiedemann winkte mit einem verlegenen Lächeln ab. »Woher solltest du das wissen? Ich gehe sonst nie weg. Aber nachdem Fred schon so oft gesagt hat, dass ich mal mitkommen soll, habe ich ihn gebeten, mir Bescheid zu sagen, wenn ihr das nächste Mal etwas unternehmt. Damit ich endlich mehr unter Leute komme. Heute fang ich damit an.« Er grinste und hielt ihr sein Glas mit der Apelschorle zum Anstoßen hin. Dann sah er zu den Docks auf der anderen Elbseite. »Schön hier.«

Malin nickte. »Wo Fred wohl bleibt?«
»Ach, die stehen noch bei den Getränken an.«
»Die? Habt ihr Sven auch mitgebracht?«
»Nö, der hatte keine Zeit. Fred hat ...«
Aber Malin hatte sich bereits umgedreht und ihren Teampartner entdeckt. Braungebrannt, in aufgekrempelten Jeans und dem dunklen Hemd, das ihm so gut stand, steuerte er mit seinen Sneakern in der einen und einer Flasche Bier in der anderen Hand auf sie zu. Dicht gefolgt von einer langbeinigen Blondine in ultraknappen Shorts.
»... die neue Kollegin mitgebracht«, beendete Tiedemann seinen Satz.
Die Dänin. Malin runzelte die Stirn.
»Ich hoffe, es ist okay, dass Sara dabei ist.« Bartels ließ sich in den Sand sinken. »Wir waren gerade zusammen unterwegs, als du angerufen hast.« Er sah Malin fragend an.
»Klar«, erwiderte sie prompt. Was hätte sie auch anderes sagen sollen?
»Hej!« Sara Werlinder lächelte kurz und setzte sich neben Bartels.
Malin nahm einen Schluck von ihrem *Alster*, dann berichtete sie von ihrem Gespräch mit dem Journalisten.
»So sieht also dein freier Tag aus?« Bartels grinste, wurde aber gleich darauf wieder ernst. »Nehmen wir mal an, Rena Baumann hat nach Kurt Wenninger gesucht, um ihn zu ermorden, warum hat sie dann Jäger um Hife gebeten, was Wenningers Adresse betrifft? Das ist doch ein unnötiges Risiko.«
»Keine Ahnung. Jäger hat sofort abgeblockt, als er von mir erfahren hat, dass der Mann, den er für Rena Baumann finden sollte, ermordet wurde.«
»Vielleicht, weil er es für möglich hält, dass sie Wenninger umgebracht hat«, meldete sich Sara Werlinder zu Wort. »Er könnte befürchten, wegen Beihilfe dran zu sein.«
»Wir sollten ihn uns auf jeden Fall noch mal vorknöpfen«, sagte Bartels.
Malin nickte und ließ Sand durch ihre Zehen gleiten.

Wieder zerbracht sie sich den Kopf über das winzige Detail, das sie nicht zu fassen bekam.

Bartels musterte sie von der Seite. »Irgendetwas beschäftigt dich. Nur für ein gemeinsames Bier hast du uns doch nicht hierher gelockt, oder?«

Malin hätte ihn gerne darauf hingewiesen, dass sie nur ihn um ein Treffen gebeten hatte, schluckte die Bemerkung aber im letzten Moment hinunter. »Da ist noch was, aber im Grunde sind das nur Überlegungen, nichts Konkretes.«

»Erzähl's trotzdem«, forderte er sie auf.

Malin zog den Papierbogen aus ihrer Umhängetasche, auf dem sie die Namen der Tatverdächtigen notiert hatte. »Fällt euch etwas auf?«

»Der Name Rena ist auch Bestandteil von Verena«, stellte Sara Werlinder mit einem Blick fest und strich sich über ihre makellosen Beine.

»Und jetzt denkst du ...« Bartels ließ den Rest des Satzes unausgesprochen in der Luft hängen.

»Einen Moment hab ich tatsächlich gedacht, dass es da einen Zusammenhang gibt«, gab Malin zu. »Aber das ist Humbug, das weiß ich. Trotzdem lässt mich irgendetwas an dieser Namensgeschichte nicht los, ich komm einfach nur nicht darauf. Habt ihr vielleicht eine Idee?«

Ihre Kollegen schüttelten die Köpfe. Eine Weile herrschte Schweigen unter den Ermittlern. Alle Blicke waren auf einen Container-Riesen auf der Elbe gerichtet, der gerade von einem Schlepper bei der Hafenausfahrt unterstützt wurde.

Tiedemanns Handy klingelte. Er nahm das Telefonat an und machte ein verblüfftes Gesicht, bevor er kurz etwas murmelte und anschließend das Gespräch beendete. »Das war Fricke.«

»Was wollte er?«, fragte Bartels sofort.

»Verena Herzog will eine Aussage machen.«

25. Januar 2013

Rena stand vor dem siebenstöckigen Gebäude der BStU-Zentralstelle in der Karl-Liebknecht-Straße und starrte die Hausfassade, ein Mix aus Glas und grau-gelben Platten, hinauf.

Darin lag sie nun also. Ihre Akte. Drei Jahre, nachdem sie die Nachricht erhalten hatte, dass von der Staatssicherheit eine Karteikarte zu ihrer Person angelegt und gefunden worden war, und zwanzig Jahre nach ihrem ersten Antrag. Sie hatte kaum noch damit gerechnet, dass die Unterlagen auftauchen würden, umso größer war die Überraschung. Die lange Wartezeit bis zur vollständigen Erschließung ihrer Stasi-Akte war ein ständiges Auf und Ab der Gefühle gewesen. Einerseits hoffte sie zu erfahren, wie es zu ihrer Verhaftung und dem Entzug ihrer Kinder gekommen war, andererseits scheute sie die erneute Konfrontation mit ihrer Vergangenheit. Sie hatte sich in den letzten Jahren, so gut wie es unter den gegebenen Umständen möglich war, ein Leben eingerichtet, mit dem sie weitestgehend zufrieden war. Eine neue Arbeitsstelle im KaDeWe, eine schönere Wohnung im Stadtteil Charlottenburg, und ein kleiner, überschaubarer Bekanntenkreis hatten ihr dabei geholfen, ihre depressiven Phasen in den Griff zu bekommen. Als schließlich die Einladung zur persönlichen Akteneinsicht in ihrem Briefkasten lag, hatte sie einige Wochen damit gehadert, den Weg zur BStU anzutreten. Nichts und niemand konnte ihr Romy zurückbringen.

Schnee knirschte unter ihren Winterstiefeln, als Rena mit wackligen Knien die Treppenstufen hinaufstieg. Es war der 25. Januar. Auf den Tag genau vor vierunddreißig Jahren war sie verhaftet worden. Sie hatte das Datum bewusst zur Akteneinsicht ausgewählt und eine freundliche Mitarbeiterin der Behörde hatte den Termin ermöglicht.

Die großzügig geschnittene Empfangshalle der BStU hatte keinerlei Ähnlichkeit mit den Räumen der Behörden, mit denen Rena es bisher zu tun gehabt hatte. Heller Marmorboden, ein ausladender Tresen aus dunklem Holz und Zugangssperren aus Edelstahl. Alles wirkte neu, modern und auf Hochglanz poliert.

Der Schnauzbartträger hinter dem Empfangstresen lächelte sie freundlich an. »Guten Tag.«

Rena zögerte einen Moment, dann trat sie entschlossen auf den Mann zu und reichte ihm die Einladung zur Akteneinsicht.

Er warf einen kurzen Blick darauf. »Bitte nehmen Sie kurz in unserem Wartebereich Platz, Frau Baumann. Die Kollegin wird gleich da sein.« Er wies auf einen abgetrennten Bereich hinter Glastüren.

Im Wartebereich standen schwarze Ledersessel auf dunklem Marmorboden, und an einer mit Holzpaneelen verkleideten Wand hielten Acrylglasbehälter Informationsbroschüren für Besucher bereit. Rena setzte sich in einen der Sessel und betrachtete die raumhohe Abbildung einen Archivfotos, auf der sich dicht an dicht Akten in Regalreihen drängten. Hatte ihre Akte auch in einem dieser Regale gelegen oder waren die einzelnen Unterlagen von unterschiedlichen Stellen zusammengesucht worden?

»Frau Baumann?«

Rena war so in ihre Gedanken vertieft, dass sie die große Frau im sportlichen Hosenanzug erst bemerkte, als sie direkt neben ihr stand. Die Mitarbeiterin der BStU trug einen rehbraunen Bob und hatte ein offenes, freundliches Gesicht. Sie reichte Rena zur Begrüßung die Hand. »Frauke Lindner. Ich begleite Sie zu dem Lesesaal, in dem Sie Ihre Akte einsehen können, und beantworte auch gerne Ihre Fragen, falls Sie welche haben.«

Tausende, schoss es Rena in den Sinn, doch sie folgte der Frau stumm durch die Zugangssperren zum Fahrstuhl.

Einige Etagen höher wurde sie in einen schlichten Büroraum geführt. Blaugrauer Teppichboden, etwa ein Dutzend weiße Tische, die Nummerierungen auf gelben Zetteln trugen, dazu Stühle mit blauer Sitzpolsterung. An drei Plätzen saßen bereits Personen über Stapel von Unterlagen gebeugt. Ein älterer Herr hatte ein Laptop neben sich stehen und tippte eifrig in die Tastatur.

Renas Hals schnürte sich zusammen, als Frauke Lindner auf einen Tisch am Fenster zeigte, auf dem ein kleiner Stapel Akten lag. Ihr Platz hatte die Nummer 2. Rena fragte sich, ob das ein gutes Zeichen war, und schalt sich im nächsten Augenblick für diesen unsinnigen Gedanken.

»Wenn Sie Fragen haben, geben Sie mir Bescheid. Entweder bin ich hier oder im Nebenraum.« Frauke Lindner lächelte ihr aufmunternd zu.

»Danke.« Mehr brachte Rena nicht zustande. Sie setzte sich an den Tisch und starrte minutenlang wie paralysiert auf den Papierstapel. Ihr Leben zwischen rostroten Pappdeckeln.

Mit zittrigen Fingern griff sie schließlich nach der obersten Akte, auf deren Umschlag neben einigen Registriernummern ihr Deckname Rose und ein Stempel OPK vorhanden waren, ein Begriff, der, soweit sie wusste, für »Operative Personenkontrolle« stand.

Rena schlug die Akte auf und ihr stach das Datum auf dem ersten Dokument ins Auge. Es lag drei Jahre vor ihrer Verhaftung.

Sie las Seite für Seite die Berichte durch, die in minutiösen Protokollen einzelne Stunden oder Tage ihres Lebens festhielten und dabei oftmals auf Verdachtsmomente »feindlich-negativer Haltung« verwiesen. Die Berichte waren nicht nur Außenbetrachtungen, sondern betrafen auch ihre Arbeitsstelle und ihr intimstes Privatleben. Offenbar hatte man sie und ihre Familie nicht nur durch Stasi-Mitarbeiter, sondern auch mit Hilfe von Wanzen und Kameras rund um die Uhr überwacht. Auch die Post war geöffnet und zum Teil konfisziert worden. Briefe, die ihre Empfänger nie erreicht hatten, waren ebenfalls Teil der Akte.

Obwohl Rena so etwas bereits geahnt hatte, erschütterte es sie, diese Dinge schwarz auf weiß zu lesen und die Dimensionen zu erkennen.

Sie wusste nicht, wie lange sie aus dem Fenster gestarrt hatte, erst der Knall, mit dem der alte Mann drei Reihen vor ihr sein Laptop zuschlug, riss sie los. Rena klappt die Akte zu und griff nach der nächsten. Auf den Deckel war ein großes V *gestempelt, darunter der Vermerk* Operativ.-Vorg. *Also war es nun mit der anfänglichen Personenkontrolle vorbei, und die Stasi hatte Ermittlungen gegen sie eingeleitet. Sie blätterte die Seiten durch und ärgerte sich über die vielen geschwärzten Stellen. Dann hielt sie inne. Ihr eigenes, um viele Jahre jüngeres Gesicht starrte ihr mit weit aufgerissenen Augen entgegen. Es war das Foto auf der Einlieferungsanzeige in die UHA Berlin-Hohenschönhausen, die bescheinigte, dass sie aufgrund dringenden Tatverdachts des ungesetzlichen Verlassens der DDR vorläufig festgenommen wurde.*

Rena hätte angesichts dieser Lüge am liebsten laut geschrien, doch es kam nicht mehr als ein tiefer Seufzer über ihre Lippen.

Es folgten eine Reihe Vernehmerprotokolle, die ihren Blutdruck erneut in die Höhe trieben, danach der Bericht ihrer gynäkologischen Eingangsuntersuchung, bei dem sie sofort stutzte. Bisher war sie davon ausgegangen, dass ihre Schwangerschaft anfangs unentdeckt geblieben war, weil es noch zu früh gewesen war, sie nachzuweisen. Jetzt erkannte Rena, dass sie all die Jahre im Irrtum gewesen war. Aus dem Bericht ging eindeutig hervor, dass die Haftanstalt über ihre Schwangerschaft gleich zu Beginn Kenntnis gehabt hatte.

Rena lehnte sich in ihrem Stuhl zurück. Sie hatte sich in den letzten Jahren viel mit ihrer Gefängnisvergangenheit beschäftigt, hatte Berichte in den Medien verfolgt, Fachartikel gelesen und in Internet-Foren recherchiert. Darin wurde von schwangeren Häftlingen berichtet, deren Kinder mit Hilfe von Medikamenten ohne das Wissen ihrer Mütter im Mutterleib abgetrieben wurden. Warum hatte man sie verschont?

Sie wusste, dass sie auf diese Frage vermutlich niemals eine Antwort erhalten würde, und blätterte weiter. Auf einigen Papieren sprang ihr die 208/1 ins Auge, ihre ehemalige Zellennummer. Bei der Geburtsbescheinung ihres Sohnes, ausgestellt vom Krankenhaus, weinte sie eine Weile lautlos, beim nächsten Dokument, einer Verfügung über eine Sicherungsmaßnahme aufgrund versuchten Suizids, schluchzte sie laut auf. Köpfe drehten sich zur ihr um. Rena biss sich auf die Lippe, bis sie Blut schmeckte.

Es folgten ein Transportbegleitschein für die Beförderung ihrer Person zum Krankenhaus in Berlin-Mitte zur medizinischen Behandlung und im Anschluss seitenweise Arztberichte.

Man hatte sie in die Charité gebracht? Auch das war neu für Rena. Sie war in ihrer Zelle durchgedreht, daran erinnerte sie sich auch jetzt noch, dreißig Jahre später, doch die Zeit danach lag wie hinter einem Schleier. Hatte sie sich wirklich lebensgefährlich selbst verletzt, so wie es in dem Bericht stand? War das der Grund für ihre Überführung in ein ziviles Krankenhaus gewesen?

Stirnrunzelnd las sie die Arztberichte. Wort für Wort standen dort die Dinge, die sie ihrem Arzt im Vertrauen erzählt hatte. Hatte man sie auch in der Charité abgehört?

Das nächste Papier war ein psychiatrisches Gutachten, das ihr eine »schleichende Schizophrenie« attestierte und infolge dessen dafür plädierte, ihr das Sorgerecht für beide Kinder zu entziehen. Im Anschluss folgte das Dokument einer Adoptionsfreigabe mit ihrer Unterschrift.

Völlig fassungslos sah Rena auf den in blauer Tinte geschriebenen Namenszug. Sie hatte so etwas niemals unterschrieben.

Und dennoch, es war ihre Unterschrift.

Dann fiel es ihr wie Schuppen von den Augen. Die Tabletten. Er hatte ihr diese Tabletten gegeben, und sie hatte die bedenkenlos geschluckt. Bei jedem ihrer Treffen. Weil sie ihm vertraut hatte. Hatten die Tabletten ihre Wahrnehmung beeinflusst? Waren sie daran schuld, dass sie ihren Namen unter das Dokument gesetzt hatte, mit dem sie ihre Kinder verlor?

Sie blätterte zurück zu dem psychiatrischen Gutachten.

Der Name des unterzeichnenden Arztes verschwamm vor ihren Augen.

36

Verena Herzog war äußerlich die Perfektion in Person, als sie Punkt neun am Montagmorgen im Büro der Mordkommission erschien. Ihre Haare lagen glänzend und zu tadellosen Wellen frisiert auf ihren Schultern, und das dezente Make-up betonte die makellose Eleganz ihrer Gesichtzüge. Sie trug einen cremefarbenen Bleistiftrock mit passenden Wildlederpumps und dazu eine reinweiße Seidenbluse.

Weiß wie die Unschuld, dachte Malin und tauschte einen Blick mit Bartels. Ihr Kollege hob leicht die Brauen. Malin unterdrückte ein Grinsen und konzentrierte sich auf das bevorstehende Gespräch, während zwei Räume weiter zeitgleich eine Befragung mit Wolfgang Herzog stattfand.

Bartels wies auf den Besucherstuhl an der Stirnseite der zusammengeschobenen Schreibtische. »Nehmen Sie Platz, Frau Herzog.«

Die Anwaltsgattin kam seiner Aufforderung nach und schlug graziös ihre Beine übereinander. »Wie ich bereits Ihrem Chef gestern am Telefon mitgeteilt habe, möchte ich eine Aussage machen.« Sie nestelte an ihrer goldenen Armbanduhr und holte tief Luft, bevor sie weitersprach. »Ich hatte Kontakt zu Kurt Wenninger. Genauer gesagt, habe ich ihn einige Wochen vor seinem Tod in seinem Haus in Wohldorf-Ohlstedt aufgesucht und wir hatten eine Auseinandersetzung.«

»Und?«, hakte Malin nach, als Verena Herzog nicht weitersprach.

»Nichts und. Wir haben gestritten. Ich habe ihm einige zugegebenermaßen unschöne Dinge an den Kopf geworfen, und dann bin ich wieder gegangen.«

Bartels zückte seinen Kugelschreiber. »Worum ging es bei dem Streit?«

Verena Herzog wurde knallrot, und es dauerte einen Moment, ehe sie antwortete. »Kurt hat meinen Mann in einer kompromittierenden Situation erwischt. Und ihn dann damit erpresst.«

Malin beugte sich vor. »Was für eine Situation?«

Verena Herzog schlug die Augen nieder. »Mein Mann hat einen Stricher für …«, sie zögerte, »er hat ihn für gewisse Dienste in Anspruch genommen. Sexuelle Dienste.«

Malin hielt einen Moment die Luft an. Mit dieser Enthüllung hatte sich nicht gerechnet. »Und Kurt Wenninger war rein zufällig dabei?«

Verena Herzog hob den Blick. »Nein, er war meinem Mann nach einem Pfeifenclubtreffen gefolgt. Kurt wollte etwas mit Wolfgang besprechen, das aber nicht im Beisein der anderen tun. Also ist er ihm hinterhergegangen, als Wolfgang gemeinsam mit ein paar *Schmauchfreunden* die U-Bahn in die Stadt genommen hat. Kurt hatte wohl vor, meinen Mann auf dem Weg vom Hauptbahnhof zum Bus abzupassen, aber …« Sie sprach nicht weiter.

»Jemand anders war schneller«, vervollständigte Bartels den Satz.

Verena Herzog nickte. »Einer dieser Jungs, die dort nachts immer rumlungern, hat Wolfgang angesprochen.« Ihre Züge versteinerten. »Und er ist einfach mitgegangen.«

Malin spürte die tiefe Fassungslosigkeit der anderen Frau. »Hat Kurt Wenninger Ihnen davon erzählt oder war es Ihr Mann?«

»Mein Mann. Kurt hat ihn mit der Sache erpresst. Irgendwann konnte Wolfgang dem Druck nicht mehr standhalten und hat es mir gebeichtet.« Ihre linke Hand glitt zum rechten, leeren Ringfinger. »Ich wünschte, er hätte es nicht getan. Unsere Ehe ist vorbei.«

»Warum waren Sie bei Herrn Wenninger?«

Verena Herzogs Statur straffte sich. »Sie wissen schon, wer ich bin, oder? Mein Vater ist Hans-Ulrich Jessen. Es würde seinem Ruf ungemein schaden, wenn die Strichergeschichte seines Schwiegersohns in die Öffentlichkeit gerät. Von meinem mal ganz abgesehen.«

»Und die DDR-Vergangenheit Ihres Mannes fällt unter Kavaliersdelikt, oder was?« Bartels' Stimme klang scharf.

Die Anwaltsgattin zuckte mit keiner Wimper.

»Wie weit sind Sie gegangen, um Ihren Ruf zu schützen?«, schob er hinterher. »Haben Sie Kurt Wenninger erschossen?«

»Nein, natürlich nicht«, erwiderte Verena Herzog empört. Ihre Augen schossen Pfeile ab.

Die Fassade bröckelt, dachte Malin. »Was wollte Kurt Wenninger von Ihrem Mann? Warum hat er ihn erpresst?«

»Er wollte seine Stasi-Akte«, stieß Verena Herzog hervor. »Es ging nur um ein verdammtes Stück Papier!«

Eine halbe Stunde später trafen die Ermittler in Frickes Büro zusammen, mit Ausnahme von Sven Andresen, der wegen Zahnschmerzen erneut behandelt werden musste.

Ihr Chef saß mit verschränkten Armen hinter seinem Schreibtisch, während er Bartels' Bericht lauschte.

»Bis auf ein paar Kleinigkeiten, die diesen Stricher betreffen, hat Herzog die gleiche haarsträubende Geschichte erzählt wie seine Frau«, sagte Fricke.

»Und, glaubt ihr dem Mann?« Bartels sah von seinem Vorgesetzten zu Ole Tiedemann, der am Fensterbrett lehnte.

»Tja, gute Frage. Herzog ist mit allen Wassern gewaschen.« Fricke griff nach seinem Kaffeebecher. »Andererseits ist das Ganze so abstrus, dass es schon wieder wahr sein könnte. Wir werden die beiden auf jeden Fall im Auge behalten.«

»Was glaubt ihr, warum sie sich jetzt doch entschieden haben, mit der Wahrheit rauszurücken?«, fragte Malin.

»Herzog hatte wohl zunächst befürchtet, dass seine Frau beim Mord an Wenninger die Finger im Spiel hatte«, erklärte Tiedemann. »Er wollte sie schützen. Außerdem hat er zugegeben, dass es diesen besagten Streit am fünften August beim Treffen der *Schmauchfreunde* tatsächlich gegeben hat. Und zwar zwischen Wenninger und ihm. Die anderen wollten wohl nicht länger dichthalten und haben Druck gemacht. Vermutlich sind wir denen zu dicht auf die Pelle gerückt.«

Fricke räusperte sich. »Los sind sie uns deshalb aber noch lange nicht. Ich hatte heute früh eine Besprechung mit der Riesling. Mittlerweile interessiert sich der Verfassungsschutz für die politischen Bestrebungen dieser Pfeifenheinis.«

»Warum ist es überhaupt zu dem Streit gekommen?«, fragte Malin. »Laut Frau Herzog hat ihr Mann die Akten beschafft, die Kurt Wenninger wollte. Seine eigene und die seines Vaters.«

Tiedemann löste sich vom Fensterbrett und stellte sich neben Frickes Schreibtisch. »Wenninger wollte noch eine dritte Akte.«

»Ach, und welche?«

»Die von Reinhild Baumann.«

»Renas Akte?« Malins Gedanken überschlugen sich.

Tiedemann nickte. »Aber an die kam er nicht heran. Die Unterlagen liegen bei der BStU.«

»Wie hat sich Herzog überhaupt die beiden anderen Akten beschafft?«

»Ich tippe auf alte Seilschaften«, mutmaßte Tiedemann. »Doch der Herr Anwalt beruft sich auf seine Schweigepflicht.«

Einen Moment war es still in Frickes Büro.

»Eins verstehe ich nicht«, sagte Bartels schließlich. »Mal angenommen, Herzog sagt die Wahrheit und er hat Wenninger die beiden erpressten Akten beschafft, wo zum Teufel sind sie dann? Wir haben das ganze Haus auf den Kopf gestellt.«

»Sie waren in dem Versteck in Wenningers Keller«, platzte es aus Malin heraus. »Jetzt wissen wir, was seine Schwester aus dem Haus geholt hat.«

Fricke griff zum Hörer, wählte eine interne Nummer und drehte seinen Mitarbeitern den Rücken zu, während er telefonierte. »Also gut, los geht's.« Er drehte sich mit Schwung um, nachdem er aufgelegt hatte, und klatschte in die Hände. »Fred und Brodersen, ihr kommt mit mir. Du, Ole, rufst bei der Stasi-Unterlagenbehörde an und machst ein wenig Dampf wegen Reinhild Baumanns Akte.« Er eilte aus dem Raum.

»Chef, wohin fahren wir?«, rief Malin ihrem Vorgesetzten im Flur hinterher.

Er drehte sich um. »Zur Wohnung von Ilse Wenninger, wohin sonst. Ich habe den Durchsuchungsbeschluss schon heute früh um acht beantragt. Eine Streife holt die Papiere gerade beim zuständigen Richter ab. Also, worauf wartet ihr?« Er machte auf dem Absatz kehrt und preschte Richtung Fahrstuhl.

In der Wohnung im Wagrierweg roch es muffig und abgestanden. Während Fricke noch ein paar Worte mit dem Hausmeister wechselte, der ihnen die Tür geöffnet hatte, streiften sich Bartels und Malin Latexhandschuhe über und begannen mit der Durchsuchung.

Malin nahm sich das Schlafzimmer vor. Es war ein schlauchförmig geschnittener Raum, der neben einem schmalen Biedermeierbett mit Nachtschränkchen einen zweitürigen Kleiderschrank beherbergte, der gerade so eben in die Lücke hinter der Tür passte. Die Möbel wirkten alt und ein wenig angestaubt. An der Wand über dem Bett hing ein ovaler Rahmen mit dem Schwarz-Weiß-Foto einer jungen, sehr hübschen Frau. Malin stellte eine gewisse Ähnlichkeit mit Ilse Wenninger fest und vermutete, dass es sich um Margarethe Wenninger handelte, die Mutter von Ilse und Kurt.

In den Regalfächern des Schranks fand Malin neben ordentlich gefalteter Nacht- und Unterwäsche Pullover in jeglicher Pastellfarbe, stapelweise Frotteetücher und gestärkte Bettwäsche mit passenden Laken. An der Kleiderstange baumelten Blümchenkleider neben Faltenröcken und Bundfaltenhosen. Sorgfältig durchsuchte Malin den kompletten Schrankinhalt. Nichts. In einem anderen Zimmer der Wohnung klingelte ein Handy, kurz darauf hörte sie Bartels mit jemandem telefonieren. Dann wurde es wieder ruhig.

Sie ging zum Bett und tastete die Matratze ab, hob sie kurz an und widmete sich dann dem Nachtschrank. Eine Lesebrille, ein Liebesroman einer bekannten englischen Autorin und eine Packung Ohropax waren der Inhalt der oberen Schublade. In der unteren stieß Malin auf eine Pappschachtel mit Familienfotos und Kinderzeichnungen. Sie nahm den Karton heraus, um sich den Inhalt etwas genauer anzusehen, und entdeckte darunter eine alte Metallkassette. Ob die aus dem Versteck in Wenningers Haus stammte? Von der Größe würde es passen, dachte Malin. Ihr Puls beschleunigte sich, als sie den Deckel anhob, der sich sofort öffnen ließ.

Keine Akten. Dafür lag ein militärischer Orden auf dem Boden der Kassette. Malin nahm ihn heraus. Es war eine bronzefarbene Spange mit seitlich eingeprägten Eichenblättern. Mittig prangte der Heeresadler mit weitgespannten Flügeln, in seinen Fängen ein schräggestelltes Hakenkreuz über zwei gekreuzten Waffen.

Ein Pfiff durschnitt die Stille der Wohnung. Offenbar war auch Fricke auf etwas gestoßen.

»Brodersen, komm mal!«, schallte Bartels' Stimme durch die Räume.

Sie fand ihren Chef und ihren Kollegen in der Küche. Bartels hielt eine Waffe in seiner behandschuhten Hand. Schwarzer Stahl und Holzgriffschalen.

»Die gesuchte Luger?«

Bartels grinste. »Sieht ganz so aus. Vermutlich stammt sie von Wennigers Vater aus dem zweiten Weltkrieg.«

»Das passt hierzu.« Malin reichte Fricke ihren Fund.

Wieder pfiff ihr Vorgesetzter durch die Zähne. »Das ist die Nahkampfspange in Bronze. Damit wurden damals die Soldaten der Infanterie ausgezeichnet, um ihren Kampfwillen aufrechtzuerhalten.«

Malin sah auf die Waffe in Bartels' Hand. »Dann hat also Ilse Wenninger ihren Bruder erschossen?«

»Zumindest sieht es so aus.« Ihr Teampartner steckte die gesicherte Waffe in eine braune Spurensicherungstüte. »Vor ein paar Minuten hat übrigens einer meiner Informanten angerufen. Jens Wenninger soll sich mit einer tschechischen Autoschieberbande angelegt haben, an die er regelmäßig geklaute Luxuskarosserien vertickt. Bei einem dieser Deals ist wohl was schiefgegangen, der Geldkurier wurde von der tschechischen Polizei hochgenommen. Der Boss der Schieberbande fordert nun von Jens Wenninger sein Geld zurück. Und wie wir wissen, können solche Leute ziemlich ungemütlich werden.«

»Also brauchte Ilse Wenninger das Geld für ihren Enkel.«

Fricke nickte. »Zur Polizei konnte sie schlecht damit gehen. Jens Wenninger ist auf Bewährung.« Er strich sich übers Haar. »Ich bringe jetzt die Luger in die KTU, um sicherzustellen, dass es sich um die Tatwaffe handelt. Ihr beiden knöpft euch den Rest der Wohnung vor und schaut anschließend in dem Krankenhaus vorbei, in dem Ilse Wenninger liegt. Ich will wissen, wann die Frau vernehmungsfähig ist.«

Bartels reichte seinem Vorgesetzten die Spurensicherungstüte mit der Waffe und Fricke hob kurz die Hand, ehe er aus der Wohnung verschwand.

Ilse Wenninger lag in der Klinik für Unfallchirugie des UKE in der Martinistraße und war nach Information der Empfangsmitarbeiterin zwei Tage zuvor nach der Erstversorgung von der Notfall- auf die normale Station zur Beobachtung verlegt worden. Nach Rücksprache mit dem behandelnden Arzt erhielten die beiden Kriminalbeamten die Erlaubnis zur Vernehmung der Patientin.

Malin saß auf einem der Stühle im Flur und wartete auf ihren Kollegen, der sich gerade mit Fricke telefonisch absprach. Ihr Handy fiepte und kündigte den Eingang einer SMS an. Die Nachricht war von Thies. Drei knappe Sätze. *Hab mich wie ein Idiot benommen. Vermisse dich. Können wir uns heute Abend sehen?*

Malin lächelte. Einen Moment war sie versucht, ihren Freund ein wenig schmoren zu lassen, doch sie freute sich über seine Nachricht und tippte als Antwort ein *Ja!*.

Die Tür zu Ilse Wenningers Krankenzimmer öffnete sich. Malin sah zwei Besucherinnen mit bedrückten Gesichtern herauskommen: Ruth Wenninger und, in einer knallroten Jacke, Natascha Raschke von der Nachbarschaftshilfe. Malin hatte sich gerade entschlossen, den beiden Frauen hinterherzugehen, um mit ihnen zu sprechen, als Frederick Bartels um die Ecke bog.

»Die KTU hat die Waffe untersucht«, informierte er sie. »Es ist zweifelsfrei die Tatwaffe. Wir vernehmen Ilse Wenninger als Beschuldigte.«

Malin runzelte die Stirn. »Hoffentlich wird das nicht zu viel für sie. Immerhin liegt sie im Krankenhaus.«

»Sie hat sich den Arm gebrochen, Malin. Der Arzt hat gesagt, sie ist vernehmungsfähig. Also vernehmen wir sie.« Bartels ging zu der Tür, hinter der die Schwester von Kurt Wenninger lag. »Nun komm schon. Da drinnen liegt mit hoher Wahrscheinlichkeit eine Mörderin. Sie hat dein Mitleid nicht verdient, also sei nicht so zimperlich.«

Das letzte Wort gab den Ausschlag. Malin erhob sich. Frederick Bartels öffnete die Tür.

37

Ilse Wenninger schlief. Ihr Gesicht wirkte eingefallen und noch verknitterter als in der Woche zuvor. Das graue Haar, sonst zu sorgfältigen Löckchen frisiert, lag plattgedrückt auf dem Kopfkissen. Ihr linker Arm steckte bis zu den Fingerspitzen in einem Gipsverband. Malin fühlte sich äußerst unwohl bei dem Gedanken, unter den gegebenen Bedingungen eine Vernehmung durchzuführen.

Ilse Wenninger rührte sich. »Rena?«, murmelte sie im Halbschlaf.

Malin tauschte einen überraschten Blick mit Bartels und trat dann ans Fußende des Bettes. »Nicht erschrecken, Frau Wenninger. Ich bin's, Malin Brodersen vom LKA. Zusammen mit meinem Kollegen Bartels.«

Ilse Wenninger schlug die Augen auf. »Hat man denn noch nicht einmal im Krankenhaus vor Ihnen seine Ruhe?« Sie fummelte mit ihrer unversehrten Hand an dem seitlich am Bett angebrachten Hebel herum. »Jetzt helfen Sie mir schon!«

Bartels eilte ihr zur Hilfe. Malin wartete, bis die Frau sich in Sitzposition befand. »Wie geht es Ihnen?«

Ilse Wenninger schnaubte. »Wie Sie sehen können, lebe ich noch. Wenn es nach mir ginge, wäre ich ohnehin längst wieder zu Hause. Hier tüddeln die nur den ganzen Tag um einen rum, das macht mich noch ganz wuschig.« Die alte Frau legte den Kopf schief. »Und? Warum sind Sie hier? Das ist doch bestimmt kein Krankenbesuch.«

»Nein, es ist eine offizielle Vernehmung.« Bartels zog einen Notizblock aus seiner Jackentasche, schlug eine Seite auf und ratterte die darin vermerkten Personalien von Ilse Wenninger runter, die sie mit einem Kopfnicken bestätigte. »Wir ermitteln gegen Sie aufgrund des dringenden Tatverdachts des Mordes an Dr. Kurt Wenninger.« Dann informierte er sie über ihre Rechte.

Einen Augenblick war Ilse Wenninger sprachlos. »Warum sollte ich meinen Bruder ermordet haben?«

»Weil Sie dringend Geld brauchten. Und versuchen Sie nicht, das zu leugnen, uns liegt der Brief vor, den Sie an Ihren Bruder geschrieben haben.«

»Und den er nie beantwortet hat«, erwiderte Ilse Wenninger prompt. »Ist das etwa der Grund, warum Sie mich verdächtigen? Weil ich Ihnen nicht von dem Brief erzählt habe?«

»Zumindest offenbart der Brief ein Mordmotiv. Warum sonst hätten Sie ihn verschweigen sollen?«

»Weil ich mir schon gedacht habe, dass die Polizei genau auf einen solchen Quatsch kommt. Die Sache mit dem Geld ist längst erledigt.«

»Ach«, entgegnete Bartels. »Wie ging das denn jetzt so schnell? Hat sich Ihr Enkel mit seinen Geschäftspartnern geeinigt?«

Ilse Wenningers gab einen zischenden Laut von sich und musterte den Kriminalbeamten argwöhnisch. »Dazu möchte ich nichts sagen.«

»Das ist Ihr gutes Recht«, sagte Bartels freundlich. »Und wie erklären Sie uns, dass in Ihrer Wohnung die Tatwaffe gefunden wurde?«

»Sie waren in meiner Wohnung?!« Die alte Frau lehnte sich vor. »Wer hat Ihnen das denn erlaubt?«

»Der zuständige Richter«, erwiderte Bartels trocken. »Also?«

Ilse Wenninger sank zurück in die Kissen und schwieg. Auf ihrer Stirn hatte sich eine tiefe Falte gebildet. Sie schien nachzudenken. »Wie spät ist es?«, fragte sie plötzlich zusammenhanglos.

Bartels sah irritiert auf seine Armbanduhr. »Viertel vor fünf.«

»Dann hab ich nicht allzu lange geschlafen«, murmelte Ilse Wenninger, und Malin überlegte, ob ihr merkwürdiges Verhalten Folge des Sturzes oder erstes Anzeichen einer Altersdemenz war.

»Die Tatwaffe?«, erinnerte Bartels.

»Dazu möchte ich ebenfalls nichts sagen.«

»Dann stelle ich Ihnen eine andere, ganz einfache Frage. Haben Sie Ihren Bruder Kurt erschossen?«

»Nein.« Ilse Wenningers Stimme klang fest.

Malin ergriff das Wort. »Als wir eben zu Ihnen ins Zimmer gekommen sind, haben Sie von Rena gesprochen.«

Ilse Wenninger wirkte erstmals verunsichert. »Hab ich?«

Malin nickte. »Reden Sie mit uns, Frau Wenninger, ansonsten wird es langsam eng für Sie. Im Übrigen wissen wir, was Jens so treibt, seinetwegen brauchen Sie also nicht länger zu lügen.« Sie ging einen Schritt näher ans Krankenbett heran. »Also, was haben Sie mit Rena Baumann zu tun?«

Ilse Wenninger schloss einen Moment die Augen, dann lächelte sie plötzlich.

Malin tauschte einen Blick mit Bartels, doch ihr Kollege zuckte die Achseln. Offenbar wusste er die Reaktion der Frau genauso wenig zu deuten. »Frau Wenninger, sehen Sie mich bitte an. War es Rena Bauman, die Ihren Bruder erschossen hat?«

Ilse Wenninger öffnete die Augen.

6. August 2014

Der alte Mann lächelte Rena an, doch in seinem Blick spiegelte sich Unsicherheit. Ob er die eingemähte Ziffer schon entdeckt hatte?

Sie beschloss, auf Nummer sicher zu gehen. »Ich mache rasch einen Kaffee und bringe Ihnen dann eine Tasse ins Wohnzimmer.« Ohne eine Antwort abzuwarten, drehte sie sich um und verschwand in der Küche. Dort blieb sie regungslos stehen und starrte aus dem Fenster auf den weißen Kies der Auffahrt.

Es waren ihre über Jahre angestaute Wut, der ungeheuerliche Verrat und ihr tiefes Unverständnis für einen Mann, der seinem Rasen mehr Aufmerksamkeit schenkte als den Menschen in seiner Umgebung, die sie letztlich dazu gebracht hatten, ihre Zellennummer in den Rasen zu mähen.

Sie hatte Dr. Sandmanns Klarnamen aus der Decknamen-

kartei erfahren, kurze Zeit nach Einsicht in ihre Stasi-Akte. Doch er hatte sie nicht erkannt, als sie ihn zehn Monate zuvor in seinem Stammcafé angesprochen hatte. Und er hatte sie auch nicht erkannt, als sie ihm einige Wochen später in den Supermarkt gefolgt war, um seinen Zettel mit seinem Gesuch nach einer Putzfrau von der dortigen Pinnwand zu nehmen. Nicht ein einziges Zeichen des Wiedererkennens. Auch später nicht, als sie die Putzstelle bekommen hatte. Natürlich hatte sie sich äußerlich verändert, das zeigte Rena der tägliche Blick in den Spiegel, aber wie war es möglich, eine Frau nicht zu erkennen, deren Leben man ruiniert hatte?

Seit sie die Unterschrift auf dem psychiatrischen Gutachten entdeckt und die Zusammenhänge begriffen hatte, trug Rena eine schier unbändige Wut in sich. Ihre eigene Unzulänglichkeit, die dazu geführt hatte, dass ein Mensch sie dermaßen hatte täuschen können, und ihre jahrelange Naivität wogen dabei fast genauso schwer wie der Verrat ihres Arztes. Doch vor allem trieb sie Frage nach dem Warum.

Warum hatte Kurt Wenninger das psychiatrische Gutachten geschrieben, das gleichzeitig den Entzug ihrer Kinder bedeutete? Rena hatte nachgeforscht. Normalerweise wurden diese Art Gutachten ausschließlich von Ärzten des Haftkrankenhauses erstellt. Diese Namen waren seit einigen Jahren öffentlich bekannt, doch keiner lautete Kurt Wenninger. Warum also hatte man bei ihr eine Ausnahme gemacht? Welchen Grund hatte Kurt Wenninger gehabt?

Rena wollte Antworten auf diese Fragen, aber noch immer war sie davon meilenweit entfernt. Es hatte Wochen gedauert, bis Wenninger über die üblichen Anweisungen an eine Putzfrau hinaus mit ihr gesprochen hatte, und noch viel länger, ehe er auf ihre Nachfrage hin von seiner Arbeit als Arzt sprach. Irgendwann hatte er ihr einen Hausschlüssel anvertraut, das einzige Mal, dass er sie mit seinem Verhalten überraschte. Über seine DDR-Vergangenheit verlor er keine Silbe.

An einigen Abenden, an denen Wenninger bei seinen Pfeifenclub-Treffen gewesen war, hatte sie sich in sein Haus geschlichen und nach Unterlagen gesucht, doch nichts ge-

funden. Rena begriff, wenn sie Antworten wollte, musste sie den Mann direkt konfrontieren. Die Zellennummer in seinem Rasen sollte ihm eine letzte Eselsbrücke bauen, sich seiner Vergangenheit zu stellen.

Rena löste den Blick vom Fenster und ging zur Kaffeemaschine. Irritiert bemerkte sie, dass die Kanne halb voll war. Sie befühlte das Glas. Der Kaffee war noch warm. Also hatte er bereits eine Tasse getrunken. In seinem Sessel am Fenster. So wie er es jeden Morgen tat.

Er hat sie gesehen, dachte Rena. Die eingemähte Ziffer. Deshalb hatte er auch so merkwürdig geschaut.

Der Mann war damals völlig skrupellos gewesen. Warum sollte sich daran etwas geändert haben, nur weil er jetzt alt war? Was tat er in diesem Augenblick im Nebenraum?

Rena wusste, dass er eine Waffe besaß, und auch, wo er sie aufbewahrte. Und wenn er die Waffe an sich genommen hatte, während sie in der Küche gewesen war? Sie bekam Angst.

So leise wie möglich schlich sie in den Flur und öffnete die mittlere Schublade der Kommode. Die Waffe lag an ihrem Platz. Sie traf ihre Entscheidung innerhalb weniger Sekunden.

Kurt Wenninger saß in seinem Sessel und blickte auf seinen Rasen, als Rena mit der hinter dem Rücken versteckten Waffe neben ihn trat.

»Ich habe Sie nicht erkannt, Rena«, sagte der alte Mann, ohne sie anzusehen. »Und dabei habe ich so oft an Sie gedacht. Alles im Leben kommt zurück, das hätte mir klar sein müssen.« Er wandte sich ihr zu und sah ihr direkt in die Augen.

Rena spürte, wie die Wut in ihr emporkroch. »Warum? Warum haben Sie mir das angetan, Dr. Sandmann?«

Seine Stimme klang müde, als er endlich sprach. »Damals war eine andere Zeit und es herrschte ein anderes System.«

»Das System?! Sie waren es doch, der das Gutachten geschrieben hat. Was ist mit den Tabletten, die Sie mir gegeben haben? Was waren das für Medikamente? Haben sie mein Bewusstsein verändert? Ist deshalb meine Unterschrift auf der Adoptionsfreigabe für meine Kinder gelandet?«

Sein Blick flackerte, doch er blieb stumm.

»Kann ich Ihr Schweigen als Zustimmung deuten?« Sie hatte Mühe, ihre Wut im Zaum zu halten. »Ich habe Ihnen vertraut!«

Kurt Wenninger machte Anstalten aufzustehen.

Rena zog die Waffe hinter ihrem Rücken hervor. »Bleiben Sie sitzen. Und zwar so lange, bis ich alle Antworten auf meine Fragen habe.«

»Passen Sie auf, die Waffe ist geladen«, warnte Kurt Wenninger.

»Umso wichtiger für Sie, dass Sie jetzt antworten«, entgegnete Rena scharf. Sie trat vor und versperrte ihm die Sicht in den Garten. »Also, warum haben Sie das getan?«

»Es hilft Ihnen nicht, das zu wissen. Vielleicht stürzt es Sie nur noch tiefer ins Unglück.« Sein Blick fixierte die Waffe.

»Noch tiefer? Sie wissen doch gar nicht, wovon Sie reden«, schrie Rena ihre Wut heraus. »Ich lebe seit Jahrzehnten in der Hölle. Oder wissen Sie etwa, wie es sich anfühlt, seine Familie, seine Kinder, das Zuhause und sogar die eigene Würde zu verlieren? Sie, Dr. Sandmann, wissen rein gar nichts, denn Sie haben diese Hölle gemacht!« Ihre Hand mit der Waffe zitterte unkontrolliert.

Kurt Wenninger entfuhr ein tiefer Seufzer. »Ich kann das Geschehene nicht rückgängig machen, niemand kann das. Aber Sie, Rena, Sie haben noch immer einen Sohn. Einen Sohn, für den es sich zu leben lohnt. Sie haben eine Zukunft, Rena. Also machen Sie sich jetzt nicht alles kaputt und nehmen Sie die Waffe runter.«

Rena lachte verbittert. »Schöner Versuch! Ich weiß nichts von meinem Sohn, noch nicht einmal, wo er überhaupt lebt.«

»Aber ich. Ich weiß, wo Michael ist. Und ich habe Vorsorge getroffen, um ein Teil meines Unrechts wiedergutzumachen.« Kurt Wenninger stieß sich aus seinem Sessel hoch. »Ich helfe Ihnen!«

Die letzten drei Worte rauschten in Renas Ohren wie in einer Endlosschleife und vermischten sich mit ein paar Erinnerungsfetzen, dann entlud sich ihr gesamter Groll der vergangenen Jahre.

Sie drückte ab.

38

»Es war ein Unfall.« Ilse Wenninger ließ sich zurück in die Kissen sinken.

»Ein Unfall?«, wiederholte Bartels ungläubig. »Ihr Bruder wurde von vier Kugeln durchlöchert, das wird wohl kaum versehentlich passiert sein. Warum versuchen Sie, eine Mörderin zu schützen?«

»Sie hat das nie gewollt.« Wieder schloss die alte Frau die Augen. »Ich habe einen Fehler gemacht. Einen unentschuldbaren Fehler.« Sie schlug die Augen wieder auf. »Sie hat mich angerufen. Völlig hysterisch, und hat gefragt, was sie tun soll.«

»Rena Baumann hat bei Ihnen angerufen?«, fragte Bartels verwirrt.

Malin berührte ihn leicht am Arm, doch die Frau im Krankenbett sprach bereits weiter.

»Kurt hat noch gelebt. Rena wollte einen Krankenwagen rufen und sich der Polizei stellen, aber dann hätte man sie doch wieder eingesperrt.« Ilse Wenninger sah die beiden Kriminalbeamten mit weit aufgerissenen Augen an. »Sie musste ihn sterben lassen.«

»Haben Sie Frau Baumann dazu aufgefordert?«

Ilse Wenninger schwieg.

»Wo sind die beiden Stasi-Akten geblieben, die Sie aus dem Haus Ihres Bruders gestohlen haben?«, fragte Bartels. »Haben Sie die Akten an Rena Baumann weitergegeben?«

Die alte Frau fuhr sich mit den Händen über ihr Gesicht. Tränen schimmerten in ihren Augen. »Ich hab sie verkauft. Zumindest die von Kurt. Die andere habe ich verbrannt.«

»Verkauft? An wen?«

»An Michael Baumann«, erwiderte Ilse Wenninger leise. »Ich bin ihm in der Auffahrt von Kurts Haus begegnet, als ich die Metallkassette geholt habe, aber zu dem Zeitpunkt wusste ich natürlich noch nicht, wer er ist.«

»Und wie haben Sie es herausgefunden?«

»Ich habe ihn dabei beobachtet, wie er einen Zettel an Kurts Briefkasten gehängt hat, den habe ich mir geholt. Es standen sein Name und seine Telefonnummer drauf. Wir haben uns zweimal getroffen.«

»Was wollte Michael Baumann mit der Akte von Ihrem Bruder?«

»Er war auf der Suche nach seiner leiblichen Mutter. In der Akte waren Arztberichte und Gutachten, die sie betrafen. Rena hatte ihrem Arzt ...« Ihre Stimme begann zu zittern. »Sie hatte meinem Bruder alles anvertraut. Ihre ganze Geschichte. Und er, er hat sie verraten.«

»Wie hat Michal Baumann das Geld für die Akten aufgetrieben?«, fragte Malin stirnrunzelnd. »Er hat doch selber nichts.«

»Aber bald. Sie haben mir schließlich davon erzählt, dass er Kurts Geld erbt. Mein Geld. Es schien mir nur recht, dass ich es mir auf diesem Weg wiederhole.«

»Und wie haben Sie das angestellt? Noch ist kein Erbe geflossen.«

»Herr Herzog hat sich bereit erklärt, Michael die benötigte Summe vorzustrecken, bis Kurts Nachlass geregelt ist.«

»Einfach so?«, fragte Bartels ungläubig, doch eine Reaktion blieb aus. Dann schien ihm etwas einzufallen. »Haben Sie Rena Baumann eigentlich erzählt, dass Sie mit Ihrem Sohn gesprochen haben?«

Ilse Wenninger sprach so leise, dass sie kaum zu verstehen war. »Nein, da noch nicht, sonst hätte ich die Akte nicht mehr an Michael verkaufen können. Und ich brauchte doch das Geld. Sie hätten Jens sonst umgebracht.« Sie weinte. »Ein paar Tage, bevor das mit Kurt passiert ist, haben diese tschechischen Verbrecher meinen Enkel halb totgeprügelt. Deshalb habe ich Jens ein Ticket nach Mallorca gekauft, damit er vorerst aus der Schusslinie ist, doch dann standen die Tschechen bei mir vor der Tür. Ich habe ihnen alles gegeben, was ich noch auf dem Sparbuch hatte. Quasi als Anzahlung für die restliche Summe.«

»Wo ist Rena Baumann jetzt?«, fragte Bartels, doch Ilse Wenninger weinte nur still vor sich hin. Er gab Malin ein

Zeichen, mit ihm zur Tür zu gehen. »Ich sag dem behandelnden Arzt Bescheid, sicherheitshalber, und im Anschluss rufe ich Fricke an und schildere ihm die Situation. Du bleibst so lange hier und lässt die Frau nicht aus den Augen.«

Malin nickte, und ihr Kollege verschwand aus dem Krankenzimmer.

»Ich bin keinen Deut besser als mein Bruder«, jammerte Ilse Wenninger, nachdem sich die Tür hinter Bartels geschlossen hatte. Sie sah zur Kriminalbeamtin. »Jetzt verachten Sie mich bestimmt.«

»Menschen, die in großer Not sind, greifen manchmal zu drastischen Mitteln. Dass das nicht richtig ist, wissen Sie genauso gut wie ich, aber es ist menschlich.« Malin trat an das Krankenbett. »Wo ist Rena Baumann, Frau Wenninger? Sagen Sie es mir.«

Ilse Wenninger schüttelte den Kopf. »Sie will sich der Polizei stellen. Trotz ihrer Angst vor dem Gefängnis.«

»Jetzt, in diesem Moment?«

»Ich erzähle Ihnen alles, was ich weiß, aber nicht jetzt. Morgen.«

»Wer ist Rena Baumann, Frau Wenninger?« Malins Gedanken rasten, während sie das Gesicht der alten Frau beobachtete, das nun völlig regungslos schien. Etwas klingelte in Malins Hinterkopf. Es hing mit dem Namen der Frau zusammen. Und dann wusste sie es.

39

Malin raste in Bartels' Dienstwagen die Rothenbaumchaussee stadteinwärts entlang, während er im Krankenhaus auf seine Ablösung wartete. Ilse Wenninger war vorläufig festgenommen und würde in Kürze ins Haftkrankenhaus überstellt werden.

Noch vom UKE aus hatte Malin im Präsidium angerufen und Ole Tiedemann hatte ihr die aus Berlin angeforderten Personendaten von Reinhild Baumann durchgegeben. Endlich begriff Malin, dass es die merkwürdige Namensabwandlung von Reinhild zu Rena war, die sie unterbewusst die ganze Zeit irritiert und nicht losgelassen hatte. Rena war nicht einfach nur ein Spitzname, sondern eine Kombination aus zwei Vornamen. Reinhild Natascha. Ihr Mädchenname lautete Raschke.

Natascha Raschke, die nette Frau von der Nachbarschaftshilfe, war die ganze Zeit vor ihren Augen gewesen. Mehr als einmal hatte Malin die Mörderin getroffen und nicht erkannt. Wie auch. Die braunen Locken waren mittlerweile grau und kurz, die dunklen Augen hinter Brillenglas verschwunden und die einst zarte Figur war nun wohlgeformt.

Am Dammtor staute sich der Verkehr. Scheiße, dachte Malin, griff hinter den Sitz nach dem mobilen Blaulicht und setzte es routiniert aufs Wagendach. Die vor ihr stehenden Autos schoben sich langsam beiseite und bildeten eine Gasse. Malin drückte aufs Gaspedal.

Ilse Wenninger hatte im Krankenhaus kein Wort mehr gesprochen, und spätestens da hatte Malin begriffen, dass die alte Frau weder von Krankheit erschöpft war noch unter Altersdemenz litt, sondern dass ihr Verstand noch immer glasklar arbeitete. Sie wollte Zeit schinden.

Da noch nicht, hatte Ilse Wenninger gesagt, als Bartels gefragt hatte, ob Rena von dem Gespräch zwischen ihr und Michael Baumann wusste, und das ließ nur einen Schluss zu. Rena Baumann wusste jetzt, wo ihr Sohn zu finden war, und sie war auf dem Weg zu ihm. Es konnte gar nicht anders sein. Sicherheitshalber hatte sie einen Streifenwagen zur Wohnung der Tatverdächtigen geschickt, doch Malin spürte instinktiv, dass die Frau dort nicht anzutreffen war.

Der Hauptbahnhof geriet in ihr Sichtfeld und sie hatte ein mulmiges Gefühl in der Magengegend. Der Gedanke, Rena Baumann, deren Schicksal sie so berührte, zu verhaften, behagte ihr nicht. Doch sie war Polizistin. Sie konnte keine Mörderin laufen lassen.

Malin schluckte das Mitleid hinunter und bog mit ihrem Dienstwagen auf den gesonderten Parkplatz der Wache vom Hauptbahnhof. Als sie ausstieg, eilten sofort vier Beamte in Uniform herbei. Sie zückte ihren Dienstausweis.

»Hauptkommissar Fricke hat Sie schon angekündigt«, informierte sie der Beamte mit den meisten Streifen auf seiner Uniform. »Der nächste ICE nach Berlin geht auf Gleis acht. Um achtzehn Uhr sechs.«

Malin sah auf ihre Armbanduhr. Noch neun Minuten. »Gut. Ich möchte, dass Sie sich so lange wie möglich im Hintergrund halten. Zwei von Ihnen positionieren sich am Südsteig vor dem Gleisaufgang. Die anderen beiden kommen mit mir.«

»Ist die Gesuchte bewaffnet?«, fragte der Ranghöchste und seine Hand glitt zu der gesicherten Waffe in seinem Gürtelholster.

»Ich gehe nicht davon aus, bleiben Sie aber trotzdem in Sichtweite. Die Gesuchte ist zweiundsechzig Jahre alt, trägt eine rote Jacke, eine Brille und hat kurze, graue Haare. Und jetzt los.« Malin spurtete, gefolgt von den beiden Beamten, durch die Wandelhalle des Hauptbahnhofes, vorbei an Geschäften, zwischen Reisenden mit Rollkoffern, Passanten und Touristen hindurch zum Nordsteig, der zu den tiefer liegenden Gleisen führte.

Am oberen Treppenabsatz von Gleis 8 drehte sich Malin zu den Uniformierten um. »Halten Sie genügend Abstand. Ich möchte nicht, dass die Frau in Panik gerät.« Sie blickte in fragende Gesichter, doch es blieb keine Zeit, den Beamten die Zusammenhänge zu erklären. Der ICE konnte jeden Augenblick in den Bahnhof einfahren und sie hatten Rena Baumann noch nicht gefunden.

Malin rannte die Treppe bis zur Hälfte hinunter und blieb dort kurz stehen, um die Gesuchte unter den zahlreichen Wartenden auf dem Bahnsteig auszumachen. Und wenn sie sich irrte? Vielleicht war Rena Baumann doch zunächst in ihre Wohnung gefahren.

Dann entdeckte sie die Frau in der roten Jacke neben einer der Hinweistafeln. Sie hatte Malin den Rücken zugewandt und blickte dem in der Ferne einfahrenden ICE entgegen.

Malin eilte zwei Stufen auf einmal nehmend die restlichen Treppen hinunter und, auf dem Bahnsteig angekommen, durch die Menge der Wartenden. Der ICE war nun in unmittelbarer Sichtweite. Sie sah, wie Rena Baumann ihren Platz neben der Informationstafel verließ und näher ans Gleis trat. Auf ihrem Gesicht lag der Ausdruck angespannter Vorfreude. Malin drosselte ihr Lauftempo und ging jetzt fast normal, um Rena Baumann nicht aufzuschrecken. Weniger als dreißig Meter trennten sie von der Frau. Der ICE passierte den südlichen Teil des Bahnsteiges.

Eine Gruppe Jugendlicher, die auf dem Bahnsteig vor ihr herumalberten, versperrten Malin die Sicht. Ein Strohblonder mit Ohrstöpsel probierte gerade einige Dancemoves aus und rempelte dabei die Frau in der roten Jacke versehentlich an.

Rena Baumann drehte sich um und für den Bruchteil einer Sekunde traf sich ihr Blick mit dem von Malin. Dann weiteten sich ihre Augen und fixierten einen Punkt hinter dem Rücken der Kriminalbeamtin.

Malin sah über ihre Schulter zurück und bemerkte die Uniformierten im kurzen Abstand hinter sich. Sie schnellte wieder herum und sprintete die wenigen Meter nach vorne, um nach der Frau in der roten Jacke zu greifen, aber es war bereits zu spät.

Menschen kreischten, die Bremsen des ICE quietschten ohrenbetäubend und der markerschütternde Schrei einer

Frau gellte durch die Bahnhofshalle, von dem Malin später erfuhr, dass es ihr eigener gewesen war.

40

Der Leichnam von Rena Baumann konnte erst Stunden später geborgen werden. Malin hatte dabei geholfen, den Einsatz von Polizei, Feuerwehr und sonstigen Rettungskräften zu koordinieren und die Reisenden vom Bahnsteig zu schaffen. Im Anschluss hatte sie darauf bestanden, so lange am Unglücksort zu bleiben, bis der Sarg mit den sterblichen Überresten abtransportiert wurde. Weder Fricke noch ihre Teamkollegen, die nach und nach an der Unfallstelle eintrafen, hatten sie davon abbringen können.

Die Zeugenaussagen der Reisegäste variierten. Einige Personen berichteten, dass Rena Baumann plötzlich getaumelt und über die Bahnsteigkante gefallen sei, andere dagegen behaupteten, die Frau wäre absichtlich vor den Zug gesprungen. Letzte Gewissheit würden die Bilder der Überwachungskameras bringen.

Für Malin machte es ohnehin kaum einen Unterschied. Sie fühlte sich mitschuldig am Tod der Frau, an deren Schicksal sie so großen Anteil genommen hatte, und der es nicht ein einziges Mal vergönnt gewesen war, ihren verlorenen Sohn in die Arme zu schließen.

Malins Augen brannten vor ungeweinten Tränen, und sie war müde und ausgelaugt. Noch von der Unfallstelle aus hatte sie Thies angerufen, und ihr Freund hatte sofort angeboten, zum Bahnhof zu kommen. Doch sie hatte abgelehnt. Sie wollte niemanden dabeihaben, wenn sie ihre Fassung verlor.

»Lass uns gehen, Malin.« Bartels griff sanft an ihre Schulter. »Alle anderen haben auch schon Feierabend gemacht.«

»Sie wollte sich stellen«, murmelte Malin. »Sie wollte ihren Sohn sehen und sich dann stellen. Warum habe ich sie nicht einfach in diesen verdammten Zug steigen lassen?«

»Weil du Polizistin bist, Malin.« Bartels sah ihr in die Augen. »Und zwar eine verdammt gute. Wer sagt uns denn, dass die Frau sich nicht bei nächster Gelegenheit aus dem Staub gemacht hätte? Komm jetzt, ich bringe dich nach Hause.«

Malin warf einen letzten Blick auf die Stelle, an der Rena Baumann aufs Gleis gestürzt war, und folgte dann ihrem Kollegen die Treppe hinauf zum Nordsteig.

Zwei Uniformierte entfernten gerade das rot-weiße Absperrband, als die beiden Kriminalbeamten die letzte Stufe erklommen. In Kürze würde der Betrieb an diesem Gleis wieder seinen gewohnten Gang nehmen, und nichts würde mehr an den Einsatz erinnern.

Epilog

Malin stand vor dem verwahrlosten Grundstück an der Oberseestraße und starrte auf die graue Fassade der alten Villa.

Schon bei ihrem ersten Besuch hatte sie in ihrem Unterbewusstsein das Böse gespürt, das diesen Ort und seine Bewohner umgab, jetzt wusste sie, dass ihr Instinkt sie nicht getrogen hatte. Sie hoffte nur, dass den alten Mann irgendwann seine gerechte Strafe für sein Verbrechen ereilte, das nach dem Gesetz längst verjährt war.

Anhand der Stasi-Akten von Rena Baumann und Kurt Wenninger war es den Ermittlern gelungen, die Vorkommnisse um Renas Verhaftung im Jahr 1979 nach und nach zu rekonstruieren und den Mann zu enttarnen, bei dem im Hintergrund sämtliche Fäden zusammengelaufen waren.

Sie fanden Hinweise in den Unterlagen, dass Horst Baumann über seinen Verbindungsmann in der Hauptabteilung IX, dem berüchtigten Untersuchungsorgan des MfS, nicht nur dafür gesorgt hatte, dass seine Ex-Schwiegertochter nach der Flucht seines Sohnes verhaftet wurde. Sondern er trug neben den psychiatrischen Gutachten seines Handlangers Kurt Wenninger auch die Verantwortung für den Kindesentzug und die Adoptionsfreigabe. Ob er auch bei dem Häftlingsfreikauf seiner Schwiegertochter die Finger im Spiel gehabt hatte, konnte bisher nicht belegt werden.

Dem Fototechniker Torben Sommer war es gelungen, die Bilder auf Malins Handy so weit zu bearbeiten, dass die Gesichter der darauf abgebildeten Personen gut erkennbar waren. Auf einem der Gruppenbilder hatten die Ermittler neben einer jüngeren Ausgabe von Horst Baumann zwei weitere Männer als Kurt Wenninger und Wolfgang Herzog identifizieren können. Der Anwalt hatte mittlerweile zugegeben, dass er den General nach der Wende bei einem Strafverfahren vor einer Anklage bewahrt und als späten Ausgleich dafür Wenningers Akten gefordert hatte. Er berichtete außerdem, dass Kurt Wenningers geheimes Forschungsprokjekt Rena Baumann gewesen war. Zugunsten einer Stelle in der Forensischen Abteilung hatte Wenninger das psychiatrische Gutachten geschrieben, in dessen Folge man der Frau die Kinder entzog. Später habe Wenninger sein Handeln jedoch bereut.

Über die Frage, wie Horst Baumann an die Akten gekommen war, schwieg Herzog sich aus. Doch die Ermittler waren davon überzeugt, dass diese bereits in der Zeit des Umbruchs vom General beiseitegeschafft worden waren. In den Archiven der BStU waren sie niemals registriert worden.

Wolfgang Herzogs eigene Rolle im Machtapparat der DDR war weiterhin ungeklärt. Seine Stasi-Akte blieb nach wie vor verschwunden.

Gegen Ilse Wenninger war ein Verfahren wegen unterlassener Hilfeleistung eingeleitet worden. Sie hatte gestanden, Rena Baumann davon abgehalten zu haben, einen Krankenwagen für ihren sterbenden Bruder zu rufen. Doch Malin ging davon aus, dass sich die Kooperationsbereitschaft der Frau und ihr fortgeschrittenes Alter strafmildernd auf das Urteil auswirken würden.

In den Vernehmungen hatte sich weiterhin herausgestellt, dass Rena Baumann bei ihrer Suche nach Kurt Wenninger im Telefonbuch auf den Namen seiner Schwester gestoßen war. In der Annahme, sie könne über Ilse Wenninger an Informationen über die DDR-Vergangenheit des Psychiaters gelangen, hatte Rena den Kontakt gesucht. Als sie von dem Bruder-Schwester-Konflikt erfuhr, hatte sie in Ilse Wenninger längst eine mütterliche Freundin gefunden, der sie sich anvertraute. Nur, dass es Kurt Wenninger gewesen war, den Rena für den Verlust ihrer Kinder verantwortlich machte, offenbarte sie Ilse erst, nachdem sie auf den alten Mann geschossen hatte und in Panik geraten war.

Noch immer fiel es Malin schwer, an die Ereignisse am Hauptbahnhof zurückzudenken. Auf den Kamerabildern hatte sie gesehen, wie Rena Baumann vor den ICE gesprungen war. Und obwohl die Nachuntersuchungen ergeben hatten, dass Malin keine Mitschuld am Tod der Frau trug, konnten ihr erst die anschließenden Gespräche mit der Polizeipsychologin helfen, die Geschehnisse zu verarbeiten.

Am Wohnzimmerfenster der Villa bewegte sich eine Gardine. Einen Moment kam das Gesicht von Hertha Baumann zum Vorschein. Die beiden Frauen starrten sich an.

Malin ging davon aus, dass Hertha Baumann von den Machenschaften ihres Mannes gewusst hatte, möglicherweise war sie auch die treibende Kraft dafür gewesen, dass Michael in die Obhut seiner Großeltern kam. Sie hatte lange darüber nachgegrübelt, warum Hertha Baumann ihrem Enkel die Adresse von Kurt Wenninger gegeben hatte. Im Grunde gab es dafür nur eine logische Erklärung: Hertha Baumann kannte den Inhalt von Wenningers Akte. Sie hatte Michael zu Wenninger geführt, damit er die Geschichte seiner leiblichen Mutter erfuhr, ohne ihre Loyalität gegenüber dem General brechen zu müssen. Doch das alles waren nur Vermutungen, denn die alte Frau schwieg nach wie vor. Trotzdem hatte sie ihre Strafe bekommen. Michael Baumann hatte den Kontakt zu seinen Großeltern komplett abgebrochen.

Malin warf einen letzten Blick auf die alte Villa, dann drehte sie ihr den Rücken zu. Sie würde niemals wieder an diesen Ort zurückkommen.

Eine Dreiviertelstunde später stand sie vor einem Mehrfamilienaltbau in der Christinenstraße am Prenzlauer Berg. Sie hatte die Adresse von ihrem Großvater bekommen. Erich Brodersen hatte übers ganze Gesicht gestrahlt, als seine Enkelin ihn darum gebeten hatte, war aber klug genug gewesen, sich jeden weiteren Kommentar zu verkneifen.

Malin sah die Klingelschilder durch und runzelte die Stirn. *Brodersen/Seiffert.* Offenbar lebte ihr Vater nicht allein. Die Tür wurde aufgerissen und eine junge Frau mit einem Handy am Ohr kam heraus.

Malin nutzte die Gelegenheit, um ins Haus zu schlüpfen. Alte Zementfliesen im Schachbrettmuster, schwarz gestrichene Kassettentüren und eine dunkle Holztreppe, deren ausgetretene Stufen bis in den fünften Stock führten.

Johannes Brodersen wohnte in der dritten Etage. Vor der Haustür lag eine Fußmatte, die Besucher herzlich willkommen hieß.

Scheiße, dachte Malin. Was mache ich hier? Kurz war sie versucht, wieder umzudrehen und das Haus in der Christinenstraße zu verlassen.

Dann holte sie tief Luft und drückte auf die Klingel.

Nachwort und Danksagung

Vor ungefähr drei Jahren erzählte mir ein Freund vom ehemaligen Stasi-Gefängnis Hohenschönhausen, jenem Ort, der zu DDR-Zeiten als militärischer Sperrbezirk in keinem Ost-Berliner Stadtplan eingezeichnet war und heute eine Gedenkstätte ist. Er berichtete mir von der Isolationshaft und den psychologischen Folterungen, denen die Gefangenen ausgesetzt waren, und riet mir an einer der Führungen teilzunehmen, die dort von Zeitzeugen durchgeführt werden.

Gleich mein erster Besuch der Gedenkstätte hat mich nachhaltig aufgewühlt. Aus einer Führung wurden viele weitere und ich erfuhr von Schicksalen, die mich zutiefst berührt und bis heute nicht mehr losgelassen haben. Ich führte interessante, mitunter sehr bedrückende Gespräche mit ehemaligen Häftlingen und Historikern, recherchierte monatelang über das DDR-Regime und deren Opfer, und schrieb schließlich Renas fiktive Geschichte, um von der Haftanstalt Berlin-Hohenschönhausen zu erzählen.

Bei der Entstehung dieses Buches haben mich viele Menschen beraten, unterstützt, motiviert und inspiriert. Ihnen gilt mein Dank:

Kriminalhauptkommissar Holger Vehren vom LKA Hamburg, der Malin schon zum dritten Mal bei der Arbeit auf die Finger geschaut hat und bei jedem meiner Bücher entscheidend dazu beiträgt, dass die Ermittlungen nicht aus dem Ruder laufen.

Kriminalhauptkommissar Ludwig Waldinger und die Abteilung Waffentechnik vom Bayerischen LKA, die mir hilfreiche Einblicke zum Thema Schusswaffen ermöglicht haben.

Prof. Dr. med. Matthias Graw, Vorstand des Instituts für Rechtsmedizin München, für den Überblick über die komplexen Vorgänge und verschiedenen Formen der Leichenveränderungen und Zersetzungsstörungen.

André Kockisch, Pressesprecher der Gedenkstätte Berlin-Hohenschönhausen, der mit viel Geduld meine Fragen - und es waren viele! – beantwortet hat.

Den freundlichen Mitarbeitern des Zeitzeugenbüros und den vielen Zeitzeugen, die mich an ihren Erlebnissen und Erinnerungen teilhaben ließen.

Anne Brosin von der Abteilung Archivbestände der BStU, für die hilfsbereite und unbürokratische Vermittlung einer Archiv-Führung.

Ulla Preetz, Archivarin, die mich durch das Stasiunterlagen-Archiv geführt hat und dabei mit Informationen versorgte.

Meiner Verlegerin Heike Gerdes vom Leda Verlag für ihr Vertrauen und ihren Glauben an die Figur Malin Brodersen. Meiner Lektorin Maeve Carels für Lob und Kritik und die Arbeit an meinen Büchern.

Meinen Erstlesern: Hayung Hinrichs, Nicole Neubauer, Anja Reuther, Sabine Sapia und Jeanette Willems. Tausend Dank für eure Zeit, eure wertvollen Kommentare und die Gespräche!

Den *Mörderischen Schwestern*, speziell der Autorin und Polizeihauptkommissarin Manuela Obermeier, die mich erneut an ihrem beruflichen Erfahrungsschatz teilhaben ließ.

Meinen guten Freunden Dany und Alex Graser, die nicht nur den Stein mit Hohenschönhausen ins Rollen gebracht haben, sondern mir während meiner zahlreichen Recherchen auch noch großzügig ihre Berliner Wohnung überließen.

Meinem Mann und meinem Sohn, die mir den Freiraum zum Schreiben geben und es auch in Kauf nehmen, wenn Malin und Fricke, und ab und zu das gesamte Ermittlungsteam des LKA 411, Sonntags mit am Frühstückstisch sitzen.

Und – ganz besonders – meinen Leserinnen und Lesern. Ohne Sie könnte ich nicht tun, was ich liebe! Danke!

Die Figuren in meinem Buch wurden von mir frei erfunden. Ähnlichkeiten oder Namensgleichheiten mit realen Personen sind daher rein zufällig.

Mögliche Fehler, die sich in mein Buch geschlichen haben, sind meine eigenen!

Quellen

Literatur:

Marc Buhl *drei sieben fünf*
Kai Diekmann (Hg.) *Freigekauft: Der DDR-Menschenhandel*
Peter Erler, Hubertus Knabe *Der verbotene Stadtteil: Stasi-Sperrbezirk Berlin-Hohenschönhausen*
Anna Funder *Stasiland*
Ruth Hoffmann *Stasi-Kinder*
Hubertus Knabe (Hg.) *Gefangen in Hohenschönhausen*
Hubertus Knabe (Hg.) *Die vergessenen Opfer der Mauer*
Klaus Kordon *Krokodil im Nacken*
Kristie Macrakis *Die Stasi-Geheimnisse: Methoden und Technik der DDR-Spionage*
Eugen Ruge *In Zeiten des abnehmenden Lichts*
Edda Schönherz *Die Solistin*
Tobias Voigt, Peter Erler *Medizin hinter Gittern*
Zeitzeugen Charité *Arbeitswelten der Psychiatrischen und Nervenklinik 1940-1999*

Dokumentationen:

So war die DDR: In den Fänger der Stasi. Vertrieb Icestorm Distribution Berlin GmbH
40 Jahre DDR Alles schon vergessen. Vertrieb Icestorm Distribution Berlin GmbH

Websites:

Stiftung Gedenkstätte Hohenschönhausen
www.stiftung-hsh.de
BStU – Die Behörde des Bundesbeauftragten für Unterlagen des Staatssicherheitsdienstes der ehemaligen Deutschen Demokratischen Republik, www.bstu.bund.de

Anette Hinrichs wurde 1970 in Hamburg geboren. Nach Fachabitur und kaufmännischer Ausbildung am Hamburger Flughafen folgten berufliche Stationen bei einer Reederei, im Bereich Banken und Einzelhandel.
Ihre Leidenschaft fürs Krimilesen wurde im Teenageralter durch Agatha Christie entfacht und weckte den Wunsch, eines Tages selbst zu schreiben.
Heute lebt sie als freie Autorin mit ihrer Familie im Raum München.
Anette Hinrichs ist Mitglied im Autorenverband *Das Syndikat* und im Netzwerk der *Mörderischen Schwestern*.
Ihr erster Kriminalroman *Die fünfte Jahreszeit* erschien 2012 im Leda-Verlag, 2013 folgte *Das siebte Symbol*, der zweite Fall für Malin Brodersen.

Autorenfoto: ©Anette Göttlicher

»Vielversprechendes Debüt mit Hochspannung«
Andreas Kurth, krimi-couch.de
über ***Die fünfte Jahreszeit***

»Mit ihrem zweiten Werk hat die Autorin sich noch übertroffen. Wer diesen Roman einmal in den Händen hat, legt ihn so schnell nicht wieder weg. Er ist sehr spannend geschrieben und läßt sich sehr flüssig lesen. Der Fall ist in sich schlüssig und der Spannungsbogen sehr gut. Sehr symphatische Charaktere erwarten einen in Hamburg! Außerdem besticht der Roman wieder durch die guten Ortskenntnisse der Autorin in Hamburg. (...) Ein Muss für jeden Krimifan«
Thomas Fink, Toms Krimitreff
über ***Das siebte Symbol***

Die Website der Autorin: www.anettehinrichs.de

Anette Hinrichs
Die fünfte Jahreszeit
Kriminalroman
Hamburg
978-3-86412-005-3

Anette Hinrichs
Das siebte Symbol
Kriminalroman
Hamburg
978-3-86412-005-3

Thomas Breuer
Leander und der Lummensprung
Kriminalroman
978-3-86412-084-8

Wolfgang Santjer
Ostfriesenspieß

Kriminalroman
978-3-86412-075-6

Wolfgang Santjer
Emsgrab
Kriminalroman
Leer
978-3-86412-064-0

Erik Wikki
Papenburger Puppenspieler
Kriminalroman
978-3-896412-079-4

Ulrike Barow
Baltrumer Kaninchenkrieg
Inselkrimi
978-3-86412-083-1

Sonja Zimmer
Jana und das Geheimnis der Evenburg
978-3-86412-085-5

Edmund Ballhaus
Die Ostfriesenbühne

978-3-86412-076-3

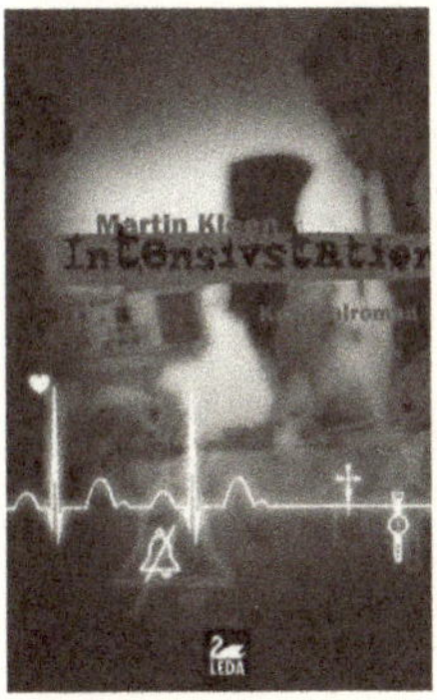

Martin Kleen:
Intensivstation
Kriminalroman
Leer
978-3-939689-57-7

Soko Taraxacum
Wenn der Weinhändler kommt ...
978-3-86412-068-8

Gerdes/Lüpkes
Flossen hoch 3.0
Kriminelles zwischen Angel und Haken
978-3-86412-068-8

Thomas Breuer
Leander und der tiefe Frieden
Inselkrimi Föhr
978-3-86412-006-0

Thomas Breuer
Leander und die Stille der Koje
Inselkrimi Föhr
978-3-939689-82-9

Thomas Breuer
Leander und die alten Meister
Inselkrimi Föhr
978-3-86412-071-8

Hanna Dunkel
Mordsache Ulsnis
Kriminalroman
978-3-939689-30-0

Dietrich Petersen
Strandraub
Inselkrimi
Fehmarn
978-3-934927-96-4

Dietrich Petersen
Todesbelt
Inselkrimi
Fehmarn
978-3-86412-069-5

Andreas Schmidt
Tod mit Meerblick
Kriminalroman
Schleswig-Holstein
978-3-939689-67-6

H. & P. Gerdes (Hrsg):
Mordkompott
Meerumschlungen
SchleswigHolstein
978-3-939689-68-3

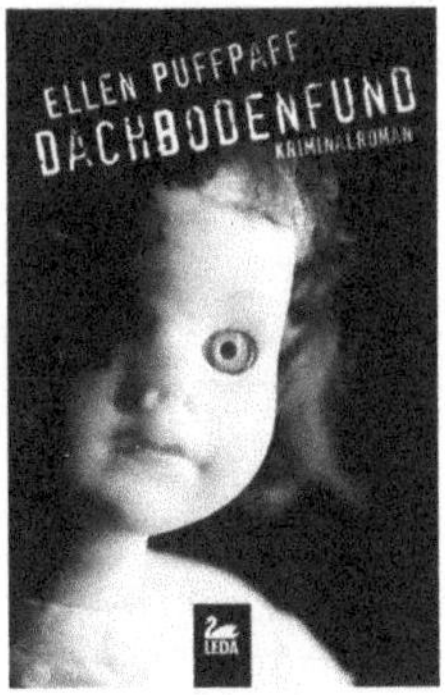

Ellen Puffpaff
Dachbodenfund
Kriminalroman
Schleswig-Holstein
978-3-86412-009-13

Peter Gerdes
Fürchte die
Dunkelheit
Kriminalroman
978-3-934927-60-5

Peter Gerdes
Zorn und
Zärtlichkeit
Kriminalroman
978-3-939689-64-5

Peter Gerdes
Ostfriesische
Verhältnisse
Kriminalroman
978-3-86412-077-0

Peter Gerdes (Hrsg.)
Mordkompott
Kriminelles zwischen
Klütje und Kluntje
978-3-934927-01-8

H. & P. Gerdes (Hrsg):
Friesisisches
Mordkompott
Herber Nachschlag
978-3-939689-20-1

H. & P. Gerdes (Hrsg):
Friesisches
Mordkompott
Süßer Nachschlag
978-3-939689-21-8

H. & P. Gerdes (Hrsg):
Tee mit
Blattschuss
978-3-86412-087-9

Venske/Gerdes (Hrsg):
Gepfefferte
Weihnachten
978-3-939689-38-6

Gerdes/Voehl (Hrsg.)
Westfälisches
Mordkompott
978-3-86412-008-4